天藍色的謀殺案

Sarah J. Harris
莎拉・J・哈里斯
江莉芬　譯

The Colour Of Bee Larkham's Murder

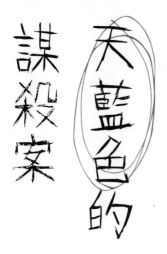

獻給戴倫、詹姆斯和路克
也將愛獻給爸媽與瑞秋

「我可以對你說說我的冒險之旅——就從今天早晨開始，」愛麗絲有點怯生生地說，「可是回到昨天毫無用處，因為過去的我已和今天的我不同。」

——路易斯．卡羅《愛麗絲夢遊仙境》

聯覺

名詞

一、生理

非受刺激的身體部位產生的某種感受；

二、心理

非受刺激的感官觸發某種主觀的感受，例如由聲音喚起對色彩的感覺。

——摘自《柯林斯英語詞典》

第一章

星期二（深綠色）

下午

碧．拉克罕的謀殺案是天藍色的結晶體，有著閃閃發亮的邊角和鋸齒狀的銀色冰柱。

爸還來不及阻止我，我就這麼告訴我們在警局裡遇到的第一位警官了。我想認罪，把這件事做個了結。可是他可能聽不懂我說的話，或者他忘了把這件事轉達給正在問話的同事知道。

過去這五分二十二秒，這個男人問的問題，全都和我的鄰居碧．拉克罕在星期五晚上所發生的事無關。

他說他是警察，可是我不太相信。他沒穿制服，而是穿了一件白襯衫和灰長褲。我們坐在有汗漬的深紅沙發上，周圍是淡黃色的牆。我左邊的牆上有一面鏡子，右邊天花板的角落架設了一台攝影機。

這裡不是他們審問犯人的地方，至少不是成年的罪犯。架子上有些玩具，還有一本《極速誌》年鑑和一本破舊不堪的《哈利波特》第一集，看起來好像曾經有某個小孩想吃掉它。如果這是為了讓我放鬆，那麼這個做法實在成效不彰。我確定那只剩一隻手的小丑正不懷好意地看著我。

賈斯柏，你認為自己在學校是快樂的嗎？

你有十一年級的男生朋友嗎？

你對於那些去碧．拉克罕家裡上音樂課的男孩們有多少了解？

拉克罕小姐是否託你送過紙條或禮物給任何男生，例如盧卡斯．德魯瑞？

你知道保險套的用處嗎？

最後一個問題很好笑。我想告訴警員，保險套的包裝看起來很像亮晶晶的糖果，可是我最近得知它的正確用處了。

就是「性行為」：像泡泡糖般粉紅色的字，帶有一點性感的淡紫色調。

話說回來，那和碧跟我有什麼關係？

問話開始之前，這男人告訴我們，他叫李察．張伯倫。

和那位演員同名同姓，他說。

我不認識叫李察．張伯倫的演員，也許他有演爸最愛看的美國罪案影集——《犯罪心理》或《CSI犯罪現場》。我不知道那位演員的聲音是什麼顏色，不過眼前這位李察．張伯倫的聲音是像鐵鏽的鉻橘色。

我努力不去看他的顏色，因為他的顏色和爸的土黃色混在一起太不賞心悅目，讓我的眼睛很不舒服。

今早爸接到一通電話，問他可否帶我去警局回答一些關於碧．拉克罕的問題，因為她音樂課的其中一位男學生的爸爸，對她做出一些嚴重的指控。他的同事也打算把她找來問話，聽聽她本人怎麼說。

我不會有麻煩的，爸這麼強調，可是我知道他很擔心。

他想到一個點子，就是我們可以把我的筆記本和畫都帶去，可以告訴警察我習慣站在房間的窗前，用望遠鏡觀察在碧．拉克罕家的橡樹上築巢的長尾鸚鵡。也告訴他們我是怎麼把看見的一切記錄下來的。

讓警察知道我們樂意合作很重要，賈斯柏，讓他們知道我們什麼都沒隱瞞。

我不想冒險，所以把十七張關鍵的畫和八箱筆記本全都堆在門口，所有筆記本都按照正確的順序排列，儲放的箱子也依日期貼上標籤。

一想到它們全都被關在一個密閉黑暗的空間就令我難受，而那空間正是爸的後車廂。要是撞車，車子起火燃燒怎麼辦？那我的紀錄就全都毀了。於是我主動提議，不如我們把箱子分成兩堆，用兩輛計程車載去警局，就像皇室成員出遠門時不能搭乘同一架飛機一樣。

爸不同意，喃喃地說：「如果這些箱子被火燒光，或許是件好事。」

我對爸尖叫，發出周圍有尖銳白刺的藍綠色閃爍煙霧，直到爸發誓他絕對不會破壞我的筆記本和畫為止。可是傷害已經造成，我無法把他的威脅和那些色彩拋在腦後，它們混和著出現在我眼底，試圖毀滅我。我無法直視爸，也無法去想他能做出哪些可怕的事。

他已經做出什麼可怕的事。

我回到房間角落的祕密基地裡，用手指磨擦媽媽的針織外套鈕釦才終於冷靜下來。二十九分鐘後，我從祕密基地爬出來，爸沒等我就逕自把那些箱子搬上車了。他把其中一些我標了號碼的箱子換成閣樓上更舊的那些，原本的箱子裡有我記錄這條街上來往人群的資料。

你犯了大錯，我告訴他。這些是好多年以前的筆記本了，我在筆記本裡列的是星際大戰的角色和商品。

爸說不用擔心，警察可能還是會對我作品的豐富內容很有興趣，這些筆記本可以引開他們的注意力。

我不喜歡爸的解釋。更糟的是，我再仔細看後車廂，發現他把四號箱子放在六號箱子上面了。「四號箱子是橘紅色，而且它很狡猾！」我說。「它不能在和善的灰粉紅色六號箱子上面。它們根本就不能放在一起！你怎麼到現在還不知道？」

我想再說一句：「為什麼你看不到我看見的東西？」

但這麼做沒意義，一向都是如此。爸對很多事都視而不見，尤其是關於我的事。從小就只有媽媽才能理解我眼中的色彩。可是現在媽媽不在了，而爸根本不想知道這些。

他讓我進屋裡，這樣我才能坐在廚房的旋轉椅上不停轉圈，不用再跑去我房間裡的專屬角落。我們快遲到了，可是我們兩人都心知肚明，我無法再承受更多沮喪。我覺得自己像演員，穿著屬於我（賈斯柏．維沙特）的鞋子四處行走，自從那天晚上碧．拉克罕……

我不能講這件事，還不行。

我必須把腦海中長而蜿蜒的彩帶整理一番，它們已糾纏不清，重要的部分遭到破壞或纏繞混雜。我不知道該如何調整才能讓它們回復原狀。

遲到這件事讓我又更慌了。爸說沒關係，不用擔心，可是每次我們的電費催繳通知寄來時他也這麼說。我已經不確定能不能相信他的判斷了。

等我再確認一次箱子已經在後車箱放妥後，我們確認自己繫好了安全帶，因為沒繫安全帶的人被拋出車外的機率比有繫的人高出三十倍。

我們抵達時比預定時間遲了十五分鐘又四十三秒。接待警員說沒關係，要我們坐下來，很快就會有警員來和我們會面。

那位接待警員的聲音是淺紅褐色[1]，我努力忍著不笑出聲。警局裡不會有別人懂我的笑點，除了爸之外，可是他不會笑。他不覺得我的顏色有什麼好笑的。

我想和長尾鸚鵡一樣在候訊室裡飛來飛去，可是到頭來卻只是雙手緊緊抱胸，假裝自己是個正常的十三歲男孩。我盯著我的錶，數著時間。

五分鐘又十四秒。

門嗶一聲後打開，帶點灰色的淺藍綠色圓圈，接著一個穿灰色西裝的男人走出來和爸握手，看也沒看我一眼。

「您好，警官，」爸說。「是你負責偵辦碧和這些男孩的案子嗎？」

那男人把爸帶到一旁小聲說話，聲音變成非常細小的灰白色線條。他沒對我說話，也沒看我。

我偷聽到爸告訴那位警員，他懷疑我能否幫上忙，因為我不會辨認別人的臉孔，他懷疑這和我嚴重的學習障礙有關。他會找時間去評估看看。

警員還想繼續這場偵訊嗎？這可能是浪費大家的時間。

「賈斯柏也會看到所有聲音的顏色和形狀，可是那對別人來說沒什麼作用，」爸補充說道。

他怎麼可以這樣說？這對我來說有用，因為看到每個人說話的顏色可以幫助我辨認他們。再說，這樣不只很有用，還是一件很棒的事，這點爸永遠不會懂。

我的人生充斥著只有我能看見的、萬花筒般的繽紛色彩。

1「淺紅褐色（light copper）」的英文和「警員（copper/cop）」恰好相同。

當我望向房間窗外，蒼頭燕雀在樹梢會為我演奏粉紅色如糖霜老鼠[2]的鳥囀，怒氣沖沖的黑鸝則發出淺藍綠色的線條，逗得我發笑。

每個星期六早晨，我躺在床上，爸都在廚房聽收音機，用電子綠、深紫羅蘭和未熟的覆盆子色轟炸我。

我很慶幸自己不是一般的青少年，因為我可以看到色彩斑斕的世界。我無法辨識面孔，可是我能看見聲音的顏色，那樣真的棒多了。

我迫不及待想告訴這位警察，他和爸都只能看見數百種顏色，我能看見的色彩卻是數也數不清。可是世界上也有很多不堪入目的顏色，不該讓任何一個人看見。打從星期五晚上，不管我怎麼努力，就是無法把這些醜陋的色彩從腦中移除。

我想反抗爸，告訴這位警員，每天晚上當我閉上眼睛，那些色彩都會變得更加鮮明、更加殘酷。因為我不斷看見謀殺的顏色。

2 糖霜老鼠（sugar mouse）是英國的傳統糖果，以做成像老鼠的樣子及色彩繽紛著名。

第二章

星期二（深綠色）

還是那天下午

我們來警局之前，爸就叫我不要講到星期五晚上的事，我必須照著我們討論過的內容做。可是等我們一到那裡，不按牌理出牌的人卻是他。雖然他們在候訊室的另一頭，但我還是聽得到他向警察提出一個又一個問題。

「這是正式偵訊嗎？」他問。「是針對去過碧家裡的男孩嗎？」

那位警員喃喃說了些話，灰白色的聲線如漣漪般飄走，彷彿它並不想獲得任何注意。

「噢，好，不是正式的，是為了先特別調查碧和盧卡斯．德魯瑞之間的關係？就這樣嗎？我試過跟賈斯柏解釋你可能會問他什麼，可是這對像他這樣的孩子來說很困難。」

灰白色線條變成毛茸茸的雲霧，飄散了。

「你們有試過去找碧了嗎？」爸繼續說。

警員點了點頭，傳來更多色彩柔和的呢喃，好像是說警方還找不到她，沒辦法問話。

什麼叫「第一次說明」？我到底為什麼在這裡？

我看了看眼前這兩個男人，但從他們的臉上找不到線索。爸和警員是不是要我說出對碧．拉克罕聲音的第一印象？

天藍色。

對於我們第一次見面的記憶？

我有預感我們會變成好朋友。

還是他們想知道她第一次威脅我的事？

今晚幫我做這件事，否則我以後不讓你從我房間窗戶看鸚鵡了。除非你照我的話做，要不然我不餵牠們食物了。

我想要爸解釋一下他們在討論什麼，可是他得去把箱子搬下車。等候期間，我看著自己用腳踏出的淺灰色，感覺到那位警員的眼睛像把刀一樣劃過我的前額，進入我的頭腦，彷彿他知道事情的來龍去脈與每個細節。那未經編修、擁有如鬼魅般色彩的完整故事。

候訊室的牆從四面八方朝我逼近，我無法呼吸，聽不到也看不到任何顏色。我把必須陳述的故事忘得一乾二淨，也就是爸和我在家花了好幾個小時排練的故事。我走向那位警員，深呼吸一口氣，趁我還有機會，開始向他坦承。我告訴他那些月輪長尾鸚鵡在碧・拉克罕的橡樹上築巢的事，但他從頭到尾都保持沉默。

牠們聰明得不得了，而且歌聲超好聽，就像熱力四射的管弦樂隊。牠們已經害我惹上警察和鄰居，可是牠們依舊是我在這個世界上最喜歡的鳥。

更重要的是，我刻意說得大聲又清楚：「天藍色的結晶體，有著閃閃發亮的邊角和鋸齒狀的銀色冰柱。」

我沒時間解釋這指的是星期五晚上碧尖叫聲的顏色和形狀，因為爸先拿了兩個箱子回來了。

「賈斯柏，我不在時不要說話，」他說。「過去坐著。」

他的雙眼之間出現深深的線條，他很惱怒、生氣或焦慮，因為我沒等他就自己開始說我們的故事。爸大可不必擔心，因為我花了三分鐘又二十三秒描述那些鸚鵡和牠們美麗的顏色，還沒講到我用那把閃亮又銳利的刀刺中碧．拉克罕和那些血的事。

爸轉頭對西裝男說話時，左眼抽動了一下。「美術是他在學校最喜歡的科目，如果你不阻止他，他會講顏色和繪畫講個沒完沒了。」

他的土黃色聲音對我傳遞出一個祕密警告：

不要亂說話，否則有人會把你帶到另一個世界去。

於是我坐回到亮橘色的塑膠椅上，那位警員在門口的面板按下如硬幣大小的銀色數字後走了出去。爸來回走了幾趟，把箱子搬來，我不再雙手交叉抱胸，免得淺紅褐色的那個人會覺得我看起來有防衛心，以為我在隱瞞些什麼。

爸總是說第一印象很重要。

你要專注在對方的臉上，和對方有眼神交集，否則看起來不老實。

如果這樣太困難，你可以盯著對方的眉毛，假裝你跟對方有眼神交集。

盡量表現得正常點。

不要拍動手臂。

身體不要搖擺。

不要談論你那些顏色。

不要告訴別人你對碧．拉克罕做了什麼。

記得，那不是他們今天想跟我們談話的原因。

我很確定我讓那位警員刮目相看，因為我已經告訴他實情了。呃，百分之六十六的實情。我還沒每件事都說，因為不願去想剩下的那百分之三十四。

經過三分鐘又十五秒後，接待警員開門讓我們進入一間小房間，爸把那些箱子搬進來。過了十秒，有個穿白襯衫的男人走進來，他看看我，然後抬頭看攝影機。

「哈囉，賈斯柏，謝謝你今天來一趟。為方便記錄，我是警員李察・張伯倫，在場還有賈斯柏的父親艾德・維沙特。今天是四月十二日星期二，我們在此討論針對你們的鄰居碧・拉克罕提出的指控案件。」

他的聲音是令人作嘔、鐵鏽般的鉻橘色。

「你說你叫什麼名字？」我顫抖著問。

「李察・張伯倫，和那位演員同名同姓，」他回道。「這是我唯一和名氣沾上邊的地方。我們開始吧？」

我們對坐在沙發上，我幾乎快坐到沙發的邊緣了，因為我想避開沙發那塊看起來像嘔吐物的汙漬。爸一把用力把我往後拉。

我的心一沉，像一座巨大的玻璃電梯往下墜。他並不是我在候訊室看到的那位警員，那位警員會仔細聽我說話，而且他的嗓音是令人安心的灰白色呢喃。

眼前這位警員的顏色是像鐵鏽的鉻橘色，而且很可能取名自某個出現在美國犯罪影集的謎樣演員。

基於以下原因，我當下立刻對他沒了好感：

一、他的顏色（顯然是如此）

候訊室那個穿灰西裝的人在哪裡?

二、他說到那些愚蠢的演員和出名的事

三、他目不轉睛地直視我

毫無預警地，他問了一連串令人困惑的問題，學校、我的朋友和老師、給男生的禮物和可以偽裝成糖果的閃亮保險套包裝紙。可是這些問題打從一開始就是錯誤，而且一路錯到尾。

「恕我無禮，可是我討厭你的顏色，不想和你說話。」

「賈斯柏!我們討論過這件事，回答別人的問題時要有禮貌，要尊重別人。」

「對，可是，那位說話聲音是灰白色細語的警官可不可以回來?他好像聽得懂我說什麼。我不想要像演員的李察・張伯倫。我想要我們在候訊室看到的第一位警官。」

一片靜默。

人們說沉默是金。但大家都錯了，沉默是毫無顏色的。

像鏽橘色又說話了。「賈斯柏，在候訊室的就是我。你告訴了我一些顏色和鸚鵡的事情。」

「什麼?」

他拿起筆記本。「淡藍色的結晶體，有著閃閃發亮的邊角和鋸齒狀的銀色冰柱。你還說鸚鵡聰明得不得了。」

我瞥向爸，想確認他說的是不是真的。

爸點點頭。「我把箱子從車上搬下來的時候，你就是在和張伯倫警員說話。」

我簡直不敢相信。我無法看爸，也無法和候訊室裡的警員對到眼，就是他化身為李察・張伯倫，就是那個像鐵鏽的銘橘色的聲音。我盯著警員旁邊、放在沙發上的灰色外套。他把外套脫下來了。我沒注意到他進來時手拿著外套。

「噢。」我想不出還能說什麼。噢是個不重要的字，卻完全能表達我的感受。

渺小。微不足道。

噢。人們看不見這個字的顏色。

「抱歉，我忘了。」這當然是謊話，但這說法很好用。就像「抱歉，我沒看到你。」一樣，這句話我每天至少都會說一次，就在我沒認出某個應該認得的面孔的時候。

「我警告過你的，」爸的土黃色聲音對李察．張伯倫說。「如果我無預警出現在他的學校裡，他也不認得我。」

他說的沒錯。

我不認得爸的臉。

李察．張伯倫的臉。

任何人的臉。

我雖然看得見，但不是真的看見。我所看到的不是全貌。

我閉上眼睛，聽見爸土黃色的聲音，可是卻無法在腦中把他的臉和聲音聯想在一起。我無法從一群穿藍襯衫、藍牛仔褲（這是他的招牌造型）的男人中認出他來。那是爸今天穿的衣服嗎？我不記得了。我沒有專心看。

李察．張伯倫說話時，鏽橘色線條衝擊我的眼球，而如果他在街上朝我走來，我無法認出他，除非我記住一些獨特的細節：他的手錶樣式、帽子、有荷馬．辛普森花樣的襪子，或是他聲音的色彩。這些都是我會最先尋找的，而不是每次人們用手拂過頭髮後隨之改變的髮色和髮型。

我張開眼睛，今天沒有一般常用的線索可循。鏽橘色的那個人穿的衣服毫無特色，而且他把灰外套脫掉，擺了我一道，還用灰白色的細語話音掩飾他聲音真正的顏色。

窸窣細語總令我沒輒，因為這會完全改變一個人原本聲音的顏色。咳嗽和感冒也會騙到我，它們也非常狡猾。

又是一片寂靜。

這回比上次安靜更久。我用舌頭數嘴裡的十顆牙，接著李察．張伯倫清了清喉嚨，發出令人討厭的土黃色。

「你真的花好多時間在這上面[3]，」他指著我的箱子說，此時我正把一邊屁股懸空，努力不碰到沙發上像煎蛋形狀的汙跡。

我嘆了口氣，說：「我們沒有去鎮上。我們直接過來的，否則會更晚才到。」

「呃，好……吧。」鏽橘色把聲音拖得又臭又長，成了一樣不討喜的泥土褐色。

李察．張伯倫（他說叫他李察就好）解釋他很驚訝我寫了那麼多本筆記，強調「今天沒必要帶那麼多來」。他只是想知道我是否看到什麼會對調查有幫助的事。

爸還來不及阻止我，我就從六號箱子裡抽出重要的筆記，翻到一月二十二日那一頁。這不是事件的最開端，但那天對於接下來發生的一系列事件來說相當重要：

---

3 此句原文為 You've gone to town on this.，go to town (on sth) 表示「花很多時間、金錢或心力在某事上」，但由於賈斯柏只理解了字面意思，因此誤解為「去鎮上」。

早晨七點零二分

長尾鸚鵡棲息在文森花園二十號的橡樹上。

快樂的亮粉紅和寶石藍色摻著點點金色從天而降。

早晨七點零六分

住碧．拉克罕家隔壁、穿甘藍綠色睡衣的男人打開樓上的窗戶朝著長尾鸚鵡吼叫，發出多刺的番茄紅色話語。線索：二十二號是大衛．吉爾伯特的家。

「我們可以跳過這段嗎？」鏽橘色打斷我，這令我惱怒。「我想這項資訊對我們並沒有幫助。」

我嘆了口氣。我們又回到原點，鏽橘色又問錯問題了。

如果他真的是警察，他會要求我再往前、從更早的地方開始，從這一切起始的那天：一月十七日。

那是碧．拉克罕搬到我們街上的第一天。

我想我能理解為什麼鏽橘色會這麼沒耐心。碧已經被謀殺四天了，而他似乎還不知道她已經死了，還得遵照正確的程序行事。我從一月二十二日的紀錄再試一次，因為這部分在我腦中清晰可見，一點也沒有混淆：

早晨八點二十九分

穿櫻桃紅燈芯絨褲的男子牽著一隻叫聲像薯條黃的狗在街上跟爸爸說話，抽著菸、穿黑色粗呢外套的男人也來了，可是我沒聽到他說話。

櫻桃紅燈芯絨褲威脅說要用獵槍殺了長尾鸚鵡。他的長褲顏色、沙啞的暗紅色聲線和那隻狗給了我線索，他一定就是住在二十二號的大衛．吉爾伯特。

我不知道穿黑色粗呢外套的男人說話是什麼聲音。之後我再確認他的身分，爸說他是奧利．華金斯。我沒跟他說過話。他幾週前才搬回這條街上，照顧他的母親莉莉．華金斯，她住在十八號，得癌症快死了。

我停頓半晌，讓鏽橘色跟上，因為這是我們的街上有謀殺案發生的最早跡象。可是他正在用一枝筆敲打膝蓋，沒聽出關鍵線索。

敲、敲、敲。

聲音是淺棕色的，有著脆弱易碎的藍黑色邊緣。

我無視這個惱人的顏色，往後跳過九分鐘。

早晨八點三十八分

和爸出門去學校，我很擔心大衛．吉爾伯特的事。他和華金斯女士在這條街上住得一樣久。我問爸為什麼他要提到獵槍，爸說他是退休的獵場看守人，現在每年都還會去獵雉雞和鷓鴣。

為什麼沒人想阻止這個謀殺嫌疑犯，大衛．吉爾伯特？

早晨九點零二分

抵達學校。遲到了。爸說不用擔心，他覺得很抱歉，不該提到大衛・吉爾伯特的嗜好和之前的職業，要我別放在心上。

早晨九點零六分

必須拯救鸚鵡。要密切注意未來可能的謀殺犯：住在二十二號的大衛・吉爾伯特。我在浴室用手機打電話報警，通報死亡威脅。

早晨九點零八分

接線員說……

「在這裡停一下，賈斯柏，」鏽橘色打斷我。「我想我們應該談談這件事。從我們的日誌裡可以看到，這是你最近報警的許多電話之一。」他停頓一下又開始說：「這不是緊急事件。非必要的報警電話會占據警察資源，那是要留給真正的緊急案件的。你這些電話浪費了警察的時間。」

這個白癡是誰？他現在也在浪費我的時間，我本來可以去照顧鸚鵡的。也許那個跟他同名演員還比較聰明。

「當然是必要的，這是那天的緊急事件。你不懂嗎？我通報的是未來可能發生會威脅生命的事件。如果你想阻止謀殺案，就該對這樣的事件更認真看待啊。」

「賈斯柏……」爸開口說。

「沒關係。」鏞橘色舉起一隻手，彷彿他在指揮交通。

我希望比起針對重大的犯罪案件審問我，他更擅長指揮交通。

「你爸爸已經解釋過，說你懷疑住在同一條街上的某人殺了在拉克罕小姐前院築巢的幾隻鸚鵡。」

「我知道有十二隻鸚鵡已經死了，如果把鸚鵡寶寶也算進去就是十三隻，牠們在三月二十四日死了。鸚鵡寶寶的死是場意外，但其他隻鸚鵡的死一定是蓄意謀殺。」

鏞橘色點點頭。「我可以體會最近的事件讓你很難接受。」

「對，」我附和道。「謀殺讓我很沮喪。」

「別說了，賈斯柏！」爸警告我。

鏞橘色再次比出要車停下來的手勢。「沒關係，維沙特先生。我可以處理。」

他傾身靠向我，害我為了躲開他差點跌下坐墊。

「別擔心，賈斯柏，我們絕對可以討論你多麼關心那些鸚鵡的死。可是首先，我想先談談你的朋友們：碧．拉克罕和盧卡斯．德魯瑞。」

倫敦警察廳究竟是從哪裡找來這個人？難道他是喪屍末日後人類的最後倖存者？因為說真的，我認為這正是我們在談的話題，是他突然改變主題，提到我的鸚鵡被大肆屠殺的事。

我想我應該再給他一次機會，即使他笨到以為盧卡斯和我是朋友。我們從來就不是朋友。我們是碧．拉克罕的朋友，自願當她的共犯。

我再試一次，想讓他聽懂。「淡藍色的結晶體，有著閃閃發亮的邊角和鋸齒狀的銀色冰柱。」

我特別強調冰柱，因為那很重要。那是星期五晚上一直在我的腦海揮之不去的畫面。其餘都很模糊，太多空白和彎曲的問號了，可是冰柱那鋸齒狀的尖端讓我想起那把刀。

「你已經說過兩次了，可是恐怕藝術家的顏色對我來說意義不大，」鏽橘色說。「聽著，如果我讓你感到困惑，那麼我很抱歉，我們把話說清楚吧，和我們談話的男孩都沒有惹上麻煩或遭遇危險，我們只是想在找到拉克罕小姐、親自和她談話之前，先了解一些背景。」

我很想告訴他，他永遠無法和碧・拉克罕談話了，可是他沒興趣知道。他的聲音像指甲刮擦黑板一樣刺耳。

「我想回家。」

「拜託，賈斯柏，專心點，就快結束了。」爸的土黃色聲音帶有一點懇求的黃色調。

「我辦不到，我年紀太小。我辦不到，我年紀太小。」

我大聲說話，可是爸不聽。

「對你的偵辦來說，賈斯柏不會是理想的證人，」他說。「一定有他學校的其他男孩可以協助你？那些沒那麼多特殊需求的男生？」

我必須回家。那就是我的特殊需求。我的肚子好痛。沒人在聽我說話。他們總是如此，好像我不存在一樣。或許我已經從指尖消失於無形。

「我了解你的顧慮，維沙特先生，我會聯繫他們這週過來應訊，可是我們還是得仔細探究賈斯柏與拉克罕小姐和盧卡斯・德魯瑞之間的關係。我們相信他也許握有一些能協助我們調查的資訊。他可能記錄了重要的時間與日期，可以證明拉克罕小姐和盧卡斯疑似發生的關係。」

「這點我存疑。」

傳來一陣淺檸檬黃色的聲音。

我的其中一本筆記抗拒著爸刺探的手指。

「你看這篇，上面只有記錄進出碧家的人最基本的細節：穿黑色制服外套的人進門，穿淺藍色外套的人離開，賈斯柏根本不知道他們長什麼樣子，甚至他們是青少年還是成年人都不知道。我懷疑他能否辨認出誰是盧卡斯，誰是其他男孩。」

爸快速翻閱我的筆記。

「賈斯柏大部分的記錄甚至不是關於人，是關於棲息在碧家樹上的長尾鸚鵡和其他鳥類。他是個認真勤奮的鳥類學家。」

鏽橘色的手伸進一只箱子，拿出一本鋼青色的筆記本，封面有隻小白兔。

「那樣不對，」我驚訝地說。「那隻小白兔不屬於這裡。」

「好，抱歉，」鏽橘色說。

那本小白兔筆記本又回到它在箱子裡的藏身之處。

「你看這本筆記，」爸拿起另一本說。「裡面記錄的全是他的顏色，那對你來說會有什麼有趣的地方？誰會覺得這有看頭？」

我想尖叫、踢腳、拍動手臂。

在爸眼中，我的與眾不同之處不是優秀超群、會贏得才藝比賽的那種。他不費心尋找我們可能會有的共同色彩，只注意那些會把我們分隔開來的顏色。

我必須沉住氣，專注在世界上我最愛的顏色上：鈷藍色。

那是媽唯一留給我的東西——她聲音的顏色——可是自從碧．拉克罕搬到我們這條街上，媽的鈷藍色就被沖淡了些。這是逐漸發生的，我一直到顏色開始轉淡才注意到。

「帶我回家！」我說。「現在！現在！現在！」

我被自己聲音的顏色和扭曲的形狀嚇到了。平常我的聲音是天青藍，比媽媽的鈷藍色還淺一個色階。今天我的顏色看起來好怪異，是不是比媽媽的顏色還深了？更帶灰色？我記不得了。我需要想起媽媽的顏色，我想畫出她的聲音。

「我要走了！」

太遲了，我抓不住媽媽的顏色，就像沙子從我的指尖溜走一樣。我兩手緊貼眼睛，想留住她的鈷藍色，在眼中重新確認她的鮮豔顏色。

摩擦，摩擦，摩擦。

我想念她的針織外套。我忘了帶一顆鈕釦讓我用手指摩擦，因為我太專注確認那些箱子都以正確的順序排列了。

我環顧這間房間，頸背起了雞皮疙瘩。鏽橘色告訴我這面鏡子是裝飾用的，就像前方牆上的船隻圖畫一樣。他堅持後面沒有任何人，可是我不信任他的顏色。

有人正站在那面鏡子後面仔細端詳我的臉和習慣性動作，而且在嘲笑我的一頭霧水。在鏡子的另一頭，一共有三個陌生人坐在深紅色的沙發上。

我一個都不認識。

個子最小的有著深銅金髮，他不斷前後搖晃身體，張著嘴大叫。

淺藍色帶點藍紫色的垂直線條。

他吐在沙發上了。

爸很安靜，沒有轉開收音機的第二頻道，也沒有用手指敲打方向盤。有鑑於那整起令人尷尬的嘔吐事件，我想他的反應並不令人意外。雖然鏽橘色說這不要緊，但爸還在生我的氣。很多小孩都在那間房間裡嘔吐，警察會請人來把嘔吐物清理乾淨。爸說那是遊手好閒的人做的事，如果我不努力控制自己，我的下場也會是那樣。

那張沙發一定見證過很多嘔吐事件。鏽橘色在牆上掛了一面讓人產生幻覺的鏡子，他還期望些什麼？前一秒你還以為自己獨自一人，下一秒卻發現自己被陌生人圍繞。

我冷靜下來後，他給我看那面鏡子的後面。只是一面普通的牆。

沒有連接另一個房間的隱藏窗戶。

沒有隱藏的錄音設備。

我努力隔絕外頭呼嘯而過的卡車與轎車發出的黯淡色彩和尖銳形狀。爸從發動引擎開始就不發一語，粗厚的橙橘色尖刺。也許他不生我的氣，也許他在思考碧．拉克罕的事。

他知道我們都需要一點時間思考發生了什麼事，我不能被不必要的顏色和形狀分心，而他不能被我的顏色和形狀打擾。

我應該試著讓他的心情好起來，畢竟他為我做了那麼多事。過去這三天，除了要來警局之外，他沒有強迫我不能一直待在祕密基地裡。他昨天打電話到學校，說我肚子痛。至少那不是謊話。

「別擔心，爸，」終於我開口說。「我想我們做到了。」

「做到什麼？」他說，眼睛沒看我。

「我們成功擺脫謀殺罪了。那個和演員同名的李察．張伯倫什麼都不知道。」

爸吐出一個像貓嘔吐物的黃色字眼。

我討厭髒話。他知道我討厭髒話。

他在為了我吐在鏽橘色的沙發上而報復我。

「很抱歉，賈斯柏。我不該用那個字。難道你一點也不懂我跟你說的嗎？這是你以為發生的事嗎？」

我緊緊閉上眼睛，身體在安全帶下蜷成一顆球。

是，沒錯，我是這麼認為。這就是在那裡發生的事。

雖然他一直重複警告我要閉上嘴，我還是想據實以告。事實上我的確這麼做了，因為我對於在文森花園二十號的廚房裡發生的事情感到非常非常抱歉。受懲罰是我活該。

鏽橘色就是不聽，我懷疑他不會就此開始找碧・拉克罕的屍體。

這能給我多點時間。

多點時間來保護剩下還活著的長尾鸚鵡。我需要更長的時間，大概四天，等到雛鳥開始從碧・拉克罕家的橡樹和屋簷上棄巢飛走，飛得遠遠的，遠離我們這條街上潛藏的危險為止。

可是我無法離開。

我不能再對那些顏色視而不見。

我必須面對事實。我必須回想起來，我殺了碧・拉克罕的那一晚，究竟發生了什麼事。

第三章

星期二（深綠色）

傍晚

那晚我躺在床上，一張一張仔細看《鳥類百科全書》裡月輪鸚鵡的照片。公鸚鵡成鳥很容易辨認，因為牠們的脖子上會有一圈粉黑相間的毛色。母鸚鵡也有這樣的頸毛，不過顏色偏綠，和身體的顏色相仿，所以比較難辨識出來。

總共有十二隻死掉。

碧．拉克罕死前沒告訴我有多少隻公鸚鵡和母鸚鵡被殺害。我必須在時間太遲之前展開調查，在那些鳥巢被棄置之前。

我們從警局回家後，爸沒問我下午想不想回去上課。趁他在做起司吐司和幫我找腸胃藥時，我迅速拿了只剩半袋的種子，躡手躡腳地走到門廳，結果還是被爸叫住。

不要去碧．拉克罕家裡餵那些鸚鵡了。

答應我？

不要把蘋果碎片放在我們家前院的地上給那些鳥吃了。那樣會引來老鼠。

答應我？

不要再打電話報警了。

答應我？

這三個字是邊緣彎曲的灰粉色字眼，總讓我的肚子有種怪異又疼痛的感覺——不是肚子的表面，因為它現在像乾冰一樣灼燒，而且看起來就像半張的嘴。

我答應了，可是手指在背後交叉，意思是這次的答應不算數。總得有人去餵這些鸚鵡，因為碧・拉克罕已經無法再餵牠們了。

爸還不知道這件事，不過碧・拉克罕的房子正在努力吸引人注意。她家前院的六個鳥類餵食器從星期五晚上開始就是空的。她沒把花生串成一串，也沒把裝了切片蘋果和板油[4]的盤子擺出來。她沒像往常一樣把音樂開到最大聲。那些鸚鵡沒有引吭高歌，鄰居們也沒抱怨牠們發出的噪音。今天稍早，她沒有打開大門迎接她的鋼琴課和吉他課學生，從下午四點放學開始，他們每人被分配到四十五分鐘的授課時間。但那間屋子從星期五開始就漆黑而安靜，也就是碧・拉克罕死去的那個靛藍色的日子。

我知道這些重要的事實，因為自從爸不讓我出門去餵那些鸚鵡之後，我就把自己關在房間裡。起初我專心畫媽媽的聲音，可是色彩消失了。那些顏色不願配合又粗魯無禮。就像爸形容我的方式：難相處。

他說今天剩下的時間他會在家工作，可是我畫畫時可以看見樓下電視傳來的顏色。半小時後，媽媽的鈷藍色仍然不願意現身，而電視黑銀相間的線條又一直令我分心，於是我索性把藍色顏料拋在一旁，拿望遠鏡站在窗邊。

我和往常一樣記錄所有相關的活動，用的是一本全新的矢車菊藍筆記本。我特別選擇這樣的開始，因為這麼做似乎才是正確的做法，這是為了把我的「事發後」筆記和「事發前」筆記區隔開來、不受到汙染。

下午三點三十五分：公鸚鵡飛到樹枝上，嘴裡啣著漿果。

下午四點零二分：碧的鋼琴課。穿翠鳥藍外套的男孩遲到了兩分鐘。他跑上前，看著空空如也的餵鳥器，大力敲門的顏色是紙箱的卡其色。門沒打開。翠鳥藍外套男孩往街上走去。

下午四點十一分：樹枝上有五隻小鸚鵡。

下午四點四十五分：碧的吉他課。穿海綠色外套的男孩輕輕敲門，聲音是土褐色。門沒打開，海綠色外套男孩回到黑色轎車上。

碧．拉克罕還有另一個無預警的訪客，那個人不在她平常的課表上。

下午五點四十一分：深藍色棒球帽男。

砰砰砰。

「碧，開門！我們得談一談！」他的聲音是骯髒的咖啡色，邊緣像木炭。

我好想把身體伸出窗外吶喊：帶著你骯髒的顏色滾開！

當然，我無法這麼做。我太怕這個戴深藍色棒球帽的男人了。我不確定有沒有看過他，可是我確定我不喜歡他的顏色，還有他的棒球帽。

---

4 板油（suet）也就是牛和羊肉周圍的油脂，能夠吸引啄木鳥、五子雀、椋鳥和鸚鵡。

我用望遠鏡掃視那棵樹。那群鸚鵡還是藏在最高的樹枝裡，連最小的鸚鵡也沒被那刺耳的聲音驚動。聰明的鳥。

下午五點四十三分：深藍色棒球帽男走回街上，眼睛還一直盯著碧房間的窗戶，然後轉身……

筆從我的手中掉落，在綠地毯上發出一連串淺燧石棕色。我躲進祕密基地裡，埋進毯子底下。我縮在一個黑暗又溫暖的繭裡，手指摩擦著媽媽針織外套的鈕釦，聞著她的玫瑰香氣。

後來我終於爬出來，往窗外瞥。那個深藍色棒球帽男已經走了。下午六點十四分。我確定是這個時間，因為我確認過手錶和床邊的時鐘。精確的細節很重要。

現在我得記錄其他事情，否則要是知道紀錄不完整，我會睡不著覺。時間是一小時又四十二分鐘後，晚上七點五十六分。我拿起一直放在床邊的藍色鋼筆，又開始書寫。這次看起來好些了，因為我的筆跡看起來並不慌亂，不像字要逃出頁面一樣。我寫下：

下午五點四十三分：深藍色棒球帽男又走回來，眼睛直盯著碧的房間窗戶看。他轉過頭來看到我正用望遠鏡看他。他往我們家走過來。

???????????????????????????

下午六點十四分：深藍色棒球帽男不見了。

我躲到祕密基地的那三十一分鐘發生了什麼事？我無法回答這三十三個問號的答案。

深藍色棒球帽男是不是想跟我對質，問我是否在偷窺，但又改變主意了？我沒聽到爸開門的聲音。我用兩手蓋住耳朵，大聲唱泰勒絲的〈壞到底〉。不過如果他有來，我應該會聽到的吧？我會看到敲門產生的深棕色形狀。

我會看到他們說話聲音的顏色。

我在筆記裡寫下：

深藍色棒球帽男是誰，還有他想找碧．拉克罕做什麼？

第四章

星期二（深綠色）

還是當天傍晚

更新紀錄後，我把筆記本推到枕頭底下，再繼續一張張仔細看公鸚鵡的照片。我不願去想戴深藍色棒球帽的男人，那樣我可能又會做惡夢，而且那些惡夢讓我即使吃了爸給的止痛藥還是會肚子痛。

我也不願去想那片血跡，可是我就是忍不住擔心，它還在我腦中繚繞。爸可能已經把星期五晚上的那把刀和我的衣服塞在花園棚屋的除草機後面了。那裡就是他偷藏違禁品（即使他應該戒菸卻還私藏的備用香菸）的地方，他還以為我不知道。

「你還好嗎？」土黃色聲音。

《鳥類百科全書》快從我的羽絨被滑下去了，我趕緊伸手抓住它，同時用手肘壓住枕頭保護我的筆記。不能讓爸發現我還在做紀錄；這是我要保守的祕密。他不會喜歡聽到我記得的事。

現在是晚上七點五十九分，爸比往常還早來跟我說晚安。一定是因為電視上新一季的《犯罪心理》要開播了。

「今天發生好多事，不過現在都結束了，」他說。「我不希望你被警察影響心情。今晚我已經跟張伯倫警員談過，把事情解決了。碧現在是別人的問題，和我們無關了。」

我專注地看那些鸚鵡的照片。

「那她的屍體怎麼辦？」

爸深呼吸一口氣，那是土黃色的煙霧。「我們已經講過這件事好幾遍了，我已經把碧的事處理好，你可以不用再擔心她了。」

「可是……」

「聽好，我說她的事不會再煩我們了。我向你保證。」

沉默無聲。沒有顏色。

「賈斯柏？你在聽嗎？」

「嗯，我還在。」很不幸是如此。多希望我沒聽見。多希望我可以像隻鸚鵡一樣蜷縮在街邊那棵橡樹上的鳥巢深處，那一定很舒服。松鼠離開之後那裡原本是啄木鳥的家，可是後來被鸚鵡佔據了。大衛．吉爾伯特說牠們總是把其他會築巢的鳥趕走，像是五子雀。

「賈斯柏，看著我，專心看我的臉。專心聽我要說的話。」

我不想。

我抬起頭來看他，免得爸把我的書拿走，就像那袋鳥飼料一樣。我把他的五官在腦中勾勒出簡練的圖畫：灰藍色的眼睛、挺大的鼻子和薄嘴唇。但當我閉上眼睛，他的臉卻像我從來沒畫過一樣消失了。

「賈斯柏，睜開眼睛。」

我照做了，爸像變魔術一樣又出現。他的聲音也有幫助。土黃色。

「我已經告訴過你了，警察不會找到碧的屍體，因為根本就沒有屍體。」

現在輪到我吸氣，吸進色彩與氣息。那顏色比之前更深、更像鋼青色。他想把我們兩人和星期五晚上在碧的廚房裡發生的事劃清界線，也許他覺得鏽橘色在竊聽我的房間。他可能在整間屋子裡都裝了竊聽器。《法網遊龍》裡的警察都這麼做。

我想像我們家門前停了一輛深色廂型車，裡面坐著兩個男人正戴著耳機聽我和爸說話，希望我們會洩漏一些關於碧・拉克罕的事，證明我們的罪行。

我必須按照我們演練的劇本走。

沒有屍體。

我小聲複述這些字。

如果警察不去找也沒在找（鏽橘色證明了是如此），那他們就一定無法找到碧・拉克罕的屍體。他把我留下的麵包屑踐踏過去，就像在糖果屋故事裡那樣，壓根沒注意到那些碎屑會指引他到碧・拉克罕的家後門，一直延續到她家廚房，痕跡就到那裡為止。

我不知道那些麵包屑再度出現在哪裡。在我逃離現場後爸沒告訴我發生了什麼事。等到她的屍體被找到，可能早已腐爛好幾個月了。

如果真的被找到的話。

根本就沒有屍體。

「好，爸。如果你確定的話。」

「我確定。離碧的家遠一點，不要再談到她的事了。我不想再聽你提到她的名字。我希望你忘掉她，忘了你們星期五晚上發生的事。談論那件事準沒好處。」

我點點頭。

爸懂的事一定比我多，因為他說他年紀比我大、比我聰明。但問題是，不管爸怎麼說，這麼做感覺起來就是不對。

我從床頭櫃的書底下抽出一張照片。那是一張新的照片。所謂的新，不是某人才剛拍下一張媽的照片，這是不可能發生的事。她在我九歲時死了。我不被允許出席喪禮，因為爸說我會太難過。我以前沒看過這張照片，這不在其他相簿裡，也不在爸的床頭櫃裡。我是在爸書房的文件櫃後面找到的。

我盯著照片裡站成一排的六個人。「哪一個是媽媽？」

「什麼？」爸在看手錶。我拖到他看聯邦調查局偵辦重要案件的時間。那些劇情都很複雜，他跟不上的。

「這張照片裡哪個人是媽？」我再問一次。

「給我看看。」

我把照片舉高，可是不讓他從我手中拿走。他可能會在照片上留下指紋，那會把這張照片毀了。

「天啊，我好幾年沒看到這張照片了。你在哪裡找到的？」

「呃……」我不想承認我又去亂翻他書房裡的文件櫃和抽屜。

除了鸚鵡和畫畫之外，我最喜歡的嗜好就是趁爸不在的時候翻遍爸的東西。

「它黏在相簿裡另一張照片的後面。」為了顧全大局，說點小謊也無妨。

爸的眉毛往中間皺起。「哇，這喚起我好多回憶。這是你外婆七十五歲的生日派對。」

很有趣，可是他還沒回答我的問題。

「哪一個是媽？」

他嘆了一口氣，吐出淺土黃色的圓圈。「你真的不知道？」

「我累了，無法集中注意力。」我又說了很好用的謊話，它就像值得信賴的朋友，就像灰粉色的六號箱子。

「這個是她，」爸邊說邊指。「照片裡最右邊的。」

「她是穿藍色襯衫、手臂搭在那男孩肩膀上的女人。」我喃喃覆述，想讓自己記住她在照片裡的位置。

「那是你的肩膀。她是在摟著你。你們都在對鏡頭笑。」

我盯著眼前那群陌生人的臉。

「那是誰？」我指著另外一個站更前面的女人。她也穿著藍色上衣，這讓人很容易搞混。

「那是你的外婆，她在你媽媽過世……」土黃色聲音愈來愈小聲。

我幫他說完句子。「一個月後死了。她失去自己唯一的女兒，太悲傷又太震驚，所以也過世了。」

爸用力吸一口氣。「對。」他的話像把鋸齒狀的箭，呼嘯穿過空氣。

我不理會他突如其來的攻擊。「她知道她無法取代媽，這是不可能的事。」

「她當然無法取代你媽。人不是物品，不能說取代就取代。賈斯柏，生命不是這樣運作的，你懂的吧？」

他心裡一定知道他是個騙子，可是我現在不願去想這件事。

「媽說話是什麼顏色？」我問，想改變話題。

爸又看了一次手錶。他上來說晚安之前應該先用遙控器按暫停的。他已經錯過六分鐘二十九秒

《犯罪心理》的劇情，連續殺人犯可能已經犯案了。

「你知道她是什麼顏色。就是你一直以來說的那個顏色。」

「鈷藍色。」我緊緊閉上眼睛，就像我在警局裡那樣。沒有用。我張開眼睛盯著我的畫。我把它們在窗台下擺成一排，就在我的雙筒望遠鏡下面。它們像在指責我一樣回瞪著我。

「媽媽的鈷藍色。那就是我想記得的。閃亮像緞帶的鈷藍色。」

「那就是她的顏色，」爸說。「藍色。」

「她是嗎？她真的就是鈷藍色嗎？」

爸聳聳肩。「我不知道。你媽說話時，我看到……」

「什麼？」我咬著嘴唇等待。「你看到什麼？」

「就只是你媽媽，沒有顏色。她在我看來很正常，就像她在所有人眼裡一樣。除了你之外，賈斯柏。」

他轉過身去，可是我不能讓媽的顏色消失。

「我小時候有說過媽是鈷藍色的嗎？」我繼續說下去。「我從來沒說過別種藍色嗎？例如天藍色？」

「現在不要談這個，時間不早了，你累了。我也累壞了。」

他的意思是他不想再談論我的顏色了。他希望我假裝所看到的世界和他一樣，單色又無聲。正常。

「這很重要。我必須知道我是對的。」我把纏住腳的羽絨被踢開。

「我在想什麼？她當然是鈷藍色啊。」爸的聲音輕得可以被夏日的微風吹走。「睡前不要煩惱這件事了。你需要睡眠，明天要上學，我也要上班。我不能再請假了。你必須停止再想碧的事，開始把注意力放在學校上。雖然你的肚子好像好一些了，可是做事還是要三思而後行。好嗎？」

他回過身，彎下腰來親我的額頭。「晚安，賈斯柏。」

爸跨四大步走到門口，把門關上，和往常一樣不偏不倚地留下三吋門縫。

他又說了另一個謊。

這個晚上一定也不安寧，一點也不。

我一直等到聽見客廳傳來深紅色皮革扶手椅的嘎吱聲，才跳下床再開始畫媽的聲音。她的鈷藍色聲音無法用混色好的顏料畫出來，必須重新創造。我試過以加點白色、混點黑色來改變色調，可是不管我怎麼嘗試都不對。

如果這些繪畫作品誤導了我，那麼我的其他畫也是一連串的謊言嗎？我在衣櫥裡翻箱倒櫃，拿出自從碧．拉克罕搬來之後我畫的所有圖畫。總共有七十七張，我把它們分類成鸚鵡、其他小鳥的歌聲、碧的音樂課和日常的聲音。

我不擔心這些畫，它們的顏色傷不了我。

但聲音卻可以，我把它們分別擺成不同疊，再更仔細研究它們的顏色：碧．拉克罕、爸、盧卡斯．德魯瑞、鄰居們。

所有主要人物。

我畫下他們，來幫助自己記得他們的臉。

有些畫不願意按順序排好，它們交談的顏色混在一起，變成截然不同的色調。

就在這時我才終於恍然大悟。就是這個原因讓我開始產生疑問，這也是為什麼我無法百分之百確定媽的顏色：我已經不知道哪些人說話的顏色是正確真實的，而哪些人又是在欺瞞我，是十足的騙子。

我必須重新開始，除非我釐清這一切，否則我永遠不會知道究竟發生了什麼事。我必須分出哪些是好的顏色，哪些是壞的。

我把一枝大畫筆弄濕，在調色盤上混合鎘黃色和茜草紅色。

我覺得自己變得更平靜、更強壯。一切都在掌控之中。我要從頭開始畫出這起事件，從一月十七日、事情初始的那天開始。我的第一張畫叫作：血橙色攻擊亮藍與雪青色圓圈，油畫。

我會逼那些顏色說出真相。

一筆一畫都不放過。

第五章

一月十七日，早上七點零二分

血橙色攻擊亮藍與雪青色圓圈，油畫

三隻喜鵲和一隻不知名的鳥在二十號雜草叢生的前院橡樹上吱吱喳喳，刺耳的血橙色挾帶一點令人作嘔的粉紅吵著要爭取我的注意。那間屋子從我們十個月前搬進來之後就沒人住，於是好幾種鳥類占據了那裡的樹木枝椏。

我用爸買給我當聖誕禮物的望遠鏡觀看那些喜鵲激動地振翅、爭吵，一般來說，我都是在星期天下午我們去里奇蒙公園散步的時候，用這副望遠鏡觀察小鳥發出的顏色：比較少見的啄木鳥、棕柳鶯和松鴉。我看不到那些喜鵲在跟誰吵架，可是我已經對牠肅然起敬。即使數目不敵對方，牠還是勇敢地不屈服。那隻鳥仍藏在一根樹枝後面，牠的啼叫聲被新出現的尖銳的薑褐色形狀給壓了過去。

一台藍色大廂型貨車停在屋子前面，可是那些喜鵲沒有因此停止猛烈攻勢。有個穿牛仔褲和深藍色運動衫的男人下了車，走到門口。我原本以為只有一個男人氣喘吁吁地卸貨，後來才看到其實是兩個穿牛仔褲和深藍色運動衫的男人一起搬一個衣櫃。

我不是太專注在他們身上，因為又有兩隻喜鵲飛到那棵樹上了。那三個惡霸找人來支援了。

接著發生了一件不可思議的事：一隻長尾鸚鵡對那群喜鵲發出刺耳的叫聲——亮藍與雪青色圓

圈，中間是綠玉色的——牠的聲響直搗天際。

回來！

我張嘴大喊，可是我的喉嚨因興奮而乾啞，發不出聲音來。我只有在里奇蒙公園裡看過長尾鸚鵡，從沒在這條街上看過。

我放下望遠鏡，在我的淺藍綠色筆記本上記錄這隻長尾鸚鵡，這本筆記本記了我在公園和這條街上看過的全部鳥類。我對喜鵲沒興趣，我一向不喜歡牠們咄咄逼人的顏色。

對街的男人們繼續工作，來來回回地搬運家具。他們使勁把床墊和箱子運出來，擠進貨車後方。

我用望遠鏡掃視樹枝，可是在這條街的樹上都沒看到鸚鵡。那些喜鵲也飛走了，證明這場領土之戰一點意義也沒有。

我繼續觀察那棵樹，氣自己沒能多看那隻鸚鵡幾眼。爸說該去上學的時候我還不願離開窗邊。他想把我拉走，可是我拚命尖叫，叫得鼻血都流到胸膛。我沒有乾淨的白色襯衫，因為爸又忘了洗衣服，所以我們達成協議，我可以不用去學校，而他會去書房設計新的應用程式。

就在那些男人不美觀的喊叫聲和貨車引擎加速時豔黃色的針刺形狀淡去之後，街道靜得出奇，連一隻蒼頭燕雀或麻雀的鳴叫聲，或是車子的喇叭和關門聲響都沒有。

也許是我警戒地站在窗前時自動隔絕了所有噪音。我專注地凝視著文森花園二十號前院的那棵樹，而非那棟屋子，我不認為會有人進出那間屋子。什麼事也沒發生。

那是風雨前的寧靜，整條街都屏息等著那隻鸚鵡歸來。

當天晚上九點三十四分
略摻土黃色的動物狂歡節，油畫

文森花園二十號的窗戶打開了，震耳的音樂傾洩而出，像一條彎曲的長蛇緩緩爬過街道，攀上我的房間，輕敲窗戶。輕敲這條街上的所有窗戶。

我在這裡。快注意我啊。

那些色彩激烈地來到，飄進每個人的生活，打擾了每件事。

有些人可能會稱之為妨害安寧。那晚和接下來的數個星期、數個月確實是如此。

平滑透著光澤的深紅色大提琴、閃爍著亮電子點的鋼琴聲和長笛帶有深紅色斑點的淺粉紅色圓圈正式宣告這條街有新朋友到來。

有隻鸚鵡，也有個人，他們都渴望被看見。他們和我一樣喜歡吵鬧、節奏明快的音樂。過了很久以後，我才發現這首美妙的歌曲叫做《動物狂歡節》，由十四首小品組成，是法國浪漫主義作曲家卡米爾．聖桑的作品，他為動物作曲，例如袋鼠、大象和烏龜。我最喜歡〈大鳥籠〉的色彩，這首曲子描寫森林中的群鳥，可是那晚輪到的是〈獅子進行曲〉。

它的色彩一出現，我就從床上跳起來，衝到窗邊，扯開窗簾。一頭長金髮的女生手舉著玻璃杯，在客廳裡翩翩起舞。她跳起舞來和我很像，我們都不在乎是否有觀眾。她不在乎杯裡的飲料是否會潑濺出來。

她不停旋轉，把自己包覆在色彩明亮而閃爍的音樂披肩裡，將它緊緊摟著，貼近身軀。

那些顏色層層疊疊，在我眼前的透明螢幕上漸顯又漸隱。彷彿我伸手就能觸碰到它們。

「賈斯柏！關小聲……」

最後一個字拖得很長，因為句子沒說完，就和爸跟我說話時的很多句子一樣。

他朝我走來，可是我無法轉身。那跳動的音符完全逐出我腦中的所有事物。很可能即使我們的房子化成灰燼，我也不會移動半步。

那時我以為這就是我所見過最棒的色彩組合，不過當然，我錯了。那群喧囂的鸚鵡到來之後，還會有更美的，可是我當時還不知道。

我把望遠鏡聚焦在對面的屋子上，多彩的音樂幾乎把客廳的家具都擠了出去。沙發、一張小桌子和椅子全都被推到鋼琴旁的牆邊。一個綠色的懶骨頭還在原位，旁邊的櫃子上有一台iPod。

我認出原本掛在窗上的深棕色窗簾和灰白色沙簾摺成四方形擺在桌上。它們被解雇，失業了。

「我的老天啊。」爸一把搶走我的望遠鏡。「別人會怎麼想？賈斯柏，你不能再這麼做了。沒人喜歡偷窺狂。」

我才不想問別人會怎麼想。我老早就放棄去拼湊那片拼圖的答案了。

通常爸這樣搶走我的東西會把我激怒，搶別人的東西很沒禮貌，那是他教我的規則之一。但我沒提醒他這件事，因為那些色彩的深度震懾了我。

它們在背景映照著那個女生的白皙手臂，她不停地跳著華爾滋，花朵圖樣的睡袍在旋轉時飄動敞開，宛如忽然迎來一陣風。

我無法把視線從她身上移開，到爸身上。

正當他要解釋我做錯什麼時，音樂戛然而止。

「不！等等！」我大叫。

那些顏色剎那間消失了，就像那隻鸚鵡飛離橡樹一樣。它們並非漸漸飄走或消散，而是就這麼倏忽止息。像關掉了電視。可是接著……

幾分鐘後，晚上九點三十九分

火星音樂和熱奶油吐司，油畫

那女人一定聽到我的叫聲了。

她一個箭步衝向懶骨頭，接著iPod就傳來更大聲、更大膽又明亮的霓虹顏色。

火星音樂。

這些顏色是異地的訪客，只有我能懂——像爸這樣的人根本不知道這些顏色的存在。它們看起來不像存在於真實世界。它們只存在於我的腦中，無法用言語形容，更別說描繪出來了。

它們同時具有銀色、翠綠色、藍紫色和黃色，可是又讓人覺得完全不是那些顏色。

「她很喜歡電子音樂，對吧？」爸說。「鄰居一定會反應熱烈的。」

這句話聽起來像問句，可是我沒有回答。我不知道那個「她」是誰，也不知道「她」在文森花園二十號做什麼。

不過這次爸的另一句話倒是說對了。我就反應熱烈，和所有鄰居一樣。那個「她」不只喜歡跳舞和大聲的古典樂，她還更喜歡火星音樂。

我有種感覺，我們會成為朋友，很好的朋友。

「這樣下去不妙，」他說。「她直接把車停在大衛家門前，已經把他惹毛了。」

「她是誰？」我問。「為什麼她沒把衣服穿好？為什麼那些男人要用貨車把她的家具載走？」

爸沒回答我。他看著她狂野地跳舞，頭髮甩來甩去。我想他是在為她覺得難過，因為她買不起家具或窗簾。她穿著一件光滑亮色的花朵圖樣睡袍，睡袍一直滑下肩膀，在腰間敞開。不管有沒有用望遠鏡，看她那像外星人的肌膚裸露出來感覺就是不對。

眼前的人不是爸說以前住在這裡的老女士。這個「她」，這個不知名的女子，看起來並不像老人。一點也不像。我平常不太注意別人的頭髮，可是她的一頭金髮又長又飄逸。她優雅地在房間裡四處移動，像個芭蕾舞者一樣轉身，或者像一位作曲家，正指揮一場色彩的交響樂。

「她是誰？」我再問一次。

「我不是很確定，」他回答。「寶琳．拉克罕幾個月前在某個地方過世了。這個女人可能是她的朋友或姪女之類的，也可能是失聯很久的女兒。我不知道她的名字。她年紀應該和她差不多。大衛之前有提過她，說她連拉克罕太太的葬禮都沒有回來參加。」

我第一次聽說這件事。我不知道以前住在對街的老女士叫做寶琳．拉克罕，也不知道她在新的房子逝世。也許她不太喜歡這個家。

「嗯，那這個女人是誰？是朋友、姪女還是失聯很久、沒回來參加葬禮也沒有名字的女兒？」

爸令人惱怒。他不理解弄清事實的重要性。我知道一個女人不能同時當兩或三個人。她要不就是某人的朋友，要不就是有人很久沒跟她連絡，需要幫忙找到她。

「我不知道，賈斯柏。你希望我幫你問她嗎？」他用手撥弄望遠鏡的帶子，讓我很想在他磨壞皮革之前把望遠鏡搶回來。「你覺不覺得，如果我們一起去歡迎她搬來我們這條街，這麼做很友善？幫她在新環境站穩腳步？」

我困惑地望著窗外。很顯然她的腳就在那裡，她不需要幫忙也可以站得穩啊。她輕快地用腳尖在屋裡移動。

我不想點出他這個問題有多愚蠢。與其在這裡把注意力放在她的腳上，還不如趕快步出屋子走去她家。我可以從窗戶這裡看就好，和她本人見面太快了。我還沒有時間為這場對話做準備。

太遲了！

有個男人往文森花園二十號走去，身穿一件深色長褲配深色上衣。我猜他應該就是反應熱烈的鄰居，要來歡迎她成為我們街坊的新成員。

他用力敲門。不規則的赤褐色圓圈。

音樂戛然而止。

我立即感受到自己不喜歡這位訪客。他害爸不能去向這位不知名女子做自我介紹。更糟的是，他干擾了她的調色盤。

「呃喔，」爸說。

「呃喔，」我也說。這個男人看起來不太妙。

不知名女子把睡袍繫緊，非常緊。彷彿她在把一個要送去郵局的聖誕節包裹打結一樣。十五秒後，她出現在門口。她的嘴張得好大，就像坐在牙醫的椅子上那樣。她退後幾步，遠離門口。也許他並不是什麼反應熱烈的鄰居。我不喜歡他讓她嘴型變成「喔」的模樣。

「她為什麼要後退？」我問。「他嚇到她了嗎？我們要報警嗎？」

「不用，賈斯柏。那是住十八號的奧利．華金斯。他上週回來照顧他媽媽。華金斯太太的狀況非常不好，所以我想你也很少在街上看到他。」

「你確定那個女人沒事嗎？」

「當然確定。奧利不會傷害她。他只是讓她覺得很驚喜而已，她可能沒料到第一晚就有訪客。」

我又想把望遠鏡拿回來，可是爸抓得緊緊的。他不想放手，但那又不是他的，那是我的。我正要點出這個重要事實的時候，那男人伸出了手。我倒抽一口氣。我也往後退了一步，堅信他一定是要抓住那個不知名女人的腰帶。

「別擔心，賈斯柏。他不是要威脅她還是什麼的。他是想跟她握手。記得嗎，人們第一次自我介紹的時候會這麼做。這是禮貌的行為。」

那女人不想握他的手。也許她不知道爸對於社交情境該做什麼的規則。她雙臂交疊在胸前，彷彿得把包裹的繩子綁得更緊一點，用格外堅韌的棕色寬膠帶包裹好，來面對前方漫漫的旅程。

「哈！還真順利，」爸說。

「可不是嗎？意思是現在他已經去歡迎她，我們就不能這麼做了。」巨大的失望感就像在我肩上的沉重重量，將我壓進地毯、穿過木質地板，再拋入底下的起居室。那男人偷走了我們的自我介紹。

「我懷疑他不是歡迎委員會，」爸說。「我的意思是，他可能是來歡迎她搬到這條街上，以示禮貌。可是我不認為那是他今晚來訪的真正原因。」

「為什麼？那原因是什麼？」我直盯著那個謎樣的男人，奧利・華金斯，他帶著不知名的動機想趕在我們之前先和不知名女子見面。

「他可能是想聊聊她的音樂，那些噪音會直接穿透排屋的牆。他和他母親一定聽得格外清楚。」

就在那時，我感受到有別於以往的一股奇異情緒。忌妒。這個詞是淺淺的醃洋蔥色。

奧利．華金斯和他媽媽接收的顏色沒有經過惱人的稀釋淡化過程，而是直接穿過牆面進入他們家的客廳。

「幸運，他們真幸運，」我說。

爸不小心嗆到，發出一滴墨水形狀的芥末與棕醬。

「賈斯柏，不是每個人都跟你一樣喜歡大聲的音樂，我很確定他是在請她把音量轉小一點。這裡是住宅區，不是伊維薩島。」

為什麼奧利．華金斯和他媽媽希望音樂消失？伊維薩島聽起來是個很有趣的地方。

大門關上了，那男人往回走到小徑上。他抬起頭，對我們舉起手。爸也舉起手，一個祕密手勢。

「你得同情奧利，」爸說。「他現在和他媽媽的日子不好過。就快了，她的時間不多了。」

爸又說錯了。我對奧利．華金斯一點感覺也沒有。我不認識他，不知道他來自哪裡，也不知道他的聲音是什麼顏色。我以前從來沒見過他，至少我不認為我見過。我不認得他的衣服。

我唯一確定的，是奧利．華金斯不喜歡大聲的音樂，而那阻隔了所有美妙的顏色。

這在我的筆記本上是個黑色的記號。不是純黑，而是骯髒的一團顏色，旁邊有紋理粗糙的灰色痕跡，會汙染所有它碰觸到的事物。

我努力專注，因為我注意到自己被那些色彩分心了。爸說對了一件事，那男人走到人行道上，進了隔壁那間屋子，文森花園十八號。他果然就是奧利．華金斯，回家陪他那個時間不多的母親。諸如此類的。

「好了，賈斯柏。」爸把望遠鏡的帶子纏在望遠鏡上。「該睡覺了，明天要上學。沒有狂歡舞曲派對了，今晚我們街上的秀到此為止。」他聽起來和我一樣很失望沒戲唱了。

我咬著嘴唇，閉上眼睛。我不想讓火星音樂消失，如果我睡著就可能忘了它們。一如往常，我的鬧鐘會在早上六點五十分響起，可是我必須立刻把它們畫出來才行。

其實我根本不需要擔心，因為火星音樂過幾秒後又開始響起，一開始比較小聲，後來愈來愈大聲，比先前更震耳欲聾。

我的眼睛猛然睜開。不知名女子又回到客廳裡不停旋轉，身上的睡袍隨風飄起，彷彿那陣風又變得更強了。

雖然知道爸很討厭我跳舞，可是我就是忍不住開始拍動雙臂、跳上跳下、在色彩之河裡游泳。我和她一起舞動，我們的顏色融合得恰到好處。

那是不管別人怎麼想、怎麼說的叛逆色彩。

爸沒像往常一樣叫我停下來，也沒命令我別再跳了。他站在窗前，望向眼前狂妄的電子色彩。

「大衛．吉爾伯特也來抱怨噪音了，」他喃喃地說。「他不用多久就會來對她發號施令。她會後悔搬到他家隔壁。」

那晚的第二位訪客大衛．吉爾伯特走到前院的小徑。他從另一側的房子走來，二十二號。如果我沒看到他走來，或是爸沒告訴我他是誰，我會以為奧利．華金斯又回來了，而這次戴了帽子。

「我不認為她會為了奧利．華金斯或大衛．吉爾伯特降低音量，」我說。「我不認為她可以這麼做。這音樂一定要放得很大聲，鄰居會習慣的。」

爸咯咯笑了出來，滾滾的深土黃色。

「要是我就不會跟大衛爭。我想他一定會全心投入這件事。無論她是誰，賈斯柏，她鐵定是個麻煩人物。」

「真的嗎？」

在我看來，她不像個麻煩人物啊。麻煩人物會用領巾遮住臉，週末在牆上用噴漆塗鴉。他們會窩在街道的角落，存心想對任何靠太近的人拳打腳踢。

爸聽起來不太擔心這個不知名的女人，也不怕她會變成麻煩人物。他用望遠鏡觀察她，就算「沒人喜歡偷窺狂」也一樣。

「嗯嗯嗯。」他的聲音是熱奶油吐司的顏色。

第六章

（深綠色）

那天傍晚

我在浴室洗手台旁邊將畫筆排成一排。我不想吵醒爸，讓他知道我到半夜十一點四十七分還沒睡。我慢慢轉開水龍頭，零星的水滴了下來。

翠鳥藍的小圓圈。

我好愛這個顏色。它好快樂，絲毫不在乎這個世界。

一陣陣興奮感在我的背上玩不給糖就搗蛋的遊戲，每次我打開一支新的顏料都會有這種感覺。我喜歡輕輕地擠壓平滑的顏料管。如果太用力顏料會噴濺出來，那就浪費了，而擠太少又無法好好訴說故事的原委。

擠出米粒大小總是最好的開始，我可以增加一點別的顏色，讓份量增多，最後達到最適當的量。我牢牢記得，在我第一次看到那個謎樣的女人時心情有多雀躍，還有我有多麼期待和她見面的最佳時機到來。

那晚，在大衛．吉爾伯特拜訪的三分十三秒之後，音樂終於停止。我開始為和新鄰居見面的那天擬定計畫。我必須記住她的長相（金色長髮、沒穿很多衣服），還要想出最棒的自我介紹。

這兩件事都很重要。我不想讓她和其他人一樣覺得我是笨蛋和怪胎。

我懷有**希望**，那是一個番茄醬色的詞彙。

希望她會懂我。她怎麼可能不會懂？她喜歡喧鬧的火星音樂，也喜歡瘋狂地跳舞。我們之間唯一的不同點是我不喜歡寒冷，現在依舊是如此。我只會在穿著衣服的時候跳舞。

我拿著沾濕的畫筆，用一條舊毛巾吸乾水，再躡手躡腳地走回房間，此時擠壓瓶裡的緋紅色圍繞著我。爸房裡的電視聲發出灰色的嗡鳴和紋理粗糙的線條，可是番茄醬色仍在我的腦海裡。

我一爬上床就想到明天要上學，爆米花奶油黃色的恐懼緩緩爬進我的棉被裡與我共眠。它無禮地拒絕讓步，無論我怎麼努力想把它踢出去，用番茄醬色來取代它的位置。

恐懼經常是週日夜晚的不速之客，佔據我的床，提醒我下課時總會遭遇的群體攻擊——一批批不認識的面孔在走廊上朝我席捲而來。

有些面孔很友善，有些不是。好與壞並沒有標在學生的額頭上，幫助我從他們一模一樣的制服中分辨好壞。

這次不一樣。明天是星期三（牙膏白色），而恐懼的色彩又更強烈，因為我又得面對盧卡斯・德魯瑞了，這是自從那件事發生後的第一次。

上星期他為我犯的愚蠢大錯而對我生氣，現在警察也牽扯進來了，他一定會更氣。

他會對我吼出帶刺的孔雀藍色。

我跳下床，把窗簾拉得更緊，想阻絕從縫隙透出的那道亮光，和外面呼嘯而過的摩托車那黑紫色的模糊線條。

碧・拉克罕房裡的窗戶正透過鴨蛋藍色的窗簾布料，譴責似地瞪著我。

無論我道歉多少次，窗上那些玻璃永遠不會原諒我。

盧卡斯・德魯瑞也不會，如果他發現我對碧・拉克罕做了什麼的話。但願明天我可以避開他，可是我無法。

你不可能避開一個你認不得的人。

第七章

星期三（牙膏白）

早晨

我從窗簾縫隙對那群小鸚鵡說「嗨」，這是我們的例行公事。我估計這些雛鳥剛滿六週大。牠們通常呱呱地鬧著玩，叫喊出矢車菊藍和毛莨黃的對話。今天牠們用喙整理羽毛，喋喋不休，對我視而不見，因為我沒有保護牠們。樹上只有兩隻雛鳥和五隻成鳥，比往常少了好多。其中一隻在啄空蕩蕩的餵食器，希望它會吐出種子。牠不知道發生了什麼事。

我沒把窗簾敞開，以免李察·張伯倫的眼線在監視我。我快速地瞥了一眼。兩個穿藍色制服的小女孩從二十四號跑出來：茉莉和莎拉住在那裡。有個女人追著她們跑，可能是她們的媽媽辛蒂。她總是幫那兩個女孩穿類似的衣服，即使在週末也一樣，所以我從這裡看永遠搞不清楚誰是茉莉，誰是莎拉。

我沒看到街上有廂型貨車或警車，也沒有警察在敲碧·拉克罕的房門。

那間房子看起來就和昨晚一模一樣：

空無一人。

挾帶指責。

意圖報復。

我讓窗簾維持緊閉，小心翼翼地穿上學校制服，盡量不做出太大的動作。我的肚子刺痛，不確定是不是感染發炎了。我們還是沒去看醫生，由爸來照顧我比較安全。醫生會問我們太多困難的問題。

我把一顆媽媽的鈕釦塞進長褲口袋裡。它被我從媽媽的針織外套剪下來，我到哪裡都帶著它，這表示每當我覺得壓力大時，她都不會離我太遙遠。

接著我把一張五鎊紙鈔塞進口袋，它的邊角被折到、撕破了，這讓我頭皮發癢，可是我無法替換，因為我已經沒有零用錢了。

我看也沒看就把手伸進床底下，清楚知道它的確切位置。我的手指抓到某個冰冷又不友善的東西：一個毀容了的陶瓷娃娃。兩個月前我因為太羞愧而沒還給碧．拉克罕，而現在要認錯卻已經太遲了。

我把這個殘缺的擺飾品藏在外套底下——她無法回家，但也不能待在我的房間裡。不能再這樣下去了。這樣不對。

我確認過那張寫著勿忘我的藍色毛毯確實垂下蓋好，封鎖了進入祕密基地的入口之後才關上房門。我關了兩次，確認門關好才下樓。

爸正在廚房裡煎培根。他沒轉過身來，我把握機會將那件擺飾塞進書包裡，就放在湯普森老師的數學作業旁邊。它們譴責似地戳刺我的手指。那些作業是湯普森老師上星期四出的，可是我還沒時間做。

爸平常不會在上學日做油煎料理，我們只有在星期天早上他逼我去的橄欖球練習之前會吃培根。我這週末沒打橄欖球，也沒去坐里奇蒙公園那張刻了媽媽名字的長椅。爸沒去慢跑。如果有人在監視我們，他可能會發現維沙特一家的例行公事和碧．拉克罕一起喊停了。

我想拔腿就跑，到房間的祕密基地用毛毯蓋住自己。

「拿個盤子來，賈斯柏。快好了。我們兩個今天都需要一頓好的早餐。」

好的。又是這個愚蠢的字眼。

好的夜晚；好的早餐；好的一天。這個字眼的顏色並不好，它是豔黃色的，中間的核心則是軟爛的紫色。

我才不想吃爸星期天忘了煎的培根。

我拿了最愛的藍白條紋碗，然後拿起麥片。

沙沙，沙沙。一點結球萵苣的顏色。

麥片掉進我的碗裡，到第二條線的高度。接著我把牛奶倒到快碰到瓷漆的灰色裂縫處。這動作很精密。如果牛奶超出了縫隙，這碗麥片就毀了，我就必須把整碗倒掉，重新來過。

爸沒轉身。他發出淺棕色圓點的嘖嘖聲。「你想怎麼吃都行。還可以留多點給我。」

爸用料裡夾夾起平底鍋上的培根，一片片疊在他的盤子上。他坐在他的專屬位子，就在我正對面，他說這樣可以鼓勵我練習眼神接觸和對話技巧。

我想像他的椅子神奇地長出翅膀，飄到半空中，然後從廚房窗戶飛出去。

我拿起湯匙，盯著眼前的七顆圓圈穀片像迷你救生圈一樣漂在牛奶裡。我的喉嚨一緊，把其中五顆丟回大海中。

「賈斯柏，你今天還好吧，因為我要開一整天的會。」

我無法找出這個句子的問號。這聽起來像直述句。

「還好。」這是謊話，可是這是他想聽的。只要能幫到爸，我就能說出違心之論。他為了我也會做相同的事。

他經歷了很多，和我一樣。只不過他沒有媽媽的針織外套可以給予安慰。

「這是好消息。」他說。「我要開會到很晚，你得自己用備用鑰匙進門。」

圓圈穀片哽到我的喉嚨，害我咳嗽。穀片的味道不對，好像壞了。牛奶也是。我看了一下標籤，確認爸是不是不小心買到別的品牌。穀片和以前沒有差別，一定是我的關係。是今天早上的我不一樣了。

我的同學會注意到嗎？老師會嗎？爸有發現嗎？

「你自己一個人可以吧？」他問。「沒問題吧？賈斯柏？鑰匙就在老地方，花盆下面。」

我把碗推走，把湯匙當成武器一般揮舞。

太多事了。我承受不了。

三顆穀片要溺水了。我無法下定決心救不救它們。它們應該學會游泳了，可是不幫它們就是不對。就好像沒能打電話報警一樣。

「可以，我辦得到。對。沒問題。」

有問題。我自己的問題。我不想自己一人留在這裡，被碧・拉克罕房子的窗戶監視著。

「我昨晚說的話是認真的，」他咬了一口培根說。「我們都得往前走。你要離碧的房子遠一點，不能靠近那裡。」他咀嚼時下巴發出淺粉色的喀答聲。「我不希望聽到鄰居跟我說你放學後在餵那些鸚鵡。你有聽懂嗎？她的前院你不准去，還有後面的巷子也是。」

湯匙從我的手中掉落，發出帶點紅色的噹啷聲。「哪個鄰居會告訴你我在餵鸚鵡？」我不自在地在位子上變換姿勢，口袋裡的五元紙鈔發出細碎的沙沙聲。還好他看不到從我口袋裡傳出的薄荷灰色，還好他看不見任何顏色。他看不見我，至少不是真正的我。

爸的笑聲是柔和的深土黃色。

「我不會告訴你誰是我的眼線。這樣會洩漏他們的身分。」

我是第一次聽聞這件事，這可不是樂透中獎或發現癌症解藥那類的好事。我們街上有間諜，除了我之外還有人在用望遠鏡從窗戶窺探，記錄關於人群的種種。除了在一片漆黑的廂型貨車裡待著、迫使爸和我用代號談論碧．拉克罕的屍體的間諜之外，還另有他人。

大衛．吉爾伯特就是那個狡詐的間諜嗎？我想一定就是他。

我一向以為大衛．吉爾伯特只是在觀察那群鸚鵡，等著適當時機消滅牠們。

從頭到尾他都害我監視了錯的嫌疑犯。

「沒錯，爸。我們都得繼續生活。」就像昨晚那台廂型貨車一樣，可能等一下它就會折返回來查看我的行蹤。

「好孩子。現在快吃吧。你需要吃壯一點。」他把碗挪向我，牛奶濺了出來。

「我不餓。」

「我來烤點吐司。還是要把貝果解凍？」

我把椅子往後推，走向門廊，然後慢慢地穿上那件舊大衣。那是我唯一找到可以穿的。

「兒子，怎麼了？」

爸跟著我到門廊。

起初我以為他有透視眼，想搜身找出我身上的五元鈔票，可是他對我的外套視而不見，而是看著我的襯衫，即使我告訴他我已經換好衣服了。

「情況會愈來愈好，」他說。「記得，不要給別人看你的肚子，也不要在操場跑來跑去。這樣會讓傷口惡化。」

「我不會平白無故跑來跑去，除非有人追著我跑，讓我必須逃走，」我指出。「這樣才符合邏輯。我不能呆呆站著被抓住，瘋子才那樣做。」

「賈斯柏……」他的眼神快把我的額頭燒穿了。

「什麼？」

「我們會熬過去的，我保證。」

爸最近很常向我保證事情，最糟糕的是，我不會逼他遵守諾言。我深呼吸一口氣，然後打開門。爸今天早上不能帶我上學，因為他工作很忙。他走到院子小徑的終點，我知道他想做什麼，他在確認我不會穿過馬路，確認我會經過碧．拉克罕的家，而且他認為我可能會鑽進圍欄，把餵食器給裝滿。可是我辦不到，因為爸把我的那袋種子藏起來了。

我回頭看，一等他進屋裡就拔腿奔跑，跑到我的肚子都痛了。我必須盡快離開這條街。聽到爸的警告之後我就小心翼翼，確保大衛．吉爾伯特沒有從文森花園跟蹤我後，才轉進潘柏克大道。

等我到了哈伯恩街，百分之百確定沒被跟蹤之後，我才拿出碧．拉克罕那殘破不堪的擺飾。她是第一個被摔爛的陶瓷娃娃。我用膠水把她黏回原狀，可是她憎恨自己現在的模樣：有瑕疵的臉、破爛的禮服和壞了的洋傘。

很多部分都不見了。

她埋怨我。

我把她扔進垃圾桶裡，然後快步朝學校走去。

我感到罪惡，可是這麼做卻是最仁慈的。

我幫不了她。

我無法再讓她完整了。

第八章

星期三（牙膏白）

那天早上稍晚

第一堂數學課我很安全，盧卡斯．德魯瑞沒辦法在312B教室找到我。我們沒有共同的課，他讀的是十一年級。我喜歡這門課，雖然很難，而且我的進度有點落後，因為我沒寫上星期的作業。儘管只有短短幾頁，可是感覺好像涵蓋了整個新學期的內容。

湯普森老師保證會幫我跟上進度。她是目前為止我最喜歡的老師。她的聲音是悅耳的深藍色，而且規律地每天以不同顏色的上衣搭配黑色長褲，這對我來說很有幫助。今天是星期三，這表示輪到賽車綠襯衫。

沒有其他任何女老師像她這樣穿衣服，奇妙的是，她們對於顏色和規律都很反感，就像男性教職員總是穿灰色、藍色或黑色西裝這件事就讓她們不以為然。

湯普森老師除了有容易辨認的外表之外，最棒的地方在於她堅持要固定座位。每個人每一堂課都必須坐在同樣的座位上，沒得商量，就算抱怨也沒用。

我總是坐在最後一排從左邊數來第四個位子，這表示我有機會記住每個人的後腦勺，一格一格把他們記起來。

就像這樣：

第一排第三個位子：蘇西．泰勒，圓頂頭型，及肩的金髮。
第二排第四個位子：艾賽亞．哈達德，脖子後面有青春痘疤，黑色短髮。
第三排第一個位子：潔瑪．柯本，制服外套上有頭皮屑，油膩、灰褐色的金髮。
第三排第二個位子：阿爾．香德霍克，戴灰色特本[5]頭巾。
第三排第三個位子：珍．布希爾，黑髮辮子頭

這就像是倒著玩「猜猜我是誰？」的遊戲，不過和其他遊戲不同之處在於這個遊戲我真的有機會獲勝。當然，除非同學們轉過身來，或者我被要求辨認和我坐同一排的學生，例如坐我右手邊的那些人，那我就辦不到。我不記得他們長什麼樣子，我也無法從自己的座位記住他們的頭長什麼樣子。

「代數方程可以寫成 $y=mx+c$，」湯普森老師說。「我們可以畫出一條直線圖。大家在鐘響前先畫，我們下次從這裡開始。」

我把尺忘在家裡了，得用文件夾的邊緣當尺來畫直線。畫出來的線歪七扭八的，和今早我的感受一樣。

第二排第五個位子蹦出柳橙汁的顏色：紅捲髮的莉蒂亞．泰勒在和湯普森老師爭論。

「我說的是真的，我發誓。」她大聲說。

「想清楚，莉蒂亞，」湯普森老師像生氣的烏龜一樣怒斥。「我建議妳說實話，否則這星期要留校查看。」

直線。

實話。

實話最好，但也是最難說出口的。

關於碧．拉克罕的事，盧卡斯．德魯瑞會對李察．張伯倫據實以告嗎？他已經告訴警察什麼了？我不懂他們是怎麼牽扯進來的。盧卡斯說他上週已經把事情都解決了。

我爸相信我說的話。我想我已經和這件事沒關係了，可是你去警告碧別想再和我聯絡了。賈斯柏，聽到沒？

「賈斯柏，你還好嗎？你想借用我的尺來畫直線嗎？」

湯普森老師已經結束關於莉蒂亞有沒有說實話的爭論了。我想應該是她贏，當數學老師一定得很聰明才行。她正站在我的桌子旁邊，看著我那可悲的直線圖。在她的嚴厲注視之下，那張圖羞愧地蜷縮了起來。

銀黃色的舞動線條畫破空氣。

「鐘聲救了你。」湯普森老師說。

她錯了。我完全沒被拯救。這是第一堂課的休息時間，我沒辦法繼續躲在她的課堂裡了。我必須鼓起勇氣面對走廊的人群了。

「你還好嗎，賈斯柏？你在發抖。」

湯普森老師總是很懂我。她了解秩序的形式與必要之處。我想告訴她，我的肚子上有一道像嘴巴的狹長口子。而當我站起身、把椅子往後推時，這口子打開又閉合，疼痛使得尖銳的銀色星星在

---

5 特本（turban）為穆斯林、印度教徒、錫克族等戴的頭巾。

我的皮膚上跳舞。

　不要告訴任何人你對碧．拉克罕做了什麼。

　閉上嘴，守口如瓶。

　我沒回答她就走出了教室，因為我不想說謊。我可以對其他人說謊，但對湯普森老師不行。事實上，我根本不知道自己是怎麼受傷的。我記不得我的肚子發生了什麼事，只能記起星期五晚上的片段，我的頭腦把剩下的事都阻隔在外。記憶很模糊，絲毫沒有任何清晰可見的顏色。

　我的猜測是？

　我在謀殺碧．拉克罕的時候不小心用刀劃到自己了。

　一群穿著黑長褲與黑制服外套的人在走廊上迎面而來，一隻手從中伸出來把我推到牆上。老實說，這麼久才被逮到已經讓我驚訝了。

　那男孩的臉和其他穿著相同黑外套的人一樣難以分辨，於是我把注意力擺在他的手上。他的手上有一串用藍色原子筆寫的電話號碼。如果我打那支電話，盧卡斯．德魯瑞的爸爸會接嗎？或者是他弟弟李？李以前有去上過碧．拉克罕的電吉他課。我喜歡他的顏色。

　「別擔心，」我說。「我昨天沒把你和碧的事情告訴警察，我發誓。他們只問我關於學校裡的朋友和保險套的事。」

　「你在開玩笑嗎？」男孩的臉朝我靠近，他的聲音是肉豆蔻深棕色。「為什麼你要說蜜蜂[6]和保險套？」

　聽到他接著說的薑黃色帶刺髒話讓我瑟縮。

「我……我什麼都不知道，」我結結巴巴地說。

那隻寫了字的手不是盧卡斯．德魯瑞的，他的聲音不是這個顏色。我不知道他是誰。他的顏色和學校裡很多其他男生都很像。無聊的棕色，一點也不值得讓我畫出來。

我望向走廊，希望可以看到一個不是穿制服的人，可是我沒看見。多希望湯普森老師會出現，可是她很可能正在桌前批改作業。她就是這麼認真，冰雪聰明又有條理。

「你他媽還真的什麼都不知道。」那男孩的手伸進我的外套口袋，拿出那張五鎊鈔票。簡直像他清楚知道那張鈔票就放在那裡。這怎麼可能？

「那是我的，」我小聲說。

「什麼？」原子筆男的臉又靠得更近。他的臉很蒼白，而且滿臉痘疤。

我之前從沒注意過那些細節。我把視線移開，感覺像雙眼被匕首刺穿。我需要那些錢才能去寵物店買種子給鸚鵡吃，可是我說不出話來。我什麼都無法告訴原子筆男。

「就把這當作智障稅吧。你擋住我的路，這是你欠我的。」他又拍了拍我的口袋。「我們來看看。沒有。我想也是。你會有保險套才怪咧！你根本不可能搞到女生，可憐啊。」

他把我的錢收進自己口袋，吹著黃棕色螺旋線條的口哨走回那群制服外套幫。那幫人的人數愈來愈多，他們的咯咯竊笑與譏諷是深灰色的雷雨雲狀，上面還有甘藍綠的線條。

我沒有試著阻止他。沒意義。他的個頭是我的兩倍大，我沒辦法從他手中搶回我的錢。現在我怎麼辦？藏在家裡某處的種子只剩不到半包，而我沒現金可買了。我不能向爸借錢，他會問我要做

6 碧的名字和「蜜蜂」（Bee）發音相同。

什麼用。

我不能坦承自己企圖和他作對，去餵那些鸚鵡，而且還會趁他工作到很晚的時候去碧・拉克罕的家。技術上來說那不是她家，而是她家前院。我沒那麼勇敢，我不敢進去。我怕在裡面可能會找到什麼。

我往走廊的另一頭走去，遠離原子筆男。太慢了。不出幾秒，他又抓到我了。這次他把手搭在我的肩膀上，把我嚇到跳起來。我沒看他。他的痲子臉讓我想到月球坑洞。如果我盯著那些痘疤看，它們一定會把我吞噬，這樣我就永遠不能從裡面爬出來了。

「我沒有五鎊鈔票了，」我說。

「我不要你的錢，賈斯柏。」他壓低聲音說，發出白色、幾乎是透明的線條。這樣一來讓我無法辨認他聲音真實的顏色。我低頭看他的右手，上面沒寫電話號碼。

不是原子筆男。

他在我耳邊窸窣：「我想知道你告訴警察我和碧・拉克罕的什麼事。」

我不需要看他的臉、或要求他說話大聲點，就能知道他真實的顏色是什麼。盧卡斯・德魯瑞。

這個男生就是事件的關鍵人物。他沒壓低音量說話時的聲音是青綠色的。

那是碧・拉克罕最喜歡的顏色，比我的天青藍還喜歡得多。

這又是在毫無預警之下顯露、讓我不是滋味的事實。

「賈斯柏，我知道你昨天去警察局，」他小聲說。「你否認也沒用，我爸打電話給一個條子問了最新情況，他說你和你爸去警局聊了一下。」

淺紅褐色[7]逗得我發噱，不過那其實可能是鏽橘色。

「這不好笑，你這白癡。我爸氣炸了。」

「你上禮拜就告訴過我了。你說你在欺壓[8]他。」

「是欺騙他，你這白癡，然後他發現了。他找到我的臉書密碼，猜出碧拉就是碧．拉克罕。他星期六早上直接去找警察，說碧有戀童癖，是專找男孩下手的慣犯。我的兩個兒子，可能還有更多受害者。他就是這樣說的。」

我呼出天青藍與白色圓圈。「他說的是真的嗎？碧．拉克罕真的是專門找男孩下手的戀童癖嗎，包括李？」

「當然不是，」他提高音量。「她愛上我了，就只有我，可是……那都不重要了。我們沒時間了，你和我都有麻煩了，我們必須……」

青綠色被七葉樹果實的亮棕色打斷了。

「盧卡斯！你在幹嘛？快點啊！」

盧卡斯回頭看，兩個男孩朝我們走來。他們看起來像雙胞胎，一定是他的朋友。他們臉上沒有笑容，我不確定盧卡斯有沒有。從他抓住我之後我就沒看他的臉。他的手像被燒到一樣從我的肩膀移開。

「我得走了，賈斯柏。午餐時間在一樣的地方碰面？在我們其中一人再去跟警察談之前，我們得先把要說的話弄清楚。一言為定？」

7「警察、條子」的英文copper與「紅褐色」是同一個字，賈斯柏聽成了後者。

8 賈斯柏原本想說的是片語pull the wool over one's eyes（欺騙某人），但因為他無法理解片語的意思，故把wool誤講成duvet。

我點點頭，因為我也同意他說的，清楚的直線、清楚的話。

我們兩人都必須說實話，可是我沒那麼笨。盧卡斯·德魯瑞必須先做這件事。在我為他和碧·拉克罕做了那麼多之後，這是他欠我的。

第九章

媽媽的故事

這是關於媽媽的真實故事，不是我的。我當時才三歲或四歲。一個夏日傍晚，我們在普利茅斯的家，我和她一起坐在後花園裡。爸不在場，他當時是英國皇家海軍陸戰隊的一員，人在阿富汗或伊拉克，我不確定是哪個國家，反正那不重要。當我們擁有彼此，不需要他也無妨。

我們赤腳踩著底下的雜草，暖呼呼的。我不記得腳趾曾在陽光曬過的黃色野草上扭動，可是媽說我們兩人都這麼做了，而且還一邊玩我的紅色貨車玩具。它來拯救拋錨的黃色汽車，因為那輛車撞到媽媽的腳、翻車了。

她反覆告訴我這段往事好多遍，因為我當時還太小，記不得發生了什麼事。她幫我記住了，而這成了我最愛的睡前故事。

「那是什麼？」我問。

「你是說椋鳥嗎？你看，牠們就是在那棵樹上嘰嘰喳喳叫不停的小鳥。」

「不是，我不是說那些鳥。牠們是偏紅的粉色。我是說另外一個聲音。藍色的短線。」

一隻知更鳥從樹籬裡跳出來，啁啾叫個不停。「就是它，」我大聲說。「就是那個顏色。藍色的短線，上面還有一點點晃動的檸檬黃色。」

「你聽到聲音的時候也看得到顏色？」媽問我。

我說對，我當然看得到。難道不是每個人都看得到嗎？

媽親了我的頭好多下。

「不是每個人，」等我們終於停止大笑之後，她說。「賈斯柏，不是每個人都了解我們兩個可以看到聲音的顏色這件事有多美妙。這真的很可惜。對他們來說很可惜，不是我們，因為我們兩個都有如此獨特的天賦。」

我們列了幾樣東西，從我們可以在後花園裡聽到的聲音開始，像是除草機、汽車引擎轟隆聲、一架飛機從頭頂上飛過和從鄰居窗戶流瀉而出的收音機樂音。我告訴媽我所看見的每一種顏色。

除草機：閃亮的銀色

汽車引擎聲：橘色

飛機：幾乎透明的亮綠色

收音機：粉紅色

接著我們又列出其他的東西。媽放在我房間裡、讓我晚上很涼爽的電扇是灰色和白色，帶著一閃一閃的深藍色。

狗叫聲：黃色或紅色

貓叫聲：淡藍紫色

爸的笑聲：土黃色

煮開的水壺：銀色和黃色泡泡

我們一直聊我看到的顏色，媽說我從沒那麼快樂過。我笑得嘴巴都合不攏了。

我們可以就這樣一直聊天笑鬧，永遠都不停下來，可是媽說時間晚了，該洗澡、換上我的恐龍睡衣了。

「吼！」我大叫。「恐龍的叫聲是什麼顏色啊？」

我們都認為恐龍的叫聲可能是紫色的，因為每次我捏暴龍的肚子都會發出紫色的聲音。

媽把我一把抱起，讓我雙腿張開像無尾熊一樣夾著她，這是我最喜歡的姿勢。

「謝謝你告訴我祕密，賈斯柏，」她說。「那我可以告訴你一件事嗎？」

「可以！」我大聲說。「暴龍也想聽！」

「對我來說，椋鳥的顏色是藍綠色的，知更鳥是亮黃色、水煮開了是灰黑色，還冒著橘色的泡泡。」她快速地親我的臉頰一下。「爸爸不喜歡我跟他聊顏色，所以等他回家，你也不必跟他聊你的顏色。他不能和我們用一樣的方式看世界，他會很難過的。每個人生來都不一樣。我們是幸運的那一群。」

她說的沒錯，可是我的幸運最後用完了。媽過世後，我失去了唯一可以跟我用同樣方式看世界的人。

她喜歡聽我說各種不同的色彩，然後和她自己看見的做比較。

我的顏色很想念她，渴望和一個像我一樣懂得欣賞它們的人分享。可是我還是必須談論眼中看見的色彩，即使對象是爸也一樣，因為這就像媽咪的一部分仍藉由色彩繼續活在我們身邊。

這就是我的故事。

我好討厭故事的結局，可是我無法改變什麼。

第十章

星期三（牙膏白）

午後

「自然實驗室往這邊走才對，傻蛋。」我正要衝出學校餐廳時，有隻手抓住我的衣領，把我往後拉。「盧卡斯說你吃完午餐後可能會開溜。他要跟你說話。」

我稱這個男孩是X。

他的邪惡雙胞胎Y在後面徘徊，好像怕我是什麼神祕的忍者，會一腳把他踢倒、殺出一條生路。

我不是忍者，我也辦不到。

他們沒有碰到我，因為那樣就會是人身侵犯。他們不發一語地護送我走在走廊上，X走在前面，Y殿後。沒人注意到我被挾持，因為我沒有尖叫。尖叫也沒用，我想不會有人來幫我，就連從我旁邊走過的那些女生也是。事實上她們尤其如此，很可能還會發出金鳳花的黃色笑聲。

我們到了自然實驗室，Y打開門，把我推進去。有個男生蹲在板凳上。他的嘴唇上有傷口，臉頰有淡青色的瘀青，手上還有一條很長的紅色痕跡。

他可能是盧卡斯．德魯瑞。和龍捲風搏鬥過的盧卡斯．德魯瑞，風暴將他的頭髮吹亂、撕裂他的嘴唇又劃傷他的手。我們先前在走廊對話時我沒看他的臉，所以我不確定眼前的人是不是他。我不發一語，這麼做比較保險。

「有人跟蹤你來這裡嗎？」他的聲音低沉又小聲。是深青綠色的。盧卡斯．德魯瑞的顏色。

「不知道，」Y說。「應該沒有。」

「那你們還在看什麼鬼？出去啊！」青綠色。

一定就是他。

X和Y聳聳肩，然後把門關上出去了。

我在發抖，不只是因為「鬼」這個字眼的顏色像被壓碎的甲蟲那樣令人不舒服，還因為我愈來愈焦慮。我不知道學校和我家的那條街上有間諜——像大衛．吉爾伯特那樣的人可能會找到不利於碧．拉克罕和我的證據。

現在我很確定一件事，那就是間諜無所不在。

我看著盧卡斯．德魯瑞。他正對我做的事氣到發抖，我犯下的所有錯誤。他大跨步朝我走來時，我的手在口袋裡更用力地搓著媽媽的鈕釦。他會把我壓到牆上，就像上次那樣。我出於直覺地往後退，頭直接撞在元素週期表海報的中間。鋌在我左邊，鉚在我右邊。

他在我面前停下腳步。「告訴我所有的事。」

我無法。我不想去想那件事。我轉頭看著那張海報。

鍆、鍩、鐿、鋌。

「賈斯柏，快點。不然別人會發現我們在這裡。我們要先達成共識，下次警察問我們問題，我們要告訴警察什麼。」

「鏽橘色，」我脫口而出。

「什麼？」

「是那個和名演員同名同姓的警員，李察．張伯倫，」我脫口而出。

「等等，我聽不懂。你和誰說過話？」

「李察．張伯倫想第一手記錄下碧．拉克罕的事情，我不知道那是什麼意思。他沒解釋。」

「他問了你什麼？他有提到我嗎？」

我一口氣說出那些奇怪的問題，像是關於十一年級的男生、碧．拉克罕和保險套的事。

「你告訴他什麼？」

「我告訴他我的長尾鸚鵡死掉，還有我的鄰居大衛．吉爾伯特是小鳥殺手，可是他沒興趣。」

「他媽的別管那些鸚鵡了，賈斯柏。」

那個尖銳、顏色醜陋的字眼讓我聽了頭皮發麻。

「賈斯柏！張開眼睛！你不能假裝沒事發生，這件事是真的，對我們兩人都是。」

我不想張開眼睛，我不希望這是真的。我想把所有令人不舒服的顏色阻擋在外。

「我對那些鸚鵡沒興趣，警察也是。李上週怕了，把他在我們房間裡找到的其他信交給我爸。他告訴我爸，你在學校會拿東西給我，而且還用望遠鏡監視碧。這樣你就成了事件的目擊證人。」

他在說謊。我沒有監視碧．拉克罕，我是在看她家的橡樹，記錄誰去過她家和鄰居的家。我認為那可以幫助我揪出大衛．吉爾伯特的惡行。

「拜託，賈斯柏，專心一點。你告訴那個警察碧和我的什麼事？你有說你看過我去她家嗎？用望遠鏡看到的？你有說看過我們在一起，你知道就是那時候……」

令人不舒服的顏色在我腦中的各個角落刺探，我不敢讓它們進來。最後我睜開眼睛，避不看盧卡斯。他聽起來像爸。我討厭他這樣。

專心一點，表現得正常一點，不要像鸚鵡一樣揮動你的手臂。

我不能告訴他，雖然他讓一個成年女人的心碎成了無數尖銳微小的銀色碎片，但我在星期五晚上做的事情比他糟糕太多、太多了。

不可原諒的事。

「我沒告訴那位像演員的李察・張伯倫任何關於你和碧・拉克罕的事。」這是事實。「我警告他說我的鸚鵡受到死亡威脅，可是我的筆記本順序亂了。他要我別再打電話報警。那些電話浪費警察的時間。我尖叫，然後吐了他整個沙發都是。」

「太棒了，很好。雖然我聽不懂，你這怪胎。」

他捶了一下我的手臂，不是很用力，不致於讓我哭出來。不像放學後那些高年級的男生打得那麼用力。

「聽好，賈斯柏。我會否認每件事。警察沒有證據，只有李自以為知道的事，還有爸在臉書上看到一些碧傳的訊息和照片起了疑心而已。沒別的了。我會按照我原本的說法，說你上週遞給我的紙條是個惡作劇，只是學校裡某個蠢女生開的玩笑而已。」

「惡作劇，」我複述一遍。

「對，惡作劇。碧的信上沒簽全名，只是像平常一樣用首字母縮寫。除非你告訴他們是她交給你的，否則他們沒憑沒據。你還沒說吧，有嗎？賈斯柏？」

「我什麼也沒告訴那位警員。」

「你看吧，沒證據。我爸說警察還沒找到她，而且他們沒辦法分析她的字跡，因為我已經把那封信吃了。」

「你吃了那封信。」

「沒錯。爸在我面前把那封信揮來揮去的時候，我原本是想開個玩笑，所以從他手中把信搶過來，放進嘴裡咬一咬，再用一杯水沖下肚裡，他根本來不及把信從我嘴裡拿出來。可是我爸沒有笑。」他碰了碰嘴唇上的傷口。「我週末時不肯告訴警察任何關於碧的事情，讓他很不爽。」

「那吃起來是什麼味道？我是說那封信。」

「你搞錯重點了，賈斯柏。我會吃掉是因為我必須消滅證據才行。我必須保護碧。沒有那封信，爸就沒有任何具體的證據了。沒有可以證明我們曾經交往的證據。」

「很高興你吃掉了。」我還是很好奇信吃起來是什麼味道，可是盧卡斯不想分享關於那件事的細節。

「你也得否認到底，如果他們再找你談的話，」他繼續說。「就說那張紙條是學校裡某個女生拿的，你不知道她叫什麼名字。你發現它塞在你的包包裡或掉在你家門前的人行道上。或者再繼續說些關於鸚鵡的五四三，讓他們摸不著頭緒也行。就是不要告訴警察關於那封信的真相或是你那時候……」他說到一半打住。

我無法看著他。

我不願想起那件事。

我希望可以被吸進元素週期表，製造一場化學爆炸案，徹底摧毀我、盧卡斯・德魯瑞和碧・拉克罕，還有所有我們共同創造的腐敗顏色。

轟！

耀眼的閃燈、嗆鼻的黃色與橘色碎片交織。

我的手在口袋裡更用力搓著媽媽的鈕釦。

「賈斯柏，看著我，」盧卡斯說。「你必須為我做這件事。你必須彌補，因為這都是你的錯。我爸會無所不用其極地恐嚇碧。她可能會丟了工作，也可能去坐牢，全都是因為你把事情搞砸了。我們之間已經結束了，可是她現在最需要的就是靠教音樂課賺錢。」

他蜷起拳頭。我閉上眼睛，等著他揍我。我活該被打，因為我傷害碧・拉克罕的程度遠比他爸爸還深。我如果去坐牢是應得的後果。也許這是個手段，而盧卡斯已經猜到我做了什麼。

也許她的死已明確寫在我的臉上。

什麼事也沒發生。

我抬起頭，盧卡斯已經走到窗邊了。

「人生爛透了，」他擦去臉上的淚水說。「但願我可以回到過去，那我會改變所有事情。」

我贊成時間旅行。我的人生也是完全、徹底的失敗。我希望他不要哭了，這樣我會假裝我什麼也沒看見，他也會假裝他什麼也沒做。我們都會假裝我們沒看見或參與或知道關於對方的任何事。最重要的是，我們都會假裝我們對碧・拉克罕、或對於上星期發生了什麼可怕的差錯一無所知。

「我該怎麼做？」盧卡斯問，用雙手搓揉整張臉。「我不知道該怎麼做。」

我也毫無頭緒。如果我們都在泳池裡，我沒辦法扔給盧卡斯救生圈，因為我也溺水了。我連自己都救不了，更別說幫他了。

盧卡斯沒等我說出那不存在的建議。

「我才十五歲。我做不到。我們都很小心，做了保護措施。」他回頭看我。「你覺得小孩到底是不是我的？」

第十一章

星期三（牙膏白）

還是那天下午

我們像被剖半的蘋果一樣分開，吐出其中光亮的黑籽。我建議盧卡斯先離開自然實驗室，以免有間諜回報我們的祕密會面給老師或警察知道。我等了四分鐘又十四秒才直接走向醫務室，唯一可能的目的地。

我一走進去就吐了，護士根本還沒從位子上站起來，更別說遞給我紙巾了。那讓我覺得更糟，因為最近我已經製造太多吐後清理的工作了。

我走到哪裡，麻煩就跟到哪。

護士和我爭論了五分鐘，她的深黃橘色對上我的天青藍。

我不能讓你自己一個人回家，我必須先找到你爸爸。

我爸在開一場很重要的會議，不能被打擾。

我會再試試看。

他會把手機關機。我有鑰匙，可以自己進門。我已經這麼做過很多次了。有鄰居會照顧我。

我說謊，不過她很可能並不認識我的任何一位鄰居。

我想躲在我的祕密基地，遠離碧．拉克罕家那些譴責我的窗戶，直到戳刺著我頭腦的耀眼顏色不再閃爍為止。

我得把碧・拉克罕肚裡寶寶的畫面從我的腦中剃除。當我殺死碧・拉克罕時，我也殺了那個寶寶。我那天謀殺了兩個人，不是我以為的一個人。

當然我無法把這件事告訴護士，她還在試著打電話給爸。我的聲音是音調較高、較淺且不太尋常的藍色。

我肚子痛。我會請我爸今晚帶我去看醫生，我們會拿就醫證明和拿藥。我保證。

她又在爸的手機留言一次，可怕的壞念頭在我的腦中追逐，讓我想抓撓肚子的洞。就醫證明無法平復我的那些感受。

事實是，我無法對那位護士坦白。話語哽在我的嘴裡，各種想法卡在我的腦中，有些不得而出，有些不會承認它們所做的事，顯露它們真正的顏色。

她不會了解的，她怎麼可能了解？

她的電話傳來粉紅色的泡泡，她開始說話。

我必須到我的祕密基地裡，把自己埋在毛毯下。我會閉上眼睛，搓揉媽媽的外套，假裝她就躺在我身旁，聊著她所看見的顏色和形狀，趁爸不在家時獨自聽著古典樂。

護士把電話放下。「賈斯柏，在這裡等著，有個氣喘的學生現在需要我。我會找一位助教來陪你等到你爸爸來。」

我照做了。

門關上，我等了二十秒。

我沒有照做。

我逃跑了。

我不知道我是怎麼來到這裡的。我指的不是來到人生這個糟糕的時刻，活了十三歲四個月又二十七天五小時。我的意思是自從逃出學校柵欄後，我不知道自己究竟是如何回到家的，途中過了哪些馬路，經過了哪些人。謝天謝地，我的腿像要從敵人的陣線後方拯救受傷的同伴一樣走個不停，完全不用我對它們發號施令。

我的雙腿一路帶我回到這裡，一直到彭布羅克街才總算停下腳步喘口氣。我氣喘吁吁，氣息是不規則的豔藍線條。我的手和膝蓋在抽痛。很快地檢查一下後才發現我的長褲破了。膝蓋上流著血，手掌有擦傷。我的肚子在灼燒，裡面彷彿有好多尖銳的銀色星星。

我不記得自己絆到什麼跌倒，也不記得站起來再繼續奔跑。

不過這都沒關係，因為我就快到家了。我手裡握著鈕釦，跌倒時鈕釦沒掉。我轉了個彎，走到文森花園之後看見有輛警車停在碧．拉克罕的家門外。

我的腿慢慢停了下來，放棄了救援任務。現在它們一步也無法前進了。這對任何軍人來說都太強求了，即使是皇家海軍陸戰隊也一樣。

投降吧。

我的雙腿不出聲地對我吶喊著。

不要反抗，自首投降。

爸曾對一位敵軍喊出這個命令。

我倚著路燈讓自己重拾力量，再繼續踏上命運的遠征。終點就在幾公尺外，那位金髮綁馬尾的女警正站在警車旁。我踉蹌地走向她。

她現在還不知情，不過她馬上就會解開謎題，知道為什麼沒人找得到碧．拉克罕了。

金髮馬尾女警沒看見我走近，她正在講對講機，也許正在向李察．張伯倫回報，告訴他詳細情況如何。另一位警員大步走向碧．拉克罕家門，大聲敲門。

「拉克罕小姐，我們是警察。請問妳在嗎？請開門，我們迫切需要跟妳談話。」

在那扇門後是矢車菊藍的門廳，牆上滿是外套掛勾，還有個黑色的行李箱，碧曾說她在裡面裝滿為單身派對準備的閃亮衣服，此外還有一張寫著「誰邀請你了？」字樣的地毯。

「呃，嗨，賈斯柏。」有個男人出現在我眼前，擋住我的路，他的聲音是奶黃色的。他扔掉一根菸，再用那隻黑色仿麂皮鞋踩熄。「我看過你和你爸爸在一起。你知道我是誰嗎？」

我的喉嚨一緊，感到作嘔。這個男人如果再不走開，他很有可能會遭遇被嘔吐物攻擊的附帶危險。我想繞過他，可是他又朝我靠近。

「你還好嗎？你的臉色很蒼白。」

不可能。我不可能看起來像被拉平的棉質布料[9]。

他伸出手，我不知道他想做什麼。他可能想攻擊我。

我又瞥了他一眼。他可能是和另外兩個穿制服的警員合作的便衣警察。他們趁爸在上班來找我，真狡猾。不知道在這種時候，爸看的電視節目裡的律師會不會喊道：「不能採信！」

「李察．張伯倫派你來的嗎？」我問。

9 由於賈斯柏只能聽出字面意思，因此臉色蒼白（as white as a sheet）在他聽來會是「白得像床單一樣」。

「誰？」

「是他叫你來逮捕我的嗎？」

「什麼？不是，你不認得我嗎？」

我搖搖頭，表示「不知道」，因為我不認識誰的聲音是奶黃色的，而且還穿了仿麂皮的鞋和特別的紅黑圓點襪。

「抱歉，我還沒正式自我介紹過。我是奧利．華金斯。我暫時住在對街一段時間，在整理我媽的東西和賣掉她的房子。」

他指向那間屋子，門上有貓頭鷹形狀的華麗大門環。

「我幾個月前在街上看過你和你爸爸，當時大衛向碧抱怨那些鸚鵡的噪音，」他說。「你可能不記得了，我對左鄰右舍還不是很熟。我有點像局外人。」

事實上我記得。他就是不喜歡吵鬧音樂和伊維薩島的那個奧利．華金斯，而且他不太常出門，因為他在照顧來日不多的重病母親莉莉．華金斯。她住在十八號，和碧．拉克罕的媽媽，也就是住在二十號的寶琳以前是朋友。

我已經好久沒看過有人進出十八號的大門了，不過我知道裡面還有住人，因為燈光還是有打開和熄滅。華金斯太太已經過世，所以也許那就是奧利．華金斯現在可以出門的原因。

十一天前，我看到靈車停在文森花園十八號前面，上面裝飾著白色和粉紅色的高雅花朵。那不是我最喜歡的顏色。我沒放太多心思在那上面，因為我就是在那天第一次近距離看到鸚鵡寶寶。

「我媽媽得到癌症死了，」我告訴他。「她是鈷藍色的。至少我認為她是。那是爸說我還記得的事。我不確定這件事他說的究竟是不是真的。」

任何事。

「很遺憾，」奧利・華金斯說。「你爸爸告訴過我了。」

「關於我媽的顏色？說是鈷藍色的嗎？那就是他說的嗎？真的？」

「不是，那件事我一無所知。我是說我們有談過你母親過世的事。我母親過世時他對我們很好。不管幾歲，失去母親都令人很難過。」

「對你們很好？」

「他幫了很多忙，你知道，人過世的後續工作：處理文件和在當地報紙登訃聞。當然，這是因為他以前做過這類的事，否則我根本不曉得要從哪裡開始做起。」

人過世的後續工作。

我從來沒聽過這樣的解釋。

「我不能去參加葬禮。我可能會讓人不開心，那樣很不好。對他們來說。」

他咳了幾聲。「抱歉。」

「抽菸會讓你咳嗽。」

「其實我幾個月前得了肺炎，希望不會再得一次。不過賈斯柏你說的對，我應該戒菸。我回來照顧媽媽時又開始抽菸了，因為壓力之類的關係。」

「抽菸會導致癌症，」我點出。「那害死了你媽媽。癌症很可能也會害死你。」

那男人沒說話。

我走開了。他的沉默代表對話已經結束，我不需要再假裝正常了。

金髮馬尾女警已經沒站在人行道上，等著要逮捕我。她又回到車裡的駕駛座。另一位警察坐回車上副駕駛座，關上車門。

砰。一層層灰色的深咖啡橢圓形。

引擎聲響起，是橘黃色的矛。

我又走得更快了。我必須阻止他們。爸把這件事想錯了。他把每件事都想錯了。我無法忘記。我不能假裝事情沒發生過。我必須據實以告。我必須告訴警察我做了什麼。

這才是唯一的辦法。我不能繼續這樣下去了。

「賈斯柏。」

我轉身。眼前的男人穿著黑色仿麂皮鞋，紅黑點點襪而且聲音是奶黃色。是住在十八號的奧利．華金斯。我要把那些細節都記在我的筆記本裡，幫助我記住他。

「有什麼問題嗎？」他問。「我應該打電話給你爸爸嗎？你不是應該在學校嗎？」

「不必了！」

那輛警車開走了。我錯失良機，可是一定還有別的機會可以招供。鏽橘色會派那輛車回來的，今天，或者是明天。他會查清楚我做的事吧？總有一天。

「你和碧是朋友，對吧？」奧利．華金斯問。

這個問題太難回答了，我沒有開口，只是用手指搓著媽媽的鈕釦。

一、二、三、四、五次。

「你知道警察想找她做什麼嗎？從週末算起這已經是他們第四次登門造訪了。」

我又往後退開，因為他的衣服需要洗了。那股汙濁的菸味令我的肚子痛了起來。

「不知道她這次做了什麼，」他說。

我用力搖頭，用力到覺得自己可能會像小飛象一樣飛越屋頂。我會飛得遠遠的，帶著那群鸚鵡一起。我確定牠們會跟著我，牠們不會想留在這裡的，在這裡好難知道有哪些人值得信賴。

「警察今早敲我家的門，問我是否知道她在哪裡，那時我正在清理我媽的閣樓。」

他喜歡講話。非常。他在阻撓我，不讓我回祕密基地。我不能沒禮貌。我不能引起他人的注意。我必須表現得一切正常，再幾分鐘。

「他們已經沿著這條街敲好幾戶人家的門，大衛的家也是。」他為什麼不閉嘴？也許他媽媽死後他很孤單吧。和我一樣。

「那位女警也不願意告訴大衛她想找碧做什麼，可是我們都認為這和吵雜的音樂有關。我告訴女警我覺得她一定離開了。她的房子整個週末都靜悄悄的。我猜等她回來，大衛一定會揪著音量的事對她劈頭就罵。」

劈頭。我不喜歡這個字眼，像冒泡的檸檬雪酪從他嘴裡跑出來。我換了話題。

「雌禽是指母雞。你知道雞的記憶力和大象一樣好嗎？牠們可以從超過一百隻雞裡面辨認出其中一隻的面貌。只不過我不確定技術上來說雞到底有沒有面貌，你知道嗎？」

「我不知道，」奶黃色承認。「我聽說你的記憶力很好，很會記住事實和辨認聲音，不過不會辨認臉。是這樣嗎？」

「誰告訴你的？」

「大衛。他在碧辦的那場鄰居交流派對上和你爸聊天。你記得嗎？我提早離開去照顧我媽，不過那晚還真是吵鬧啊。大衛後來狀況很差，我聽說很多人都是。」

我在顫抖。那時也就是爸……

我把那幅可怕的畫面趕出腦海。僅次於星期五晚上，那場派對是我最不想描繪的東西。反正它也不在清單之中，在那之前還有其他圖畫需要重畫。我一想到那些畫就手癢，它們此刻正不耐煩地在我的房間裡等著我。也許我會勇敢一點去作畫，而不是爬進我的祕密基地裡。

「火星音樂消失了，碧．拉克罕沒再餵鸚鵡了。」

「在派對上？」他問。

「上週末。沒有火星音樂，所有小鳥餵食器都是空的。裡面沒有花生、蘋果也沒有板油。」

「火星音樂？你說的對，她把音量轉到最大的時候，聽起來的確像外星人把我媽餐具櫃裡的盤子弄得嘎嘎作響。我媽沒辦法自己下床去要求碧，所以她要我做些什麼。」

他罵那些音樂的話是諾羅病毒嘔吐物的顏色，這讓我倒抽一口氣。

「抱歉，我不太習慣和小孩相處。我自己沒小孩，也沒有姪子或姪女。」

我的肚子噴出銀色星星。「我得走了。」

「等一下，賈斯柏，關於那些鸚鵡的事你說對了。我沒注意到。碧沒在餵食器裡放食物，她一定是出門了。如果警察再來，我會跟他們說。」

「我很難過。」

那些鸚鵡沒有食物，而且好多隻都死了，這都是我的錯。鸚鵡寶寶死了是我的錯。我不知道該怎麼彌補自己做的每件事。

「你替那些鳥難過嗎？」奶黃色問。「當然了，我忘了，你和我一樣很喜歡鳥，我看過你幫碧在餵食器裡加食物。你是小小鳥類學家，對吧？我在你這年紀的時候也是這樣。」

我不想去想碧．拉克罕、那些鸚鵡和我。我不喜歡這樣的三角關係。所以我把她的畫面隔絕，只專注在那些鸚鵡和我。

「我還剩半包鳥飼料，可是爸說我必須離碧・拉克罕的家遠一點。」我說。「她是麻煩製造者，而且愚蠢又隨便，無法管好自己的生活。他不准我碰那些餵鳥器。他在這條街上有找間諜監視我，那些間諜會告訴他我是否又把餵鳥器裝滿了。」

「哈，讓我猜猜。大衛？對吧？」

「他最喜歡的嗜好就是拿槍射雉雞和鷓鴣。砰砰砰。」

「他有出來遛狗。警察來過之後我有和他聊。他今天也去敲碧的門了。她今天早上還真是受歡迎。」

我咬著嘴唇，盯著人行道看。

「你和我在想的是同一件事嗎？」奶黃色問。

「為什麼小鳥殺手大衛・吉爾伯特不能放過碧・拉克罕一馬？」

她討厭他的拜訪。二月十三號我聽見她叫他走開，永遠不要再來。我在觀察她臥室窗外的鸚鵡時，看見他拿著一束花在情人節前一天出現。她並不想要那些花。

我那天應該報警的。趁一切都太遲了之前。

我看著這條街的樹上有些椋鳥在爭吵，試圖用牠們的珊瑚粉色囀鳴爭取我的注意。牠們的顏色永遠比不上鸚鵡。牠們應該放棄。我不會畫牠們的。

「我的意思是你爸爸並沒有禁止我去餵那些鸚鵡，對吧？像我們這樣的鳥類愛好者應該團結起來，」他說。

我不知道他這話是什麼意思。團結起來[10]聽起來好像是永久的概念，就像用強力膠黏住一樣，可是我對這個男人一無所知，除了我們都是鳥類愛好者、都很寂寞、還有我們的媽媽都死於癌症之外。

我不想和他爭辯。我的肚子、膝蓋和手都很痛。我想回家。

「你何不把那袋飼料給我，我來幫你餵？那樣的話你就不會做錯任何事了，不會被你爸唸。」

我思考了十七秒。「那些在廂型車裡的男人怎麼辦？他們會告訴我爸嗎？」

「什麼廂型車？」奶黃色左右張望了一番。

「我會找到飼料的，」我忽略他的問題說。那些在貨車裡的男人只對我有興趣，可是他還是別引起注意為妙。「你發誓不會告訴爸媽？還有大衛・吉爾伯特？」

「我發誓，否則不得好死。」

他不是認真的。沒人希望自己不得好死。

我想告訴他這條街上死的人已經夠多了。

但我沒說。

我保持沉默，這樣保險多了。

我們不發一語地過了馬路，走到我家。奶黃色在柵門外的人行道停下腳步，我把大理石花盆抬起來拿鑰匙，在它往下倒、壓碎我的手指之前把手抽開。

我進門後專心找鳥飼料，免得我又被什麼分心，忘了該做的事。

我在廚房櫥櫃裡找到那袋飼料，就在麥片盒後面。爸很不會藏東西。也許他們皇家海軍陸戰隊沒教過這項技能。我跑出門、穿過小徑，把那包飼料塞到那男人手上，然後衝回家、用力甩上門。

我從客廳窗戶看著奶黃色過馬路，右手拿著飼料晃呀晃。他把碧·拉克罕家的柵門推開，然後停下腳步回頭看。

有個男人朝他走來，他的狗在吠叫。這條街上只有一個人穿櫻桃紅色的燈芯絨褲、戴棕色低頂圓帽，又牽著叫聲是薯條黃色的狗。

我的手伸進口袋裡摸媽媽的鈕釦。

搓、搓、搓。

那一定就是小鳥殺手大衛·吉爾伯特，他出來遛狗，而且比預期還早回來。他又來到文森花園二十號外頭，當場逮到一個愛鳥人士。他有一把獵槍，以前他曾經威脅說要使用那把槍。他威脅過碧·拉克罕。

快跑，離小鳥殺手大衛·吉爾伯特愈遠愈好！

奶黃色沒有跑。他無法移動，他被綁架了。他一定是知道那把槍的事，所以不敢貿然逃跑。在他被挾持之前，他還把那袋鳥飼料藏在身後，就像我在學校被X和Y前後挾持一樣。他們一起走向隔壁的房子。

那是文森花園二十二號，大衛·吉爾伯特的家。我把那個牽著狗的男人想得沒錯。他們進屋子裡時，他的手搭在奶黃色的肩膀上。他在逼他進去，不管他想不想，就像我被推進自然課實驗室一樣。

沒人幫我。

---

10 原文為stick together，字面意思是「黏在一起」，引申為「團結一致」。

沒人幫奶黃色。街上空蕩蕩的。

沒有證人，除了我以外。

大衛．吉爾伯特會懲罰他想幫我餵鸚鵡這件事。我很怕，非常害怕。我必須採取行動。有人有危險了，是那種你不能視而不見的極度危險。

我不聽從腦海裡爸爸的聲音了，他下令叫我不要引起注意，不要讓我們所做的事東窗事發。

我對腦中鏽橘色的聲音充耳不聞，它叫我別再打不必要的緊急電話。

我忽略祕密基地的呼喚，還有我的繪畫顏料和肚子的疼痛，它愈喊愈大聲，愈來愈明亮，就像顆銀色、炙熱又帶有尖刺的星星。

我拿起電話報警。我告訴接線警員我需要警察，不是消防隊，因為我沒看到火焰。總之是還沒。

「上週在我們街上發生了一起可怕的謀殺案，現在有個男人被綁架了，」我告訴控制中心的女士。「他被強押進一間屋子。他現在非常危險。」

我告訴她大衛．吉爾伯特的地址。她問了一堆關於我的細節，而這些根本和這件事毫不相干：為什麼我從家裡打電話？為什麼我沒上學？我以前打過報案電話嗎？我父母在哪裡？他們知道我自己一個人在家嗎？

她應該問關於這宗綁架案的事，她應該要我提供關於大衛．吉爾伯特的資訊才對。他才是真正的壞蛋。

「李察．張伯倫，和那位演員同名同姓的人，他認識我，」我說。「他叫我不要再打電話報警了，可是他不能期望我對這條街上有人遭遇的危險視而不見。這真的很緊急。」我再說一次，以免她第一次沒聽見。「發生了一宗綁架案，和謀殺案不一樣。」

我掛斷電話，在窗邊等警察來。他們得快點。那些鸚鵡正在碧・拉克罕的橡樹上尖叫出雕花的玻璃綠和孔雀藍色。

牠們很害怕，就和我一樣。

第十二章

星期三（牙膏白）

還是那天下午

警車沒有響著亮黃和粉紅色的鋸齒形警報聲，急煞停在大衛．吉爾伯特的家門前。駕駛是慢慢倒車進停車格裡的。一位穿黑色制服的金髮女子下了車，接著有個男人也下來。他張大嘴、雙手高舉伸展。老實說，他們對待這樁緊急事件的態度也太悠哉了吧。

女警可能就是我之前在碧．拉克罕家門前看到的那位。我不是很確定。她慢慢走上前（為什麼不是用跑的？），敲了敲前門，出現深棕色的形狀。過了三十一秒後，門打開了。有個男人出現，他們談話四十四秒之後，她進去了。她的同事在車旁等著。

我不是處理人質挾持的專家，可是難道她不用小心一點嗎？她甚至沒拿出武器（如果她有帶的話），而且她隻身一人在陌生人的屋子裡，這不是件好事。人們總會在你最不留意的情況下對你下手。而她的同事一點忙也幫不上，因為他正忙著挖他的左邊鼻孔。

過了三分鐘又兩秒，女警和兩個陌生面孔踏出屋子。他們一起走向門前的小徑，然後在人行道停下腳步，站在第二位警察旁邊。他們的臉全都朝我的方向看過來。

為什麼那個穿櫻桃色燈芯絨褲的男人沒有戴上手銬？

大衛．吉爾伯特應該被關進牢裡才對。那是他應該去的地方。

他們朝我家走來。我不喜歡這樣。為什麼他們全都來這裡，不是應該去警局嗎？我從窗邊退開，無處可躲。這麼做沒意義，因為他們知道我在家。我用手機報警，不是因為我想這麼做，而是因為我別無選擇。

沒有人站出來幫我。

我是非自願的證人，非自願的幫手——這就是我一直在扮演的角色。

這群人的其中一人敲了門，水滴狀的淺咖啡色帶點苦甜黑巧克力的條紋。我無法確定是誰敲的，因為我已經離窗邊遠遠的了。我躲在大門後面，用舌頭數著自己的牙齒。

「哈囉，賈斯柏，」銘綠色聲音的女警在我數完牙齒、打開門時說。「我是珍妮特．卡特警員，這位是我的同事馬克．提鐸警員。我想你認得你的鄰居們。」

她比向站在她身後的兩個男人。很顯然她完全不了解狀況，不過我還是有些有用的線索可以幫我。一個男人穿著櫻桃色燈芯絨褲，而且從大衛．吉爾伯特的家裡過來。他的狗因為被獨自留在文森花園二十二號而正朝著我吠出薯條黃色。另一個男人穿著黑色仿麂皮鞋子，紅黑圓點襪，手上還抓著半包鳥飼料。

正是綁架犯與他的人質。

女警瞥一眼她身後的那幾個男人。「我們想讓你知道沒發生什麼事，」她說。「沒有綁架或謀殺案，你的鄰居華金斯先生並沒有被強押進吉爾伯特先生的住家。他只是去拜訪而已。」

「這是真的，」奶黃色說。「我正要去把餵鳥器裝滿的時候，大衛問我能不能幫他搬廚房的一件家具。那對他來說太重了，他一個人搬不動。」

事情的急轉直下令我遲疑。這是出乎意料的事，而我不喜歡出乎意料。那是蠟橘色的字眼。

「他把手搭在他的肩膀上，」我指出這件事實，倒退了一步。「即使是X和Y之前都沒這樣對我。他們只是一人在前一人在後，可是沒碰到我，因為那樣是人身侵犯，會害他們被退學。」

「我是自願跟他走的，賈斯柏。這不成問題，我不介意幫助有困難的人。這就是在這條街上的鄰居該做的事。我媽總是這麼說。」

我感覺到肚子像被猛戳了一下的痛楚，後頸像仙人掌一樣刺。

「即使你知道對方是連環殺手，你還是會幫鄰居？或者該說，你已經幫了一個連環殺手的忙。」我說。

女警的嘴張開成「O」形，和碧第一晚到這裡時的模樣很像。我猜她和我一樣好奇，也想知道答案。

大衛．吉爾伯特看著兩位警察。「你們知道我在說什麼了吧？這些瘋狂的指控必須停止。這孩子這次真的得寸進尺了。他根本就是麻煩人物。」

就像碧．拉克罕一樣。

他就是這樣形容她的。在她還活著的時候。

「你是小鳥殺手，」我重申，因為要趁他沒有律師在身邊時才有用。「我並沒有指控你殺了碧．拉克罕。」

「我想也是！」他大聲說。「他這是在胡說什麼？這些和碧翠絲有什麼關係？等她天殺的哪天回來，她要給我解釋清楚。」他朝著兩位穿制服的警員飆出這些紅色的粗礪字眼。「你們要對他做點什麼。這是陷害。他總是對我做出不實指控。我有奧利當我的證人，他會幫我作證，對吧？」

站在他旁邊的男人頭和手臂都動了一下。我不確定這個姿勢代表什麼。他是在無聲地表示他會挺大衛．吉爾伯特，還是他拒絕幫他？很難看得出來。

不過那無所謂，我反而專注在「陷害」兩字。這個字眼的顏色很有趣，幾乎是透明帶有微微的紫色。

這個字是由單數的「被害者」轉化而來的。你可以在腦袋裡扭轉它，讓它變成不同的涵義。也許要了解誰是被害者也不是件容易的事。

「先生，這裡由我們接手吧，」卡特警員說。「也許你們都可以先回家，讓我們和賈斯柏單獨談一下？」

櫻桃色燈芯絨褲拖著腳步走回他家，走向薯條黃色。可是另一個男人，也就是奶黃色，並沒有移動腳步。

「如果需要的話，我可以留下來陪他，因為他爸爸似乎不在。」他的身體轉向我。「你想要這樣嗎，賈斯柏？」

「碧．拉克罕從星期五就沒餵鸚鵡了。那些餵鳥器整個週末都是空的。」

女警轉頭對他說：「先生，還是請你離開，若有需要任何協助我們會去找你。」

「妳確定要這樣？」

他還是沒走，這很惱人。

「你可以用我給你的那袋鳥飼料把餵鳥器裝滿，不過你得再買更多才夠裝。從現在開始你要繼續餵那些鸚鵡。一天兩次。還要給牠們蘋果和板油。請不要忘記。」

「當然，你說了算。」他大步走開，袋子在大腿旁晃呀晃。

「我們可以談談嗎，賈斯柏？」卡特警員問。

「等一分鐘或九十秒之後。」我一邊說一邊看著奶黃色回去執行他原先的任務。當他把塑膠袋上下顛倒時，袋子在風中鼓起，裡面的種子全都進到了餵食器。裡面的份量不夠分給全部那六個餵食器，不過至少有三個已經裝了一半。

任務達成。

奶黃色豎起大拇指，然後走回他母親的家。

「我現在準備好要去警察局了，」我轉頭對那位女警說。「我必須告訴妳發生的所有事情。我想認罪。」

「沒有那個必要。」她說話是斷斷續續又小聲的鉻綠色。「我們可以在這裡談一談。我們可以進去嗎？沒什麼嚴重的事，只是應該要有人陪你。你現在自己一個人，對吧？你希望誰可以在這兒陪你嗎？」

「我想要我媽媽。她是我現在唯一想找的人。」

「沒問題。她在上班嗎？我們可以幫你打電話給她。你有她的電話號碼嗎？」

「妳不能打給她。她是鈷藍色的，可是那個顏色正在褪掉。」我哭了出來。我就是忍不住，真的，我忍不住。「那都是碧．拉克罕的錯。她幫爸把媽的顏色沖淡，主要是爸，可是我也是，因為我當時不知道發生了什麼事。等到我發覺，一切都已經太遲了，我失去她了。」

「沒關係，賈斯柏。不要難過。我很抱歉我讓你難過了。我們可以怎麼聯繫上她？」

「我不知道要怎麼把她帶回來。我不知道要怎麼把死掉的人帶回來。」

「賈斯柏……」

「我想要她回來，寶寶也是。可是我辦不到。我不知道屍體在哪裡。拜託幫幫我！幫幫我！我辦不到。我年紀太小了。我想離開這裡。」

她的臉朝我靠近，接著另一張臉也是。這些臉我全都不認識。一個男人在對我大聲說話，朝我說些不好看的顏色，可是我不知道他在說什麼，也不知道他是誰。我不想仔細研究那些顏色，因為我知道我會討厭它們，於是我把它們隔絕在外。

他的嘴又細又紅，像一道深長的傷口，不斷開合。

我再度看見天藍色的結晶體，有著閃閃發亮的邊角和鋸齒狀的銀色冰柱。它們要來傷害我了。傷害我的肚子。

我不停尖叫，直到那些鋸齒粉碎，化成細小的碎片。

我什麼也看不見。

唯有黑暗籠罩四周，將我拖入深淵。

第十三章

星期三（牙膏白）

那天下午稍晚

我又回到我的祕密基地，用那條寫著勿忘我的藍色毛毯把入口蓋得緊緊的，手緊抓著媽媽的針織外套。離開我的安全基地、她的鈕釦和玫瑰香味是天大的錯誤，我的頭髮和衣服幾乎快被繚繞不散的醫院氣味給蓋過去。

只是那又是另一個謊言。這不是她的香水。十八個月前，在我吐在那件針織外套上面之後，爸不小心把它拿去洗了。他從百貨公司買了另一種玫瑰香水，噴在那上面來幫我想起媽媽。

他說那味道聞起來一樣。

他錯了。不一樣。那和媽媽的味道很像，可是不一樣，就如同在我畫裡她的聲音，無法正確捕捉她的顏色，無法複製得一模一樣。

我用手指撫摸那些鈕釦。

繞呀繞呀繞花園，像隻泰迪熊。

這是我小時候媽媽說的。當我躺在床上，看她貼在天花板的螢光星星時，她會在我的手上畫一個又一個圓圈。

這些鈕釦就和她閃亮的粉紅指甲一樣光滑。

一步、兩步、搔癢癢。

不過媽從來不會搔我癢，因為她知道我討厭搔癢。不過她會讓我搔她的下巴。以前那總是逗得我們兩個哈哈大笑。

我沒有在醫院裡待很久，只待到男醫生幫我檢查完，然後警察找到爸之後就走了。兩個小時，也許三小時。很難確定時間，因為我在門口跌倒的時候手錶就停了，我不知道當下的時間，因為病房裡的時鐘慢了。

不過我知道一件重要事實，那就是那段時間已經夠長，足以為爸和我帶來一大堆麻煩。我昏過去時，那位女警很驚慌，用無線電叫了救護車。如果我有意識，我會阻止她。可是我沒有，我無法這麼做。這事超出了我的掌控，就像最近很多發生在我身上的事一樣。爸不了解。

你不應該逃學。

你不應該打電話報警。

醫生幫我檢查的時候看到我肚子裡的洞，他用一些小片膠帶處理傷口，因為現在要縫針已經太遲了。他給我藥丸防止細菌感染，也幫我塗上抗菌消毒藥膏。我沒告訴他我的肚子是怎麼受傷的。我什麼也沒告訴他。不管我說不說都沒差，因為那位女警已經幫我說完了。她告訴醫生我的姓名、年齡和住址。她不知從哪記錄下這些資訊，也許是鏽橘色告訴她的。

此刻她知道我的直系親屬是我爸，他是我在這世上唯一的親人，她無法打電話給媽媽，因為媽媽已經死了、下葬了，就像那隻鸚鵡寶寶一樣。

就像外婆、碧·拉克罕的媽媽和奧利·華金斯的媽媽一樣。

另一個女人出現在醫院裡，爸好不容易氣喘吁吁、滿頭大汗地出現時，她和他私下談話。他的重要會議被打斷了，而那個女人是社工。爸說我們很快又會看到她。現在醫生已經好好檢查過我的肚子了，我們可能也會去看兒童心理醫生，還要去和所有警察見面。

和他們說話毫無意義，不管是鏽橘色、用無線電叫救護車的鉻綠色女警、社工或兒童心理醫生都一樣。

他們全都幫不了我，他們只聽自己想聽的，只看自己想看的，而且他們還沒找到碧。他們甚至在我不斷嘗試想告訴他們她已經死了的時候充耳不聞。

我也不想和爸講話。我無法告訴他寶寶的事。碧．拉克罕的寶寶。還不行。我不想把這個簡潔的橘色字眼「寶寶」從舌尖說出來。

爸打開樓下廚房的收音機時發出灰綠色的聲音。收音機傳出略帶綠色的垂直線條，反覆上下跳動。那些顏色席捲我，讓我喜憂參半。我喜歡它們又不喜歡它們，抱持著中立的態度。如果我想，我會用那些顏色畫圖，可是如果那些顏色用完了，我再也無法從顏料管擠出足以畫畫的量時，我也不會心痛。難過的程度比不上我最愛的藍色用光的時候，如果以一到十的災難指數衡量，藍色用光的指數大概會是九。

九點五。

爸轉到另一台頻道時，顏色的軌跡變為許多色彩混雜的中間色。那些顏色讓我想哭，這回不是因為悲傷，而是快樂。對於色彩的愉悅。

那首歌是蕾哈娜的〈鑽石〉，不過我不像她那樣看到天空中的鑽石。我看到的是爆炸的金銀色星星，如波浪般起伏、延展進入一片橙粉與西瓜紅的色調中。那粉色不停變換，一下變紫色，一下又變了回來，深層摻雜了黃色的線條，美不勝收。

這讓我忘卻了醫院、爸爸、所有警察、醫生和社工。我爬出祕密基地，感覺那些色彩包圍著我，撫慰著我。我想跳舞，我必須跳舞，就像碧・拉克罕以前跳的那樣。

我甩動手臂，這就是我喜歡的跳舞方式，四肢同時一起擺動。不分享這些色彩是自私的行為。我把手伸到窗簾底下，打開窗戶。我想讓那些鸚鵡也享受這音樂，自從碧・拉克罕死了之後牠們就沒聽過音樂了。牠們一定很想念這些色彩、色調和形狀。

牠們必須了解，即使現在已經不同以往，可是生活還是要過。我會保護剩下的鸚鵡，那些餵食器會一次又一次被填滿，那個暫時住在碧・拉克罕隔壁的男人會這麼做。必須讓鸚鵡感覺自己受到歡迎，否則牠們會離我而去。

我從不知道自己原來這麼想再聽到音樂。我從窗簾中間窺探。那些鸚鵡聽到了嗎？其中有三隻鸚鵡正在為這首曲子爭執不休。

深矢車菊藍帶一點黃色的打嗝聲。

又有更多鸚鵡飛到那棵樹上，加入這場鬥嘴。牠們在爭論發生了什麼事，表明立場要支持哪一方。

大衛・吉爾伯特、我或是碧・拉克罕。

我，還是碧・拉克罕。

我的手臂又回到原位，回到原本歸屬的地方。我的雙腿也不再跳動，現在站得直挺挺的，因為這時有另一股衝動比想跳舞的欲望還強烈。我拿起筆刷，畫出真相的必要性，就像聖誕節的金屬箔裝飾品那樣閃爍發亮。

我準備好了。

鸚鵡無法對任何人描述這場導致騷動的大屠殺。牠們無法解釋自己是如何落入陷阱的。牠們需要一個人來幫牠們訴說故事。我得從上次擱下的地方開始，因為牠們到來的日子愈來愈近了。

我抽出一張全新的白紙，欣賞它令人心曠神怡的白淨。我選了幾個顏色：焦赭土色、鎘紅色和黃色，接著才挑選我最喜歡的藍色系。

是時候畫出下一幕了。

第十四章

一月十八日，早上六點五十分

橙色星星帶點鈷藍色和深紅色，畫紙

那位不知名女子搬進來，播放震耳欲聾的火星音樂的隔天早晨，我看見鋸齒狀的深橙色。

我跳下床，抓起望遠鏡站在窗邊。一開始我先查看那棵橡樹，可是自從喜鵲無端的攻擊之後，鸚鵡還是沒出現。兩隻鴿子停在樹上，對上次的突襲一無所知。

當我的鬧鐘一如往常發出嗶聲，使房間充斥輕柔的粉紅泡泡時，我在筆記本上潦草寫下時間。我一定得去學校。

沒得商量。

那些鴿子飛走了，被不自然的尖刺形狀打擾。

又有一輛卡車開過來，比前一天的多了點橘紅色。它沒把家具載走，反而搬下一個大垃圾桶放在文森花園二十號前面。

一台汽車按了喇叭，閃爍的深紅色星星，這時有個男人甩開卡車門，無預警地跳下卡車。他的朋友對那位汽車駕駛比了個挑釁的手勢，對方又按了一次亮紅色喇叭聲作為反擊。

一群椋鳥也飛來了，停在我們鄰居的樹上，還有一隻知更鳥。那隻知更鳥害羞的鳥囀在趾高氣昂的珊瑚粉色下顫動著淺藍色線條。這些時刻全都記在我的筆記本裡。

不知名女子從家裡衝出來，光著腳，身上穿一件閃亮的藍色睡衣，胸前是個深V的形狀。那兩個男人張嘴想說話，不過我不認為他們有說出話來，因為他們的嘴唇沒有改變形狀。她睡衣的顏色也讓我嘆為觀止。

鈷藍色。

我的天啊，我的天啊，我的天啊！！！！！！

我在這些字底下畫了一條線，而且加上六個驚嘆號。

那顏色不偏不倚正是鈷藍色，也是之後誤導我的顏色。我必須承認自己的錯誤，和碧．拉克罕有關的眾多事情中的第一個錯誤。第一印象可能是錯的。我現在知道了。但願我當時沒被誤導。

當我看到那件鈷藍色的睡衣，媽媽的聲音同時在我腦中繚繞。

愛你到月亮再繞回來。

永遠愛你。

媽媽的聲音是如此清晰，讓我驚嘆。那聲音明亮又大聲，彷彿她就站在房間裡照看著我，即使她從沒住過這間房子。我以為我永遠失去她了，以為我們把她留在普利茅斯的墓園了。

在那片刻，我想起一件重要事實，那就是媽媽發誓過她永遠不會離開我。

她遵守了諾言。

她又找到我了。

就在這裡，文森花園。

我的膝蓋癱軟，身子靠向窗台。我知道自己一旦放手勢必會倒下。不是倒在地上，而是更深層的地方。地毯上像有個敞開的無底坑洞，試圖吞噬我。

我聽不知名女子朝那些卡車男說了什麼，不過一定是什麼好笑的事。他們仰頭大笑，發出許多橙色泡泡，同時她正把一頭金色長髮綁成辮子。

當他們又攀上卡車，她把睡衣的腰帶綁緊一些。睡衣是低胸的，但她不怕冷。

那輛卡車開走了，喇叭聲像鑲金邊的深紅色流星。不知名女子盯著大垃圾桶看了十五秒，然後從花園裡摘了一朵花，應該是雛菊吧，我想。接著她又走向家門。不過她沒有進去，而是轉過身。

她定睛看著我，優雅地揮揮手，像個公主一樣。她的睡衣袖子滑下手臂。

我趕緊蹲下，躲在窗台後面。

太遲了。不知名女子已經看見我在用望遠鏡看她。

那是第一次她注意到我站在房間的窗邊。

我很擔心她會生氣，不想認識我了。她會向爸抱怨，或是和她的新鄰居一起取笑我。

她會叫我偷窺狂，或偷窺賈斯柏，如果她想開玩笑的話。

不過有趣的是，在我們後來變成好朋友之後，她告訴我說她喜歡這樣。

我的意思是，她喜歡被注目。

她是真的不在意。她喜歡有觀眾，她說這讓她感覺到自己活著。

一月十八日早上七點四十五分，那天早晨稍晚

肉桂色方塊，畫紙

我的鸚鵡觀察持續進行著。

我一手握著望遠鏡，另一手拿筆記本，計算出我最喜歡的鳥類在我上學之前還有不到百分之十三的機率會回來。那些醜陋的顏色讓牠不想回來，牠們已經把其他小鳥都嚇走了。我在這條街上完全沒看到牠們的顏色，任何一聲鳥囀都沒記下。

不知名女子可能並不知道這件事，但就是因為她用力地把東西扔進那個大垃圾桶，才不小心把在地的野生動物嚇跑了。她扔了一個書架、好多本書、椅子、裝飾品、茶壺和盤子、報紙、燈罩和窗簾。

砰。碰。肉桂色方塊變成了橘棕色。

那女子來來回回地進出房子，把她不想留的物品拖出來。愈來愈多紙箱最後成了垃圾。我希望她快點完成，她愈早扔完所有的東西，那隻鸚鵡就愈有可能在上學時間之前出現。

大概有百分之二十二的可能性。

我用望遠鏡看到其中有些箱子用膠帶封起來了。我不知道它們做了什麼惹她生氣，可是她很不喜歡它們。她不想看到裡面的內容物。紗網窗簾最後也被扔進垃圾桶了。它們因為不明原因冒犯到她，因此必須被丟棄。

我觀察文森花園二十號前院的橡樹，看是否有鸚鵡出現的跡象，總共看了十四分鐘又二十五秒時，爸敲了我的房門，那聲音是淡棕褐色圓圈。他想再確認一次我已經準備好要上學了。

我當然準備好了。我們昨晚討論過了。我們都必須做些我們並不想做的事。

「她是誰？」我又問了一次。「那邊那個女人？她為什麼不喜歡家具？」

「她一定是某個親戚，」他回答。「因為她在清理房子。大衛昨晚和她見過面。我晚一點會問他，等我下班後可以嗎？他一定有很多八卦可以講，像往常一樣。」

我把頭擺向正確的位置，表示我喜歡這個主意。我希望這次爸不會再搞砸了。第一次見面至關重要，因為他說一個人的形象就是在這時候建立的。如果她不喜歡他，那她可能不會喜歡我。

「她一樣東西也不想留，」我觀察到。「一樣東西都不要。她在把拉克罕家的房子大改造。沒過多久就會什麼也不剩了。」

爸承認他剛才也從客廳窗戶看那個女人，同一間房子裡同時有兩個人在看她。只不過我有望遠鏡。

「人們有時候會把好東西給扔了，」他身子又靠向窗戶一些，說道。「她應該請清潔工人來處理的，這樣她會賺到一些錢。垃圾桶裡的東西有些很不錯。」

「也許她不想要任何人擁有曾經在那間屋子裡的東西。也許她不想讓別人使用或看到它。」

「有道理，」他說。「可是那也不能阻止別人去翻找有價值的東西然後帶走或賣出去。販子[11]會想要那些椅子，它們看起來可以賣個好價錢。」

毒販？

「可以這樣做嗎？那不是偷竊嗎？」

「如果是你丟掉的東西，就無法阻止別人去拿。」他說，「因為那已經不再是你的所有物，如果你把它們放在那裡給別人拿的話。」

我就可以阻止那些小偷和毒販。我必須這麼做。因為要是不知名女子改變主意，想保留其中一

11 原文為dealer，在此指「商人、商販」，賈斯柏誤以為是drug dealer「毒販」。

個箱子或椅子怎麼辦？

這不是我第一次報警求援，也不是最後一次，可是這是我打的第一通和碧．拉克罕有關的緊急電話。

我趁爸在浴室看報紙時把手機開機，輸入電話號碼，通報一起事件說有人偷走不知名女子的物品。

就在二十號文森花園，她家門前的大垃圾桶，有一起可能發生的竊案。

不應該讓毒販嚇到她，就像那些喜鵲嚇走那隻鸚鵡一樣。

接線員要我給爸聽電話，我向她道歉，告訴她我無法這麼做。他正在上大號，不喜歡被打擾。她堅持我應該試試看。我敲了三下淺棕色的圓圈，要他把門打開。我用門縫遞電話給他。他們談了幾分鐘，全程爸都坐在馬桶上。

我會再跟他說，我保證。很抱歉。他對事情會過度興奮。他會過度解讀事情。我知道。我了解。

接著又是更多道歉的話。我聽到衛生紙的淺灰粉色摩擦聲，和銀藍色亮片的沖水聲。

我抓起書包就往外跑，免得又得被訓話。我不想和他說話。為什麼他不會幫我向那位接線員警察辯護？

他大都在看電視上的犯罪影集，一定知道偷竊是一個人性格缺陷的證據啊。

因為如果一個人會偷竊，那他一定是準備犯下更嚴重的罪行。

那天我在學校很難專心，比平常更難集中精神。這次不是因為背景的色彩和一張張不具名的臉孔，而是因為那個不知名女子。

我在數學課本的書封內頁快速寫下關於她的重要事實：

一、她喜歡火星音樂。

二、她喜歡鈷藍色。

三、她喜歡跳舞。

四、她不喜歡之前在屋子裡的每一樣東西。

五、她是寶琳．拉克罕的一位親戚或朋友，寶琳在另一個家裡過世。

六、她會是個麻煩人物。（爸的意見）

七、她音樂放太大聲了。（大衛．吉爾伯特和奧利．華金斯的意見）

在這當中，我最想知道的是清單裡沒列的兩件事：

她叫什麼名字？

她的聲音是什麼顏色？

是藍色的嗎？一定是藍色系的。她看起來像聲音是藍色的人。我希望她是。不可能是皺巴巴的黃褐色或是豔橘色吧。

這就好像在挖掘一束腐爛的花，原本它可能芳香而豔麗，但已經變得褪色又枯黃，唯一適合的去處就只有垃圾桶。

那會毀了一切。

我一整天都在思考她的顏色，所以話說得不多，甚至就連午餐時間在學校餐廳，我的朋友珍妮和亞倫在我的固定座位（我都坐在右排倒數第三個位子）找到我的時候，我還是不怎麼說話。

「賈斯柏，又有人惹你生氣了嗎？」亞倫（金黃橘色）問。

「對，」我說。「又來了。」

這是事實。

「你應該去告訴老師，賈斯柏，」珍妮（日落黃）說。「你不應該忍受每天被霸凌。」

我記得我很快就幫不知名女子辯護。如果她的顏色是腐敗物的顏色，那她也無能為力。何況我還不能完全確定。這都是我在還沒掌握重要事實之前就妄下的結論。

「這不是她的錯，」我指出。「有些事情就是令人無能為力，不管你是誰。那些事情不是你能掌控的。」

「是你可以掌控的，賈斯柏，」珍妮堅持。「那些找你麻煩的人根本知道他們在做什麼好不好，這才不是超出他們掌控的事。那就是他們想讓你誤解的，誤以為這都是你的錯，可是根本就不是。是他們的錯。他們是爛咖。」

我用叉子叉起盤裡的一朵花椰菜。珍妮說的話讓人困惑。今天沒人給我一根樹枝[12]啊。

「想想看，」亞倫說。「做點什麼總比坐在那裡自憐自艾好吧。」

亞倫說的沒錯。

我必須做點什麼。我不能把發掘新鄰居的名字這項重責大任交給爸。他很可能又會搞砸了。他也無法告訴我她的聲音是什麼顏色，因為他根本看不見那些顏色。

我必須有所準備。午餐後我列了一張開場白的清單，因應各種對話需求，就像爸教過我的那樣，然後利用歷史課把它們一一背起來。反正穀物法的廢除早已發生，那可以之後再了解。

哈囉，我是賈斯柏．維沙特。

哈囉，我是賈斯柏，你叫什麼名字？

哈囉，妳是誰？我是賈斯柏。

妳幾歲？我十三歲兩個月又一天四小時。

我一次又一次反覆練習我的開場白，直到確定是百分之百正確的。

哈囉，歡迎搬到我們這條街。我是賈斯柏．維沙特。我十三歲，住在文森花園十九號。我是聖奧爾頓中學的學生，我喜歡畫畫。妳叫什麼名字？

這樣的開場白言簡意賅，包含所有重要的資訊，然後把發言權交給不知名女子，換她提供類似的自我介紹。

我想不到其他的了。一整天我都在腦袋裡排練這段話，每次老師問我問題，我都充耳不聞，然後在心裡默念：

哈囉，歡迎搬到我們這條街……

到了回家時間，我已經完全背下來了。我已經準備好要和不知名女子見面了。

---

12 原文為give (someone) a stick，字面意思是「給某人一根樹枝」，引申為「找某人麻煩」的意思。

第十五章

一月十八日，下午三點三十一分

天藍色加上天青藍，油畫

有個女人出現在文森花園二十號的門口，周圍滿是紙箱和鼓脹的黑色垃圾袋。鋼琴的音符色彩消散後不久，我才用力敲了一下門，因為不想打擾那些電藍色水滴和優雅而閃亮的海軍藍波浪。回家途中，在那群學校惡霸追了我五分之二的路程之後，等待也可以讓我先按著肚子喘息一下。她在一分鐘又二十五秒之後來開門，這幾乎和音樂帶來的顏色讓我同樣感激。我喜歡做重要事情不拖延的人。

我仔細觀察她的形象，眼前這個人看起來很像那位不知名女子，只不過她比我想像的矮小，而且讓我想起雛鳥。她很瘦，和我一樣，只比我高個幾吋。

她把金髮收在耳後，亮出一對很小的銀色燕子耳環。毛衣領口很低，就快低到她長裙的腰帶了。我看著她長裙下襬的流蘇抓搔著地板。

咻咻咻。

我想再更仔細研究她的耳環，不過那表示要再看一次她的低胸領口，那看起來很怪，就和第一晚一樣。

「哈囉，請問有什麼事？」

天藍色。

是晴朗無雲的天藍色，那種你會在炎夏午後的海灘看見的，群青色與蔚藍色的綜合體。

她的聲音幾乎是鈷藍色，像媽媽的聲音，但又不是完全相同。可是她的顏色已經夠接近了，比我原本希望的還更像，超出我所預期。自從媽媽死後，我從沒遇過一個人的顏色和她那麼像。

我頓時腦袋一片空白，把原本背的東西忘得一乾二淨。

「碧玉[13]是一種半寶石，」我說。

她的笑聲是閃爍耀眼的天藍色，鑲上群青色的藍邊。「你說的沒錯。碧玉是我最喜歡的寶石之一。你知道它被認為具有強大的療癒力嗎？」

趁她繼續說話，我的目光從她裙襬的流蘇往上移。

「它能提供人慰藉、安全感、力量還有非常愉悅的感受。」她把頭髮甩到肩膀後面。我想叫她把額頭擦一下，上面有一條灰色汙痕。「那你為什麼喜歡碧玉？」

「我是賈斯柏。妳幾歲？」

「哈！我知道了。你很直接，對吧？你知道永遠不能問一個女人這麼私人的問題嗎？」

「為什麼不行？我就住在同一條街上。」我指向我的窗戶。「我的房間就在那裡，那是我睡覺的地方。」

「啊，是拿望遠鏡的男孩。就是有個帥爸爸站在窗邊。」

我沒聽過別人這麼說，也從來沒聽過爸這樣稱呼我，不過我的確是拿望遠鏡的男孩。我猜想這

---

13 碧玉與賈斯柏在英文裡是同一字，皆為Jasper。

條街上會不會有另一個拿望遠鏡的男孩，不過我是沒發現過。

「我用望遠鏡賞鳥，」我解釋道。

「這是一種說法。」她咯咯笑，是帶有白色邊緣的淺藍色。我沒跟著笑，因為賞鳥並不好笑。觀察並正式記錄每隻我看見的鳥是很嚴肅的活動。要研究英國的所有鳥類得花很多時間，更甭說全世界的鳥類了。

「妳快死了嗎？是不是因為這樣妳才不想告訴我妳幾歲？」

「什麼？我希望不是喔。你問的問題很好笑耶！」

「謝謝。」

「你是個與眾不同的男孩，」那女子說。「我以前沒遇過像你這樣的人。」

我的嘴角上揚成了曲線，因為她讓與眾不同聽起來像是一件好事。我重新自我介紹了一次，因為第一次嘗試時我搞砸了，就像我有時候會分心，在筆刷上加了太多水一樣。

「那真是令人印象深刻的介紹，謝謝你。」她在我說完之後回道。

「我可以聽妳的嗎？」我催促她。

「嗯，讓我看看，我從澳洲回來參加一個朋友的婚禮和處理這間房子。在我決定好要拿它怎麼辦之前，我還得住在這間屎窩裡。還得先做完很多事才能把它賣掉。」

我試著專注在她整體的顏色上，努力不注意那句含糊不清的橘色髒話。

「妳是寶琳．拉克罕的姪女、朋友還是失蹤的女兒？」我問，試圖解開這個謎題。澳洲這點讓我很驚訝，因為她聽起來沒有口音。

「失蹤的女兒？」那女子笑了，明亮的天藍色笑聲，同時她裙襬的流蘇又咻咻作響。「這我倒不確定。我一直都沒有失蹤。我很想消失，但根本沒人會來找我，最不可能找我的就是我媽。」

「就像所有那些東西一樣嗎？」我瞥向身後。「妳希望那些東西被找到嗎？如果有人拿走，妳會介意嗎？」

不過現在它們可以被找到了，因為我已經通知警察，確保了它們的安全。

那些箱子在垃圾桶裡疊得好高。不知名女子一定努力工作了一整天清理房子。

「舊的不去，新的不來，這是我的格言，」她說。「我不想抓著過去不放，努力不要留下太多我媽的舊東西。反正根本也沒什麼值得留下的，除了少數幾樣家具和幾本舊食譜之外。」

我不想抓著過去不放。

我假裝同意這項說法，頭點了幾下，可是我知道她是錯的。你無法抓著過去，就算你想也辦不到，它總會從你的指縫裡溜走。

「今天早上我看到你在看我，」她繼續說。「我本來以為你和你的性感老爹會來幫我把這些東西搬出去。箱子好重。」

「我是在看妳家的橡樹，」我糾正她，對於她對爸的評論則不予理會。「我們家前面沒有樹，很多鳥都到妳家的樹上去了。我最想看到的是鸚鵡。」

「你看過野生鸚鵡？」

我說對，並說出它的學名：紅領綠鸚鵡。

「酷。我以前住在澳洲的時候很常看到虎皮鸚鵡。牠們是一樣的，對吧？」

「牠們和紅領綠鸚鵡的特徵相同，像是彎曲的喙和對生趾，兩趾向前兩趾向後。」

「哇，我家對面住了一位專家。真令人雀躍。」

我感覺自己的臉頰溫熱了起來。

「我會注意看有沒有，」女子低頭看著她的箱子。「我今天要做很多事，讓起居室看起來至少還能招待客人。我得繼續工作了，很高興認識你，孩子。」

「妳還沒做完自我介紹。」我急著想叫她繼續說下去，因為現在我知道她聲音的顏色了，我需要一個名字搭配那個顏色。

朦朧的天藍色發散出微光。「嗯，我還以為我們要說再見了！我看看，我是個職業音樂家，至少我在澳洲是，不過現在我計劃在處置好這間房子之前，可以先當鋼琴和吉他老師，因為我熱愛音樂。音樂是我的最愛。」

「大聲的音樂，」我點點頭說。「音樂就該這樣播。」

「哈！我們看法相同，對吧？我不確定我媽的鄰居是否也這樣覺得。我的意思是，這條街很老派，不是嗎？我不敢相信，有些老面孔都還住在這裡。我已經習慣周遭圍繞年輕人了，而不是快進棺材的老人。」

「我對別人的年紀不太清楚，」我承認。「妳可以問大衛．吉爾伯特，他就住在那一側的隔壁。」我指向他家。「爸說他是所有知識的泉源。或者該說是噴泉。我不記得正確的字眼了。」

「謝謝你提醒我，不過我從小就認識他了。就像我說的，我原本希望那個老蠢貨已經搬到別的地方去了。我想離他遠點，就像避瘟疫一樣。那個回頭浪子也是我想避開的人。」

我一直保持沉默，因為「蠢貨」是個像鼻涕顏色的字，那個「老」字也無法讓它的顏色好看一點。再加上我並不想承認我不知道那個回頭浪子究竟是誰。我也聽不出來她是不是在擔心大衛．吉爾伯特在散播瘟疫。我想她並不擔心。

她面露微笑，像是在講一個關於瘟疫和大流行病的笑話一樣，可是我對於傳染病爆發的認知僅僅侷限於在學校裡學到的黑死病和倫敦大火。

「妳是誰？」我脫口而出。

「抱歉！我叫做碧．拉克罕，碧是拼成和蜜蜂一樣的Bee，不像一般看到的Bea。」

「我很高興，」我說。「因為我喜歡蜜蜂的顏色。」

「沒錯！英雄所見略同。牠們的金黃色那麼可愛。我有種感覺，我們會成為好朋友。」

她說錯兩件事了，第一件事是「蜜蜂」這個字是霧藍色帶點淺檸檬色的，而牠們的嗡嗡聲是藍色圓點，上面還有橘黃相間的搖晃條紋。

不過拼成e而非a的碧．拉克罕對於我們會成為好朋友這點倒是說對了。

「我可以進去嗎？」

「今天不行，如果你不介意的話。我正要出門。也許明天之類的？」

她說話的顏色很賞心悅目，幾乎就像媽媽的聲音一樣美，不過她的記憶力很差。她原本應該要整理東西，讓她家裡的起居室至少足以接待訪客。

我低下頭，專心想著她的錯誤時注意到門前的腳踏墊。

誰邀請你了？

「明天，」我說，確認我們的約會。

我重複說了兩遍，第一次很大聲，第二次喃喃自語以求好運。

在媽媽過世不久前她教我這麼做。她想幫助我記住和學校助教約定的時間，因為她無法再提醒我了。

第十六章
外婆的故事

媽媽的葬禮後，我有兩個禮拜沒動也沒講話。我沒意識到有那麼久，是爸後來告訴我的。我躺在床上，醫生來家裡看我，他們全都試著說服我開口說話。

我不知道他們為什麼希望我開口說出一個句子，我對任何人都沒話說。我不記得那段黑暗時光的任何顏色，顏色就在媽媽停止呼吸的那一刻起遺棄了我。或者是我不再去觀看、聆聽了。

這很可怕，可是同時又讓人覺得這麼做才是對的。所有事情都雜亂無章、亂了頭緒。它們無法再像以往，世界崩毀了，永遠不會再有鈷藍色了。

我不再說話，爸離開了皇家海軍，我們都放棄了一些事情。我記得那片靜默像空無一物的調色盤。

媽媽的棺材降到地底時有任何顏色嗎？隱約的褐色啜泣？綠色雲霧般的嚎啕大哭？爸軍中的朋友石板灰色的低聲弔唁？我想像他們的步槍在空中射擊出汽油黑色的形狀，就像在美軍會在葬禮上做的那樣。

我永遠不會知道最後是哪些顏色向媽媽致意。我永遠畫不出那最後的一幅畫。

好幾週變成了模糊不清的灰白絮語。當我又再次記起，那些顏色是如此鮮明、活躍，讓我以為視網膜著火了一樣。外婆努力想辦法讓我起床、走出屋子。我不知道她是怎麼辦到的。她帶我到我們舊家轉角處的公園，因為爸需要一點「空間」。那座公園有很多空間啊，如果他有仔細找的話，走過來就會發現空地的右手邊就有個寬闊的兒童遊樂場。

我知道那天是藍綠色的星期六，因為很多小孩和他們的父母都在遊樂場。

灰白色的嘈雜聲裡綴有鮮紅與黃色的圓點。

我屏住呼吸。又能看到色彩、發現顏色並未完全隨著媽媽離去，令我震驚不已。小孩在嬉笑大叫，彷彿什麼事也沒發生過。

「去吧，賈斯柏，」外婆說，一邊咳了幾聲像粉紅與紫色牛奶凍顏色的煙霧。「去玩一下，對你會比較好。要不要跑過去和那些拿球的小男生玩？」

她指向遠方，不過我沒有順著她手指的方向走，我看著好幾列高速火車奔馳而過的那道淺粉紅色，幾乎透明。鐵軌就在遊樂場的藩籬後方，那是我和媽媽來公園玩時我最喜歡的地方。她會讓我站在藩籬上好幾個小時，從不曾試圖說服我去玩盪鞦韆或蹺蹺板，那些遊具總令我想吐。

我看見火車上一閃而過的人群，一張張模糊不清的面孔。他們怎麼可以在這種時候還去旅行？他們的旅程在媽媽過世後仍持續著，這樣感覺對媽媽很不尊敬。他們甚至沒注意到只有一人站在藩籬前面看著他們的火車，而不像以往是兩人。

我看看四周，想找外婆，告訴她我想回家，可是我找不到她。在我右邊有五個女人聚在一起，左邊有三個女人。左邊那三人是獨自站著，都在看手機。我誰也不認識。

「外婆！」我喊到。「妳在哪裡？」

我的海藍色尖叫像隻龍一樣蜷起身子，從遊樂場上緩緩升起，準備對任何人發動攻擊。每一個人。我不停旋轉，眼淚從臉頰一滴滴滑落。

「救命！救我！妳在哪裡？」

地板朝我晃動傾斜，重重地對我的臉猛擊一拳。我感覺到臉頰上有溫熱又黏膩的東西。

我聽見一聲刺耳的丁香紫色的咳嗽聲，接著是略帶藍色、鑲著晃動黑邊的腳步聲。一個女人跪在我旁邊，同時發出覆盆子慕斯色的鋸齒形喘息聲。

「我在這裡，賈斯柏，我是外婆。你跌倒了嗎？」

我抓住她的手臂，緊緊抱著，害怕如果不那麼做，她就會消失在一陣丁香紫色的煙霧之中。

「不要走。不要走。不要離開我。不可以離開我。」

「我不會離開你，」她說。「我保證。」

但是她離開我了，那不是她的錯，她不是故意要食言。她在兩週後過世。我也沒去參加喪禮。爸不讓我去，因為我那陣子太常前後搖動身體和拍打手臂，那會讓人尷尬。

我從此之後再也沒看過那道淺色、優雅的丁香紫咳聲，也沒看過像牛奶凍的粉紅色或覆盆子慕斯的鋸齒狀聲音了。那讓我更加沮喪。它們是那麼直截了當的顏色，總是盡力付出。我愛它們，它們也愛我，從來都不會希望獲得難以達成的回報。

第十七章

星期三（牙膏白）

傍晚

「謝謝你過來打招呼，約翰。再見。」

「約翰」是銳利的生鏽釘子的顏色。我躲在被子底下，努力想把碧．拉克罕那令人傷心的錯誤顏色隔絕在外，但我該對自己誠實了。碧在我們第一次見面時沒邀請我進門，她甚至不記得我叫什麼名字。

現在我重新畫出所有對的顏色，但我卻無法再看那張畫一眼。真令人尷尬。我的錯誤現在太令我心痛而無法直視，即使是私底下、沒人能嘲笑我也是如此。

我爬下床，把那張畫翻面，讓它面向著牆。我查看我的筆記本，找到那天的日記。

我所害怕的事發生了。

一月十八日，我並沒有記下碧．拉克罕犯下的錯。那天的紀錄只有日期和我造訪的時間，總共是五分鐘又十八秒，沒有其他細節了。

我想不起來是何時發生的，可是不知為何，我讓自己只保存了我們第一次見面的天藍色。它滲入其他所有顏色，無情地一一擊敗它們。我沒有試著阻止它，因為那股色彩和媽媽的顏色好相似。

我不會讓其他顏色這麼做。

碧・拉克罕聲音的顏色覆蓋了在門階的那一幕，掩蓋住令人不快的事實——和她相比，這場相遇對我來說的重要性高得多。

我沒時間沉浸在自尊心受損的自怨自艾中，或不管是什麼在我嘴裡留下的可怕金屬味。我為自己咒罵了圖畫而向它們道歉。

我必須趁它們還在我的腦海中不停沸騰時再重畫出更多場景。爸不會來查看我的狀況，現在已經是十點零三分，他早早就上床睡覺了。我看不到電視的顏色，他有可能在看書，可能和他一個月前在假裝讀的書是同一本：李・查德寫的《神隱任務》系列驚悚小說。不過我到他的房裡時，發現他真正在讀的不是他最喜歡的作者的小說，而是把「真的」書放在李・查德的書封裡面。

《了解自閉症和其他兒童學習障礙》

我猜他現在正在看這本書，想了解為什麼我這麼難搞。為什麼我和其他青少年不一樣。為什麼我這麼不討喜。

我猜這本書並沒有提及任何有關我的顏色的事。那些小孩除了常會為了引人注意而有所要求，並沒有像我這麼難讓人喜歡。

我用畫筆在一桶水裡沾了兩次，用鼻子淺淺地呼吸，同時肚子上的傷口正在甦醒。我要約束自己，從和碧・拉克罕第一次交談的那天算起再畫兩張圖。

我是萬中選一。我一定是。

我不想再重複提起。一月十八日傍晚，碧・拉克罕又再度播放大聲的火星音樂。我已經把前一晚的顏色記錄下來，懷疑自己能否再把那張圖畫的更詳盡。

還有很多其他的重點細節需要回想，其他的故事需要傾訴。顯現它們真正的顏色會需要時間。

三十到四十張圖——如果我想捕捉從這天起，碧．拉克罕和她的火星音樂那些充滿戲劇張力的顏色，我就得畫這麼多張圖才行。如果我真的逼自己畫出所有的圖，我會必須在每張圖的左下角增加不規則的深棕色長方形，附帶藍灰色圓圈。

那是敲她家大門時的顏色，通常是深夜時一個男人敲的，那個時間是她的火星音樂顏色最鮮豔的時候。通常造訪碧．拉克罕家的男人會走回大衛．吉爾伯特的家。有時那男人會走回奧利．華金斯的房子，還有些時候那男人會從碧家走到大衛．吉爾伯特的家，然後再去奧利．華金斯的家。這讓我很難辨認他們的身分，因為他們一直交換房子。

還有些時候，更多住在這條街上的人會在碧播放大聲音樂的時候在深夜去造訪碧．拉克罕。他們沒走回大衛．吉爾伯特或奧利．華金斯的家。我在筆記本上寫下他們的地址，以免我會得給警察看這些資訊。主要是十三號、十七號和二十五號。被資訊科技公司解雇的泰德獨自住在十三號。他禿頭、戴黑色長方形眼鏡，很好辨認；住在十七號的凱倫是一位記者，她時常把一支亮晶晶的銀色手機放在耳邊；瑪格達、伊薩克和他們的寶貝兒子雅各住在二十五號。

伊薩克的右手上有個十字架刺青，就在大拇指下面，可是從我的窗邊不可能看到這個圖案。警察不該依賴我的紀錄，因為也可能是別的男人從二十五號出來抱怨音樂太吵。瑪格達和伊薩克那段時期有很多訪客想去看他們的寶寶。

我需要優雅的淺藍色和黏呼呼的深棕色來重繪下一幕。它們劃破那晚的黑暗，在我的空白畫紙上傾瀉顏色。

我必須讓這張畫格外醒目，因為它和接下來幾個月發展出來的模式不同。碧．拉克罕和一個陌生人爭論，而爭論內容和她的火星音樂無關。因為那發生在她把iPod的音樂轉到最大聲之前，而不

第十八章

一月十八日，晚上九點零二分

汰舊換新，畫紙

我在房間裡畫聲音，鈷藍色、天青藍和天藍色，想看看它們在想像的對話中是什麼模樣。答案呢？它們非常契合，話聲合而為一。

砰砰砰。

黑巧克力色的混濁煙霧。

我放下畫筆衝到窗邊，把窗簾拉開時幾乎快把它從橫桿扯下來。根據我的筆記紀錄，時間是在下一次火星音樂獨奏會開始前十五分鐘。

有個男人站在碧．拉克罕家門前。他的身高普通，對我而言他並不比這條街上看到的其他男人高或矮，衣服也不特別引人注目，身邊沒帶狗。

我寫下了：也許不是大衛．吉爾伯特，不過他也可能把黃薯條留在家裡了。

金髮女子穿著一件長春花藍色的長洋裝。那一定是碧．拉克罕，因為她是我在這個地址看過的唯一女性。她喜歡喧鬧的音樂，討厭整理搬家的東西。她說我與眾不同，是好的方面。

我打開窗戶聆聽，聽到一點深湖藍色，可是在我還沒聽懂之前那聲音就消散了。男人轉身指著那個大垃圾桶，這讓女子的肩膀聳起又降下。

「我不管！我不在乎！」

這些是我勉強能聽見的天藍色字眼，擲向夜空。不知道碧·拉克罕不在乎什麼事、什麼人或者為什麼。我的猜測？是那垃圾桶的顏色。她不在乎它是難看的黃色，因為它盡忠職守，接收那房子裡激怒她的所有東西。

汰舊換新。

我為碧·拉克罕感到難過，因為我很確定對於垃圾桶的顏色她也束手無策。如果她能選擇，我很確定她會選藍色系，和我一樣。我很肯定一件事：碧·拉克罕因為某件事遭受攻擊，而那不是她的錯。

我想報警，即使爸在我通報垃圾桶可能會遭小偷之後，已經把我的《鳥類百科》沒收兩天了，但我還是想這麼做。在我去找手機之前，他們的爭論就結束了。這件事應該不嚴重，因為他們已經和好了。當那男人又往回跑到小徑、再到街上時，那女人——碧·拉克罕——對他大喊：「我很高興！我真高興！」

也許那男人說了個笑話。我不知道他的感覺是什麼，因為我無法分辨他是開心還是難過。他停下腳步盯著大垃圾桶看，然後才大跨步走開。他走了讓我鬆了一口氣，不過也覺得失望。我無法從他走進這條街上的哪間房子來分辨他的身分。

我在筆記本上匆匆寫下也許是個陌生人，某個不屬於我們這條街的人。只是個想歡迎她加入這個社區的男子。

碧·拉克罕過幾分鐘後又出現了，那時我正在窗邊寫筆記。她走到門前小徑上，手上抱著一個箱子，裡面裝了更多要丟棄的東西，她甚至等不及到隔天早上再扔掉。她走到大垃圾桶旁，把箱子翻倒，裡頭的物品重重地掉落，從顏色判斷，我猜那些是陶器。

一陣陣亮晃晃的白色與閃亮的銀色長管不停重複出現。

當晚稍後，凌晨三點零三分

惡魔，畫紙

過了幾小時，就在碧．拉克罕的火星音樂那閃爍又吸引人的色彩褪去之後許久，我被不同的、更粗礪的色澤吵醒。

粗糙、扎人的棕色覆蓋層層刺耳的橘色。

起初我以為是狐狸。牠們晚上會跑到這裡亂晃，白天也會。牠們不再害怕人類，可能已經評估過生存的機率很高，因為大部分的人類確實不會想殺死或傷害牠們。

一群狐狸，這個詞就像煎蛋的形狀，而且是平滑有光澤、紅鬱金香的顏色。

我仔細聽那些聲音好幾分鐘才爬下床。我沒把燈打開，而是直接走到窗邊，抓起我的望遠鏡。我不需要手電筒，也不需要夜視鏡（在eBay上以折扣價買的，因為爸離開皇家海軍陸戰隊的時候不能帶走日用品）來引導。之前被我放在窗台上的望遠鏡仍在原處。

那令人不舒服的棕色和橘色是從大垃圾桶傳出來的。我看不清楚，因為碧．拉克罕家外面的路燈在閃了好幾個月後熄滅了。下一盞沒壞的路燈是在十五公尺之外，而且燈光很微弱。

我用望遠鏡看，起初無法辨認那是什麼生物。那不是狐狸，以雌狐或公狐來說它都太大了，也不是赤狐或牠們的幼崽。那東西像蟾蜍一樣蹲坐在紙箱上，把它們扯開來往裡搜尋。

怪物。我太害怕了，那生物移動時，我動也不敢動一下。牠緩緩地轉過身來，依然弓著身子，抬起頭定睛看著我，視線穿過我、進入我，將我撕扯開來。

我向後退，望遠鏡掉在地毯上。

我感覺到身體又冷又黏，手臂無用地垂掛在身體兩側。即使我可以讓它們移動，我也不會去拿手機，因為我知道報警根本無濟於事。

我很確定我在碧．拉克罕家的垃圾桶裡看見惡魔，而牠也看到我了。那惡魔想傷害我，因為我是這條街上唯一的目擊者。

可是我記得一個重要細節，那從來不曾出現在我的原畫上，那就是我所遺漏的淺紫丁香藍顏色和材質。

即使我嚇壞了，就是因為我嚇壞了，所以我才必須確認那個惡魔沒爬出垃圾桶，往碧．拉克罕的大門或我家大門而來。

我必須勇敢起來。我必須保護我的新鄰居，讓她不被我們街上的邪惡力量傷害。我踉蹌地走回房間的窗邊。

砰砰砰。

風信子和風鈴草的管子形狀。

在我改變主意之前，我用力搥打窗戶，想把那怪物嚇走。牠在垃圾桶旁滑了一跤，然後匆匆跑向小巷子，那條將碧．拉克罕和大衛．吉爾伯特的房子畫出一條分隔線的巷子。

有輛車駛過，黃色的光束照出兩條腿，是人類，不是羊，而是穿著牛仔褲的人類。在他被黑暗

第十九章

星期三（牙膏白）

那天晚上稍後

我跳回床上，用被子緊緊裹住身體。那天早上打電話報警的決定是對的。爸之前就告訴過我關於毒販的事。接線警員應該要聽我說的。爸也是。

有個男人在碧・拉克罕家的垃圾桶裡想找些什麼，他不是惡魔。那人從那些老舊、不被想要的物品和破碎的陶器裡找不到他要的東西。

他可能會回來。

我不希望他來找我。

一定不能讓他找到我。

我把臉埋在枕頭下，但還是看得見垃圾桶傳來的顏色。從碧・拉克罕的廚房裡傳出的顏色。

我無法隔絕這些色調。

我需要睡覺。

我想閉上眼睛，再也不想看見那些鋸齒形狀了。

我掉入愛麗絲夢遊仙境裡的兔子洞裡，胡亂爬找立足之處。

吃下我。

喝掉我。

現在我在淚水之潭裡游泳。其他動物和鳥類也被掃進淚水中，和我在一起。至少我不是獨自一人。

陸龜。大象。袋鼠。

鸚鵡。

水潭裡也有十二隻鸚鵡，不過牠們不像其他動物急著回到乾燥的土地上。牠們已經死了。

一個巨大的陶瓷跳舞女郎一動也不動地站在岸邊，血從她那一身整潔亮澤的白色禮服滴落下來。她看著二十四隻黑鳥飛過。牠們不屬於這裡，她也是。

我肚子上的傷口很癢。我想把它打開，讓小鳥飛出來。但我無法。

我又回到文森花園二十號的廚房裡。

閃亮的水晶白色。

我恨你！

你這是在殺我！

住手，我求你！

我躺在碧．拉克罕身上。她的雙眼緊閉著。我蹣跚地站起來。她正躺在廚房的地上，沒起身，也沒張開眼睛。

血灑在磁磚上，落在她不是鈷藍色的洋裝上。

血從我的手上滴落。沾得我的運動衫到處都是。

閃耀的銀色冰柱刺進我的肚子裡。

我很抱歉。

碧這次沒試著阻止我。她已經不抵抗了。她放棄了。她知道一切都結束了。

當我再次從地上拾起刀子，她的眼睛仍緊閉著。她不想看。那些鸚鵡也不想。牠們把頭轉開。舞動的陶瓷娃娃沒有瑟縮，她縮小到正常尺寸，視線無法從武器上移開。

一閃一閃，發出亮光。

我醒來時汗流浹背，完全動不了，絲毫無法擺脫夢裡出現的色彩。

我張嘴無聲地喊著媽媽。

是那種無法製造出任何顏色的叫喊。

第二十章

星期四（蘋果綠）

早晨

鮮脆的蘋果綠色日子通常都值得我為它起床，因為午餐前有兩堂美術課。不過今天不一樣，爸讓我不去學校。現在是八點四十六分，而我還躺在床上，雙眼直盯著散布在天花板的五十二顆星星。爸試圖重現我在普利茅斯的房間，小時候媽媽裝飾過的那間房間。搬來這裡之前我們在好多地方租過房子，從簡陋的租屋搬進又搬出。

人不能執著於過去。

在第一天和碧．拉克罕交談後，我就想告訴她那件重要事實，可是當時我又怕說出真相會讓她不開心。結果我太晚才告訴她了。我得在爸又釀成別的大錯、讓我們陷入更多麻煩之前先告訴爸那件事。

星星的位置不對，這不是他的錯。我在腦中記得它們在地圖上的位置，它們在普利茅斯的家的位置，可是我無法帶它們回真正的家。現在有別人住在那裡，它們回不去了。如果我嘗試要把它們刮下來，它們會固執地把油漆也剝去，留下坑坑疤疤又醜陋的天花板。最後我會覺得自己不被愛，因為我永遠不會再抬頭看它。

不要理會它，那就是最好的做法。

那就是我對於重新擺放星星位置這件事的想法，也是對其他事情的想法。昨晚畫出和碧．拉克罕第一次見面的真實情景後，我決心要做對的事。但現在，我的決心卻像萬聖節的綠果凍一樣左右搖擺。

也許這是因為那幅惡魔的圖畫，和我最近做的噩夢。

我真的想再回顧碧．拉克罕的故事嗎？按照爸的建議去做，再用新鮮的顏色把壞東西畫出來不是比較好嗎？

忘了這一切。

我伸手拿床邊媽媽的那張照片，數著人頭，在人群裡找到她，她的手緊緊牽著一個小男孩，彷彿她無法忍受要放手讓他走。那是我。

勇敢的男孩。

她以前都這樣叫我，即使在我不勇敢的時候。即使在我哭泣時，因為我不喜歡走在路上時遇到的顏色和卡車轟隆駛過的尖刺形狀。

我現在不覺得自己勇敢。無論我從床上拿多少毛毯到祕密基地裡，都還是無法感到溫暖，感覺到的只有冰柱的觸感。

我很怕從碧．拉克罕的垃圾桶裡爬出來的男人。那晚他沒找到想找的東西，這意味著他很可能會回來。他看到我的臉了。他知道我住在哪裡。

我很怕那個用力敲碧．拉克罕的門、戴深藍色棒球帽的男人。他也看到我了。

我很怕狗：盧卡斯．德魯瑞的紅橘色三角形和大衛．吉爾伯特的薯條黃色。

在這之中，我最害怕的是讓媽媽失望。她會希望我堅強走下去，我確定是如此。

當我九歲時，她說我必須勇敢，要比有生以來的任何時候都更勇敢才行。

說實話很重要，即使真相令你害怕。

她說醫生無法讓她的癌症好起來。我絕對有權利生氣，可是這不是醫生的錯，也不是她的錯，或是爸爸或我的錯。這不是任何人的錯。

她也很生氣，還有害怕。那就是她的實話。還有這件事：

你不會是自己獨自承擔這一切，我保證。
爸爸會陪在你身邊，而我會永遠愛你。
你永遠都會是我最勇敢、最美妙的孩子。
沒有任何事情可以改變這件事。
相信我，賈斯柏。

我會這麼做。我會聽從媽媽誠實的鈷藍色，忽略爸爸誤導人的土黃色。我會從早晝到晚，每天、每星期，直到我可以正確地想起，直到每一筆一劃都恰如其分。這麼做可能留下的痕跡也許肉眼看不見，就像沒有星星的天花板，可是這是正確的事情。

在我開始之前，我確認了一下窗簾後方。停在碧・拉克罕房子前面的警車又多了一台。

一、二、三、四。

就是有這麼多警察在這條街上挨家挨戶敲門。我知道他們不會查出任何有用的資訊，因為那些鄰居並不知道發生了什麼事。隔壁的凱倫總是忙著報導其他人的故事；住十三號的泰德可能出門找工作去了；住二十五號的瑪格達和伊薩克總在白天或晚上奇怪的時間推著消防栓紅色的嬰兒車走來走去。爸說他們唯一會聊的話題只有雅各和他的睡眠品質有多糟。

大衛．吉爾伯特，當然了，他無所不知。

接著我的心砰跳了一下，感覺就像它正努力像異形一樣從我的胸口爆出。我把窗簾用力拉開。好多鸚鵡緊貼著碧．拉克罕家前院的每個餵鳥器。住十八號的奶黃色男人照我說的話做了。

他離開我和那位女警之後去買了鳥飼料，把六個餵鳥器全都裝滿了。他是好人，毫不理會大衛．吉爾伯特的反應。他想做對的事。和我一樣。

「警察回來了。」

門口傳來的土黃色讓我倒吸一口氣。我急忙轉過身，差點跌跤。

「對不起，」那男人，也就是爸走向我，他穿著藍色牛仔褲和藍襯衫。「我不是故意要嚇你。你在看他們嗎？」

我不想和他說話，不過還是勉強回道：「對。我在看鸚鵡。雛鳥還沒離開，也許要再多等幾天，等到牠們羽翼豐滿。」

「我是說那些警察，不過沒差啦。今天有好多隻鸚鵡，對吧？我不認為有鸚鵡死掉啊。至少沒有像你說的那麼多隻。」

「十二隻，」我喃喃回道。「就是十二隻，不多也不少。」

「你怎麼可能知道這件事？」

我沒回答，回答也沒意義。爸無法把時間倒轉，讓那些鸚鵡全都復活。他無法粉飾這些事實，我也不會讓他這麼做。

「警察還沒打聽到碧的消息，」他繼續說。「那代表今天早上有別人把那些餵食器裝滿了。不可能是大衛，我也覺得不會是奧利。他討厭牠們的吵鬧聲，而且他不會想和大衛作對。」

這又是謊話，因為奧利・華金斯明明就是愛鳥人士，像我一樣。而且他也失去了媽媽。這可能是套話的方法，因為爸可能想讓我承認自己是同謀。如果我說是奧利・華金斯在餵那些鸚鵡，他會叫他停止這麼做。

「不是我做的，」我強調道。

「我知道，賈斯柏，」他往後退離窗邊。「小心點，警察會以為我們在監視他們。」

有個穿制服的女人舉起手。

我沒有動。「我們是在監視他們啊，」我點出。「我們這次沒用望遠鏡，因為那會被街上的其他人當成沒禮貌的行為。沒人喜歡間諜。」

「過來。他們會以為我們想做什麼。」

「太遲了，」我說。「我想他們已經知道我們想做什麼了。」

穿制服的女人過了馬路，走向我們家。我的手抓著窗沿，雙腿在發抖，心怦怦猛跳，像被碰傷的西洋李子的形狀。

「爸，她來了，她會為我對碧・拉克罕所做的事逮捕我。警察已經挖掘出真相。他們已經破案了。」

「沒人會逮捕你，我說最後一次，不要擔心碧的事了。」爸的聲音尖銳又嚴厲。「警察對星期五晚上的事還一無所知，你只要照我說的去做就行了。留在這裡不要下來。我來解決。」

他蹦跳著下樓，必定是在那位女警敲門前就應門，因為我沒看到任何深棕色的形狀。我躡手躡腳地走到最上方的樓梯平台。

「嗨！有什麼是我可以幫忙的嗎？」

「維沙特先生，我可以進去嗎？」罐頭鮪魚的顏色。

「老實說，我在等一通重要的電話。我今天在家工作。」

我很確定那又是個謊話。不是指在家工作這件事，而是指那通電話。他的聲音變得低沉，因為謊言哽在他的喉頭，可是那位女警不會注意到。她不知道他說謊時的聲音是什麼顏色，不像我這麼了然於心。

「只要幾分鐘就好。」

「那當然。請進。抱歉這麼亂。打掃的人這週沒來。」

那是因為打掃的人根本不存在，除非你把每兩週戴著亮黃色橡膠手套、漫不經心地刷洗廁所洗手台的爸爸也算進去。

我聽見走廊傳來深橘色的腳步聲。他們走進起居室時，我從樓梯上偷瞥，小心翼翼不發出第五聲棕粉色的嘎吱聲。門半敞著，有人在皮革扶手椅上坐了下來，傳來一聲紫褐色的爆音。也許是爸，那是他最喜歡的座位。他會比那位女警先去坐那張椅子。

「維沙特先生，請問你是做哪一行的？如果你不介意我問的話。」女警詢問。「工作方面？」

「你可以叫我艾德，」他回答。「我現在任職於一間商業軟體公司，設計應用程式。」

「聽起來很有趣。」

「不盡然。是像資料系統和問券調查那類的應用程式，無聊至極，不過工作時間正常，大部分啦，我們沒有在爭取新合約的時候。我可以花多點時間陪賈斯柏，妳知道，以他的狀況來說這很重要。總之，我想妳一定不會想聽這些。有什麼是我可以幫忙的嗎？」

「是關於你的鄰居，碧．拉克罕的事，」女警說。「你對她有多少了解？」

爸想了幾秒。這個技巧是他從皇家海軍陸戰隊和像《犯罪心理》這類的電視劇學來的。在不小心把話脫口而出之前，先停下來想一下是很重要的。不要被審問技巧給制約了。

「老實說，我跟她不太熟，」終於他說。「我是說，就和這條街上的其他人一樣，只是會打招呼的點頭之交。」

「你兒子時常造訪她家嗎？是這樣嗎？」傳來翻紙張的聲音。女警必定是在參考她的筆記本，就像我做的事一樣，她在確認自己沒有搞錯任何資訊。「他跟她上音樂課？」

「沒有，沒那麼正式。他喜歡聽音樂，他們兩人都喜歡。他以前放學會去一趟她家，從她的房間窗戶觀察鸚鵡。」他說到一半停了下來。「哇，說出來才覺得這聽起來很糟。賈斯柏說那裡的觀賞角度最好。我沒想過要質疑這件事。聽起來很單純，賈斯柏是很單純的人。」

又是一陣沉默。

「顯然，現在我已經制止他這麼做了，有鑑於那些指控，」他說。「我已經叫他不要再接近碧．拉克罕的家，即使是去餵鸚鵡也一樣。」

整場都是爸在說話，這樣有違規則。

不要試著填補沉默。

「我的意思是，妳要了解，如果我懷疑事有蹊蹺，我絕對不會讓他去她家，更別說上樓去她的房間了。」

女警終於說話了。「你覺得現在文森花園二十號有些不對勁嗎？」

「老實說我還真不知道該怎麼想。我是說，那男孩的爸爸所做的指控很令人吃驚。我覺得難以置信，可是他又為什麼要對這樣嚴重的事情說謊？」

又是一段短暫的沉默。

「我可不可以問一下，為什麼對於碧・拉克罕和一位未成年人之間發生的事情的指控，會令你難以置信？」

這個問題讓爸進退維谷。他低喃地說了些話，但那些話含糊不清，於是他又說了一遍。

「我的意思是，她給我的印象不像這種人。妳知道，所謂的戀童癖。她看起來似乎，呃，是正常人。她對賈斯柏好像沒什麼興趣，呃，總之不是那方面的興趣。他們是朋友。」

「一個二十幾歲的女人想和你兒子這個年紀的人當朋友，你不覺得奇怪？」

椅子的嘎吱聲傳出較深的紫紅色圓圈。

「聽著，我已經告訴妳了，我沒有懷疑什麼，我對於妳說賈斯柏幫她遞的紙條和禮物也一無所知。碧和賈斯柏都很喜歡音樂。他們都喜歡在她家樹上築巢的鸚鵡，這也是他們兩人的共同點。那就是他們走得近的原因。」

盧卡斯・德魯瑞也是。

「還有別的事嗎？我得工作了。電話隨時會打來。」爸移動身子時顏色再次從椅子傳出來。

「如果可以的話，維沙特先生，我可以再問幾個問題就好嗎？拉克罕小姐有任何可能去探訪的家人嗎？」

「我不認為她還有別的家人。她過世的媽媽住在這條街上非常久了，可是她們很疏遠。住在二十二號的大衛也許會知道更多她其他可能的親人，或是住十八號的奧利，他剛過世的媽媽和寶琳・

拉克罕似乎交情很好。」

「那她有朋友或男友嗎？有任何可以幫助我們找到她行蹤的人嗎？」

只有爸知道碧．拉克罕的行蹤，只有他知道這個祕密，但是他不可能洩露她的屍體在哪裡。

「我不知道，抱歉，」爸說。「還是那句老話，大衛．吉爾伯特才應該是妳詢問的對象。他已經住在這條街好幾年了，總是第一個知道這條街上發生的大小事。他對別人的事很熱衷，如果妳懂我的意思。」

「你不知道碧．拉克罕可能在哪裡？」

爸毫不遲疑。

「不知道，一無所知。」他停頓了一下。「我好幾天沒看見她了。」

就連我都看得出來他鑄下大錯。他應該把句子停在「一無所知」就好，不應該慌了陣腳繼續講下去，因為他這是在誘使女警再度發問。

「你最後一次看到她是什麼時候？」

「我看看，」爸慌了，他的椅子發出深紫紅又帶點棕色的嘎吱聲響。「她通常週末會在家，因為她放音樂放得很大聲，會激怒鄰居。我想我不記得這個週末有沒有聽到音樂的聲音。妳問過大衛或奧利了嗎？」

他又在施展拖延戰術，可是女警也發現了他並未確實回答她的問題。

「我會問問他們，謝謝。那你最後一次看見拉克罕小姐是什麼時候？」

我倒吸一口氣。該來的總是會來。爸終於要說出真相了嗎？

「我？可能是上週五。對，一定就是週五。星期五是最後一次。」

「在哪裡？」

「什麼意思？」

「你看見拉克罕小姐的時候，是在這裡？還是別的地方？」

「噢，我知道了。這裡，就在這條街上。呃，是在她家，她家的前門。我沒進去。」

「那時是幾點？」

「我想應該是晚上九點半。我不知道確切的時間。」

我的雙手緊握欄杆。

「你造訪的目的是什麼？」

爸又在椅子上變換姿勢，讓色彩大聲地舞動。「我想跟她談談賈斯柏的事。」

「所以你的確對於拉克罕小姐對你兒子的行為感到擔憂？」

「不是，和那沒關係。她惹賈斯柏生氣了。他們因為某件事吵架，我想和她談談那件事，把可能的誤會講清楚。」

我緊咬著嘴唇。

「當時有別人在她家嗎？」

「沒有，我想她是一個人在家，不過我不能確定。就像我說的，我沒有進去。」

「她那時看起來怎麼樣？」

「可能有點焦慮吧？和賈斯柏發生口角讓她很焦躁，不過我們把話講開了。我們大概只談了幾分鐘而已。我以為事情都解決了，回歸正常。在那之後她又把音樂開到最大聲，放了好幾個小時，可能一直到凌晨一點左右。」

「那麼……」女警的說話聲打住。她的無線電傳來泡泡糖粉紅色的劈啪聲響。「收到。」無線電又劈啪地說了些什麼。「維沙特先生，我得走了。也許我們下次再繼續聊？同時間如果你看見拉克罕小姐，請告訴她我們需要立刻和她談話。等她回來時，務必請她和律師一起前往警局。」

「當然。我不確定我還能怎麼幫忙，不過我這週都會在家工作，因為我的兒子不太舒服。」他們討論了一下這件事。我只能勉強聽到「學校」、「醫院」和「社工」這幾個字詞。

「謝謝你撥空協助。」

腳步聲走到門廊時，我衝回樓梯頂端。前門打開又關上，是栗子色的圓圈。

「你現在可以下來了，」爸說。「她走了。」

我想是在樓梯平台上的顏色洩漏了我的行蹤，不過他當然看不見那些顏色。

「賈斯柏，我知道你在那裡。你不用再裝了。」

我花了四十五秒鐘走下樓梯。「你沒有一五一十告訴那位女警真相，」我點出。

「我告訴她的已經夠多了。我告訴她星期五晚上她需要知道的所有資訊，沒讓我們兩個惹上麻煩。」

我站在樓梯最底端，手抓著樓梯的欄杆。「你不覺得她需要知道碧．拉克罕肚子裡寶寶的事嗎？」

「什麼？什麼意思？」

我無法看著他，在他故意捏造不正確的故事之後我就是無法這麼做。

爸爸會被抓走嗎？那位女警會回來確認嗎？就像我在比較我的畫作和筆記本，尋找畫錯的筆劃和模糊的顏色那樣？

不用再假裝了。

「賈斯柏，我們得談一談，在這件事變得更嚴重之前。趁你……」

「你不是要等工作上的一通重要電話嗎？」我打斷他。

我知道答案，我是在考驗他。

「我會那麼說是為了擺脫那位警察，」他掉進我設的陷阱說。「沒人要跟我聯絡，至少今天沒有。」

我就知道！

我在他告訴那位女警的故事裡找出八個謊言。可能還有更多，可是我不再數了。要記錄爸的每個謊話很困難。我沒那麼聰明。我已經在腦中用一隻支巨大、柔軟的畫筆畫下所有爸告訴女警的謊話。我不願再去想那些，還有她離開後爸在廚房裡對我說的謊言。

他拒絕相信盧卡斯·德魯瑞在自然實驗室裡告訴我的話：上週碧·拉克罕逼我送到他家的那張紙條上寫說她懷孕了。她想和盧卡斯見面，一起討論該怎麼做。

我什麼都不知道，賈斯柏。我向你保證。

我們像是在荒野對決的西部牛仔。

砰、砰。

你死了。

就像那些雉雞、狐狸和鸚鵡。

我盯著窗外。三個餵食器已經空了，而其他的飼料也只剩不到三分之一。那些鸚鵡享受了一頓大餐。晚一點奶黃色會不會記得要再來補充？

那些鸚鵡花了我好多錢。不管我白天裝滿那些餵食器多少次，我保證到了晚上它們又空了。牠們隨時都很餓。

這是碧・拉克罕以前說過的話。至少那是我認為自己記得的，不過我的記憶也可能在耍我，就像對於我們第一次見面時的記憶，還有垃圾桶裡的惡魔那段記憶一樣。

我以前曾是很值得信賴的畫家。

現在卻不是了，即使我總是用壓克力顏料畫圖，讓我可以畫出水彩無法達到的陰影和材質也一樣。

我的畫筆時常欺騙我。

我必須如實畫出它們疼痛、困窘、受傷、刺人、扭動的顏色。

我必須正確地記錄下我和碧・拉克罕第二次見面——她決定徹底改變街上所有顏色的那天。

那天是星期二，是深綠色的，我同意要成為她的共犯。

第二十一章

一月十九日，下午三點十八分

獲獎的天藍色，畫紙

我們的第一次自我介紹發生在放學後，所以我想那就是她隔天等我過去的時間。我不想遲到，因為第二印象也很重要。

於是我用跑的，可是我跑出學校大門之後撞到了某人。那群人站在我的前面擋路。

「對不起，」我喃喃地說。「是我的錯。」

一隻手抓住我的手腕。

我往後退，眼睛沒往上看。我用餘光瞄到深藍色，而不是我預期的黑色制服外套。那女子有著紅色長髮，身上穿藍色系的衣服。

「很抱歉。」我大聲說，以免那人第一次沒聽到。「請放開手。」

手放開了。她一定是某個要來接七年級學生的家長。

一開始的幾個學期媽媽一定也會為我做一樣的事。

「你是拿望遠鏡的那個男孩，」天藍色的聲音說。

我認得這個顏色，是碧．拉克罕的聲音。這次我抬頭看，但我錯了。眼前這女人的聲音確實是天藍色沒錯，可是她的髮色是亮櫻桃紅，不是金髮。她不是我的新鄰居。

她穿著一件深藍色外套，忘了把淺矢車菊藍上衣的幾顆釦子扣起來，導致上衣朝外翻開。我把視線移開。我不知道眼前這個露出外星人般皮膚的陌生人是誰，也不知道是誰跟她說我有望遠鏡這件事，可是在我住的這條街，消息總是傳得很快，從街上傳到學校，再從學校傳回街上，令人稱奇。

「對不起，」我再說一次。「我得走了。我的約會遲到了。」

「這不是約翰嗎？不對，是賈什麼的，讓我想想。」女子停頓半晌。「賈斯柏！你就是住我那條街上、和我一樣喜歡鸚鵡的男孩。」

什麼？

這個字在我的身體外圍形成一個像卡通裡會出現的天青藍色泡泡，然後又飄走，越過了學校大門。

「我是碧。碧．拉克罕。你不記得了嗎？你昨天來我家打過招呼。我就住在你家對面，是你在文森花園的新鄰居。」

「當然，抱歉。」我低頭看黏在人行道上白色突起的口香糖。她是碧．拉克罕，可是她看起來不像碧．拉克罕。這女人的頭髮是亮櫻桃紅色，不是金髮。她戴的耳環是銀色的橡實，而不是燕子。所有我做的記號都不對。

「你不認得我，對吧？」她問。

我不想說謊，對碧．拉克罕不想。真的是她嗎？老實說我無法辨別。我必須信任她的聲音。

天藍色。

「妳看起來不一樣，」我指出。「可是聲音聽起來一樣。」

「這倒是。我今天早上染的。我想和過去有所區隔。你喜歡嗎？」

「不喜歡。我不喜歡櫻桃紅。妳金髮比較好看。」

「天啊，你很誠實，對吧？只會說真話。」

我看不出來她有沒有生氣，所以我只能繼續說實話。「妳不像妳自己。妳的髮色不是紅色，應該是金色的。金髮才是妳真正的髮色。」

「呃，其實原本也不是金髮，是淡棕色。我媽一直都討厭紅髮，我以為我可以嘗試看看，不過我也不確定這適不適合我。」她用手指繞了一下髮尾。「這不是永久上色，可以洗得掉。」

「那很好。妳看起來又會像碧．拉客罕，又會變漂亮了。」

偽裝成碧．拉克罕的人發出了中空管狀的深藍色聲音，聽起來像噗哧一笑。「我要請你幫個忙，賈斯柏，既然你對我這麼壞，你不可以拒絕，因為你已經傷了我的心。」

我用力咬著下唇，努力回想我剛才說了什麼傷害她的話。

「我要發這些傳單宣傳我的音樂課，你可以幫忙我發出去嗎？」她說。

我點點頭。我們本來是要在她家見面的，不過我不介意她在最後一刻更改地點，這樣一來我也不會汗流浹背的。

還好我不小心撞到她，否則去到她家時會是空無一人。我會在她家門外，而她會在這裡，就在我的學校外面。

她遞給我一疊鴨蛋藍色的紙，上面印著大字：

國際獲獎音樂家教授音樂課程

免費試上鋼琴課、木吉他與電吉他課

所有樂器皆可教授。歡迎歌手！

「妳贏得什麼國際獎項？」我問。

我伸手拿傳單的時候沒看著她，也沒看別人，只是專心確認我有把這份工作做好，讓碧・拉克罕刮目相看，讓她知道我可以是個好幫手。那樣一來如果她還有需要幫忙，可能就會想到我。

我無法確定誰拿了我的傳單，不知道盧卡斯・德魯瑞那天走出學校時是從她或是從我手中拿了一張。也許他那時已經被碧・拉克罕吸引，也或許是他弟弟李拿的。我想無論是誰都無所謂了，我們兩人都難辭其咎。李・德魯瑞不久就開始上電吉他課了。

「噢，我開始當老師之前在澳洲得過各種大獎，」她回道。「我加入過幾個樂團，當過鍵盤手和吉他手，有時當主唱。你知道，我很受歡迎。」

「什麼樂團？」我問。「團名叫什麼啊？」

「你在這裡應該沒聽過。」她遞出一張傳單時停頓了一下。「我教課只是為了趁在整頓房子和釐清未來要做什麼的同時賺些現金。你知道，回到音樂界才是我最想做的事。我會需要錢來把房子的線路重鋪過和修理屋頂。我媽的房子是個廢墟，我無法這樣賣給別人。這樣會虧太多錢，偏偏我又需要錢錄製樣帶和影片。目前就只能暫時忍耐住在這裡了。」

我對音樂界一無所知，可是我認為她要回到音樂界應該不成問題。雖然我一個音都還沒聽她彈過，但我已經相信她做得到了。

「謝謝你。謝謝你。」碧一邊發傳單一邊說。她做得比我好太多了，所以我想加快速度，可是紙張一直黏在一起。我不想一次發出兩張或三張。

我用餘光掃到一群穿制服的高個子學生走出學校。他們從碧・拉克罕手中接過傳單，不是從我這裡。謝天謝地。

「哇，」她在那些學生走後說。「現在的男學生和我讀六年級時完全不一樣。這裡的水是加了什麼嗎？」

「我不知道水裡面有什麼。」為什麼我會不知道答案？我明明就是喝這裡的自來水，而碧最近才回國不久，就已經知道它有毒了。我想以後還是喝瓶裝水比較安全。

「小心！你掉了幾張，」她大叫。

幾張傳單從我的指尖滑落，被風吹走了。

「對不起。真的很對不起。」我想把它們抓回來，可是她抓住我的手臂。

「沒關係。你看，你看！」她把手上的傳單也拋向空中，和我的傳單一起飛揚。「它們自由了！」

看它們在風中一起舞動我們都笑了，它們彷彿是一體的，沒有任何事物能拆散它們。就像我們的顏色一樣。我不記得是否看見它們掉在地上了。

「昨天我們聊過之後，你讓我思考了一下，」她盯著天空說。「我買了一些餵鳥器和鳥飼料，想吸引鸚鵡來我家前面的橡樹。寵物店的人說這附近有很大的鳥類群聚棲息地。我想為這條街增添一些色彩，可是我會需要你的幫忙。你會幫我嗎，賈斯柏？」

「會會會，我會！」我大喊。「這世界上我最喜歡的就是明亮的顏色和鸚鵡了。妳說什麼我都會照做，碧．拉克罕。任何事都行！」

第二十二章

一月二十二日，早上七點零二分

一大群鸚鵡，油畫布

三天後，碧．拉克罕和我渴望帶給文森花園的色彩終於到來。開心的紫粉色和寶石藍如陣雨般落下，之間還挾帶著金色水滴。矢車菊藍和寶石藍先是轉變成鈷藍色再轉為藍紫色，帶有一陣陣閃耀的金黃色，接著又重複著這些顏色變化。

我抓起望遠鏡猛然打開窗戶，眼前的景象讓我驚呼出亮藍色的雲霧。

那隻鸚鵡回來了，而且牠不是獨自歸來。牠還帶來了援軍，一大群鸚鵡。

那些鸚鵡緊挨著碧．拉克罕前院的六個餵食器。我們一起從學校走回家後，是我幫她把那些餵食器高掛在橡樹上。

愈來愈多鸚鵡到來。

我數了數有二十隻。

數百個微小的金色水滴從歡樂之泉向外四射，周遭充斥著閃閃發亮的藍、粉紅與紫色。

我彷彿是這場世界上最精采的煙火秀貴賓，唯獨我不是唯一的觀賞者。

碧．拉克罕家隔壁的樓上窗戶砰一聲打開，出現一個男人。我不認得他的甘藍綠色睡衣，可是我知道大衛・吉爾伯特獨自住在二十二號。

「去！走開！」他對那群鸚鵡吼出多刺的番茄紅色，是比他原本沙啞的暗紅色還更淺、更冷峻的語調。

沒關係。那些鳥不在乎，牠們沒飛走。

這時反而有更多鸚鵡以鮮豔的群青色帶著一層薄薄的淡紫和電氣紫色來到。

二十二號的窗戶應聲關起，窗簾緊緊拉上。我快速在筆記本上記錄細節時，街上的另一扇窗戶打開了。這次是我最喜歡的那間房子——二十號。

一個穿白T恤的長髮女子對我揮手。她一定就是獲得國際獎項的音樂老師碧・拉克罕，她的髮色不是紅色，一定是她又染回金黃色了。

我也揮手。「牠們來了，碧・拉克罕！」我沙啞地大喊。「那些餵食器有效耶！」

這都是妳的功勞，我想補充說，可是我的聲音已經分岔成脆弱的蛋殼藍。那群鸚鵡是因為碧・拉克罕的盛大歡迎才來的，她的餵鳥器造就了這個結果。

「我們辦到了！」她大喊，鮮豔的天藍色。

「你在跟誰講話？」

我沒有轉身。我認出那顏色是爸的聲音，何況這個時間沒有別人會在我們家裡。「是碧。碧・拉克罕。」

我還沒跟他說我已經去拜訪過她，也沒告訴他碧說他很帥，更沒說我幫她在學校外面發過傳單、在她家前院裝過餵鳥器。他不在我們的友誼裡。我不希望他加入。

「誰？」他走進房間來到窗邊，還穿著淺灰色的凱文克萊四角褲，胸毛尷尬地捲在一起。如果我有胸毛的話大概也會是如此。「噢。那個新鄰居啊。我本來想跟你說的，大衛說她是拉克罕太太那個不受教的女兒，似乎是個十足的瘋子，從小就是如此。她們長年疏遠，她從沒去過她媽媽家裡看她，甚至沒出席她的葬禮。她回來只是因為繼承那間屋子罷了。」

疏遠是個灰碎石片般的字眼，不適合看太久，否則會覺得不太舒服。

「也許疏遠是因為她知道自己不被愛，」我說。「她知道她媽媽並不想要她，覺得她很礙眼。」

「隨你怎麼說囉。我認為她應該不會久留。她可能會把房子賣了，然後盡快脫離這裡。她住這條街肯定像離水之魚。」

爸對這件事很多方面都看錯了。碧．拉克罕從沒提過有關魚的事，而且她已經買餵鳥器來吸引鸚鵡。那表示她正在適應這個家。她會留下來。

碧．拉克罕又揮手了。她的身子一大半都探出窗外，我很怕她會掉下去。

爸揮手的時候在吸氣縮肚子。「也許我們應該過去自我介紹一下。我想她會喜歡的，你知道，感覺在這條街上受到歡迎。」

我不理會他，繼續觀察那群鸚鵡。爸又說錯了，碧．拉克罕已經覺得賓至如歸了，她不需要和他見面，因為我們已經是好朋友了。

那天稍晚，早上八點二十九分

一大群鸚鵡面臨嚴重危險，油畫布

「在情況變得一發不可收拾之前必須做點什麼才行。」油畫布上那粗糙的紅色話語，對於碧．拉克罕家的橡樹上傳來的喜悅色彩憤怒不已。

那些餵鳥器從早上七點三十一分就空了，可是鸚鵡仍然高踞枝頭、繼續歌唱。我正在享受上學前的演唱會，和爸並肩站在人行道上，直到有個男人帶著一隻吠叫的薯條黃狗走過來。他的聲音是熟悉的櫻桃紅色。

「噓，」我用手指著樹說。「大衛．吉爾伯特，不要打擾牠們。」

「他在開玩笑嗎？」沙啞的暗紅色聲音問。「是我該安靜嗎？」

「他很喜歡鳥，尤其是鸚鵡，」爸回道。「我拉不走他。」

我聽見灰黑色幾何形狀的腳步聲。有個穿黑色粗呢外套的男子一邊抽菸一邊走向我們。我轉頭回去看那棵樹，深怕會錯過什麼。

「你對這一切有什麼意見，奧利？」爸的土黃色聲音說。「你喜歡我們街上的新朋友嗎？」

我沒注意他的低語，也對香菸的煙視而不見，因為有五隻鸚鵡從一根樹枝展翅飛到另一根樹枝上，發出閃耀的紫藍色。

「我來告訴你我怎麼想的，」沙啞的暗紅色說。「那些混蛋東西把我吵醒。我想用我的獵槍把牠們全都轟出那棵樹。」

大衛．吉爾伯特。

我閉上眼睛，努力想把獵槍那有毒的溢油色隔絕在外。它輕易地把鸚鵡的紫藍色覆蓋過去，和腐敗海藻色的髒話合而為一，創造出某種危險至極的東西。

某種力量足以將這條街上所有的野生動物殲滅的東西。

「拜託，大衛，沒那麼糟吧，」爸說。

我說不出話來。我無法捍衛那些鳥。我動彈不得。

這是第一次我這麼讓牠們失望，但這不是最後一次。

我把注意力放在那則死亡威脅的重要細節上，晚一點可以把它寫入筆記本，為警察提供證據。我看了一下手錶，再閉上眼。時間是早上八點二十九分。潛在的殺人凶手是住二十二號的大衛．吉爾伯特。

總共有三個可靠的目擊證人：我、爸，還有抽著菸、穿黑色粗呢外套的男人。我還沒看到那男人聲音的顏色，不過爸剛才叫他奧利。這代表他可能是住在十八號的奧利．華金斯，可是我等一下必須向爸確認這件事，確保我筆記本裡的紀錄準確無誤。

碧．拉克罕沒聽到這個威脅。她被保護著不受那些醜陋的色彩干擾，可是那些色彩很快又變得更灰暗，顏色加倍醜陋，我無法讓她不受侵害。

不規則的土棕色。

砰砰砰。

我的眼睛猛然睜開。櫻桃紅色已經不在人行道上了，而是站在碧．拉克罕家門前，用力地大聲敲門。他的狗在一旁吠出薯條黃色。

這次我有所行動，因為我的朋友，還有那些鸚鵡都有危險了，他們可能會被大衛．吉爾伯特傷害。我跑向他。

「兒子，回來！我們不要管這件事，這和我們沒關係。你上學快遲到了！」

爸跟在我後面，試圖攫住我的手臂，可是我把他甩開了。他錯了，又錯了。我必須保護我朋友。這就是和我有關係。她是我的朋友。那些是我們的鸚鵡。我們把牠們帶到這條街上，我們是一國的。

碧．拉克罕花了四十五秒才來開門，身上又穿著那件鈷藍色的睡袍。

「哇，這麼早就有訪客啦。」她盯著站在門口的男人，接著看向我，然後是爸。最後，她一邊把睡袍繫緊，一邊望向我們後方。抽著菸的黑色粗呢外套男遠遠站在後方的人行道上，他一定是想遠離這場爭執。碧的嘴角沒有上揚，甚至連抽動一下都沒有。

「碧翠絲，我想和妳談談那些鸚鵡的事，」大衛．吉爾伯特說。

「她的名字是碧，不是碧翠絲。」我的聲音有點破音。「你應該離開，大衛．吉爾伯特。」一定是我講得太小聲了，因為他並未更正，也沒離開。

我想再說一次，可是我的天青藍被玻璃質地的沙啞紅色聲音抹去了。

「妳有六個餵食器，就掛在那棵樹上。」他指向身後。「它們是在鼓勵那些鳥在我們這條街上出沒，而這件事情我們肯定不樂見。」

一聲平滑的深藍色嘆息從碧．拉克罕的口中探出。「這就是重點所在啊，大衛，要鼓勵鳥兒們來造訪這條街。你不覺得牠們很美嗎？那麼鮮豔的色彩，充滿異國情調。那讓我想起我家，想起澳洲。牠們讓我思鄉情切。」

「好是好，可是牠們吵得要命。在這裡，牠們被視為不速之客，就像狐狸一樣。如果妳用餵食器鼓勵牠們，牠們最後就會留下來。這種鳥要養成習慣是很快的。相信我，我很了解。牠們會完全破壞棲息地，把其他鳥類趕走。」

「我確實很希望牠們可以在這條街待下來，」她說。「我想這樣會為這條街帶來朝氣。牠們會為大家的生活注入色彩，改變這一帶的氣氛。」

我鼓掌時爸低頭看我。她完全道出我的心聲，我倆說著共通的藍色語言。我們必須起而對抗大衛．吉爾伯特，這條街上沒有其他人敢這麼做了。

「就算我警告妳這可能造成嚴重的問題，妳還是不會把餵食器全都拿下來嗎？」大衛．吉爾伯特問。「就算這些鸚鵡的吵雜聲今早把半條街的人都吵醒了？」

「不，我不會拿下來，這是大自然，大衛。我怎麼有資格干涉生生不息的大自然？只要那些鸚鵡想來我家前院，牠們就可以自由來去。我不能控制她們，你也一樣。」

「妳這是在藉由鼓勵那些鳥來干涉自然，六個餵食器根本太多了。」他的聲音變成更深的血紅色。「那些鳥的問題不只是吵，牠們還可能毀了人家的花園。等到春天，牠們會把樹上所有的花苞都咬掉。」

碧．拉克罕將雙臂交疊在胸前，沒有回應。

「碧翠絲，我想妳的沉默代表妳不會為這件事負責？還有自從妳搬進來之後總是把音樂開到最大聲，和妳停在華金斯太太家門外的那輛漏油車，那對奧利會造成不便。他現在必須把車停到更遠的地方。」他指向一直站在人行道上的粗呢外套抽菸男。

「抱歉讓你心情不好，不過我必須繼續清理我媽的陳年垃圾了，」她大聲地說。「它們全都得丟，就連你們這些老人好像很喜歡的珍貴裝飾品也一樣。我一樣都不想留。」

她揮揮手，我想是對我揮的，所以我也用力揮手示意，表示我百分之百支持她。

即使她說話沒禮貌，在這個敵意處處的環境裡，我還是她的盟友。

她正要關上門時，大衛．吉爾伯特伸出一隻腳，門撞到他的鞋子往回彈，發出鮮豔的紅棕色。

「你在做什麼？」她說。

「妳似乎不瞭解這條街的規則，碧翠絲，」他說。「我們守望相助、友善對待鄰居，就像妳媽媽以前一樣。我們不會故意做出破壞和諧的事。」

「那好，你和你的朋友可以當典範，不要再來惹我。我已經受夠你們兩個了，我才回來不到一星期。」

「很抱歉……」爸說道。

「大衛，請你把腳移開，」碧．拉克罕小聲地說。「在我做出可能會讓自己後悔的事之前。」

「當然，可是先讓我告訴妳一件妳可能不知道的事，」大衛．吉爾伯特一面說，一面把腳收回門口。「英格蘭野生保護組織已經正式宣布鸚鵡是害蟲。也就是說，如果牠們造成特殊問題，地主或所有權人就能射殺牠們。」

「你現在是在恐嚇我嗎？你是這個意思嗎？」

「我在恐嚇那些鸚鵡，」大衛．吉爾伯特說。「記好了，碧翠絲。」

「天殺的離我遠一點！你們全都是！」她用力甩上門，留下閃爍的深棕色長方形。

我一邊無聲地吶喊一邊用力跺腳。站在大衛．吉爾伯特旁邊，我從來沒像此刻這麼想踹一個人過。

「有必要這樣嗎，大衛？」爸問道。「不過是些小鳥，不值得為牠們起那麼大爭執。」

大衛．吉爾伯特往我們站近一步。

「值得，我相信這是必要的。碧翠絲．拉克罕必須了解這裡的規則。她必須知道不服從這條街的規則會有多嚴重的後果。」

第二十三章
星期四（蘋果綠）
下午

我從房間窗戶看過去，碧．拉克罕早已不在那裡了，可是戰線依舊存在，並未因每天人們踏過或被雨沖刷而褪去，就連她死去的那天也沒有消失。戰線的色彩依舊明亮而濃烈，因為大衛．吉爾伯特哪裡也沒去。他一如往常地過日子，彷彿什麼也沒改變。

可是戰線依舊存在。從他第一次發出威脅的那天開始，它就永久刻印在我們家門外的人行道上，叛逆地以明亮的天藍色延伸到對街，不管其他鄰居會作何感想或有什麼話說。它圈起碧．拉克罕家的前院，然後在她家後方的巷子裡消失。

我有條不紊地回顧我的鳥類觀察筆記本，並把它們疊在完成的油畫布旁，分別是一大群鸚鵡和一大群鸚鵡面臨嚴重危險這兩幅畫。

它們都面向著牆。鸚鵡們必須受到保護，牠們不能被大衛．吉爾伯特的邪惡顏色侵害。

我的筆記本上還畫了一條線，區隔這一天之前的鳥類觀察與之後的事情。從大衛．吉爾伯特做出恐嚇的那天後，我記錄的就不只是這條街上的鸚鵡、煤山雀、鴿子、金翅雀和蒼頭燕雀了。

我開始一五一十地記下大衛．吉爾伯特的一舉一動，住在二十二號的這個男人每天的行蹤。我也寫下來找碧．拉克罕的每個人，包括來上音樂課的學生，以免他們會傷害鸚鵡。這是必要的作為，因為大衛・吉爾伯特也可能要詐。他可能會試圖說服別人支持他，就像爸說就是他要所有鄰居簽名聯署，在這條街上裝減速龍。

為了格外小心，我也記下其他鄰居的動靜，特別是住二十四號的辛蒂，她有兩個女兒，在本地的小學當打飯阿姨。我看過櫻桃紅去敲過她家幾次門，這意味著他們可能是同夥的。

我必須收集犯罪證據，這樣一來，等我蒐集了足夠的證據，就可以交給警察，他們並沒有認真看待我第一通報案說有死亡威脅的電話。

這件事非常耗時，可是卻是非常必要的。

我必須收集犯罪行為的證據。

嚴重威脅鸚鵡又迫在眉睫的證據。

警察無法漠視的證據。

我又再看一遍一月二十二日寫的筆記，前後翻閱比對，證實了我原本就已經知道的事。我的紀錄系統有個致命缺點：太多明顯的漏洞了。

我確實記下了大衛・吉爾伯特第一次威脅要殺那些鸚鵡的細節，可是我沒有精準記下他稍後站在碧・拉克罕家門口對她說的那些話。我努力要忠實記錄，可是我記得當天晚上自己卻把那一頁撕成碎片，因為那些可怕的字眼讓我的眼睛好痛。

那是個錯誤，還有其他我紀錄裡出現的漏洞和接續的幾頁空白也是。

我知道這不是藉口，可是我無法一天二十四小時一直守著那棵橡樹。無論我多麼希望可以這麼做，但我總得上學、睡覺、吃飯，不能整天拿著望遠鏡守在窗前。

那段空白讓生活迷失了，而我並未發現危險。我沒有守在這裡防範攻擊。

我的失敗害死了十二隻鸚鵡。

我無法在白紙上填補這些空缺，就算我重繪出這條街上令人感到不舒服的場景也一樣。這不是因為我毫無印象或不記得了，而是因為我根本不知道，那場大屠殺究竟是何時發生的。這又是一個我必須解開的謎團，而且我知道自己不會樂見最後查出的結果。

輕柔的奶黃色。爸輕手輕腳地上樓來查看我的狀況。我無法和他說話。我無法正視他，正視他對於碧．拉克罕和媽媽的事情撒謊的顏色。

我衝上前，拿一張椅子抵在門把下方。

敲、敲、敲。焦糖色的小圓點。

我對那些顏色和形狀視而不見，門把沒耐性地發出叮噹聲響。

「賈斯柏？兒子？可以讓我進去嗎？」

我把畫筆排好，重新擺放顏料的位置，準備好要畫下一幕。我不想被打擾。我不想讓爸來幫忙為我的記憶上色。這是屬於我的，不是他的。就像我的望遠鏡一樣。他不能借走它，他可能會把它弄壞，害它變成無用的垃圾。

「我想對我在樓下說的話道歉，」他大聲說，輕輕地把頭倚著房門時傳來一團卡其棕色。「我們得談談碧．拉克罕的事。還有關於你認為她有寶寶的事，如果你想的話。我之前不讓你談她的事，是我錯了，我現在知道了。」門邊又傳來一團淺棕色。「我在努力釐清到底發生了什麼事。」

他是嗎？

我不相信他。我討厭他。他說謊。他老是說謊。

我看著門。門把不再轉動了，可是我知道他還在那裡。地板發出暗粉色的嘎吱聲。我希望他的顏色褪去，完全消失。

「之前的事我很抱歉，賈斯柏，我是說真的。但願我可以把那些話收回。」

之前的事我很抱歉。

爸第一次和碧・拉克罕見面的時候正是這麼說。

我閉上眼睛，已經可以看見接下來必須畫的圖了。爸的聲音：輕柔不鋒利的淺土黃色。

我會讓它和碧的天藍色一起在紙上舞動。一開始他們的顏色遲疑地繞著彼此打轉，接著它們會合而為一，彷彿它們是天生一對。

但事實上它們不是。

我必須努力讓它們分開。我並不想讓它們的顏色混在一起，無法容忍看到這種景象發生。我不想看它們共同創造的色彩。

「賈斯柏！」

「走開！」我對著門大吼。「我累了。走開不要煩我。我討厭你們兩個。」

我們都可以說謊。「我只是想睡覺了。我需要睡覺。我要睡了。」

「好，好，這樣對你比較好，」爸說。「可是我不能讓你把自己鎖在房間裡。我不能再讓你傷害自己。我現在會離開，十五分鐘後再來看你。我會用碼錶計時。如果等我回來門還是鎖著，賈斯柏，我會把門踢開，不管你有沒有在睡覺。你懂嗎？」

我看著我的手錶。現在是下午一點半。我會用他幫我修好的錶計算他的時間。而且他又在騙我了。他十分鐘後就會回來，不是十五分鐘，可是那已經足夠讓我再畫一張令人心煩的圖了。

我必須重新畫出土黃色和天藍色見面時那不堪入目的顏色。

第二十四章

一月二十二日

汙濁的樹汁色圓圈，畫紙

傷害鸚鵡的恐嚇讓我在學校還一直牽掛著，在廁所打了電話報案之後仍久久無法忘懷。我的地理老師帕克漢老師很生氣，因為我踢了椅子而且拒絕坐下。他不懂我就是不能把手機收起來。我必須拿著手機，等警察回電給我。我需要知道警察打算拿大衛．吉爾伯特怎麼辦。

帕克漢老師想把我的手機收走，我朝他尖叫出金屬藍綠色的雲霧。他把我帶到導師辦公室，而不是輔導室。我坐在門邊黯淡的深藍色椅子上等了三分鐘又十二秒。摩爾老師叫我進去時，她已經知道事情的經過了。她打電話到爸的公司，而爸也已經跟警察談過了。他們把他說的細節都記錄下來，包括我打過的其它電話、和這次打給那個沒用的接線警員的報案電話。

你爸爸說別擔心那些鸚鵡。警察已經記下你的電話內容。你不必再擔心這件事。一切都沒問題的。

記下是什麼意思？警察真的會採取什麼行動嗎？他們有盤問大衛．吉爾伯特嗎？他們會逮捕他嗎？我去上課時，他們會在我們街上安排巡邏員警來保護那些鸚鵡嗎？他們究竟做了什麼？

摩爾老師一無所知，我擔心她完全幫不上我的忙。在那之後，我得在輔導室待整天寫作業，甚至至午餐時間也沒去學校餐廳。

有一位助教端來一盤食物坐在我旁邊。她咀嚼三明治時下巴會發出暗粉色的喀搭聲，讓我把指甲掐進手掌裡。

這天快過完了，還是沒有任何警察來跟我談。

壞消息。

我怕警察甚至還沒開始調查就結案了，因為案件涉及的是鸚鵡，不是他們第一優先的人類。我知道這是天大的錯誤。

我告訴另一位來指導我的助教這件事，可是他不感興趣。他叫我不要講話，趕快寫作業。在那之後我就放棄了。我假裝我在寫作業。

我假裝我很正常。

可是在我內心深處，我不相信我的班導師，不相信爸爸。我整天都好擔心碧·拉克罕和那些鸚鵡。

放學回家時，我看見二十四隻鸚鵡撲打著翅膀聚集在碧·拉克罕家的橡樹上。碧還在較矮的紅樺樹樹枝上掛了一串串花生。我跑上樓到我的房間，拿起望遠鏡在窗邊看守著，不過沒看到大衛·吉爾伯特和他的獵槍。也許我錯了，警察並未忽視我的電話，我不在時他們巡視了這條街，保護那群鸚鵡。

我把大衛·吉爾伯特嚇跑了。

儘管如此，爸下班時還是很擔心我們的新鄰居。他說我們應該確認一下她和大衛發生爭執後的狀況是否還好。我說這沒必要，因為警察已經對於文森花園二十二號的小鳥殺手瞭若指掌了。

我的肚子發出虎皮鸚鵡般的綠色低鳴，代表現在已經接近用餐時間。回家的路上，爸在轉角的花店買了一束快凋謝的紫鬱金香，這紫色和虎皮鸚鵡綠色在打架。

「我們現在去拜訪她一下吧，免得她不在，」他堅持。「她晚上可能會出門。」

他右手抓著那束花，就像那晚我們看她跳舞時，他握著我的望遠鏡一樣。握得緊緊的，彷彿他永遠不想放開。

「她晚上不會出門，」我爭論。「她會在家聽她的火星音樂或彈鋼琴。有時候她會用手摀住眼睛，或是拿著一本鋼青色的書在地上前後搖動身體。我從我房間窗戶看到的。」

「聽著，我們現在過去，不過等我們回來，我要和你談談關於尊重別人隱私這件事。你要來嗎？」他從門廊的衣帽架上俐落地摘起棒球帽。

我跟在他後面走上街，來到她家大門前。我不想讓他毀了碧．拉克罕和我之間的事。何況這個時間點根本不對，現在都快傍晚六點了，我該吃晚餐了。

爸停頓半晌，抬頭望著她家的屋頂。

「怎麼了？」我希望他改變主意，回家幫我做雞肉派，我們週五晚上通常都吃這個。

「我看到一隻鸚鵡，牠爬進屋簷中間的空間了。又來了一隻。」

「哇。」

我抬頭往上瞥，想一窺綠鸚鵡的尾巴、羽毛和鳥喙，這時碧．拉克罕打開了門。

「哈囉，又見面了，賈斯柏。」天藍色。

我低頭看地板，數到走廊上有七個紙箱。「妳有望遠鏡可以看鸚鵡嗎？」

「呃，手邊沒有，怎麼了？你忘了帶你的嗎？」

「對，我下次會記得。」

我確認過她的髮色：金髮，不是紅髮。耳環是小小的銀色燕子。「有一隻燕子上下顛倒了。」

「有嗎？」她看向屋頂。「和鸚鵡在一起？」

我笑了，鼻子吐出亮藍色泡泡。「妳好好笑。燕子和鸚鵡永遠不可能一起棲息。牠們是完全不同的品種。」

我正要繼續解釋她耳環的事時，爸的土黃色就插嘴說：「今天早上我還沒機會正式自我介紹。我是賈斯柏的爸爸，艾德。我們住在那裡。」他指向身後。

「我知道你們住哪裡，」她回道。「我已經和賈斯柏聊過鸚鵡和望遠鏡的事了。你知道的，他從房間窗戶觀察所有事情。」

爸摘掉帽子，低頭看我，一手搔著頭。「我不知道這件事，抱歉。我們已經談過望遠鏡的事了，可是賈斯柏真的很喜歡看鳥。」

「你呢？你喜歡鳥嗎？」

爸咳了幾聲帶點鐵鏽色的土黃色雲霧。「有些鳥。有些我很喜歡。」

「你自己聽聽看！艾迪，任何人都會以為你在跟我調情。」

「我就不會這樣以為，」趁爸回蠢話之前，我趕緊搶在他之前說。「他想告訴妳，他的名字是艾德，不是艾迪，如此而已。現在我們要離開了，已經快傍晚六點了，是我的用餐時間。」

爸咯咯笑了。「這些送給妳。」他把鬱金香遞給她。「抱歉，我只能買到這些。這是附近花店裡唯一還沒枯萎的花。之前的事我很抱歉。我不知道大衛會對鸚鵡的事情發這麼大脾氣。他的用意是好的，不過有時候可能有點強迫症了。」

「這是我聽過最溫和的說法了，」她說。「我才回來一下子，他就幾乎每天都來抱怨東抱怨西，現在又是鸚鵡的事。他真的有槍嗎？我應該提防他嗎？」

「對，」我插嘴。「妳絕對應該提防他。大衛．吉爾伯特喜歡獵雉雞和鷓鴣，所以他是謀殺犯。我們不能讓他射殺那些鸚鵡。」

「當然不行，」她回道。「我不會讓這種事發生。賈斯柏，我保證我會用生命保護牠們。」我以最燦爛的微笑回禮給她，因為我相信她。我認為她會不顧一切地保護那些鸚鵡，就和我一樣。

「妳知道牠們就在妳家屋簷上嗎？」爸問道，仰頭往上看。「我是說那些鸚鵡，那會製造更多麻煩，如果，假如牠們不慎決定在大衛家的屋簷上築巢的話。」

「不會吧！」她踏出門。

「是啊！」爸的土黃色和碧的天藍色合而為一。他們的汙濁樹汁色圓圈令我打寒顫。他們肩並肩站著一起往上看。碧和爸，而我站在他們對面。他們的手臂幾乎快碰在一起。她今天沒穿藍色，這很令人失望。她的上衣前面有個深V，雙臂交疊在胸前時，把像外星人的皮膚推了上來，在衣料上形成小丘。

「妳的衣服對妳來說太小了，」我說。「這麼緊看起來很蠢。妳需要買大件一點的衣服。」

「賈斯柏！」爸往後退了一步。「這樣很沒禮貌。現在就向拉克罕小姐道歉。」

我從餘光看到碧把她的上衣拉高。「呼，露出太多乳溝了。抱歉，兒童不宜。對了，叫我碧就好。這樣好點沒？」

不知道為什麼，我應該覺得開心，但我卻感到困惑。那些鸚鵡是這麼喜歡碧．拉克罕，所以牠們找尋進入她家的路徑。如果牠們找到進入她家屋簷的方法，也許牠們也會來我們家的屋簷。也許牠們說服了碧．拉克罕留下來。

「我餓了，」我說。「我想回家。現在已經超過晚餐時間三分鐘了。」

「很抱歉。」爸對碧說。「他口無遮攔，通常腦袋裡想什麼就會說什麼。」

「別擔心，」她回道。「我不是那麼容易被冒犯。他已經建議我換髮色了。」我感覺到她的視線飄向我。「賈斯柏，你說的沒錯。那時我不像我自己。金髮比紅髮適合我多了。」

爸笑出柔軟紅蘿蔔蛋糕色的圓圈時，我用單腳跳來跳去。

「我該去準備他的晚餐了，免得他又更生氣。如果妳需要任何東西，都可以跟我說。敲個門就可以，我晚上大多都在家。」

「謝謝。我可能會請你幫忙搬些重的東西。你知道，就是需要搬運的家具和箱子。」

「當然，沒問題。」爸走開之後又停下腳步。「對了，如果賈斯柏一直煩妳，妳再跟我說，我會訓他一頓。他很容易對事物過度依戀，對人也是。很快就太依賴別人，特別是女性。妳知道，他的媽媽……」他說到一半打住。「總之，如果他太投入，我先向妳說聲抱歉。」

我從來沒像此刻那麼討厭爸。我想向碧解釋他說的不是事實。我只是有興趣和嗜好罷了，那不會讓我變得煩人啊。

「賈斯柏對我不會是麻煩，」她毫不猶豫地說。「他已經幫了我很多忙。要是沒有他，我這星期的前幾天不知道該怎麼辦。」

碧．拉克罕向爸解釋那些傳單的事，她馬上就知道爸說那番話是想讓我難堪。她相信我，不是他。現在她已經改變立場，站在我這邊了。

「賈斯柏，事實上，如果你不介意，我可以再請你幫一個忙嗎？等我一下。」她跑回屋子裡，回來時手裡拿著一疊傳單。

「下星期可以請賈斯柏把這些發給學校的人嗎？」

爸看著傳單，肩膀聳起又降下。「妳是音樂家？」他小聲說，聲音像溫熱的奶油吐司的顏色。「太讓我訝異了。」

「我在試教一些免費課程。我想賈斯柏可以幫我發給他的一些朋友。」

她以為我有很多朋友，這讓我覺得受到恭維。那疊傳單至少有三十張，根本遠超出我的朋友數量。然而儘管如此，我還是心一沉。

「妳會和我一起去嗎？」我滿懷希望地抬頭看她，可是她的目光在爸身上。

「噢。」

「恐怕不行，我必須在開始上課之前把房子整理好。該做的事比我一開始想的還多。這間房子疏於整理很久了。我猜有個老人住在這裡，就是會發生這種事吧。」

我無法拒絕她，可是我很不喜歡上次發傳單的經驗。我不想引人注意，可是如果你要讓別人注意你手裡的東西，就很難讓自己隱形。幫忙碧最棒的部分，是把那疊紙拋向天空、再看著它們飄散。

「如果你讓人來了，我會想出一個獎勵方式。」她說。

「什麼獎勵？」

「你喜歡鳥，對吧？不如讓你從我的房間窗戶觀察那群鸚鵡怎麼樣？那樣一來你就可以近距離看牠們。如果你想，還可以帶著你的望遠鏡。」

「我可以任何時候想去就去嗎？」

「這個嘛……」

「現在就開始盧了，」爸笑著說。「我已經可以想像我必須從妳的房間把他拖出來了。」

「哈！你已經開始想像到我房間裡了嗎？你這個老不修。」

我嚇了一跳。我不想聽到碧用小狗拉肚子顏色的字眼，這不該是像她這樣的人會說的話。沒教養。這個詞是空心的紅字，有著綠色的尾巴，媽媽以前會用這個詞來形容罵髒話的人。她對髒話的感受和我相同。她也憎惡它們的顏色。

我抬頭看碧．拉克罕，再看向爸。她笑著用中指把頭髮捲成一團，就和她對那些搬運垃圾的男人做的一樣。爸的臉頰紅得像甜辣椒醬，我猜這是因為他對於自己犯的錯感到尷尬。

她邀請到她房間看鸚鵡的人是我，不是他。

他完全聽錯也搞混了，所以我一開始才這麼不想讓他來。

「不是，呃，我說錯了。我的意思是……」

「你知道，出奇不意的訪客一向都是好訪客，」她說，打斷了爸的深土黃色。

「我會記住這句話的。」爸的左眼瞇起又張開。

碧．拉克罕笑了，發出更大的淺天藍色泡泡。「我是完美的女主人，很少拒絕別人的。」

這汙濁的樹汁色圓圈又令我打寒顫。我看了一下手錶，我還有整整六分三十秒的時間完成下一幅畫，之後爸會踢開我房間的門，伴隨著尖銳的亮橘細尖碎片。

我得把接下來那週發生的事情一五一十地畫下來，不留下任何奇怪的顏色。

我望向窗外，手緊緊握著畫筆。即使擔心帶著譴責的筆觸會讓我畫出什麼，我仍無法把筆放下。

我們的街道上空空如也。

警車已經不在了，那些警察已經放棄尋找線索了。為什麼他們還沒查看對街那些屋子後面的小巷子呢？還是他們已經查看過了？

他們有沒有注意到引導他們前往碧．拉克罕家後門沿路的麵包屑？

爸不可能把她的屍體放在她家裡。

屍體腐爛會有臭味和吸引蒼蠅，他一定是看犯罪影集學到的。他一定是在星期五晚上把沒生命跡象的碧．拉克罕抬出後門，穿過那條小巷子，就和我之前從她家逃出來的路線一樣。

爸知道走前門的風險太大了。

他知道碧．拉克罕把後門的鑰匙放在哪裡，因為就在他發現我拿著那把刀、藏身祕密基地之後，是我告訴他那把鑰匙的祕密地點的。

第二十五章

一月二十七日，下午四點三十分

深青色與冷杉樹綠色，油畫

「時間到了嗎？」五天後，碧．拉克罕打開門，呼出明亮的天藍色泡泡。她打著赤腳，一頭金髮垂落在肩膀上，我喜歡她這個模樣。我數了走道上有七個紙箱。

「現在是下午四點半整，」我看手錶說。「妳還沒把紙箱移走，之前也是這麼多。」

「什麼？對，我動作很慢。媽住進那間房子之前就打包好這些了。我已經丟一些在垃圾桶了。太多舊垃圾要清理，我的進度一直落後。每次面對它們都讓我生氣，你知道，太多悲傷的回憶了。」

我踏進門時努力讓嘴角上揚，擠出微笑。她必須停止使用這些顏色難看的字眼。

「我們可以到妳房間嗎？」

她咯咯笑著把門敞開，發出閃爍的天藍色圓形水滴狀。「你就是這麼直來直往，不拐彎抹角，對吧？我怎麼可能拒絕像你這樣可愛的紳士呢？」

我把鞋脫掉，整齊地放在用膠帶封好的箱子旁邊。我等著讓她先走上樓，爸說我應該這麼做。

在她說你可以上樓進她房間之前，不要太興奮就跑上樓了。要完全照著她說的去做，否則她可能不會想再邀請你了。

「讓我告訴你可以在哪裡看，」她說。「我動作得快點，因為我的音樂課就快開始了。第一個學生馬上就來。你得保持安靜，可以嗎？」

我點點頭，表示了解。

碧・拉克罕爬上老舊斑駁的紅色樓梯，踏上樓梯平台後消失在左邊第二間房間裡。我跟在她後面，屏住呼吸。地毯上有汙漬，味道也很難聞，可能裡面都是細菌，也可能是蟎蟲。

「這裡是我媽以前的房間，現在是我在用，」她說。

這間房間和起居室一樣空蕩又冰冷。音樂已把大部分的家具趕上卡車或外頭的大垃圾桶了。窗戶都是敞開的，牆面就像融化的雪人，有著灰白色的粗顆粒，只有兩個小地方還是雪白色的，可以明顯看出兩個十字架的形狀。

「我媽的陶瓷耶穌受難十字架是第一個被丟進垃圾桶的東西，」她順著我的目光對我解釋。「不管我多努力刷壁紙，都無法擺脫那些痕跡。」

「誰？」

「惡魔在找那些十字架，」我想起我在她垃圾桶裡看到的東西，喃喃自語地說。

我搖搖頭。提到惡魔是個錯誤，可能會把她嚇跑。我不希望她把房子賣掉後搬走。她得留下來陪那些鸚鵡和我。「沒有，沒事。」

「不好意思，很亂。」她撿起一個黑色垃圾袋，倒出一些灰色和棕色的衣服。「我明天得把我媽的舊衣服拿去捐。我可能也會買一個新衣櫥。她原本的那個已經快壞了，門也沒辦法關緊。我不想買太貴的東西，只要讓這間房間能看就行了。」

目前這間房間裡有一個五斗櫃放在窗邊，四個垃圾袋，一組掃帚和畚箕，一罐家具噴蠟和三個紙箱。有三個陶瓷娃娃的頭從最大的紙箱裡探出來。

「妳沒有床，」我指向地上的充氣床墊說。我喜歡她的睡袋，是午夜藍色。

「床壞了，我把它扔了。我的也是。我沒辦法再去睡我以前的房間，我已經把那裡清空，丟得一乾二淨了。東西都進垃圾桶去了，除了一些以前的日記，我根本忘了我以前有寫日記。」

「睡在以前的房間很讓人難過，」我顫抖著說。「會讓人想起小時候，就跟我一樣。我的日記是寫關於小鳥的事，因為那讓我開心。想到死去的媽媽和她的十字架，會讓妳很沮喪。」

碧．拉克罕抽著鼻子，吐出藍白色的線條。

「不對，賈斯柏，這你就錯了。那老巫婆讓我憤怒至極，即使到現在也是。要不是可能又會讓鄰居有意見，否則我早就會把她的東西全都丟在後花園，放一把火燒個精光。我可能還是會這麼做，那樣會讓我感覺舒服點。表示我不再害怕了。我現在很堅強。」

我用手把玩我的望遠鏡。疏遠。爸是這麼形容碧和她媽媽之間的關係。我原本不懂那個詞是什麼意思，現在我懂了。

那代表極度憎恨一個已經死掉或下葬的人，恨到想把他們的所有物燒光，毀掉他們的東西。是想徹底抹去他們的存在，直到只剩下灰燼。

拉克罕太太對碧來說一定是很糟糕的人，她才會把她說得這麼難聽。我猜她媽媽的聲音一定是可怕的鉻橘棕色，不可能是像碧的天藍色或媽媽的鈷藍色。那老巫婆可能也很討厭鸚鵡，就像大衛．吉爾伯特一樣。

我走到窗邊，因為我不想讓她看到我皺起的眉頭。她必定有充分的理由討厭她媽媽。我把腦海閃過的鈷藍色驅趕走。我想保護它，不受「疏離」這南瓜色的字眼影響。

「你想的話，可以把窗戶關起來，這裡冷死了。我原本是想讓房間通風一點。」

我不怕冷，因為我穿著防寒風衣。樓下的衣帽架沒有多的架子，就算有也生鏽了，而我無法把外套擱在充滿細菌的地板上。

「鸚鵡！這裡視野好棒！」我倚著窗台，臉上的皺褶像奶油在煎鍋上一樣融化消失。拉克罕太太，那個在別處某間房子裡過世的老巫婆已被遠遠趕出我的心思。三隻鸚鵡正在靠近這扇窗的樹枝上棲息。如果我伸手而牠們沒飛走，幾乎就能摸到牠們。牠們就是那麼近。

「對啊，我好愛牠們。」她走到我旁邊、和我一起站在窗邊時，那些鸚鵡展翅飛到更高的樹枝上。「我早上起來第一眼看見的就是牠們，賈斯柏。牠們讓我好快樂。牠們幫我忘掉所有不愉快，你知道嗎？不愉快就這樣消失了。」

就像奶油在煎鍋上那樣。

「那也是我的感覺，」我說。「當我畫那些鸚鵡的時候。當我畫妳的時候會有的感覺。」

「哇，你有在畫我啊？一定要給我看看。」

「我會的。下次我來看鸚鵡的時候，會把所有我的畫帶來給妳看。」

「還會有下一次嗎？」碧問。「因為我不記得我有邀請你啊，賈斯柏？」

我用力咬嘴唇，直到我嚐到銅的味道。是我誤會她了嗎？就像爸說要來她房間的事一樣？她不是邀請我拿畫給她看嗎？還是我被興奮沖昏頭，所以聽錯了？

「不要理我，我在亂講話。抱歉。你當然可以來。你發傳單的成效很好，我收到很多你朋友家長的詢問。」

我根本不知道是誰拿那些傳單的。我把傳單分散放在學校各處，這樣我就不必親手遞給別人。我原本要告訴她事實，因為我寧願以別的方式當她的好幫手，可是這時門鈴響了。

銀藍色的線條。

「該死，他來了。」

我瑟縮了一下。「大衛．吉爾伯特？帶著他的獵槍嗎？」

碧用鼻子吐出黑藍色的小圓圈。「最好別再是他，否則我會需要一根棍子打得他屁滾尿流。還有他的同伴也是。」

「我沒有棍子。」我環視房間想找武器，隨手從紙箱裡拿起一個裝飾品。

「又是個爛笑話，對不起。是我第一堂音樂課的學生啦。在這裡安靜待著，好嗎？等一下陸續還會有更多學生來，課大概會上一小時左右吧，我想。」

我警戒地站在樓梯平台的頂端，左手握著那只冰冷的陶瓷娃娃往前伸，以免她猜錯，來的人是大衛．吉爾伯特。

「哈囉！歡迎！」碧的聲音從樓下傳來。「請進！請進！非常歡迎你。我們一定會上課上得很開心的。」

我沒看到那個喃喃說出灰白色話語的學生，我沒興趣。於是我走回房裡，想把手上的裝飾品物歸原位，這時我才仔細看它一眼。

那陶瓷娃娃擺出冰藍色的裙襬讓我欣賞。她不想回到箱子裡，而是渴望被觀賞。她的朋友們從皺皺的報紙裡伸出頭和肩膀，努力想掙脫束縛來加入她。

我把那只舞動的陶瓷娃娃放在櫃子上，然後把箱子推近窗戶，好讓她的朋友們也能看到鸚鵡。

我在碧．拉克罕的房間裡忘了時間，像被吸進兔子洞，掉進一個多采多姿的新世界，不想回到我原本色彩黯淡、沒那麼真實的生活。

我熱切又迅速地寫下關於鸚鵡的事，牠們的數量、活動和唱的歌，一件事也不想漏掉。我晚點必須把牠們畫下來，每個我所記得的顏色。

牠們的合唱伴隨著雜亂無章的寶石藍鋼琴聲、銀白色吉他聲，中央是青綠色的，還有電吉他閃亮的紫水金色與尖銳的金黃色。又有更多鸚鵡前來這場演奏會。

等到爸傳簡訊給我、發出紅黃色泡泡時，我才意識到樓下的樂器演奏聲已經停了。外頭天色暗了下來，但那些鸚鵡繼續從枝頭拋出色彩。

你還在碧家嗎？該吃晚餐了。

不會吧。我看了看手錶，已經是晚上七點，早已過了晚餐時間，而且比我受邀待在這裡的時間還晚得多。根據碧·拉克罕估計的時間，音樂課早在一個半小時前就結束了，她一定會納悶我發生什麼事了。

明亮的銀色和綠色長管狀忽然點亮，再轉變成貓眼彈珠的形狀，這是火星音樂，不是現場彈奏的樂聲。

我最後再看一眼，因為我距離那棵樹夠近，可以看見有兩隻鸚鵡消失在樹洞裡。我等了幾秒，想看看牠們會不會再出來。

手機又傳出更多紅色和黃色泡泡。

賈斯柏，現在回來。

我對在窗邊的鸚鵡用嘴形說再見，然後跑下樓，一想到碧·拉克罕會想跟我分享她的火星音樂，而我也會向她描述過去兩個半小時的所見所聞就覺得興奮。

走廊很滑，我穿著襪子的腳一滑，直接滑進起居室。有個女人呈大字形坐在軟骨頭上，她的金色長髮散在沒鋪地毯的地板上。有個男孩坐在她旁邊的坐墊上，手上拿著一把吉他。

「你還真會盛大進場耶，賈斯柏！」那女人的聲音是天藍色的。碧・拉克罕。

坐在地上的男孩發出樅樹綠圓點的咯咯笑聲。「有病！」

另一個男孩身體靠著牆，彷彿害怕牆會崩塌一樣。我一開始沒發現他，以為跟碧一起的只有一個男孩，不是兩個。這男孩的頭上有和我在房間牆壁上看到一樣的痕跡，十字架的印記。

她對牆邊的男孩伸出手，即使我得比他還近。「扶我起來吧。」

那男孩彎下腰來伸手牽她，可是她失去平衡，結果兩人一起倒回軟骨頭上。

「噢！你要把我壓扁了！」

「抱歉！」令人驚嘆的青綠色。「你在幫倒忙！」

碧・拉克罕聽起來不像真的會痛，她在大笑，那男孩也笑了，兩人的聲音是天藍與藍綠色的混和。我沒有加入，這個顏色組合讓我無法喘息。

「賈斯柏，你以前見過盧卡斯嗎？」她問，盧卡斯正試著站起來。「他來接他弟弟，順道一提，他弟是超級有天分的天生音樂家。」

坐在地上的小男孩抱怨似地發出深樅樹綠色的聲音，我猜這代表他不太想聽到這句話。

「我們聽我的音樂聽到出神，」她繼續說。「你知道，那會把你吸進去，讓你想活在當下，忘卻一切。」

我的確知道，那就是我在聽火星音樂時的感覺，也是當我看著那些鸚鵡，還有和碧・拉克罕在一起時的感覺。

「我在妳家的樹上看見二十一隻鸚鵡，」我說。「因為妳擺出那幾盤蘋果，還有五串花生和六個餵鳥器，謝謝妳。」

「不是二十或二十二隻？」她問。

「絕對是二十一隻。我一隻一隻數，然後又數了一次確認過。」

一定是我講得太小聲，因為她沒做回應。坐墊上的男孩咯咯笑出灰綠色的圓圈。

「我認為牠們可能會繼續留下來，」我補充說。「牠們很喜歡這裡，妳的樹上，在我們這條街上，和妳在一起。」

如果那群鸚鵡想留下，她會想嗎？

碧．拉克罕頭點向客廳裡的兩個男孩。「賈斯柏，他們和你上同一所學校。你知道嗎？他們是李．德魯瑞和盧卡斯．德魯瑞。」

「二十一隻鸚鵡，」我複述道。「牠們要留下來。」

我不能百分之百確定這件事，不過我希望是如此，希望是個蕃茄醬顏色的字眼。那就是為什麼我沒回答她的問題。和我的大消息比起來，她剛才說的話太微不足道了。

那些男孩對我來說看起來都一樣，穿著我學校的制服，一定是同校的學生，可是我沒聽過他們的名字。我懷疑他們會和我一樣喜歡鸚鵡，或甚至是火星音樂。他們不可能像我這樣喜歡色彩，美侖美奐的色彩。

「爸要我回家吃晚餐，」我說。「不過我不必回去，我可以告訴妳有關鸚鵡的所有事情，我做了很多筆記。」我舉起筆記本和望遠鏡。

坐在地上的男孩再度發出深樅樹綠色的竊笑。

我希望她堅持要我留下來，和他們一起聽音樂，聽我解釋每個聲音的顏色和鸚鵡的每個動作。可是她沒有，她就只是咯咯笑出最淺的天藍色，把玩她的頭髮，用食指捲起又放開。

「當然了，賈斯柏，你該回家了。」

「可是我……」

「你在樓上好安靜，我都忘了你在那裡，」她繼續說，聲音蓋過我的顏色。「你會自己回去吧？我教完課之後想喝一杯，教課真是讓人口渴。還有人想喝啤酒嗎？」

碧．拉克罕的視線又不在我身上了，她盯著其中一個男孩看，比較高的那個。也許她很害怕他會把吉他搶走。

於是我又點點頭，往外走時手裡緊握著望遠鏡。當我在門廊笨手笨腳地綁鞋帶時，那青綠色的笑聲讓我的頸背不自在地發癢。

我做了什麼事惹碧．拉克罕生氣，可是我不確定是什麼。我感覺到轉變。我聲音的顏色有了輕微的改變，而她比較不喜歡這個聲調。反正她就是比較喜歡另一個男生的青綠色。我的聲音對她來說不夠美。

我要怎麼樣才能和青綠色相比？我必須更努力才能讓她喜歡天青藍。

等我關上門，我才想到忘了謝謝她讓我看鸚鵡。

這樣很沒禮貌，不可原諒的無禮。

爸要我保證我會向她道謝，我甚至還在腦中排練這段話，可是那些不速之客，也就是那些可以留下來聽火星音樂、喝啤酒的男孩們把我耽誤了。

我發誓要彌補碧．拉克罕，也已經潤飾出另一個比我之前練習的更好的道歉方式。我不斷重複畫她的聲音，為的是讓她知道自己的聲音有多美，儘管那是只有我才能看到的顏色。我也努力畫出過去幾小時的聲音：鋼琴、古典吉他、電吉他和鸚鵡的聲音。

我會用這些畫紙和畫布讓碧・拉克罕驚豔，然後她會接受我的道歉，邀請我再來看鸚鵡。我們會肩並肩一起觀察這些鳥，因為那些男生，尤其是那個顏色很吸引人的男孩不會在這裡。

我們會單獨在她的房間裡，還有那些陶瓷娃娃也一起，而這次爸不會打斷我們了。

第二十六章

星期四（蘋果綠）

還是那天下午

我趕在爸轉動我房門門把的前幾秒鐘先把那張椅子搬走、跳上床。我的畫散落在地毯上，包括原本那幾張盧卡斯·德魯瑞第一次去碧家的圖，還有我那天下午再重畫的圖（畫出鸚鵡在橡樹上的聲音，背景襯著樂器演奏的樂音）。在把畫歸檔之前，我還沒機會比較它們的差異和用正確的順序排列。

現在是下午一點四十三分。

爸提早了兩分鐘。

他沒像我預期的直接把門關好，而是走了進來。我聽到靠近窗戶的地方傳來一聲微弱的萊姆綠窸窣聲。

他在做什麼？

這比起他直接盯著我的臉看，看我還有沒有生命跡象還更考驗我的專注力。

我想把被子掀開，大喊：*把你的手從我的畫上拿開。碧·拉克罕不屬於你。從來都不是！她不是你的！*

可是我沒有這麼做，而是完全靜止不動，甚至在他特別在一張畫前面逗留的時候，我的睫毛甚至連顫動都沒有。我不是很確定，可是我懷疑他在看的那幅畫，就是他第一次和碧見面時的畫：汙濁的樹汁色圓圈，畫紙。

再看見這幅畫，他看到了什麼？這幅畫喚起的回憶是快樂的、還是悲傷的？我辨別不出這幅畫的基調，可是他一定看得很清楚，畢竟他們都用祕密的語言交談。當時我站在他們兩人身邊，但卻聽不出話中的祕密。

我聽見微弱的棕色，上面有白色斑點。

我很想坐起來看他在做什麼，但還是把指甲掐進皮膚裡，阻止自己這麼做。接著我又聽見一聲更深色的哽咽。我瞇起一眼，半張著眼偷看，看見眼淚從他的臉頰滑落。

他在為碧．拉克罕哭泣。他在為她的死、還有她沒有個像樣的墳墓而難過。

他對星期五晚上發生的事感到後悔。

我也是！

我在腦中吶喊出高音的海藍色，但實際上嘴裡卻一個聲音也沒發出來。

這幅畫回到地毯上時又傳來樹葉綠色的窸窣聲。門喀答關上。爸走了。

我還是保持高度警戒，以免他還在樓梯平台上徘徊，想逮我逮個正著。

我又躺在床上四分鐘十五秒，直到看見淺棕色的木質圓圈為止。大門打開又闔上了。

真的假的？他留我自己一個人在家？

我跳下床，從窗簾後方窺視。爸穿著慢跑的固定裝扮：白色T恤、深藍色慢跑褲和戴了一頂棒球帽。他一直走到柵欄才轉身，我在他往上看時壓低身子躲起來。

我數到六十才再次確認狀況，這回他已經走到街尾，現在不見人影了。

他被我騙了，以為我正在熟睡，可是他不知道事實和他所想的差得遠了。我沒時間睡覺，因為我得彌補我們兩人犯下的所有可怕過錯。

我原本打算要繼續畫畫，可是我沒想到他會出門，這改變了我的計畫。趁他改變主意回家之前，我去巡視他的房間。一如以往，他的房間亂糟糟的，棉被已經三週半沒洗，而且完全沒有要整理的意思。床邊桌上有一杯喝了一半的伯爵茶，有缺口的盤子上面放了不新鮮的土司皮。要不是這樣做會讓爸知道我在搜他東西，否則我會幫他清理乾淨。

我在找他星期五晚上穿的衣服。那上面一定也有他自己的血跡。

他把衣服洗過了嗎？或是銷毀了？還是他把那些衣服和碧．拉克罕的屍體一起扔了？

我屏住呼吸，給自己最多二十秒翻找他放穿過衣物的籃子——有放射性！危險！

接著我找了衣櫥後面，他從軍時用的背包後方，他去里奇蒙公園時都帶著那個背包。他藉此假裝自己還在英國皇家海軍陸戰隊服役，最後加入了空降特勤隊，而沒有因為媽媽的身體狀況不好而被迫放棄選拔測試。

他的健走靴黏著泥塊，我不記得他在我們去里奇蒙公園賞鳥的時候有穿這雙靴子。他通常都穿運動鞋。那他上次穿這雙靴子是什麼時候？自從上次的災難之後，我們就沒去露營了。他可能就是星期五晚上穿這雙靴子的。當天下著雨，地上可能很泥濘，他可能會在碧．拉克罕家的後巷留下十二號鞋的腳印。

我想留久一點，可是趁他出門我還有其他事得做。我跑下樓，看到他留在廚房桌上的字條，是用紅筆潦草寫下的字。他以為我不會看見這張紙條。

如果你下樓了，我去慢跑一下，釐清思緒，很快就回來。冰箱裡有起司三明治。肚子痛的話，吃茶碟上的止痛藥。

不要應門。不要接電話。不要打給警察。

我把藥扔進嘴裡，用「模範兒子」的馬克杯配水吞下肚裡。

吃我。

喝下我。

我又回到《愛麗絲夢遊仙境》的故事裡，就和我做的可怕夢境一樣，我又隻身一人了。

爸以前有這樣過嗎？他是不是常常以為我睡著了或趁我躲在祕密基地的時候偷偷溜出門？

我一直以為他在書房用筆電測試應用程式，或在我用毯子把自己包起來、手緊握媽媽的針織外套和摩擦鈕釦的時候在樓下看電視。

如果他根本不是一直和我在一起呢？

要是他在以為我絕對不會發現的時候逮到機會離開這個家呢？

這念頭又讓我思忖事情發生的先後順序。爸可能是週末搬移碧・拉克罕的屍體，而不是星期五晚上，因為他知道那時我會在祕密基地裡。他可能比我所想的花了更長時間清理乾淨，而且在更遠的地方找到絕佳的埋葬地點，某個泥濘的地方，讓他得穿那雙健走靴和迷彩服。

他可能開車開了好幾個小時，把碧・拉克罕放在他的後車廂裡，然後在我爬出祕密基地之前及時趕到家。

爸還做了什麼他以為我不知情的事？

他把凶器藏在哪裡？

我會處理刀子和你的衣服，他是這麼說的。你不會再看到它們。

我穿過廚房時撞到一張椅子。

笨手笨腳的呆子。

我把四腳朝天的椅子翻正，擺回原本的位置。我不能留下任何線索，不能讓家具或是回來時沾了泥巴的腳印壞了我的好事。我一定不能留下痕跡讓爸知道我想追查他的行蹤，尋找他的第一個藏身地點。

我從後門出去，然後停下腳步，背貼著牆，心跳跳得飛快，看到一隻藍綠色的畫眉鳥對我鳴囀，鼓勵我繼續前進。

我狂奔衝過草地，草長得又長又無人眷顧，上面還有骯髒的黃色斑點。我從餘光瞥見標示著鸚鵡寶寶之墓的小十字架。我無法直視它。

我轉開花園棚屋的門，發出深綠色的叮噹聲響，關上門後直接走向那台壞了的除草機，把它搬到一旁時驚擾了布滿灰塵的枯樹葉和一隻乾巴巴的大蜘蛛。

他藏的香菸還原封不動在原處，可是我沒看到那把刀、我的牛仔褲、長袖運動衫和防寒風衣。

我朝一個舊水桶和鏟子踢了一腳，然後把花園水管整理了一下。在找了三分鐘二十三秒之後，我放棄了。

什麼也沒有。

爸不只移動了屍體，還湮滅了所有和犯罪現場有關的物證。

他一定知道我發現了這個藏身地點，於是又找了另一個更安全的地方。也許他是某次以為我睡著時偷偷去跑步時想到的，或者趁我蜷縮著身體、在祕密基地思念媽媽而啜泣的時候。

爸還隱瞞了什麼？他想代替我說出什麼故事？

我望著後門的柵欄。我不能現在停下來，對不對？

他有記得關上碧．拉克罕家的後門、並且上鎖嗎？她的鑰匙又回到原本藏匿的地方了嗎？

趁自己改變心意之前，我又跑回草地上，打開柵欄時發出深藍綠色。確認街上無人後，我往巷子疾衝，不到三十秒就讓自己隱身起來。如果鏽橘色的眼線剛好在關鍵時刻看向別處，我一定就能逃過他的視線。我也沒聽見大衛．吉爾伯特那隻狗的薯條黃色的狗吠聲，過關！

我小心翼翼地經過垃圾堆，雜草在廢棄的洗臉盆和壞了的灑水壺裡蔓生，我星期五晚上逃跑時曾撞到它們。對爸來說應該也不容易行走，尤其他當時又是在黑暗中搬運碧．拉克罕的屍體。

我仔細查看地上，可是沒看見血跡或被撕破的衣服碎片，毫無任何爸或我留下的痕跡。也許他趁白天又仔細地來這裡查看，確認我們安全無虞。

轉彎之後我猶豫了。我已經來到碧．拉克罕家的後門。我還想繼續往前嗎？我想重回星期五晚上走過的路嗎？

我必須這麼做。事已至此，我不能現在折返，在我掌握更多資訊之前不行。我想讓自己記得，我需要填補筆記本和畫作上的空白。

在我記憶中的空白。

伸手把柵欄推開時，我的心砰砰跳著更鮮豔的金屬紅色。柵欄的門壞了，無法好好打開或闔上，就像籬笆上的某些鑲板一樣。

碧之前原本想把後花園整理一番，可是從沒機會處理。這裡就和我們家的後花園一樣雜草叢生。我低著頭，這樣我才不必看到那些譴責我的窗戶。我用餘光可以看見後門是關著的。我不記得星期五晚上是否有打開或關上這扇門了。

我只記得逃跑的片段。

我找到了石造的紅鸛小裝飾品，把它往後翻，接著又左右移動了一下，直到我完全確定。那裡什麼也沒有。

碧．拉克罕的備用鑰匙也不見了。爸在清理作業之後忘了把鑰匙放回原處。如果警察來搜查我們家，在罐子或瓶子裡發現她的鑰匙，那這個錯誤會讓我們兩人都鋃鐺入獄。

正當我準備撤退時，我看見了深藍綠色和黑色的鏢狀物。

有人正在拉後花園的柵欄門閂。

可能是警察。

他們也在尋找碧．拉克罕下落的證據。他們終於肯跟著麵包屑的軌跡走了。

我不能被他們發現。要怎麼逃走？我逃不了。我的手臂不夠強壯，沒辦法翻越籬笆。而且籬笆太高了。我不想從鑲板中間擠到隔壁花園，這麼做可能會被細木板刺到。

別無選擇了。

我跳到單坡屋裡資源回收的大垃圾桶旁。蒼蠅在袋子周圍縈繞，那些袋子早該在星期一早上就拿到街旁給人收走。

碧沒有按照以往的方式開始新的一週。

除了空空如也的餵鳥器之外，這是鏽橘色和其他警察應該注意到的另一條線索。

白色運動鞋輕踩在地上，發出藍黑色的聲響，這雙腳經過我旁邊，停在後門前方。那人穿著藍色牛仔褲。我往上看，不是警察，而是一個戴深藍色棒球帽的男人站在門前，雙手搭在玻璃上。他正在往屋子裡窺探，尋找碧．拉克罕。只要他一往下看就會發現我。我不能移動半步。

當他彎下腰來，左手拿起一塊磚頭時，我屏住呼吸。

他看到我了。他會為了我犯下的可怕罪行而把我打死。我張口準備尖叫，但就在這時我看見帶著綠色的尖銳冰塊。男子扔掉磚塊，磚塊落到地上時發出沉悶的黑板色聲響。

我看著他的手臂伸進破玻璃裡面，他的手在扳動門內側的把手。

「該死。」

他又把手伸回來放進嘴裡吸吮著，血從他的手臂滑落，滴在地上。其中有一滴血滴到他的白色運動鞋上。

我快吐了。

我們在搶刀子時，血也濺到碧．拉克罕的廚房地板上。

一滴、兩滴、三滴。

深藍色棒球帽男的手臂又伸進碎玻璃裡，這次他往後一站，把門打開。

他闖進了碧．拉克罕的房子。

我應該制止他的，可是我不能呼吸。我閉上眼睛。如果爸還沒把屍體移走，萬一他沒能從小巷子把屍體搬離，那這個闖空門的人就會發現。他會發現碧．拉克罕平躺在廚房的地板上，血濺得她那件不是鈷藍色的洋裝到處都是。

她往後倒之後，我就這樣任憑她倒在那裡，試圖逃離我那把弒人的刀。事實上，這麼說並不正確。那並不是我的刀，當時我用的是碧．拉克罕的刀，她烤了一個派給我當點心，用那把刀來切派。

「嘿！那個人！你在那裡做什麼？」是沙啞的暗紅色。大衛・吉爾伯特。有隻狗吠叫出薯條黃色。

一直以來我都在掩蓋自己的所作所為，因為這是爸的命令。可是我不想再聽從他的命令了。我想了結這一切。

「你是碧翠絲的朋友嗎？」

我正要爬出來向小鳥殺手坦承一切時，另一個男人說話了。聲音是灰暗的深棕色。

「滾開，不要管閒事。」這聲音來自我身旁，也就是戴深藍色棒球棒的男人。

現在有兩個男人在花園裡。其中一個穿櫻桃紅色的燈芯絨褲，頭戴棕色低頂圓帽站在柵門旁邊。他手中的狗鍊牽著一隻狗。

「我想你會知道這就是我的事，因為我就是社區巡邏隊長，」大衛・吉爾伯特說。「是你把玻璃砸碎的嗎？」

我不知道戴深藍色棒球帽的這個人是誰。他提供了一些線索：那頂棒球帽和聲音的顏色，可是這兩樣都是我不熟悉的。

他有來過這裡。我在筆記本裡記錄過戴深藍色棒球帽的男人。星期二我們從警局回來時，他曾經對著碧・拉克罕的門吼出邊緣像木炭、骯髒的棕色字眼。他看到我從窗戶看他，然後走向我們家，可是沒敲門。

深藍色棒球帽男站得離門遠一些。離我遠一些。「你就喜歡緊盯著這裡的事，對吧，老兄？」

這位老兄——大衛・吉爾伯特——在深藍色棒球帽男朝他走近的時候往後退了幾步。

「那你告訴我，像你這樣的大忙人，在我兒子被這個戀童癖虐待的時候，他媽的在哪裡？」

「我……我不知道你在說什麼。」大衛．吉爾伯特的背抵到柵欄的門。他的狗又吠叫出更明亮、多刺的黃色叫聲。「碧翠絲的事我一無所知。」

「她的事？你是這麼說的嗎？滾開，讓我完成警察幾天前就該做的事。」

他又往屋子走去。

「我不會建議你這麼做，我會報警。不管你認為碧翠絲做了什麼，私闖民宅就是不對。」大衛．吉爾伯特翻找口袋，手機掉在地上，發出短促的咖啡色線條和紫色陰影。他伸手要撿起手機時看到了我。

「賈斯柏？」他按了手機，把手機擺到耳邊。

深藍色棒球帽男低頭看。「賈斯柏．維沙特？是你嗎？給我滾出來！」

我想再往垃圾桶裡面鑽，可是他抓住我的肩膀。我好不容易掙脫，但他又抓到我的腿，把我拉出來。我緊抓著垃圾桶，但它太滑了，我抓不住。

「你又在幫那個賤貨了嗎？」

「走開！」我喊道。「放開我！」我想踢他，可是他太強壯了。他把我拖出來時，我尖叫喊出鋸齒狀的海藍色雲霧，愈喊愈大聲。我隱約聽到大衛．吉爾伯特的暗紅色在叫他住手。

「你要先告訴我她在哪裡！」深藍色棒球帽男把我猛拉到他怒氣沖天的臉前面，他脹紅著臉、滿臉是汗、眼睛凸出，呼出的氣息像在碧．拉克罕的派對裡的味道。

啤酒與謊言。

他的棒球帽近看不是深藍色，而是褪色的海軍藍，帽子正面還繡著紐約洋基的首字母縮寫。

我以前看過這頂帽子。

「告訴我她對李做了什麼。你知道發生了什麼事。她也騷擾他了嗎？還是只有盧卡斯？告訴我。我要知道她是不是也對我的小兒子伸出毒手。他才剛滿十二歲啊，天殺的。她除了音樂課，還免費給他什麼？」

我閉上眼睛，把他的臉和顏色阻隔在外。他是盧卡斯．德魯瑞的爸爸。他的棒球帽很特別，我一定記得。我不會忘的。

碧．拉克罕以前就警告過我要提防這個男人：

他脾氣很壞。盧卡斯和我在一起比在家安全。只要李繼續上音樂課，我就可以保護他和他弟弟。我會免費教他，這樣一來他們兩個就可以一直來這裡，遠離他們的爸爸。你會幫我的吧，賈斯柏？幫忙我保護這兩個可憐的男孩，不要被他們的爸爸虐待？

我覺得自己在往下墜，可是腳並沒有碰到地。褪色的海軍藍棒球帽男兩手把我高舉著。

「我辦不到。我太小了。我辦不到。我辦不到。」

「住口！」他用力搖我的肩膀。「我知道你和盧卡斯都想著要保護這個戀童癖，愚蠢的行為。你們可能騙得了警察，可是騙不了我。我知道你們都想幫她辯護。為什麼？為什麼你們要這樣幫一個變態？你也嘗到甜頭了嗎？」

「放手！你嚇到他了！」沙啞的暗紅色。

我睜開眼睛，這時在我眼前出現一雙手，正在和褪色海軍藍棒球帽男搏鬥。一定是大衛．吉爾伯特，因為碧．拉克罕的後花園裡依然只有兩個男人。狗不停地吠叫。

「他是該害怕，」褪色的海軍藍棒球帽男說。「或者被揍到說出實話。看他要怎麼選擇。不管怎樣我都會逼他說出來，因為警察根本拿他沒輒。我知道是這樣。」

「我報警了，他們已經在路上了，」大衛・吉爾伯特說。「現在快放開賈斯柏，不要讓你自己難堪。這樣對他是人身侵犯，而且你還打破了窗戶。」

褪色的海軍藍棒球帽男舉起拳頭，他會把我揍到招供，雖然我本來從一開始就一直試著要招供。

「不，老兄，這才是人身侵犯，」他說。

他的拳頭揮在一張臉上，發出像瘀傷的紫色撞擊聲。不是我的臉，是另一個男人——大衛・吉爾伯特——他喊出一聲像木頭碎片的紅色聲音，然後倒在地上。那隻狗發出嗚咽，聲音像還沒烹煮過的冷凍薯條那樣蒼白，蜷縮在他身後。

「我就叫你天殺的少管閒事。這是我的事。他們是我的兒子。」褪色的海軍藍棒球帽男又把頭轉向我。

「她有把筆電或電腦留在家裡嗎？」他的頭點向碧的家。「還是iPad？讓我知道她到底在隱瞞什麼的東西？」

他再度用力搖我的肩膀，可是我的嘴唇很僵硬，無法說出任何話。我無法告訴他實情：我不知道她在哪裡，因為爸從沒承認星期五晚上或也許是那個週末他是如何處置屍體的。

他放開手，於是我全身癱軟滑到地上，就在小鳥殺手大衛・吉爾伯特的身旁。血從他的臉頰湧出，他大聲地喘息，在另一個男人衝進屋裡時抓著我的手臂。

「警察就快來了，」他說。「他們會處置他。在警察來之前跟在我旁邊，我不會讓他傷害你，我保證。」

我聽見遠方傳來警笛聲淺蠟筆黃色和淡粉紅色的鋸齒型線條。

「警察來了。」他蹣跚地站起來。「我們得回到大街上，我們在那裡會比較安全。」

他的身體搖搖擺擺，一手捧著臉頰，另一手往下伸要協助我站起來。太遲了。褪色的海軍藍棒球帽男衝出屋子，手臂下夾著一台iPad。他走路時，有個尖銳的小東西從他的運動鞋底下飛出來，掉在地上，彈了幾下之後落在我旁邊。

我認得你。

「她跑路了，對吧？把東西收拾乾淨離開了。我聞到廚房裡有消毒劑的味道。她去哪了？我打賭她一定告訴你了，你這隻小狼狗。」他舉起iPad。「還是她有寄電子郵件給你？她的密碼是什麼？」

我聽見藍色大理石花紋的啜泣聲。是我撿起盧卡斯．德魯瑞的爸爸不小心踢出屋子的東西時，從我嘴裡發出的聲音。

「離他遠一點，你不可以這樣。」大衛．吉爾伯特擋住他的路，可是褪色的海軍藍棒球帽男把他推到一邊。

「噢，我當然可以。警察找碧．拉克罕根本找個鳥啊。我會幫他們找，等我找到她，我會揍得她滿地找牙，看她還說不說實話。」

警笛聲現在是鮮豔的金屬黃和粉紅色鋸齒形狀。

「那賤貨在哪裡？」

他又會把臉湊到我面前，他會打我，就像他揍大衛．吉爾伯特的臉頰那樣，打成又紅又紫的爛泥。他會把我打倒在地，讓我永遠無法再站起來。我把那東西用力捏在手裡，直到感覺到它刺著我的皮膚。

「你找不到她！你永遠也找不到她！」我大喊。

「你這小雜碎！」他撲向我。「她在哪裡？告訴我！告訴我她對我的李做了什麼！」

我聽見黑色魚雷形狀的腳步聲，和柵欄的門轉開的深綠色聲音。兩個警察跑向我們。

「快說！」褪色的海藍色棒球帽男厲聲喊道，同時被壓倒在地。「告訴我！我有權利知道！」

我努力想阻絕他吼叫聲的顏色，可是我無法。儘管我用力用手蓋緊耳朵，手指插進我的鼓膜，它們仍戳刺著我的雙手。

「你們還不懂嗎？」我喊道。「為什麼你們就是沒有人要聽我說話？」

我打開拳頭，把她最愛的燕子耳環往空中一拋。

「碧．拉克罕已經死了，她的寶寶也是，」我吼叫。「不要再假裝她們會回來了！她們不會！她們不能！」

第二十七章

星期四（蘋果綠）

還是那天下午

爸什麼時候才會慢跑回來？

我坐在停在我們家前面的警車後座，把毯子拉高一點蓋住肩膀。在我解釋我會擔心被困在裡面之後，他們讓我開著車門。

六分鐘又兩秒前，也就是下午兩點十四分，兩個警察把盧卡斯．德魯瑞的爸爸上了手銬，送進另一輛警車裡。救護車載著大衛．吉爾伯特離開，他躺在擔架上，臉頰上貼了一大塊紗布。

那位女警說他不能把狗一起帶去醫院。她輕敲文森花園十八號門上的貓頭鷹門環，請暫時住在那裡的男人——奧利．華金斯——照顧一下蒙蒂。我直到今天才知道那隻狗叫蒙蒂，不過我還是不喜歡牠的顏色。

文森花園十八號的門又打開了，一個穿著黑色粗呢外套的男人牽著一條大狗走出來。他過馬路之前先和一位警察談話。他今天沒穿那雙黑色仿麂皮的鞋，也沒穿紅黑圓點襪，不過他從華金斯太太的家裡走出來，而且直接走向我。

「賈斯柏，我是奧利，」他接近車門時說。奶黃色。「住十八號的奧利．華金斯。你還好嗎？我很遺憾發生了這種事。真糟糕，太糟糕了。」

他不需要重申自己的身分。我看到了屋子的號碼，也認得他聲音的顏色。不過我希望他沒有過馬路來跟我說話。「我討厭狗。牠們的顏色糟透了。」

「真的嗎？抱歉。我滿喜歡黑色拉不拉多的。不過我會讓牠離你遠一點。」

他扯了扯狗鍊。這隻固執的薯條黃狗不肯讓步。奶黃色轉過頭，看著警察走到對街。

「還真是一波未平、一波又起，」他說。「而碧．拉克罕又再度剛好和這件事有關，不意外啊。她總是喜歡當大家關注的焦點，從小就是這樣。我媽和大衛以前就是這麼說她。以前我對她沒什麼印象，我那時住校，後來又去了劍橋。我們的人生不太有交集。」

我不在乎。

他又扯了扯狗鍊。薯條黃坐下了。我把毛毯蓋住頭，想把一切隔絕在外，就像我在祕密基地時一樣。

「不知道警察在碧的房子裡找什麼？」奶黃色說。「他們已經進去好久了，她顯然不在家。就像你說的，她沒回來補充餵鳥器裡的飼料。」

接著他改變話題，問我長大想做什麼。現在又在說他以前在一所基督教大學讀經濟，然後在大城市裡開始工作，之後要轉調到一間瑞士的銀行，他的未婚妻住那裡。我早就沒在聽了。

有隻手搭在我的肩膀上，嚇了我一跳。那隻手溫熱又沉重，我不喜歡。

「你想在我媽的家裡等你爸嗎？在那裡會比較舒服。」說話的聲音和奧利．華金斯一樣。他還沒離開。

我用舌頭數著牙齒，一顆一顆數。

「好吧，」他繼續說。「我猜你想獨處。如果你改變主意，可以來敲我的門。希望你爸很快就回來。」

「你有記得再幫鸚鵡多買一點飼料嗎？」我躲在毛毯底下問。「你得一直餵牠們，否則牠們會離開。」

「有，賈斯柏，我向你保證會幫你做這件事。承諾對我而言很重要，我總是言出必行。」

「我也想言出必行，可是不是每次都辦得到，」我向他坦承。「很多人也一樣，總是會打破承諾，而且從來不說抱歉。」

「那真可惜啊，賈斯柏。我現在會去把餵食器裝滿，如果你想，可以來看看我有沒有做對。」

我透過毛毯的織縫看著他穿過馬路。他打開門、把狗牽進家門時傳出了一點薯條黃色。牠不想和他進去。

盧卡斯．德魯瑞的爸爸攻擊大衛時，蒙蒂會為了沒有保護自己的主人而羞愧嗎？或者那隻狗並未察覺眼前發生了一起犯罪事件？

碧．拉克罕的家門打開時，我把毛毯扯下來。有個金髮女子出現在裡面。

不會吧。這不可能。

我吐出小小的霧藍色泡泡。

她穿著制服，是女警，不是碧．拉克罕。她對街上的那位警員揮揮手。他也進門了，然後把門帶上。

真可笑。即使我知道碧．拉克罕發生了什麼事，但還是期望看到她走出大門、對我打聲招呼然後去餵鸚鵡。

有一小部分的我不能相信她死了。大多數的早晨當我醒來時，我對媽媽也有相同的感覺。

今天我記得碧・拉克罕站在門口對我說話的模樣，討論著她最喜歡的青綠色。

我三個月前畫了那張畫。

畫就在十二號箱子裡（傲慢又乏味的金色），躲藏在我的衣櫥後方，那是爸不會去搜尋的地方。

第二十八章

一月二十八日，下午五點零三分

天藍色拯救青綠色，畫紙

「不必為昨天道歉，」碧．拉克罕終於停止彈奏海藍色圓點的鋼琴樂音、來幫我開門時說。

我來是要給她看十四張新的畫作，那是她房間窗戶外面那些鸚鵡的顏色。我熬夜一直畫到凌晨兩點十四分才畫完，畫出牠們嘰喳不休、色彩繽紛的最高音。我想忠實呈現那些聲音，因為在我的魯莽行為之後，我相信這樣會讓她再度喜歡我的天青藍。

「我知道你很感謝我讓你看鸚鵡，」她繼續說。「反正這是我至少能做到的，你都已經幫了我那麼多。你是這條街上最好的人，雖然也沒什麼人可以比較啦。」

我的嘴咧成一個大裂縫。我當然也認為除了媽媽之外，她是我遇過最好的人了。根本不用比較。

「你何不進來坐一下？」她說。「我原本也希望你今天會來。我想再請你幫個小忙。」

呃喔。

「我不用再發傳單了吧？」

「不是那種事，我覺得我已經發夠多了。我們去廚房喝一杯吧？」

「我不喝啤酒，」我說，想起前一晚的景象。「我爸不給我喝。」老實說，即使爸讓我嘗試喝酒，我也不覺得我會喜歡它的味道。

碧把頭髮往肩後撥，讓我看到她的銀色燕子耳環。「我本來是想請你喝可樂之類的啦。」

我不想承認我也不能喝汽水，於是我默不作聲。她帶我經過一個紙箱後進入廚房，那裡有一張很大的木桌、幾張椅子和放了很多食譜的櫥櫃。我看了一下牆壁，沒看到十字架的痕跡。這裡沒有耶穌，也許因為他被油膩和過期食物的味道給逐了出去。

「我媽媽很愛買食譜，可是不太會真正做出裡面的東西。她喜歡看那些圖片。我想她用這台爛烤箱也做不出什麼來。」她在櫥櫃旁停下腳步，手指滑過那些書。「我喜歡烹飪，就是無法把這些書扔掉。嗯，總之是還沒丟啦。我需要先大概瀏覽一遍，再看看哪些值得留下來。」

「我媽媽也喜歡烹飪，」我說。「她以前很常做蛋糕給我吃。我最喜歡她做的葡萄司康。」

「幸運的孩子。」她的手從架子上移開，走到冰箱拿出一罐可樂。

我知道我並不幸運，因為我再也吃不到手作蛋糕或司康了，只吃得到買的東西。媽媽烘焙糕點已經是很久以前的事了。爸沒留著她的鍋碗瓢盆，他說沒那個必要。他不會烤蛋糕，說那是女人家的事。我告訴他這麼做很蠢，但他還是把那些蛋糕烤盤扔掉了。

我不願再去想媽媽的手藝，還有以前她關上烤箱門時發出的尖銳黃色。

「碧．拉克罕，這是妳，」我們坐下時，我遞給她我最重要的一幅畫。

碧看著那張畫紙，啜了一口可樂，然後又看著我。她面無表情，我看不出來她的心情如何。

「妳不喜歡嗎？」我問。

「我很喜歡這些顏色，不過……說了賈斯柏你不要生氣，不過這看起來並不像我啊。我甚至看不出我的五官。你知道，就是嘴巴和嘴唇那類的。你忘了把它們加上去了嗎？」

「我不畫臉或物體，」我告訴她。「只畫人的說話聲音或物體發出的聲音。這張畫是妳美麗的聲音。是完美的天藍色。」

「我的聲音是天藍色的？你看得到？」

我點點頭，示意肯定的答案。「我看得到聲音和音樂的顏色，也看得到人說話聲音的顏色，像是妳的天藍色，還可以看到一個句子裡面每個字單獨的顏色。例如『人的聲音』這個詞就是蜜桃冰沙的顏色。」

「哇！」

我想讓她看看我還會做什麼。「我看得到字的顏色和一星期裡每一天的顏色。所以今天是星期四，是蘋果綠色的。在我眼中號碼也有顏色和個性。我喜歡暗粉紅色、友善的六號。」

「哇！真是太酷了。那其他張圖呢？」

她花了十四分鐘認真看我的所有圖畫，問了很多關於我所看到的顏色，像是鸚鵡、高音和她彈鋼琴的漸強音。我告訴她我最愛的顏色是媽媽的鈷藍色，不過她的顏色很接近，是第二名。

「這對我來說是恭維，」她站起身來。「賈斯柏，我不知道原來你這麼有天分。你有上天賜與的才華。我可以留著這兩張嗎？」她舉起我最喜歡的兩張鸚鵡油畫，它們的顏色是最深、最有意義的。她也看得出來。

我的喉嚨發不出聲音，只能點點頭。

「謝謝你，賈斯柏。這對我來說意義非凡。」她走到櫥櫃旁，拿出一只白色信封。「現在輪到我剛說要請你幫的忙。我需要你明天在學校幫我把這個拿給盧卡斯．德魯瑞。這很緊急。」

「什——什麼？」

盧卡斯就是昨晚倚著客廳的牆邊站著，說話聲音很吸引人、個子很高的男孩。

「比起他的青綠色，妳是不是比較喜歡鸚鵡的顏色？」我舉起我的畫問她。

「這不是重點。」碧的天藍色聲音聽起來急促又尖銳，忽略了我的問題。「你要做的就只是明天到學校找盧卡斯，然後遞給他這個信封就好。不是什麼難事。這件事任何人都可以做，可是我選了你，賈斯柏。」

我不想承認這件事對於像我這樣的人來說一點也不容易。這是世界上最困難的事，因為我根本找不到盧卡斯．德魯瑞。這對我來說是天方夜譚。

「你不能幫妳做別的事嗎？」我問。「例如在學校外面發傳單？」

我也討厭做那件事，可是這不像碧給我的最新任務那麼難：在幾百個學生裡面找其中一個男生。她的眼眶泛淚，因為我的愚蠢讓她生氣。也許她已經猜到我無法辨認臉孔了，或者街上的某人已經告訴她我的無能。

「對不起，」我說。「我知道這是我的錯，可是我就是沒辦法。請不要哭。我願意做任何事讓妳不要哭。」

「那就幫我遞這張紙條吧。」她把信封紮實地塞到我的手中。我低頭看著它，給盧卡斯．德魯瑞的字用藍色墨水印在正面，還寫著班級：克萊索恩。

我感到一陣忌妒，忌妒是淺醃洋蔥色的字眼。她已經知道他的班級名稱了，可是從沒問過我的。

「多塞特，」我自己說。

「什麼？」

我的班級名稱。

「妳沒問盧卡斯的電話嗎？」我繼續追問。「這才是正確的做法。妳可以打電話給他，叫他弟弟再跟妳上一期音樂課。我們學校很大，我明天可能會錯過盧卡斯，或者找不到他。」

「這件事和上課無關。重點是不要讓他爸爸知道我給他這封信。賈斯柏，除非走投無路，否則我不會請你幫忙的。盧卡斯說他爸沒收了他的手機，還會檢查他的電子郵件。我沒有其他辦法和他連絡上，每個管道都得先透過他爸。」

她的身體在搖擺，她用雙臂把自己的身體環抱住。

「為什麼妳需要和他聯絡？」我繼續問。「為什麼妳需要和盧卡斯・德魯瑞談一談？」我原本希望他不會再來，他一直阻礙碧和我一起觀察鸚鵡。

她深吸一口氣。「賈斯柏，我可以信任你嗎？」

「我是個值得信賴的人，」我向她保證。「可是我常常誤解事情，爸總是這麼說。我必須專心，比正常小孩更努力，因為對於像我這樣的人來說，有時候要理解事情比較困難。」

「嗯，賈斯柏，事情是這樣的。我很擔心盧卡斯，也擔心李，昨晚他們有透漏一些事情。我認為他們的爸爸有情緒管理的問題，像我媽媽以前一樣。」她把右眼的眼淚擦去。「我知道在這種家庭成長會有多糟糕，我希望盧卡斯覺得安全，知道如果他任何時候需要談談，我都在這裡。」

她又哭得更厲害了，肩膀在抖動。「我想幫忙這些可憐的男孩，因為以前我的成長過程從來沒有人幫過我。我從來沒能向誰求助，某個願意支持我而不求回報的人。答應我你會找到盧卡斯，親自把這張紙條交給他好嗎？」

我握著信封的手指彎起。「我不會讓妳失望的，碧・拉克罕。我絕對不會。如果妳遇到麻煩，我隨時都可以幫妳。妳可以信任我。我保證。」

我不算是違背了和碧・拉克罕的約定，不過也不是完全按照約定去做。我無法面對要在下課時間去找盧卡斯・德魯瑞。我根本找不到他或他弟，除非想出某個方法說服學校辦公室用廣播念出他們的名字，叫他們來拿紙條，但我當然無法這麼做。

我也不能告訴碧我有臉盲症。我怎麼說得出口？這樣她會改變對我的看法，而我會變得沒那麼有用。她會把我當怪胎，就像爸那樣。

所以我隔天早上比往常還早去學校，找到盧卡斯的班級教室克萊索恩，打開門後把那只信封放在路瑟老師的桌上。他會在點名的時候把這封信交給盧卡斯。要找到盧卡斯，他來做會比我還容易多了。這幾乎就像親自交給盧卡斯一樣。

盧卡斯一定收到信封了，因為那天下午我從學校回家後，有個看起來像碧・拉克罕的女人站在文森花園二十號的窗前對我招手，還送我飛吻，這是為了感謝我成功達成她的第一項任務。

她一定是認為我幫她做到了。

我無法辨認盧卡斯和其他男生，可是我沒有因為自己的缺陷而讓她失望。

呃，至少還沒有，我講太快了，因為不久之後我就讓她失望了。

第二十九章

（蘋果綠）

還是那天下午

「兒子，發生了什麼事？」這男人氣喘吁吁地吐出深黃赭色的字。是爸，不過每次他跑完步聲音都會有點不一樣。「你在警車裡面做什麼？」他手抓著車門，T恤黏著胸膛，汗水從臉龐滴落。「你做了什麼事？」

他想幫忙我下車，可是我把他甩開，走到我們家的圍牆邊坐了下來。他跟我一起坐下，我閉上眼睛，因為我不想記住他的臉。我用毛毯蓋住頭，也把陽光隔絕在外。

「那隻燕子想逃走，可是牠逃不了。那隻鳥想逃離盧卡斯．德魯瑞爸爸的手掌心。他是暴力狂。他以前可能也去過碧．拉克罕的家。我記得他的顏色。他把碧家後門的窗戶砸碎了。」

「什麼？他今天有來？在碧的家？」

在毛毯下，我看到手掌有個紅色小圓點，那是我緊緊握住那只耳環的地方，疼痛地提醒我碧．拉克罕還在我身邊。她不會離開。她的鬼魂正看著警察在她家前門忙進忙出。她想搞清楚到底發生了什麼事。

她想知道我是否對於自己的所作所為據實以告。

我是否想做出彌補，讓她安息。

有一輛車停在路邊，車門打開又關上，聲音是棕灰色的橢圓形。

「噢，老天，」爸說。「來得正好。」

我把雙手放在眼前，扭著自己的手指。第二輛車抵達，傳來黑色的大長方形。腳步聲。

「哈囉，又見面了，」爸的土黃色說。「可以請你告訴我到底天殺的發生什麼事嗎？盧卡斯．德魯瑞的爸爸到底怎麼了？」

「賈斯柏受到驚嚇了，」鏽橘色回答。「也許我們應該進門去談，維沙特先生？我們應該私底下談話。」

鏽橘色。

和演員同名同姓的李察．張伯倫來了。

來得正好。

「什麼？好。這邊請。不過你得等我一下。」爸說到一半停下來，接著又開始說：「我得沖個澡。我剛去跑步，只不過溜出去二十分鐘左右。」

「對，我知道你過去半小時不在家。賈斯柏被牽扯進一場嚴重的事件。」

「發生什麼事？我沒有留他一個人很久。幾乎才過沒多久。」爸說得急忙又短促。「他剛在床上睡覺。我需要一點新鮮空氣。這週過得太糟。我相信你可以想像得到。」

「我們進去談吧？」

爸的手隔著毛毯推我，帶我遠離碧．拉克罕的家，往我們家的方向走，引領我離事實愈走愈遠。他的手指用力按住我的肩膀，掌控著我。

什麼也別說。

不要告訴警察你對碧・拉克罕做的事。

不要告訴警察那把刀的事。

我無法告訴鏽橘色那把刀藏在哪裡，因為爸沒告訴我。他不夠信任我。他認為我可能會背叛他。

他的手推我走進大門，來到樓梯底部。「賈斯柏，再回去睡。我這邊處理完等一下會上去看你。」

「我可以理解，他嚇到了，而且想休息，」鏽橘色說。「可是我稍後也必須和賈斯柏談談。我們需要釐清一些事。維沙特先生，我們在這裡談好嗎？」

「上樓去，」爸命令我。

我爬上樓梯，數到五十，然後坐在階梯最上方，身體依然包覆在毛毯底下。我聽見起居室的門關上，可是那不太能阻絕聲音和顏色。

鏽橘色告訴爸，盧卡斯・德魯瑞的爸爸因為攻擊大衛・吉爾伯特、使我受到驚嚇、闖入碧・拉克罕的家以及威脅要殺害一位警員而遭逮捕。最後一項我沒聽見，一定是他被押進警車時發生的事。

「賈斯柏是一開始的攻擊行為的目擊證人，因為根據你的鄰居吉爾伯特先生的說法，他當時躲在拉克罕小姐家的後院。你知道他在那裡做什麼嗎？」

爸喃喃說出一些深橘色的話語。

「警察到場時，他說了一些令人驚訝的話，」鏽橘色繼續說。「他聲稱拉克罕小姐事實上已經死了，而不像我們一開始以為的，她離開家前往別處。他還聲稱她懷孕了。你之前有聽過他這麼說嗎？」

爸移動身體時，椅子發出深紫紅色的嘎吱聲。

「今天早上賈斯柏說碧懷孕了。盧卡斯・德魯瑞昨天在學校告訴他的，而就是這段對話讓他的行為變得很古怪。就是因為這樣，他在未經許可之下擅自離校，也是因此他才報警說奧利被綁架。」

我往下移幾階，好聽清楚鏽橘色說話。

「難道你不認為，我們詢問拉克罕小姐和盧卡斯．德魯瑞之間的關係，就和這件事情有關嗎？你沒想過要回報她可能懷了一個未成年人的孩子這件事嗎？」

「我今天才第一次聽到賈斯柏這麼說，」爸說。「我不相信這件事，總之也不想相信。我以為是賈斯柏誤解盧卡斯說的話。他時常會聽不懂別人說什麼。」

「我知道了。那有關拉克罕小姐已經死了的說詞呢？他不斷對警員這麼說。他說這就是為什麼我們到處都找不到她，因為她星期五晚上就死了。」

「賈斯柏完全搞混了。你的偵訊、加上碧沒能餵那些鸚鵡，讓他不開心，我已經試過要安撫他，可是就像你說的，他似乎已經打從心底認為她死了，這很荒謬。她顯然是知道你們在調查盧卡斯的事，知道自己處境不妙就跑路了。」

「我們之前也是這麼認為，」鏽橘色說。「這似乎最說得通，不過我們開始認為我們應該以不同角度看這件事。」

「什麼意思？」

「拉克罕小姐已經正式被通報為失蹤人口。她週六沒出席女性朋友的聚會。她從澳洲回來就是為了這件事。她的朋友們不停試圖和她聯繫，可是訊息都進了語音信箱。無獨有偶，我們在屋子裡發現她的手機、手提包和錢包。」

「我不知道這件事，」爸說。「完全不知情。」

「雖然她的特徵已經被通報給全國員警，但我們從星期五就沒有拉克罕小姐的音訊。她並未試圖訂火車票或搭機出國，從上週開始也沒動過銀行帳戶。」

「你認為碧真的發生什麼事了嗎？」爸問。「不好的事？」

「目前這個階段是失蹤人口調查，同時和一開始她被指控與未成年人發生性關係的偵查並行。」

「老天，這件事就是沒完沒了，是嗎？」

是的，老爸。

「情況愈來愈糟糕了，」爸繼續說。「有沒有可能是她自殺了？你知道，在她因為未成年人案件被捕之前，先找個容易的方式自我了斷？當然我也不是說自殺是容易的方式啦，你懂我的意思。」

「我們不知道她發生了什麼事，」鏞橘色坦承。「我對於你兒子所做的陳述很好奇。我們昨天錄到他的一通報警電話，指稱這條街上發生了謀殺案和綁架案。」

「那不是綁架，這件事你已經知道了。就像我說的，賈斯柏很容易誤解事情。聽到懷孕的謠言讓他不開心。我相信他也把這件事和其他事情搞混了。這條街上沒有發生謀殺案，至少就我所知是沒有。」

「我重聽了第一次偵訊時的錄音帶。賈斯柏特別說有一場謀殺案，我記得他對這件事很有把握。」

「他是指那些鸚鵡，」爸堅持。「他對那些鸚鵡很著迷，害怕大衛・吉爾伯特會想傷害牠們。他在一隻鸚鵡寶寶死了之後就很焦慮，他相信還有其他十二隻被殺了。」

「這樣啊。所以我們又回頭調查那些死掉的鸚鵡了。」

「你不相信我？是這樣嗎？」

「完全不是，」鏞橘色回答。「我在想賈斯柏是否可能很清楚知道他在說什麼，是我們誤解他了，而不是反過來。你認為會有這個可能嗎？可能誤會的人是我們？」

「恕我直言，我不這麼覺得。我知道賈斯柏常會把事情誇大，你就是得要適應這樣的小孩。這並不容易。」

「我相信是如此。不過你兒子的觀察力很敏銳，他喜歡觀察別人，是吧？會不會有可能，他在那個週末看見了什麼事，讓他相信拉克罕小姐已經死了？」

「賈斯柏那週末臥病在床，」爸強調說。「我一直都跟他在一起。他不可能去找碧，也不可能目睹什麼重要的事件，因為他根本沒離開家。這點我可以向你保證。」

「我的意思是，用他的望遠鏡從房間窗戶看到。他不是一直都在這樣做嗎？這是你們的鄰居說的。我從外面確認過，他可以從房間直接看到拉克罕小姐的臥房，視野很清楚。他有跟你提過看到什麼讓他難過的事嗎？」

「賈斯柏這週末的狀況沒好到可以用望遠鏡看東西。」土黃色的聲音聽來很緊繃。

在鏽橘色改變話題之前，兩人一陣沉默。「對，當然。可否再告訴我一次，賈斯柏肚子上的刀割傷口是怎麼來的？」

「我在醫院已經告訴過另一位警官，」爸說。「我只不過短暫讓他離開視線，結果他就在廚房裡弄傷自己了。這是愚蠢的錯誤。」

「你當時沒想把他送醫治療？根據醫院的紀錄，他的傷口需要縫針，可是你延誤送醫。」

爸嘆了一口氣，淺黃赭色的鈕釦形狀。

「聽著，我就老實跟你說，我犯了錯，我應該帶他去醫院的，可是我知道這看起來會有多糟糕。這代表社福團體又會介入，詢問我怎麼讓這種事情發生。」

「像今天這樣嗎？這讓我很驚訝，維沙特先生。為什麼在他有可能又傷害自己的危險之下，你還留他一人在家？你知道社福團體在刀傷事件之後已經開始關心了，而且他們之前就關注過你們的狀況。」

「那是好多年前的事了，」爸指出。「我太太過世了，我必須退出英國皇家海軍陸戰隊。這兩件事都是人生很大的改變。我得自己一人面對，沒有家人親戚可以幫忙。我當時很沮喪，我們時常搬家，可是情況已經好轉，我已經停藥，有份好工作，賈斯柏現在也有穩定的生活了。我們在這裡紮根，我們過得很開心。」

鏽橘色又開口：「是你自己說賈斯柏對於發生的事感到難過，而你還留他獨自一人。」

「如同我剛說的，我以為他睡著了。我想讓頭腦清醒，得去跑步，那能幫助我思考。我從來沒想過他會起來跑去碧的家。我有警告過他……」

「你警告他什麼？」

「不要再去她家了，不要餵那些鸚鵡。我以為他會聽，但顯然他沒有。他不聽或者沒聽懂我的話。」

「我了解了。」

開心果色的窸窣聲。

「你知道這個塑膠袋裡面是什麼嗎？」鏽橘色問。

「呃，看起來是耳環，一只小鳥耳環。」

「我同事認為這是拉克罕小姐的，警察到的時候賈斯柏把它藏在手裡。他想把它丟掉，耳環被拿回來時他非常生氣。」

「我不知道他是怎麼拿到的，」爸說。「他很喜歡小鳥，也許是在某處找到的，或者是碧給他的。」

「你以前沒看過賈斯柏拿著它？」

爸沒說話，我不知道他的頭擺出了什麼姿勢。

「如果你仔細看這只耳環，拿在燈光下面，」鏽橘色說。「對，就像這樣。你看得到深棕色的汙漬嗎？」

「呃，大概有吧。」

「我們在化驗這是不是血。我們也請鑑識團隊到她家裡做徹底的搜查，尤其是廚房，那裡有很重的消毒藥水味。還有其他事情讓我們有所顧慮。」

「你為什麼要告訴我這些？」爸問。

「如果你覺得賈斯柏有什麼事是我們需要知道的，最好現在就告訴我們，」鏽橘色說。「在事情又有進一步的發展、變得更嚴重之前。」

「完全沒有這回事，我不知道碧發生了什麼事，就算有，也和賈斯柏無關。這件事和我們兩個人都無關。」

「可以的話我想和賈斯柏談一談，聽聽他的說法。」

「這我辦不到，」爸回道。「我不能再讓你惹他不開心，他現在很脆弱，你自己也說他剛才受到驚嚇，再和你談話可能會讓他崩潰。他需要時間待在樓上的祕密基地裡，那是他的應對機制，畫畫也是。」

「了解，可是我們不久後也許還是得和他談一談。這要看我們的法醫鑑識小組在碧．拉克罕的房子裡找到什麼。」

「那你們得先跟我的律師談過，」爸說。「因為從現在開始，你們只能透過這個管道跟賈斯柏和我接觸。」

「當然。我們可以透過正式管道，如果你希望這樣進行的話。」

「沒錯。」

「不過我必須提醒你，這件事情牽扯到的不只是我。社福團體一定也知道今天發生的事。賈斯柏被單獨留在家裡，目睹了一場嚴重的犯罪案件，並且受到攻擊。」

「他這年紀不違法啊，」爸大喊。「只不過是二十分鐘左右，可能還不到。我根本不知道盧卡斯．德魯瑞的爸爸會跑來發瘋。這種事情我怎麼知道？我又不是先知！」

「維沙特先生，請你冷靜。」

「我希望你天殺的不要再來煩我們了。我已經盡力了。我是單親爸爸，鰥夫，還有個有嚴重學習障礙的兒子。你看不出來我很努力了嗎？」

「我看得出來，這只是程序上需要，不是針對你個人。」

爸從皮椅起身，發出深紫色的聲音。

「我不懂為什麼你要追著我跑，而不是盧卡斯．德魯瑞的爸爸，」他說。「他攻擊了大衛，還威脅我兒子。難道不會是他傷害碧嗎？有鑑於你們認為碧和盧卡斯的關係，他有動機這麼做。難道不會是他發現碧懷了他兒子的小孩，而對她下手嗎？」

「我們對於德魯瑞先生抱持懷疑，」鏽橘色說。「同事今天會偵訊他，以惡意侵入住宅、人身攻擊，以及威脅員警等罪名起訴他。至於失蹤人口案，從今天開始由我們接手調查。」

「很好，」爸說。「希望這樣可以釐清事實，讓我們繼續過日子。」

門打開時發出嘎吱聲，淺咖啡棕色，不過我不想躲藏。顏色停在樓梯底部，我透過毛毯看到兩個模糊的影子。

「賈斯柏，再見，」鏽橘色說。「也許我們很快又會見面囉。」

「我知道，」我說。「我很高興你已經找到她了。」

「你是說拉克罕小姐嗎？我們還沒找到她。目前還沒有，她失蹤了。」

「她的燕子是隻雌鳥，應該要找到，」我說。「沒有另一半牠會很孤單。牠們必須是成雙成對的，註定要在一起。牠們是碧．拉克罕最愛的耳環。」

「你知道另一只耳環在哪裡嗎？」鏽橘色問。

我在毛毯下把身子縮得更小，因為即使閉上眼睛我都能清楚看見。碧．拉克罕躺在廚房地上死去的時候，那只燕子就在她的耳朵上。我想那只跳舞的陶瓷娃娃也看到了。

門關上之後，爸在走廊上徘徊，暗棕色的長方形。他一定也在數鏽橘色的黑色腳步聲，計算著何時才是說話的安全時機。鏽橘色已經走到偷聽不到的距離了嗎？

「這件事對我們兩個來說都愈來愈棘手了，」最後他終於開口說。「賈斯柏，你知道的吧？如果他們在房子裡找到血跡……你的血跡的話。」

「我的衣服和刀子都不在花園棚屋裡。」

「當然不在那裡，」他說。「我說過我會把所有事情處理好，我也這麼做了。和這有關的一切你都不必擔心，都安排妥當了。」

「我是很擔心，」我指出。「你忘記把鑰匙放回去了，這是個大錯誤。換作是我做了這麼蠢的事，你會對我大吼的。」

「我不知道你在說什麼。什麼鑰匙？」

「碧．拉克罕後門的鑰匙。就放在她花園裡那隻紅鸛雕像底下，她通常會放的地方。盧卡斯．德魯瑞的爸爸到那裡攻擊大衛．吉爾伯特之前我就確認過了。」

「我沒碰過碧的鑰匙。」

「你有。你用那只鑰匙在星期五晚上進入她家，可是沒有物歸原位。這是個錯誤。」

我趁一片沉默的時候用舌頭數了十五顆牙齒。

「賈斯柏，聽我說，我向你保證我絕對沒拿碧的鑰匙。我的確在星期五晚上去她家了，就像我之前說的那樣，可是我沒從後門走，我走前門。」

他一定是在說謊。或者是我自己在慌亂中忘了把鑰匙放回去？

「我從後門進出的，」我大聲說，不在乎鏽橘色是否正在隔壁門外聆聽。「那代表我一定用了那把鑰匙，因為後門一直都是鎖上的。我總是記得要把鑰匙放回去啊。我沒忘記這件事，就算鸚鵡寶寶死掉的時候也沒忘。那鑰匙現在在哪裡？」

「我不知道。也許碧把它放到別的地方了？」

「不可能。她不會這樣做。」

「呃，我不知道……」

「不然呢？」

「如果你確定有歸還，那只剩下唯一的答案了。」

我沒耐心地用腳點地，發出棕灰色的泡泡。

「有別人知道碧的鑰匙放在哪裡，」最後他終於說。「那人星期五晚上在你從她的後花園跑出去之後把鑰匙拿走了。」

我正在有系統地瀏覽我的舊畫，因為我已經下定決心要守信用，當個值得信賴的畫家。再看到新的場景時，我絕對不能用不一樣的顏色覆蓋真相。

我找到那張油畫了，那天是我第一次發現碧．拉克罕的鑰匙。我把那張畫放在靠近我床邊的地毯上，閉起一眼看它，就像學校的美術課老師教的那樣。

用你最具穿透力的眼睛看。

也就是我的左眼，它總能幫助我用正確宏觀的角度來思考事物，重新審視我的畫作。

這張畫顯然不是最好的作品。我把鸚鵡的聲音和人們的說話聲音混在一起，用媒介劑堆疊出對的質感，還在右下角滴到惱人的水漬、沾上了汙點。很明顯我在畫這張油畫的時候很焦躁。

非常焦躁。

更糟糕的是，這張圖很容易讓人被誤導。

這張圖缺少了些什麼。

我指的不是那把鑰匙在碧．拉克罕的後花園裡藏的位置，因為我從來不畫具體看到的東西，只畫聽見的聲音。聲音才是重點所在。

我指的是，這張圖一定想隱藏某種事物，一個還沒準備好要穿透其他色彩、浮出表面的顏色。

總之當時還沒準備好。

於是我混和顏料顏色，再重新開始。

第三十章

二月六日，早上十點零四分

天藍色與暗赭色，天青藍與寶石藍色，油畫

「艾迪，我可以借用賈斯柏一會兒嗎？」

藍綠色的星期六早晨，一位穿著我不熟悉的鴿子灰色洋裝的金髮女子站在我們家門口。我看了一下她的耳朵（掛著燕子耳環），顏色是天藍色，是碧．拉克罕。

她正在和爸說話，不過視線停在我身上。她一定是想念我，雖然我們會在各自的臥房窗邊對彼此招手，不過已經八天沒有面對面好好說話了。我曾經有三次去敲她的門，想告訴她這個天大的好消息：鸚鵡在她的樹上築巢了。

可是我總是挑錯時機。我等待銀青色的吉他聲或寶藍色的鋼琴課結束、男女學生從她家離開，不過碧．拉克罕不是在電話中，就是在和澳洲的朋友用Skype連線，走不開。

「賈斯柏，如果你想，可以帶著你的望遠鏡來。啊其實，你一定要帶望遠鏡，我堅持。我有個大驚喜要給你。」

「當然可以，碧。」爸說。「如果妳確定他不會給妳帶來麻煩的話。」

「一點也不會。」

我雀躍地左右換腳跳來跳去，等不及要出發。我已經把望遠鏡掛在脖子上了，因為我剛也在從

房間的窗戶看鸚鵡。

「對了，怕我忘記，你這星期五晚上有空嗎？」她看著爸說。「我要邀請左鄰右舍來我家喝一杯，彼此認識一下。你想來嗎？如果已經有事也沒關係，我知道自己很晚才問。」

「我很樂意過去，」他說。「星期五晚上我一向都沒什麼事。」

「噢，天啊，你聽聽看自己說的！我以為像你這樣的帥哥每晚都帶不同的女生出門咧。」

「但願如此！不過女生通常聽到我是單親爸爸就沒興趣了，而且還有個小孩……」

他講到一半突然打住，忘了把句子說完。

「那是她們的損失，不是你的，」碧說。「你不該浪費時間在不喜歡小孩的女人身上。」

「謝謝。我想妳說得對。」

「我們到底要不要去妳家看那個驚喜？我以為我們原本要做這件事。」我說。

「對，賈斯柏，抱歉，」碧笑著說。「我們大人有時候就是會忘記該做什麼事。是不是啊，艾迪？」

「那就星期五晚上見囉，」他回道。「我很期待。」

「我也是，艾迪。一定會是很棒的一晚。我等不及要多多認識這條街上的大家了。」

爸關上門後我們穿越馬路，朝兩側張望，因為每年都有大約四千名行人被車撞死。

「我也可以來嗎？」我問。

「來哪裡？」

碧這麼快就忘了，記憶力很差。

「來鄰居派對？」我提醒她。

「你當然可以來，如果你爸讓你來的話，不過這派對不盡然是替鄰居辦的，我還邀請很多好多年不見的老朋友。我邀請鄰居只是為了讓他們放過我。」

「為什麼他們要放過妳？」

「你說呢，賈斯柏。」

「我不知道妳說的是哪件事，」我點出。

碧嘆了口氣，是半透明的天藍色。「我媽死了，我被當皮球踢的日子已經過去，我再也不用忍受這一切了。我不必再乖乖安靜，總算可以發出聲音了。我想什麼時候開派對都行。」

我們走到她家門前時，我更加憂慮了，因為她沒解釋是誰在踢她。我只想得到大衛・吉爾伯特這個頭號嫌疑犯。

「該死，我被鎖在外面了。我們得繞到後門，抱歉，賈斯柏。」

我跟著她走到小徑，小心地跨過垃圾堆。草又長又濕，我牛仔褲的褲腳也被沾濕了，摩擦著我的腳踝。

「來吧。」她用右肩推開一道柵門，通往草木橫生的後花園。「回到溫暖的家。」

她走向後門旁的紅鸛石雕，用腳把它移開後彎下腰拿出一把鑰匙。「我媽以前總會藏在這裡。」她把鑰匙插進門鎖。「仲介鎖門的時候把它拿走，他說小偷可能會找到鑰匙，把這裡洗劫一空。我說無所謂，這裡沒什麼好偷的。」

我對鑰匙或那位仲介都沒興趣。

「爸的名字是艾德，不是艾迪。他說如果學校裡有人踢我，我應該要踢回去。跟老師報告會讓我變成愛告狀的人。」

「什麼？呃，好。你過來看看。」她握住我的手，帶我穿過廚房。我把鞋脫掉，跟著她上樓。腳底下有點檸檬味，讓我的襪子濕濕的，可是那總比之前那股難聞的地毯味好。

「你覺得怎麼樣，賈斯柏？」

她媽媽的房間變得和上次不同，有個新衣櫥趁我上學時送達，還有一張大床和暗藍色的羽絨被，取代了原本地上的床墊。在上方，原本壁紙上有十字架形狀的地方掛著我的鸚鵡油畫。

「我想用你的大作蓋住那些可怕的圖案，」碧解釋。「現在我不只房間外面有鸚鵡，房間裡面也有了。這不就是女生夢寐以求的一切嗎？」

我很高興，所以沒有阻止自己不斷拍動手臂。

「牠們的動作就像這樣沒錯。」碧的笑聲是一球球的天藍色。她也揮動手臂。「那些鳥無所不在，在家裡、外面、我的花園、大衛的花園裡都有。牠們就和我們一樣沒有界線，不能阻止牠們做自然的行為。牠們想要快樂。」

我費了好大功夫才讓手臂回到身體兩側，跟著她走到窗邊。那只跳舞的陶瓷娃娃已經不是獨自一人站在櫃子上了，還有十三個朋友加入她，有的踮腳尖旋轉、有的在玩呼拉圈和撐陽傘，還有的在輕撫動物和行屈膝禮。

這些娃娃之間擺放了一些閃耀的紫色和黑色石頭。我想摸它們，可是怕會把這些裝飾品撞倒。我想它們對碧·拉克罕來說必定彌足珍貴，因為它們最後的居所不是垃圾桶，不像我走來這裡的路上看見的那些密封的紙箱。碧根本連看都懶得看一眼就把它們扔出去了。

「賈斯柏，你相信一見鍾情嗎？即使別人認為你是錯的？」

「那些鸚鵡沒有錯，」我回答。「牠們完全沒做錯事，牠們完全是對的。」

打從第一天起我就愛上那些鸚鵡了。我無法具體描述當我看見牠們或聽見牠們的感受。我只能畫牠們。可是我的顏色並非每次都能如實地描述牠們，它們就是無法完全符合。即使是世界上最棒的畫家也無法捕捉牠們的聲音。

「的確是一點錯也沒有。每個人都有快樂的權利，賈斯柏，即使我們也是。」她一手勾住我的肩膀。「你知道嗎？你就像我從來沒有過的弟弟，我以前在這間房子長大時多盼望有個弟弟。」

「這個看起來像妳妹妹，」我一邊說一邊拿起一只跳舞娃娃，之前我打算用它來當對付大衛・吉爾伯特。她是這些窗邊擺飾的中心，擺的位置比其他娃娃前面，擁有觀賞鸚鵡最佳的視野。我很高興她沒回到箱子裡。「她很漂亮。像妳一樣。」

「哈！」她放下手臂。「那個小騷貨給我帶來的麻煩比那些該死的鸚鵡還多！」

我皺起眉頭。我不喜歡「騷貨」這個詞的青銅色。它和橘色嘔吐物顏色的髒話混在一起，令人看了不舒服。我不喜歡這兩個詞距離放在句尾的鸚鵡那麼近。我把那件裝飾品放下，小心不打破它。

「一定要讓它很容易就從窗邊看到，」碧笑著說。她又把它推到更靠近櫃子邊緣的位置。「這樣好多了。絕佳視野對吧？」

「我回家會確認看得到，」我答應她。我相信從我房間的窗戶用望遠鏡應該不難看到這些陶瓷娃娃。

我們並肩看著前方，這時有隻鸚鵡的嘴裡啣著細樹枝飛進樹洞裡。

「賈斯柏，你看！我猜牠們在築巢。那就是我想讓你看的驚喜。牠們想在這條街住下來，我以前都覺得絕對不會有任何人或動物想這麼做。」

我好幾天前就發現這件事了，而且還因此睡得很少，因為我得畫愈來愈多幅圖畫記錄牠們的聲音。我猜也有些鸚鵡在屋簷上築巢。

我不知道要怎麼假裝對碧．拉克罕說的事感到驚訝，所以我盡可能傾斜嘴角，露出大大的微笑，一邊聽她繼續說話。

「我想那些鸚鵡要定居在這裡了。大衛說牠們會開始繁衍，說得好像這是世界上最糟糕的事一樣，可是當然不是。他怎麼可以反對新生命的誕生？這正是這條街上需要的。希望。」

我點點頭，用力拍手。那也是我所希望的（希望是番茄醬顏色的字詞），因為也許碧．拉克罕也會想和她的鸚鵡家族一起留在這條街上。

「我就知道你會很興奮，」她說。「抱歉我之前沒辦法跟你說話，你知道，就是之前你來的時候。音樂課占用了我很多時間，還有處理這間房子也是。真的很累人。」

我無法把視線和心思從鸚鵡身上移開。「牠們不怕大衛．吉爾伯特和他的獵槍，就算他是小鳥殺手、極端危險人物，牠們也不怕。我報警的時候告訴過警察這些重要事實了。」

碧用手指纏繞頭髮。「你向警察舉發過大衛．吉爾伯特？」

我說沒錯之後她笑了，是淺藍色的笑聲。

「太讚了，賈斯柏。也許我也該報警。」她走到床邊，拿起一個厚厚的白色小信封。我走進來時沒注意到它。「發生了一些事情，我真的很需要你明天在學校幫我把這個拿給盧卡斯。」

我閉上眼睛。我以為上一封信會是唯一一封。那封信為我帶來的壓力已經夠大了，要在早點名之前找到盧卡斯的教室，而且還要祈禱級任老師交給他之前不會先打開來看。

希望我沒讓碧．拉克罕失望。

「拜託，賈斯柏，把這封信拿給他，這很重要。我說過了，因為他爸爸的關係，我無法打電話或寄電子郵件給他。我想給他一支緊急狀況使用的手機，這樣他如果在家遇到麻煩了，還可以打給我。」

「他可以告訴警察，如果他報警的話。」我說。

「對，他也可以那麼做。賈斯柏，你也想幫助他，不是嗎？他很感激上次你幫他送紙條。我想他知道我們在當他的後盾。」

所以盧卡斯．德魯瑞確實收到那封信了。不過這還是不代表我想再試一次。

「聽我說，我知道在下課時間去找盧卡斯對你來說很麻煩。不如我們來交換條件吧？」

「條件？」

「幫我送這封信，你這週就可以每天放學後過來看鸚鵡一個小時。」

這週每天。

「如果我不在家，或是我在忙著上課，你就可以用雕像下面的鑰匙自己開門進來，」她繼續說。「你有看到我擺在哪裡吧？如何？你可以幫助盧卡斯，同時又能就近保護那些鸚鵡。因為你知道嗎？我覺得你對大衛的看法沒錯。他昨天又來這附近，用獵槍威脅鸚鵡了。賈斯柏，我很擔心牠們。真的非常擔心。」

我二話不說就答應要幫這個忙，收下了信封。除了我以外，碧．拉克罕是這條街上唯一知道那些鸚鵡身陷危險的人。碧在執行另一項救援任務的時候，我必須幫忙她保護鸚鵡不受大衛．吉爾伯特傷害。

「你要把盧卡斯和他弟弟從他爸手中救出來嗎？」我問。

「一點也沒錯，」碧回答。「我想現在正是盧卡斯最需要我的時候。」

第三十一章

二月八日，早上九點十三分

尋找藍綠色途中被鋁銀色竊笑聲阻撓，畫紙

星期一早上，我找不到乾淨的襯衫穿，所以拯救盧卡斯任務不小心遲到了。我得從洗衣籃最底部撈出一件，用拳頭把它熨平再出門。超級英雄從來都不會遇到這種問題。

我在早點名完才到盧卡斯的教室，而不是像原先計劃的在點名之前就到，結果學生全都坐定位了。我衝進去的時候有個男人盯著我看，他坐在一台電腦前面，面向所有的桌子，代表他一定就是老師路瑟先生。

「什麼事？怎麼不說話？」

鋁銀色的竊笑聲。

「我有一封信要給盧卡斯．德魯瑞。」我好不容易說出口。

「那你快給他，否則我要開始念體育課名單了。」

我沒動作。

「你在等什麼？動作快，我可沒辦法等你一整天。」

我動不了，手又把信封握得更緊。「這封信的收信人是盧卡斯．德魯瑞。」我大聲說。「是音樂老師碧．拉克罕給的信。她想見你。」

「是新的代課老師嗎？」桌子前的男人問。「盧卡斯，過來，有人找你。」

又傳來更多鋼灰色的笑聲，拉長的水滴邊緣是粉紅色的。

「來了！」後面數過來第三個位子有個男孩無精打采地走向我。他的頭髮是蓬亂的金髮，這點特徵一點幫助也沒有。他和坐在前面的同學看起來一模一樣。那男孩繞過書桌時並沒有看我。「老師，我馬上回來。」

我跟著他走到教室外面。他會很失望，因為碧．拉克罕不在教室外面。她可能正在家裡把櫥櫃裡的東西清空、打掃乾淨。

我還沒能解釋，他就抓住我制服外套的翻領，把我推到牆邊。

「不要再來我的教室，望遠鏡男孩，」他小聲說。「不要在學校跟我說話。絕對不准。除非我說可以。你聽懂了沒？」

我不懂為什麼他那麼不想讓碧．拉克罕和我救他，不過我還是點頭了。也許他很害怕。我不覺得他對我們心存感激，也可能是我理解錯誤。

「把紙條放在自然實驗教室3C元素週期表海報下面那張桌子抽屜裡，」他說。「那裡不會有人去看。我們從現在開始就這樣溝通，聽懂沒？」

我把頭移到正確的位置。

「很好。」他放開我，然後把那信封撕開。

他的嘴角上揚，他一定改變主意，想被我們拯救了。他把那支手機撈出來，嘴裡唸著便條紙上暗藍色的小字。

「告訴碧我們星期六會去，」他說。「現在趁別人看到我在跟你說話之前快滾吧，怪胎。」

第三十二章

星期四（蘋果綠）

那天下午稍晚

爸在打擾我的工作，遮蔽了重要的顏色。

他在樓下對著電話吼出難看的爛梅子顏色。不會是對警察，因為鏽橘色已經離開了，也不是工作的電話，因為如果他像這樣對著老闆罵髒話，大概會被炒魷魚吧。我躡手躡腳地走下樓，小心不發出咖啡粉色的腳步嘎吱聲。

「我不需要天殺的社工，在我真正需要幫助的時候，你之前一點忙都幫不上，不是嗎？我們現在很好，謝謝你的詢問，我處理得來。那只是意外，可能發生在任何人該死的兒子身上。」

他該被擰耳朵，用肥皂洗嘴巴。

每次爸在外婆面前罵髒話，外婆都會這麼說。

我退回自己安全的房間，我必須準備我的下一幅油畫，還要選出對的壓克力顏料。

過了幾分鐘，我聽見爸跑上樓的深櫻草花黃色。他在我的房門前停下腳步，不過沒敲門。較淺的毛茸茸小雞黃色腳步聲往浴室走去。

蓮蓬頭打開了。

模糊的深灰色和閃亮清澈的線條。

第三十三章

二月十二日，晚上七點三十九分
閃爍的霓虹燈管被粗糙的紅色打擾，油畫布

爸在參加派對之前花了整整十四分鐘沖澡，走出浴室時嘴裡哼著歌，身上還散發著濃濃的柑橘果香。他說慎重行事對女士來說很重要，因為她們會欣賞小細節。所以他穿了自己最好的藍色襯衫。

「我不認為你會喜歡今晚的派對，」他一邊對著房間的鏡子扣釦子，一邊說。「對小孩來說，一堆大人站在那裡聊天喝酒很無聊吧。你應該待在家裡，我會一直過馬路回來看你。」

「我可以用你的夜視鏡嗎？」我問。

「什麼？在家？」

「在派對上。碧說今晚不是為你辦的，不是為了任何一位鄰居。她會這麼做，只是因為大家總是在找她碴。」

「她是這麼跟你說的？」

「她說我可以待在樓上她的房間裡，繼續觀察橡樹。我得保護那些鸚鵡才行。」

「我想你可以借用我的夜視鏡，」他嘆了一口氣說。「如果一定要的話。」

我說我必須這麼做，這件事非常重要。碧・拉克罕告訴過我大衛・吉爾伯特下過好幾次死亡威脅。我必須整晚保持警戒，因為他可能利用受邀來派對的機會發動祕密攻擊。他會掩飾自己，躲在

敵軍後方。

「碧真的這樣說這場派對嗎？」我們走出家門時爸問。

「她不想被人置之不理，」我回答。「她不要乖乖安靜。她想製造很多噪音。」

「還有說別的嗎？」

其實說了滿多的，不過我一件事都不會告訴他。

星期一晚上，我轉達盧卡斯的話之後，她抱了我一下，而且我可以在她房間觀察鸚鵡，時間比我們之前說的還多出十五分鐘二十三秒。她還解釋了擺放在陶瓷娃娃之間的那些石頭有什麼功用：紫水晶可以淨化房間的負能量，而黑碧璽具有保護作用。

「碧．拉克罕說比起今晚這場蠢派對，她更期待明天晚上，」我還是說了。

「為什麼？她交男朋友了嗎？情人節前夕的約會嗎？」

「噢，不是，不是那樣。」爸像往常一樣又搞錯了，可是我不能告訴他任何關於盧卡斯．德魯瑞的事。

我知道碧不會想透露這件事。他是我們的祕密。

大衛．吉爾伯特一副打算在碧．拉克罕的客廳住下來的樣子。我懷疑她邀請他的唯一原因，是要問出他對於那些鸚鵡有何計畫。他已經喝了第三杯紅酒，但還沒談論到要殺鸚鵡的事。爸是這麼說的，他九點四十三分來碧的房間把燈打開。我要他關燈，因為這樣會影響夜視鏡的影像，可是他說這樣他看不到路。

但雖然燈是開的，他走路還是搖搖晃晃，撞到窗邊的櫃子。

「小心點，」我指向那些裝飾品說。碧．拉克罕之前幫我把椅子擺在窗邊，讓我有觀察橡樹的最佳視野。「碧想讓我從窗戶看到這些陶瓷娃娃。她很喜歡它們。」

「我看得出來，」他說。「這收藏品真棒，如果你喜歡這種東西的話。」

「你會像那些陶瓷娃娃那樣跳舞嗎？」

「什麼？」

「跟著樓下的音樂跳舞，」我回答。閃爍的電光綠和藍紫色。「音樂放很大聲，就像碧喜歡的那樣。」

「可以這麼說，」爸喃喃地說。「你感覺得到地板在震動嗎？」

「我把鞋脫掉了。」那些螢光色沿著我的腳底傳送令人愉悅的顫動。

「老實說，樓下大部分的人我都不認識。如果你確定你在這裡沒問題，我就下去？」

我不需要爸，他只會讓我的觀察分神而已。

「我想去找奧利，他來和大衛聊聊。他的狀況頗糟的，這音樂可能也對他沒幫助。畢竟當照顧者很難，尤其以他的年紀來說。」爸繼續說。

我仔細看著夜視鏡，希望他離開。

「賈斯柏？你有聽見我說的話嗎？」

「你說這很難。你會在樓下像那些陶瓷娃娃一樣跳舞。我不在乎。碧喜歡跳舞，就和她喜歡這些裝飾品一樣。」

他嘆了口氣，是淺棕赭色的水氣。「我很快會上來接你。」

他把門帶上，留下團狀的小麥色。四分鐘之後，門又打開了，我把夜視鏡拿下來。燈沒開，不過腳步聲在木地板上繪出暗黃色的條紋。那顏色在靠近那些陶瓷娃娃和水晶之處靜止了。

「抱歉，我以為這裡是浴室。」這聲音是低沉而粗糙的紅色，帶有細小顆粒的撒哈拉薄霧。

「你錯了，請離開。」

我根本連頭都懶得轉，因為條紋腳步聲往回走了。那腳步聲也沒有進浴室。我沒看到走廊對面傳來沖水馬桶的顏色。那人一定又下樓加入派對了。

我聞到香菸味，沿著樓梯往上傳，連同那些螢光綠管狀物也一起。這些煙霧不想留我獨自在碧．拉克罕的房間，它們以為我需要陪伴，於是附著在這些脫落斑駁、不被喜愛的壁紙上。

媽從不抽菸，可是她還是死於肺癌。

人生很不公平，外婆曾經這麼說。可怕的事卻可能發生在最好的人身上。

她一如以往地說對了。雖然我每一天都希望她是錯的。

爸沒來接我，我還得從十幾個陌生人當中找到他。時間已經是晚上十一點四十三分了。我的眼皮很痛，可是我不想在碧．拉克罕的床上打瞌睡，這麼做很沒禮貌。

顯然我整晚都沒看到鸚鵡，不過保護鸚鵡這件事很重要。牠們待在鳥巢裡就很安全，可以遠離大衛．吉爾伯特的魔爪。在這期間沒人爬上橡樹，不過有五個人直接經過橡樹後繼續往前走。他們分別進了這條街上的各家大門：二十五號、二十四號、十七號和十三號。我猜這場派對差不多要結束了，不久後就不會再傳出電螢光色的音樂了。

有個我不認識的人在走廊上朝我撲過來。

「抱歉，」我下意識地說。

他身上聞起來有菸和啤酒味，朝我說了聲「嗨，你好」和「再見」就衝出大門，我也以同樣的語序回答他，以免我們其實認識。雖然我很懷疑是如此。他穿著磨損的白色運動鞋，聲音是沙啞略帶紅色的。

我在廚房裡喊爸，一群六人的團體中有兩人轉身，不過沒人朝我走來。我想他不在這裡。創造所有音樂色彩的起居室可能機率較大。

一頭金色長髮的女子在起居室中央跳舞，手拿著一杯黃色液體。她穿著黑色短洋裝，但這一點幫助也沒有，因為房子裡到處都是穿黑色衣服的女生。我仔細看那位跳舞女郎的銀色燕子耳環。她一定就是碧．拉克罕，除非她把首飾借給別人了。有個穿綠色洋裝、紅色短髮的女子牽著她的手，在她身邊扭臀抖肩。

起居室裡瀰漫著菸味，而且突然多了一張很大的寶藍色沙發和幾張椅子。一定又是趁我在上學的時候送來的，因為我沒注意到貨車抵達的顏色。男男女女懶散地癱坐在家具上，或者背倚著牆，不過他們都沒看我，而是直盯著那群跳舞的女子，抽著會致癌的菸。

「碧．拉克罕，」我朝那個最可能是我鄰居和朋友的女子大聲喊，努力蓋過音樂。「妳有看到我爸嗎？」

「艾迪在那裡。你剛直接經過他了，你這個瞌睡蟲！」跳舞的金髮女子用手一指，一邊笑著說。我循著她手指的方向看過去，有個穿藍襯衫的男人萎靡地坐在沙發上，一罐啤酒在他的牛仔褲褲襠上維持平衡。

「賈斯柏！」他想起身，但又跌回沙發上。他的襯衫看起來和我們出門前，爸在鏡子前面照了三分鐘的那件很像，只不過現在他身上這件有一片液體潑濕的痕跡。

「有人累壞囉！」低沉、混濁的暗紫紅色咯咯竊笑說。那人坐在爸的對面，手上拿著一杯紅酒，身上的深藍色套頭毛衣有些菱形圖案。

「我該帶賈斯柏回家了，」坐在沙發上的男子說，聲音是土黃色。「很晚了。你準備要走了嗎，兒子？」

我把爸的夜視鏡繩子捲成他喜歡的樣子，當作「謝謝他」幫我確認他的身分，沒讓我出糗。

「他看起來累壞了。艾德，我也該回家了。我待得已經比預期久了。可以的話，我和你們一起走出去吧。」菱格紋套頭毛衣男踉蹌地起身。「哎呀，我可能喝得有點太多了。今晚真是酒精大解放。」

「你想的話可以扶著我，」爸說。「我想我是清醒的。比較起來啦。」

「什麼？你們還不能走。派對才剛開始耶！」碧的身體不停旋轉，把酒灑了出來。「不要那麼掃興嘛，艾迪。」

「抱歉，我得走了。賈斯柏要睡覺了。」

「噢，多可惜啊。我原本希望你可以一直留到睡前酒的。」

「我很樂意，我真的很樂意這麼做，可是妳也知道……」

「碧．拉克罕，別擔心，」我說。「我不認為會有人需要留到那麼晚。那些鸚鵡今晚很安全。我一直在看守著，大衛．吉爾伯特整晚都沒接近牠們的巢。」

「哈！那是因為我晚上『抗』不到那些小討厭鬼，」站在我旁邊的男人口齒不清地說，說話聲是暗紫紅色的碎石子。「等到早上我會看得比較清楚，到時候我不會失手。我是神『瑟』手。」

我退後幾步。不會吧。這個穿套頭毛衣、爸說要幫忙他從椅子起身的男人，就是小鳥殺手大衛・吉爾伯特。他試圖躲過我的辨識系統，沒穿櫻桃紅的褲子，也沒帶著薑條黃在身邊。他的聲音也騙了我，從沙啞的暗紅色變成混濁的暗紫紅色，也許是因為他喝過酒之後聲音不同了。更讓我困惑的是，我在走廊上還跟某個聲音顏色類似的人交談過。

碧錯了，邀請他來不會對我們有幫助。這是個天大的錯誤。他會利用這個機會取得鸚鵡的偵查資料。

「大衛在開玩笑，」爸說。「賈斯柏，不要理他。他不是認真的。」

我的手緊握，指甲刺進手掌心，但仍無法阻止我晃動身體。

「我說的話都是認真的，」他爭論。「他大可報警啊。再去啊。」

「大衛，拜託你不要這樣，你會激怒他。」爸說。

「對，冷靜！」碧大聲說。「這是場派對。記得嗎？大衛？我們是來開心一下的。」

「是嗎？我不確定今晚到底是怎麼樣。」大衛・吉爾伯特用力放下手中的紅酒，酒灑了出來，接著快步走向碧。「很抱歉，我之前說過了，不過我現在要再說一遍。那些鳥根本就煩得要命，尤其是一大清早的時候，吵死人了。妳現在就要處置牠們。之後早上天會亮得更快，牠們會更早就來要食物。」

「我很喜歡牠們的聲音，」碧說。「這表示我什麼事也不用做。」

「這對妳的鄰居很不公平，尤其奧利的媽媽才剛走，」他繼續說。「還有妳的音樂，而且妳無時無刻都在整修房子。奧利說他還得用力敲妳家的牆，因為持續不斷的噪音讓他媽媽最後那幾週過得很痛苦。難道妳看不出來，自己對那個年輕人和他可憐的媽媽做了什麼事嗎？」

「我看得出來你在多管閒事，這些和你無關，」她說。「這是我家。我想做什麼就做什麼。」

「這是妳媽媽的家，碧翠絲。從妳才長到我膝蓋那麼高的時候，我就拜訪過很多、很多次了。寶琳是我的好朋友，莉莉．華金斯也是。我知道妳的行為和妳對莉莉做的事會讓她很尷尬。」

「你們從來都不是我的朋友，」碧喊道。「從來不是。我小時候不是，現在也不是。艾迪說得對，你們該走了。這裡已經又不歡迎你們囉。」

她對大衛罵了一個腐爛甘藍色的字眼。

我的雙拳緊握。大衛．吉爾伯特沒移動半步。他又威脅那些鸚鵡的安危了，而且不願意聽碧．拉克罕和爸說的話。

「你聽到碧．拉克罕說的了！」我大吼。「回家去，大衛．吉爾伯特，不要再回來了。英國每年有十萬人死於抽菸，我希望你得癌症死掉。我希望你趕快死。那就是我今年的生日願望。我恨你！」

「賈斯柏！夠了。我們回家。」

爸抓著我的手臂用力拉。

我放聲尖叫出海藍色的巨大雲霧，有著鋸齒形狀朝向他，可是他不會放手。我用力丟掉他的夜視鏡，在木地板上發出紅棕色帶有黑色結節的聲響。

「不！」爸大喊。

音樂停止了，鮮豔的綠與紫也消失了。碧不再跳舞，她把玻璃杯放在iPod旁邊，朝我們走來。

她彎下腰，撿起夜視鏡，然後交給爸。

「謝謝你站在我這邊，賈斯柏。以前從沒人這樣對我過，他們從來就不曾為我爭辯什麼。」她轉過身面對大衛．吉爾伯特。「滾出我家，你這醜陋的偽君子。」

碧·拉克罕朝爸和我伸出手。她想碰我嗎？抱我？同情我？

我沒有繼續待著查明究竟是哪個，因為我在大衛·吉爾伯特抓住我之前就衝出她的家門。

爸跟在我後面過馬路、進家門。他什麼也沒說，直到我刷好牙、換好睡衣之後從浴室走出來。

「你不能對別人說那種話，說他們得癌症死掉。即使你不喜歡那些人，還是不能這樣做。知道嗎？你明天要去跟大衛道歉。我必須帶你過去。你不能告訴別人你希望他們死掉。」

他一直在說重複說一樣的話。我不感到抱歉。我是真的希望大衛·吉爾伯特死於癌症。就是這樣。現在換我一直重複一樣的話，而我一滴啤酒都沒喝，不像他。

「奧利·華金斯會為他用力捶碧·拉克罕的牆道歉嗎？因為這樣很沒禮貌。」我問。「我打賭碧也有捶回去，如果有人用力捶我的牆的話我就會這麼做。」

「你在轉移話題。那件事和這個是兩碼子事。奧利的媽媽得癌症快死了，他們都希望最後幾個月或幾週可以獲得一些平靜。」

「那也是我想要的。平靜。請你走開。」

我關上房門，身體倚著門，因為我不想讓爸跟著我進來，又開始叨唸一樣的事情。我得和平常一樣設好鬧鐘，即使明天是星期六。

大衛·吉爾伯特計畫要在早上殺那些鸚鵡，也許會在牠們聚集在餵食器前面的時候。我會趁他拿著槍從家裡走出來之前再打電話報警。警察必須以現行犯逮捕他。這次他們會相信我，埋伏突襲並阻止他。

我用羽絨被裹著身子，腦子一直轉個不停讓我清醒，但眼皮好重。我看到樓下電視的顏色，還有爸打開冰箱時啤酒罐相撞的銀白色聲音。它們的顏色落入背景，因為黃、藍和綠色閃爍的長管形狀仍持續從碧．拉克罕的家中轟隆傳來。

我快睡著時，覺得自己似乎看到樂聲之下還有別的東西：淺棕色圓圈。

一定是我搞錯了。不可能是大門打開又關上的聲音，因為電視聲響持續低鳴著黑色與粗糙的灰色線條。

爸不會在晚上留我一個人在家。以前在普利茅斯的舊家時，我常會做惡夢驚醒，發現我是自己獨自一人。媽說不會再發生那種事了。

留我一個人在家，是天大的錯誤。

第三十四章

星期五（靛藍色）

早晨

昨晚那些太空人在晚上八點零二分抵達。他們穿著白色套裝進入文森花園二十號，從頭到腳都遮蓋起來。他們一直待到午夜後離開，留兩個警員在警車裡。

八小時又四十二分鐘之後，穿太空裝的人又回到碧．拉克罕的家，而社工尚娜則出現在我們家。這兩組人馬的抵達絕非偶然，他們的顏色幾乎是同個色調。

尚娜的聲音是低沉沙啞的灰色，因為她喉嚨痛。我跟她解釋如果她沒生病的話聲音的顏色會截然不同，因為聲音就是可能會有如此巨大的改變，我們爭論原本會是什麼顏色，我選了綠色。我不能確定是哪種綠，也許是蕨類植物的綠色或是賽車綠。

「我可以告訴你一個小祕密嗎？」她小聲對我說。「我希望是鮮紅色。那是我最愛的顏色。」

「那妳就太傻了，」我回她。「輕聲細語說話不可能是鮮紅色，只可能是隱藏真正顏色的白色或灰色的移動線條。」

接著我告訴她，如果她想看一下我的肚子的話，那她得戴手套才行，可能還得戴口罩，這樣我才不會被細菌感染。尚娜向我道歉，說她沒有口罩。她一直在咳嗽，問了我關於家醫科醫師幫我檢查的內容，還有爸有多常留我自己一人在家。

我說「一次」，因為昨天的確是如此。

我們討論我肚子的洞。起初尚娜希望我用玩偶重演我傷到自己的過程，可是後來她放棄了，因為我一直笑個不停。

我十三歲了，不是三歲。

我按照爸在她來之前跟我演練的台詞，我想我做得還不錯，沒有偏離劇本。

我在廚房裡玩刀子，我們家的廚房，然後刀子滑掉了割到我。一開始我沒告訴爸，因為我不想讓他惹上麻煩。所以我只是遮住傷口，假裝沒事。爸跟我說過好幾百次不要玩刀子。

關於爸告訴過我不要玩刀子這件事完全是編造的，不過尚娜似乎對於只接收百分之七十五的真相感到滿意。我想她的時間也只能做到這樣，因為她接著要去拜訪另一個男孩，他的家庭「問題很複雜」。她十分鐘前離開，離開前向我保證很快會再來看我。

爸一直站在起居室的窗邊，他一定是想確認她真的走了。

「鑑識小組在碧家待好久了，」他終於開口說。「應該快走了吧？」

我離開客廳，上樓到房間裡，沒回應他。我得趁還有機會趕快檢查我的鸚鵡畫作。那些太空人一定會等找到他們要找的東西才會離開文森花園二十號：找到我犯錯的證據。

他們不像鏽橘色那麼笨。

他們一定馬上就會找到的。我們兩人都知道這一點。

只是時間早晚的問題罷了。

第三十五章

二月十三日，早上八點二十二分

鸚鵡被打擾，畫紙

十四隻鸚鵡從餵食器飛到橡樹上，一邊朝著那些尖細的亮綠色聲音不滿地吱吱喳喳。

今天是派對後的隔天早上，有個金色長髮女子把空酒瓶丟進二十號外面的大垃圾桶。我停下畫筆，走到對街去，接近時輕聲對那群鸚鵡說早安。

「賈斯柏，你爸早上還好嗎？」她一面問，一面伸手去拿大垃圾袋。「他似乎在我的派對上玩得蠻盡興的。」

「碧・拉克罕，他在床上，他頭痛。」

「我想也是。」她的笑聲是天藍色的絲帶。

「我早上六點五十二分向警方舉報大衛・吉爾伯特了。我不確定他們會對他做什麼。他們還沒出現。」

「警察絕對不會在你需要他們的時候出現，」她喃喃地說。「他們一點用處也沒有，但你試過了，這樣還是很棒。」

「我們要做什麼？」我問。

「你可以幫忙我打掃，如果你不介意的話。我需要在今晚之前全部打理乾淨。」

我是指大衛・吉爾伯特的事，不過無所謂。也許她想在屋子裡談論他，這樣我們會有多點隱私。

「你想在盧卡斯・德魯瑞來之前把屋子打掃乾淨，」我點出。

「對，在他來之前。」碧把另一個酒瓶丟進垃圾桶。有一分鐘十一秒的時間她都沒說話，因為她正專注於眼前的事。

「賈斯柏，你知道你不能告訴別人盧卡斯的事吧？學校的人或是這條街上的任何人都不行。就連你爸也不行。尤其不能告訴你爸。」

「好。不過我爸可能會理解為什麼你想幫盧卡斯。他以前待過皇家海軍陸戰隊，退伍之前救過很多條命。」

「他也可能殺過很多人。」

我以前從沒想過這件事。我不願去想。死亡令我害怕。爸有時也是。

「抱歉。我不該這麼說的。我今天早上說話很機車。和大衛吵過之後，我覺得自己很反常。你吃過早餐了嗎？」

「還沒。爸還沒起床。」

「進來吧，」她說。「我來照顧你。我們可以玩快樂家庭遊戲，假裝我們是母子。你喜歡這樣對不對，賈斯柏？」

我上下移動頭部，表示肯定。

「很好。我們可以討論大衛和鸚鵡的事，然後我可以給你看我新買的水晶。就像這個。」她很快地從衣服底下拿出一條銀色長項鍊，末端連接一顆管狀的黑色石子。「黑曜石是世界上最強大的守護石之一，賈斯柏。」她朝我靠近一步。「這代表我們兩人都不需再害怕了。」

碧．拉克罕的穀片和我通常吃的不一樣，所以我假裝肚子不餓，因為我不想傷了她的心。她給我一個垃圾袋和一副手套，我在樓下來回幫忙把罐子和菸屁股撿起來。做完這些工作之後我直接到她房間，那是她家裡面我最喜歡的地方了。

碧沒時間整理床鋪。羽絨被往後拉，枕頭底下有隻白色兔子的耳朵從一本鋼藍色筆記本的邊緣探了出來。我沒碰它，因為那是私人物品。我也把筆記本放在靠近床的地方，不喜歡爸去偷看。

床邊有顆透明的小石頭和糖果包裝紙。我把垃圾也丟進垃圾桶，看見角落有個空啤酒罐，不過此時鸚鵡的聲音吸引我到窗邊。

噢，為什麼我沒帶望遠鏡？我發誓要一直把它帶在身邊的。

長形的深桃花心木棕色。

有人在敲門。我直接從窗子往下看，可是看不到敲門的人是誰，即使身體貼著玻璃還是看不見。碧停下灰白色螺旋狀的吸塵器，打開門。

兩隻鸚鵡爬出樹洞，展翅往牠們的朋友飛去，飛到樹的更高處。

一開始我沒聽到樓下說了些什麼。那些生氣的鳥對彼此叫出冰冷的綠與黃色玻璃，讓我分心了。

碧的聲音傳來，發亮的天藍色挾帶白色的尖刺：「不要！」

大衛．吉爾伯特又來了嗎？我伸手拿口袋的手機。不在這裡。我把手機留在家了。我衝到樓梯平台頂端，握緊拳頭。我這次沒拿其中一個陶瓷娃娃，因為我知道它們對碧來說意義重大。

「我不會改變心意，」她說。「答案是不要。」

有個聲音在小聲地哀求：「拜託」，是幾乎透明的白色，顫抖的線條帶點淺紅色。

大衛．吉爾伯特一定是希望碧針對昨晚的事情接受他的道歉，因為惹派對主人生氣是很沒禮貌的。我沒聽到他還說了什麼，不過他說的話又惹得她更生氣。

「我不想要你的花！你以為這樣以前的事情就全部一筆勾銷了嗎？」

我為碧感到驕傲，她如此勇敢地對抗這個危險的小鳥殺手。她似乎不需要我的幫忙。

那男人又說了一段白色、有著淺紅色邊緣的晃動線條。

「不要再來了，否則我要報警。我會告訴他們所有的事。我會把日記交給他們。我是認真的。那裡面記錄所有發生過的事。」她說。

我不知道她也有記下大衛．吉爾伯特的一舉一動。

她用力甩上門時，我大聲拍手。

深棕色摻雜著黑色。

碧跑上樓，直接經過我身邊跑進房間，一句話也沒說。我跟在她後面走進房間，她把窗戶用力打開，身子倚向窗外。她不想讓我看見她在哭。

「別擔心，碧．拉克罕。」我說。「如果妳告訴警察，他們會相信妳的。如果妳把日記給他們，會有助於我們對抗他。比起我的筆記，他們會更注意妳的紀錄內容，因為我只是個小孩，他們不相信我。」

碧轉身，拿起櫃子上的其中一個陶瓷娃娃，那只娃娃的手緊握著一把陽傘。「你在說哪件事，賈斯柏？」

「大衛．吉爾伯特威脅要殺鸚鵡的事，」我回道。

「噢，那件事啊。」

她的身體再度倚向窗外時，一定是不小心鬆手了，因為我聽見數百個細碎的銀白色管狀聲音，那只娃娃在下方的地上摔個粉碎了。

「很遺憾，」我說。

「別這麼說，」她回道。「應該感到非常、非常遺憾的那個人不是你。」

那天傍晚我想修復那個裝飾品。我盡可能從前院拾起所有碎片，想交還給碧，這樣她就可以把它放回窗邊了，可是我找不到陽傘和禮服的所有碎片，它們已經化為塵土了。

我用膠水黏得太糟，而且那娃娃破碎的臉、洋裝和洋傘讓我不好意思再還給她。我把它放在我的床底下，因為我不想讓碧．拉克罕難過。我想保護她、讓她不用面對真相：

在這世上，有些事物實在太脆弱，再怎麼彌補也修復不了。

第三十六章

星期五（靛藍色）

還是那天早上

我把鸚鵡的畫攤開來擺在地毯上，和筆記本的內容一起做對照。結果出現了一種模式，是我以前沒注意過的。每次我幫碧．拉克罕放信到科學實驗室的桌子抽屜時，我都會在放學後在她家待一小時，後來這段時間讓我每次可以畫出三張圖，有時還會多達五到六張。

即使碧可以用我拿給盧卡斯的手機傳簡訊給他，但她還是一直持續寫信給他，這點讓我受惠了。她告訴我她喜歡用老派的方式溝通，那樣比較人性化。還有，盧卡斯急需的一些東西也必須放在信封給他，例如錢、Xbox遊戲，甚至是香菸，這些都是為了讓他開心一點。

拯救盧卡斯．德魯瑞，但卻又給他會致癌的香菸，這對我而言似乎是個愚蠢的計畫。但我還是照做了，因為我已經算好時間，第一批鸚鵡寶寶大約會在二月二十七號出生。在那之後幾週，我可能就可以親眼看到牠們，也許是三月底左右。

我一定要把牠們第一聲鳥囀的色彩畫下來。

因為成了常態，傳遞紙條和小包裹已經不再讓我煩惱了。我會在星期一午餐時間遞交碧．拉克罕要給盧卡斯．德魯瑞的信，然後在星期三早上確認盧卡斯是否有任何東西要交給碧。十次有九次都沒東西，不過我還是喜歡仔細一點。

這樣規律的行程幫助我畫出更好的照片，因為我可以從碧．拉克罕的房間近距離看到鸚鵡成鳥鳴聲的顏色，那些顏色超越了我從對街聽見較為柔和的色調。

基於某些原因，我還沒在筆記本記下所有我為賞鳥而造訪的所有細節，每次我從碧家回來時爸都會問我那些問題，像是：

碧好嗎？沒生病。

她最近在忙什麼？不懂這個問題。

她有提起過我嗎？沒有。

這些是我現在記得到她房裡看到，但與鸚鵡無關的事：

一、糖果包裝紙

（床邊有蘭花紫、銀色和寶石藍色的包裝紙。）

二、那本鋼藍色、封面有白色小兔子的筆記本。

（總是在床附近，例如在桌上、在地板上或藏了起來，或是被枕頭蓋住一半。）

三、盧卡斯．德魯瑞的借書證

（我在床邊桌上看到的。一定是碧．拉克罕向他借的，因為她太忙了沒空自己辦一張。）

四、陶瓷娃娃

（隨著我的鸚鵡畫作漸增，陶瓷娃娃的數量卻減少了。鸚鵡和那些裝飾品似乎無法並存。他們處不來。）

之後我發現碧・拉克罕變得愈來愈笨手笨腳。她把陶瓷娃娃一個接著一個撞下房間窗戶。後來我在她家前院看到破掉的裝飾品都不會試著修補了，而是把碎片收集起來，趁她又得看到那些破碎的臉孔之前趕緊扔掉。

我想她很高興我幫忙她處理掉了證據。

碧從沒問我後來拿那些無頭的身體怎麼辦。她並不想念它們，一點也不。

第三十七章

三月十二日，下午兩點二十三分

鸚鵡餵雛鳥，油畫布

鸚鵡在餵食器和樹洞及屋簷之間來回飛了好幾個星期，可是我還沒能瞥到我所猜測的情景：鳥巢裡一定有鸚鵡寶寶了。

也許每個鸚鵡家庭都有一到兩隻小鸚鵡，那表示可能有多達六隻雛鳥躲在碧．拉克罕家的樹上和屋簷上。

成鳥不願被大衛．吉爾伯特嚇跑，而是繼續留下來哺育幼子，就像碧．拉克罕勇敢地反抗他。她說她不怕大衛已經向委員會提出對她的噪音禁制令。他來訪時，她對他罵了一聲黏糊的橘紅色髒話。

那時碧正在和我一起看窗外的鸚鵡，她用手機拍下兩隻成鳥從洞口往外瞥的樣子，還有一隻鸚鵡正在用喙理毛、清理雙腳的樣子。

「盧卡斯把我送的手機搞丟了，那個蠢蛋，」她說。「我得冒個險，在這些臉書照片上標示他，因為他這週末忙著足球巡迴賽。他會喜歡這些照片的，牠們好可愛！」

「妳已經完成拯救他的任務了嗎？」我問。

我很怕聽到答案，害怕碧不再需要我幫她傳話了。她可能會在關鍵時刻終止我從她的房間看鸚鵡的時間。我估計最大的雛鳥也才兩週大，還太小而無法從樹洞往外看。

我需要多點時間。

「老實說我不知道，」碧說。「情況真是一團亂，可是我好像就是停不下來，你懂嗎？」

是的，我懂。

有一小部分的我，大概百分之五，希望她就此打住，因為我不喜歡她談論盧卡斯．德魯瑞。我也不信任他。為什麼他要為了足球巡迴賽分心，而不專心被碧．拉克罕拯救就好？剩下的百分之九十五，我卻希望這樣的安排可以持續下去。至少到我看到鸚鵡寶寶的第一聲鳥囀的顏色、目睹牠們學會飛翔為止。

「妳不該停下來的，」我告訴她。「我們兩人都不該停止現在正在做的事，不管發生什麼事，我們都應該持續原本的計畫。」

那天晚上，八點四十五分

被壓扁的飛蛾和橘紅色圓圈，畫紙

有些人不認為按照原訂計畫執行是很重要的事，他們會把計畫撕個粉碎，然後讓它們散落一地，讓別人像撿拾垃圾一樣一一撿起，因為那些人很自私，不顧慮後果。

他們還會在黑暗中潛伏在屋子外面，把棒球帽的帽緣壓低，遮住他們的臉。

我原本在用望遠鏡觀察屋簷，看到一半把望遠鏡瞄準正站碧．拉克罕家圍牆邊的人。他的穿著不像大衛・吉爾伯特，也沒牽著一隻狗，不過他的眼睛往上直盯著橡樹。這讓他很可疑，而且可能還會對鸚鵡造成威脅。

我在筆記本記下這件事，並標上日期。

碧・拉克罕的房子籠罩在黑暗中，除了樓上臥房的窗戶可以看見燈是開著的、窗簾緊閉之外。那男人正在口袋裡翻找什麼。他在拿武器嗎？我趕緊抓著手機跑下樓，此時爸正在一邊泡澡一邊和某人講電話。等我到大門口時，那人已經走進後巷了。

我跑出家門。

是大衛・吉爾伯特偽裝的嗎？他有沒有可能是完成了監視鸚鵡的偵查任務，現在走後巷和後花園回到自己家裡，故意混淆我的視聽？

我轉彎過去，大聲的喘息是天青藍的螺旋形狀。碧・拉克罕家的柵欄是開著的。我很快地穿越後巷，越過散落一地的垃圾。在我跌跌撞撞地穿過柵欄時，有個人已經朝後門旁的紅鶴雕像彎下腰來。那人接著又起身，手裡拿著藏起的鑰匙。

「把它放回去，」我大聲說。「那不是你的。」

我的手指已經按下撥打鍵報警了。

戴深藍色棒球帽的人猛然轉身。「老天，你嚇死我了，賈斯柏。」

他認識我，聲音是青綠色的。最近我只認識一個聲音是這顏色的人：盧卡斯・德魯瑞。

可是他不該出現在這裡，他應該是在足球巡迴賽。我和碧討論他的週末計畫時，碧是這麼說的。

「賈斯柏，你在監視我嗎？用望遠鏡？」

「沒有，盧卡斯・德魯瑞，」我回道，手又把繩子握得更緊。

「你沒看到我在這裡，對吧？」他把後門打開，把鑰匙放進口袋裡。

我猜對他的身分了，因為他沒有告訴我別的名字，可是感覺還是不太對。也許他的足球巡迴賽在最後一刻取消了。或者他讓籌辦的人失望，最後沒現身。在我看來盧卡斯．德魯瑞就是會做這種事。就算沒經過允許而改變別人的計畫，他也不會在意。

我走近一些。他的棒球帽其實是褪色的深藍色，上面用較深的靛色繡著NY這三個首字母縮寫，幾乎快和棉布融為一體。

「紐約洋基隊，」我說。

「什麼？」

「你的棒球帽。你應該把它放回原處。」

盧卡斯．德魯瑞把帽子又拉得更低，遮住他的臉。「是我爸的。我向他借的。」

「我是說鑰匙，」我澄清。「它應該擺在紅鸛雕像底下才對。你應該把它放回去。」

「呃，好。謝謝提醒。」他彎下腰來移動雕像。「現在你可以滾了，賈斯柏。」

「你和碧約了見面嗎？」我問。

「什麼？沒有。這是要給她的驚喜，她不會不讓我進來的。她說我隨時都可以用那支備用鑰匙。」他一邊打開門，一邊呼出深藍綠色的霧氣。「忘了我說的話吧，賈斯柏。你在學校不可以提到這件事，好嗎？在其他地方也不行。這是你、我和碧之間的祕密。」

我點點頭。我希望碧．拉克罕會來應門，這樣我們就可以說到話。我會問她為什麼她要告訴盧卡斯．德魯瑞這把鑰匙的藏匿之處。

我以為這原本是我們的祕密，是讓我們的友誼與眾不同的原因之一。我不想和盧卡斯．德魯瑞分享這份連結，但我又無法阻撓碧．拉克罕的救援計畫。

「我不會把你突然造訪的這件事告訴任何人，盧卡斯．德魯瑞，」我向他保證。

他走進門時對我眨眨左眼。關上門、溜入黑暗的屋子裡時並沒有出聲喊碧。

我回家後繼續用望遠鏡看著橡樹，一直到過了午夜都沒有人從文森花園二十號走出來，也沒人走到後巷。碧．拉克罕的救援盧卡斯特別行動一直持續到深夜，期間伴隨著從她房間傳來的被壓碎的飛蛾和橘紅色圓圈。

我以為那些顏色已經夠糟了，但更糟的出現在十二天後。

我會看到一種可怕的陰影與形狀，徹底抹去了在那之前與之後大部分的筆觸，幾乎也把我摧毀。

短促的黑色線條，帶點血橘色的陰影。

第三十八章

三月二十四日，晚上七點零二分

死亡，畫紙

放學後爸帶我進城買運動鞋，我們在一間新開的披薩店吃晚餐。他花了四天幫我準備這次的購物行程，給我看餐廳的照片和谷歌地圖上的鞋店位置，讓我不會做出令人不愉快的反應。

我們把車停在家門外時，爸的手機響了，是工作上的電話，所以他必須接聽。他跑進屋子裡，但我還留在車內。

我馬上就感覺到顏色不對勁，非常不對勁。那些鸚鵡發出刺耳尖叫尋求幫助。我跑到對街，忘了應該先確認馬路上沒車。一台車短促地按喇叭，深紅色的變形星星。我充耳不聞。鸚鵡不斷地在樹上和地上衝來衝去，一邊聲嘶力竭地尖叫，痛苦地哀嚎出更響亮、更令人心痛的顏色。

我靠近時看見那團小小的綠色羽毛。

「不！」我的尖叫聲是銳利刺眼的藍。

刺耳嘈雜、不堪入耳的粗鄙顏色迴盪在街上。

藍綠色飾以冰冷光滑的黃色迷霧。

我拾起那隻鸚鵡寶寶，用雙手捧著牠。

這隻小鳥很冰冷，細小的血滴撒在牠柔軟的胸部上。牠從鳥巢掉落，死了，而我無能為力。

我啜泣著用力敲門，必須是由我來告訴碧．拉克罕這個壞消息，而不是別人。她一定在裡面。從她房間窗戶的窗簾後面，彎曲如緞帶的淺橙色和糖霜老鼠粉色的音樂色彩變得愈來愈鮮明。

一定是那些纏繞如繩的美麗色彩讓她分心，否則她早就來開門了。我繞到後門，穿過後巷進到花園裡，手上仍捧著那隻鸚鵡寶寶。備用鑰匙就放在原本應該在的地方，在紅鸛雕像下方。

我開了門跑進屋裡，走上樓梯，聽見一種帶著節奏的噪音與粉色緞帶音樂抗衡著，以短促的黑色線條帶點血橘色陰影蓋過它。

傳來像碧在床上跳的嘎吱聲，就像我每個星期天早上去踢足球之前那樣。

「碧！」我大叫。「碧．拉克罕，快來！緊急事件！」

我猛然打開她的房門，就在那一刻時間靜止了，一切都永遠改變。

有個金髮女子赤裸地在床上，她在另一個人的身上彈跳晃動，那人也一絲不掛。我沒看到他的臉。我看到太多像外星人的皮膚。閃亮的紫色糖果包裝紙散落在羽絨被上。

「該死！」青綠色的聲音驚呼。

那女子往側邊一倒，幾乎快跌下床。「盧卡斯，穿上衣服，快！」天藍色。

我跑下樓，衝出後門，把鑰匙扔在它該藏的地方。幸好這時沒有車經過，因為我直接就衝過馬路，手上還捧著那隻死掉的鸚鵡寶寶，耳裡聽見鸚鵡的哭嚎。

關於那晚還發生了什麼事我都不記得了，例如有多少陶瓷娃娃看過渾身赤裸的碧．拉克罕和盧卡斯．德魯瑞。我也不記得爸是怎麼讓我冷靜下來的，也許是讓我到我的祕密基地裡摸著媽媽的外套鈕釦，和在廚房的椅子上不停旋轉。

以下是我記得的三件事：

一、我把鸚鵡寶寶埋葬在我們的後花園。一個簡單的墳墓，我還沒心情裝飾這個墳墓或幫牠立一座十字架。爸要我放一顆石頭在上面，因為貓或狐狸會想去挖牠。

二、後來那天傍晚碧．拉克罕有來過，她沒進門，這次她有穿衣服了。我透過樓梯的欄杆看見一個穿著淡藍色長裙的女人，聽到爸叫她碧。

我從來沒告訴爸說我看到碧裸體的樣子，因為我猜他可能會生氣。不過我告訴他我再也不想從她的房間觀察鸚鵡了。

他們吵了一架，但我只聽到片段。碧說：跟你只不過是一夜情。爸說她在說謊。他認為那不只如此。接著他們又繼續吵。我很高興爸和她針鋒相對。這是她自找的。

我清楚記得第三件事，因為那晚我在床上時不斷重複地喃喃自語：

三、我討厭跳來跳去的、皮膚像外星人的碧．拉克罕。

爸也討厭她。他用力甩上門的時候叫她是愚蠢的水果餡餅[14]，發出深灰色陰影的棕色長方形。

我們總算對一件事情有了共識。

14 原文為silly little tart，賈斯柏誤把「放蕩的女人」聽成「水果餡餅」。

第三十九章

星期五（靛藍色）

下午

那些冰柱又來找我了。它們要把我拉下兔子洞，帶我去找瘋帽匠。

他在碧．拉克罕家的廚房裡，和那些穿白色套裝的太空人在一起。他們不該來這條街上的。他們會被殺的。

十二隻無一倖免。

我必須阻止這場大屠殺。然而我辦不到。我得從這房子逃出去，可是大門鎖起來了。

我跑向後門，因為我已經找到了那把祕密鑰匙。但我還是逃脫不了。瘋帽匠不會讓我逃掉的，他擋住了我的去路。他戴著一頂深藍色棒球帽。

「醒醒啊，賈斯柏！緊急事件！」

有隻手伸進我的祕密基地，朝我的肩膀伸過來。我張開嘴，準備尖叫出一團團海藍色雲霧。

「是我，我是爸。我需要你從裡面出來一下。發生了一些事情，我們得談談。」

他往後退出祕密基地，因為他知道我不喜歡擁擠。我爬出來時，他走向窗邊倚著窗台。

「賈斯柏，你得坐下。我要告訴你的事可能會讓你難以承受。」

「我剛躺著是因為我檢查完那些鸚鵡的畫之後覺得很累，」我點出。「那表示我不用再坐下了，謝謝。」

「那好。」爸嘆了一口氣，吐出平滑的土黃色圓圈。

我等著他開口。

「你在睡覺時，張伯倫警員有打電話來。他有消息，你聽了可能會難過。」

「那些太空人找到我從廚房一直滴到後門的血跡了嗎？」我問。「我猜他們可能也已經找到在後巷的血跡了。」

爸揉了揉臉，就像每次他在臉上塗滿刮鬍泡的模樣。「張伯倫警員沒提到鑑識小組的說法，不過他說碧失蹤的調查進度很快。調查小組現在正在加班趕工中。」

「快是有多快？他有明確說明速度嗎？」我問道。

「你得專心聽我要告訴你的事，不要轉移話題。重點是有個遛狗的人今天早上在離這裡不遠的林地發現讓人不太舒服的東西。張伯倫警員希望第一個就告訴我們這件事，因為這件事今晚可能就會登上當地新聞了。」

「什麼新聞？ＩＴＶ倫敦還是倫敦首都電台？」

「可能兩個都有。賈斯柏，那個遛狗的人發現一具屍體，就在今天清晨。他發現一具女性的屍體。」

「他發現碧・拉克罕的屍體，」我肯定地說。

這件事並不令我訝異，因為爸一定已經把屍體移到別的地方，否則對街那些穿太空衣的人早就發現了。

「張伯倫警員說他們現在還無法確定。他們還沒辨認出那具屍體的身分。不能百分之百斷定會是她，不過有些微的可能……那可能是……賈斯柏，我想說的是，我們可能要做好最壞的心理準備，警察可能已經找到碧的屍體了。」

「你為什麼不確定那就是她？」我問。「不是你把她的屍體搬出文森花園二十號，開車到林地把屍體留在那裡，讓遛狗的人發現的嗎？」

「賈斯柏！不要再講了！」

「我在你的衣櫃底部發現你的健走靴，代表森林裡很泥濘。你把她的屍體留在泥巴裡，因為你不想讓我被警察追查。現在你也涉案了，我們兩個都要去坐牢了。」

「不要再講了！」他抓住我的手臂，使勁緊緊捏著，太用力了。「我們和張伯倫警員再談話之前，我需要時間想一想。我需要思考該告訴他什麼。」

「放手！」我大喊。

我用力踢他的小腿，等他放手後我跑得像鸚鵡一樣快。我衝出房間、踏到樓梯平台上，再疾奔下樓。他是大衛．吉爾柏特，在後面追趕著想抓住我。我就像鸚鵡寶寶展翅飛翔，尋找安全之處。陷阱已經出現在眼前：大門上的鎖鏈，它會阻止我飛回巢穴。

「回來！」

我沒有這麼做，而是改變了方向，一把抓起爸放在門廳桌上的手機就衝進浴室關上門。他用力敲出棕黑色圓圈。他進不來。我已經鎖門了。

「賈斯柏，很抱歉！對不起，請原諒我。我不該那樣抓你，或對你吼的。」

我撥電話報警。爸已經換了密碼，因為他不想讓我用他的電話，可是緊急電話不需要密碼。

接線警員接起電話。

「拜託幫幫我。我爸要殺我。快點！」

「賈斯柏！」爸又更用力捶門。「不要！現在就開門。我沒有要傷害你的意思。打開門，否則我要破門進去了。」

這次接線員警沒浪費時間問我蠢問題。他們一定是已經記錄下相關資訊了。

「我們在路上了，孩子，」那位女子說。「在警察告訴你安全了之前不要開門。撐住，他們快到了。」

我的腿支撐不了我的重量，我重重地跌坐在地上。碧．拉克罕早就警告過我關於爸的事。她說他殺過人。

我想她是對的。

他一而再、再而三的證明自己無法受人信任。

他一直在說謊。

他騙我，讓我以為他跟我一樣熱衷於鸚鵡寶寶的事，騙我他會保護牠們和我，讓我們不受到傷害。

我一點也不相信他說的話。

我要告訴警察他做的每一件事。

第四十章

三月三十一日，早上八點零一分

鸚鵡寶寶，畫紙

第一眼見到鸚鵡寶寶原本應該讓我興奮的要命，可是牠的顏色實在太柔和了，像顏色最淺的蠟筆顏色和微小又缺乏自信的圓形。

爸和我看到兩張綠色的小臉從碧・拉克罕家的橡樹樹洞探頭出來。

「大自然真奇妙，」他說。「讓人意想不到。可惜大衛不覺得我們住在這條街上有多幸運。不過賈斯柏，你不用擔心他。我絕對不會讓他傷害鸚鵡寶寶的，我保證。」

「噓，」我說。「我聽不到牠們的聲音。」

「抱歉。」

我也是。即使打開窗戶，身體幾乎一半都探出窗外了，但我們還是太遠而無法好好聽見牠們的聲音。

如果我回到碧・拉克罕的房間，那麼一切都會不同。但那是不可能發生的事。我不願去想那些黑色帶有血橘色陰影的短促線條。

看到那些顏色讓我很不舒服，而且我已經好幾天沒去上學。我就是無法把它們隔絕在外。爸沒看到，他不會理解的。

當我沒看那些鸚鵡寶寶的時候，我都一直待在祕密基地裡，用那張勿忘我的藍色毛毯緊緊蓋著。

我試著遺忘，可是不論我在入口處堆了多少件毛毯，從碧．拉克罕房間傳來的可憎色彩與明暗就是有辦法飄進來。

四月二日，早上十一點零一分

電光藍點和淺黃色斑點，油畫布

華金斯太太的葬禮這天，那些糟糕至極的色調和質地總算隨著棺木一起消失了。

「屍體在裡面嗎？」我問爸。

星期六（藍綠色）早晨，我們從起居室的窗戶看著那輛黑色靈車停在文森花園十八號的對街。我看到那些淺棉花糖粉色和白色的花朵時不禁發抖。我一向不喜歡會邪惡地讓我的牙齒黏在一起的甜點。於是我轉而看碧．拉克罕的橡樹，希望可以再瞥到鸚鵡寶寶幾眼。

「對，醫生上週五宣告華金斯太太死亡之後，她就要被帶到殯儀館了。」

就在那隻鸚鵡寶寶死掉的隔天。

「然後她從那時候開始就在那裡？自己一個人？」我顫抖著說。

「嗯，她的身體在那裡。她不會意識到這些事情的，因為她……」爸忘了原本想說什麼，之後才繼續說。「她的靈魂不在身體裡了。已經離開，去天堂了。」

「跟媽媽的靈魂一樣？」

「對，沒錯。」

「如果相信的話聽起來是很不錯。我不相信媽媽在天堂，因為我不信上帝。」

「嗯，那是你自己的選擇，兒子。」

我沒把話說清楚。我的意思是我拒絕相信上帝。

有個穿黑色西裝的男子走出文森花園二十二號。他加入另一個穿黑色西裝、從十八號走出來的男人。他們停下腳步，在對街的人行道上談話。

「我應該去向奧利致哀了，」爸說。「因為我沒辦法參加葬禮。」

「因為我的關係。」

「葬禮不適合小孩去，而且沒人可以陪你在家。除非你改變主意，現在想去找碧了？」

自從那次黑色帶點血橘紅色陰影的短促線條之後我就沒跟她說過話了。

除了在安全的距離外，我也沒再見過她。她有在她房間的窗邊向我揮手，可是我沒有對她揮手。她誤以為我在看她，可是其實我只想看那些鸚鵡寶寶的顏色。

碧．拉克罕的名字把那間房間的顏色從我腦中驅離了，現在我唯一看見的只有天藍色。

「你和她說過話了嗎？」我問。

「碧嗎？對，其實就是昨天。」

「她在做什麼？」我跟著爸走到門口時問道。「她最近在做什麼？她有問起我嗎？」問完後我不再說話。我問的問題，和爸那時在「那場為鄰居舉辦但其實不是真的為鄰居舉辦的派對」之後問我的話一模一樣。

「讓我想想，她在和一個音樂課的學生道別。一開始在我們爭吵過後其實有點尷尬，不過她說很抱歉在鸚鵡寶寶死掉的時候沒能陪你，還有那晚對我發脾氣的事。她最近很反常，她很抱歉讓我們兩個不開心。我想她是認真的。我們決定要盡釋前嫌。」

我盯著延伸到對街的那條戰線。那條線依舊存在，因為在棺材裡的不是大衛．吉爾伯特，而華金斯太太死於癌症。很可能我在派對那晚許的願望出錯了，不小心害到別人，這讓我成了殺人凶手。

「碧．拉克罕可能在幫李．德魯瑞上電光綠和爆炸紫色的吉他課。」

「我不知道，」爸坦承說，他先踏到馬路上。「我到的時候課程就結束了。」

我們走到站在對街人行道的兩個男人旁邊時，二十號文森花園的房間窗戶猛然打開，聖桑的《動物狂歡節》流瀉而出。我認出了鋼琴和弦樂的色彩：〈森林之王序奏與獅子進行曲〉。爸神奇地召喚了碧．拉克罕，而碧也以她所能變出的最大聲、最鮮明的色彩作為回應。兩個跳舞的陶瓷娃娃從她的房間窗戶旁觀看著這場表演。

「實在很不尊敬，」其中一個男人喃喃說著淺灰色的線條。

這兩個男人都穿著黑西裝，而且說話聲音都很小聲、顏色柔和，我無法辨別誰是誰。

不過不管那是誰，他都說錯了。

我馬上就知道這音樂是為我而奏的，這是碧．拉克罕向我道歉的方式，因為她知道我有多喜愛這些色彩和那群鸚鵡。牠們的鳥囀尖銳而愉悅，加入音樂一起合唱。有隻鸚鵡寶寶還把頭探出樹洞。

淺矢車菊藍，上面有鵝黃色斑點。

又有另一隻鸚鵡寶寶出現在屋簷的縫隙中。

顫抖的勿忘草水滴狀和淺沙漠色斑點。

我根本不需要聽到碧說話。

這是我第一次看到鸚鵡寶寶的真實顏色。

我在音樂的電光藍點和木鑲板紅棕色中聽出碧的懺悔。她在懇求原諒，因為她想念我了。過去九天以來我一步也不曾踏進她家，也沒遞任何紙條給盧卡斯．德魯瑞。這幾天我完全沒看到任何與天藍色相近的顏色。

「我改變主意了，」我對爸說。「你可以去參加葬禮。我想去碧．拉克罕的家了。我想從她的房間就近看鸚鵡寶寶的顏色。」

「你確定嗎？因為如果你想這麼做，我可以趕快回家換比較合適的衣服。」

「黑色的衣服，」我說。「對死者是表示尊敬的顏色。」

門打開了，身穿美麗蔚藍色長洋裝的女子走了出來。她的黑曜石項鍊在脖子上晃呀晃。

「老天啊，」爸咕噥說。「碧可能不知道。」

「噢，她根本就知道。」穿黑色西裝的男人聲音是沙啞的暗紅色，他一定就是大衛．吉爾伯特。「我從門縫遞了一張紙條進去，告訴她靈車抵達的時間了。」

「碧喜歡紙條，所以我很確定她一定讀過了，」我說。「她說那比電子郵件或簡訊更有人情味。」

她對我揮揮手，不過她身上顯眼的藍色和音樂閃耀的色調讓我無法挪動手臂。它抹去了我在她房間看到的那些顏色，也刪除了盧卡斯．德魯瑞的色彩。它們與寶石藍和鸚鵡的紫紅色融合在一起，令人心曠神怡。

我把注意力擺在眼前旋轉舞動的音樂色彩。那些灰白色的喃喃絮語繚繞在背景。

別理她。

她在放什麼音樂？

她故意要激怒你。

我們走吧。

一輛車的車門猛然關上。深棕色橢圓形和閃爍的黑灰色線條。

「賈斯柏？賈斯柏！你有聽見嗎？」

我把自己從音樂的色彩中拉回來，注意聽土黃色聲音。

「我說我還是不確定這樣好不好。也許我該待在家陪你？」

「不用啦爸，你應該和那些穿黑色衣服的男人一起去埋葬華金斯太太。我不喜歡他們的顏色，比較喜歡天藍色。我想要和天藍色和那些鸚鵡寶寶的顏色在一起。我得畫出牠們真正的色彩才行。這是我欠牠們的。」

「首先，我想說我對於那隻鸚鵡寶寶死掉感到多麼遺憾，」碧．拉克罕領我走進起居室時說。「我最近一直在想這件事。這件事讓我很沮喪，我真的很難過我們不能一起哀悼牠，而這完全是我的錯。我在忙的時候不該叫你離開的。賈斯柏，我很抱歉。」

她有嗎？我不記得她有跟我說話了，只記得她對盧卡斯．德魯瑞說的話。她叫他趕快穿上衣服。因為我看到他像外星人的身體了。還有她的。

「那些音樂課，還有自己整修房子，幾乎把我大部分的精力都用完了，」她繼續說。「我忙得不可開交，不過我應該在你需要我的時候挪出時間來的。」

我很高興她提到音樂，她已經在腦海中繪出了新的一幕，那些是我不熟悉的顏色，不過總比在她房間看到的那些顏色好太多了。我毫不遲疑地接受這些色彩，慶幸先前的顏色已消失無蹤。它們是場天大的錯誤，她對此也感到抱歉。

「我把那隻鸚鵡寶寶埋在我們家後院，為牠念了一首詩，因為我不接受神竟然會讓好人死掉這件事，或讓鸚鵡死掉。妳想看墳墓嗎？」我問。

「賈斯柏，你很貼心。好，我想去墓前致意。也許我也該念點什麼。你爸走了嗎？現在去安全嗎？」

我走到窗邊。那輛通常直接停在我們家門前的罌粟紅車子已經不在了。爸跟著那些黑衣男去火葬場了。

「安全了，」我從玻璃看她的倒影說，接著抬起頭看橡樹，看到一點點鸚鵡寶寶發出的淺藍色聲音。「妳的洋裝是蔚藍色的。」

「我就知道你喜歡這個顏色。在這裡等一下，我拿一下東西。」

我原本希望她會邀請我上樓去看那些鸚鵡寶寶，可是我們還沒完全回歸正常。她自己上樓又下來，手裡拿著那本白色小兔筆記本。她把筆記本塞進手提包裡，再把包包背上肩。

「我們走吧，賈斯柏。」碧伸出手，我握住了。她從此再也沒提到那件不可說起的事。我也沒有。

碧看到那個小小的十字架時哭得很慘。我告訴她那隻小鸚鵡快四週大。她說這麼小的東西受苦令人有種難以言喻的悲傷，不該讓孩子受傷的。

牠的爸媽呢？為什麼牠們沒保護牠？

她在墓上放了顆碧玉療癒石之後，我手環抱她的腰來安慰她。

「謝謝你，」她摸著項鍊說。「今天我很多愁善感，本來以為我可以撐過去的，我是指回來的這件事，可是我不確定自己夠堅強。太難了。我想我犯了大錯。」

這是她唯一一次承認自己和盧卡斯．德魯瑞之間發生的事情是個錯誤。不過對我來說這樣就夠了。我很高興她後悔了。

她從手提包裡拿出筆記本，快速翻頁，而我則是一直盯著封面的白色小兔。

「賈斯柏，希望你不介意，我想唸一首詩。我想唸我小時候曾經很愛、可是後來恨死了的一本書裡面的一句話。是路易斯．卡羅的《愛麗絲夢遊仙境》。」

「小時候我爸有唸給我聽過，」我說。「我也不喜歡。那隻白兔遲到了真令人擔心，還有我很怕瘋帽匠。」

「我也是。他一直說謎語，讓人都聽不懂。大部分人都沒辦法理解。」她抹去臉頰上的淚水。「總之，我寫下了《愛麗絲夢遊仙境》裡的這段話。我以前總會一直重複唸它。準備好了嗎？」

我說準備好了。

她握住我的手。「記住，這個故事是關於當愛麗絲會是什麼感覺。這是她的故事，不是別人的。以下是她說的話。」

她開始唸：

然而，她先等了幾分鐘，想看看自己是否會再縮得更小，她有點緊張地自言自語道：「如果繼續縮小，可能會像蠟燭一樣消失不見，那我會變成什麼樣子？」她想像著吹熄蠟燭後，蠟燭上的火焰會變成什麼模樣，但是她想不起來是否看過這個畫面。

我不記得愛麗絲曾經說過這些話，它聽起來不太重要，如果是我就不會寫下來。「我不喜歡這段話。我覺得愛麗絲很悲傷。」

「她是很悲傷，」碧回道。「可是她很努力想回復正常，而那就是重點所在。記住，她必須獨自一人面對，那對任何小孩來說都很困難。」

「我也很努力想當正常人，」我承認。「但對我來說這也很難。」

我們進門後，碧．拉克罕的心情好多了，我給她看我房間裡的鸚鵡寶寶畫作。我記錄了這條街上的人們一舉一動，讓她特別有興趣。我把衣櫥底部的所有紙箱都拉出來，給她看最近的筆記。

她翻閱一本又一本筆記，最後終於抬起頭。

「賈斯柏，做得好。這裡清楚記錄了我音樂課的細節。你有提到我學生的名字嗎？或任何來訪者的名字，例如盧卡斯和他弟弟李？」

「沒有，」我回道。「我對他們沒興趣。我有提到大衛．吉爾伯特，是在我很確定是他，而且他走回二十二號的時候。完全經過證實的情況下。」

「這很棒。這可以幫助我們對抗大衛，你知道，就是他的威脅和獵槍。如果我們需要再報警的話。」

我點點頭。「妳的日記也可以幫助我們的案子。」

「這個？」碧把手伸進包包裡，拿出那本鋼藍色的書，裡面有她在《愛麗絲夢遊仙境》裡最喜歡的片段。我再度盯著封面的那隻小白兔。我不確定究竟能不能信賴牠。要不是那隻兔子，愛麗絲就不會爬下洞裡，惹了一堆麻煩。

「對，我想你可能是對的。全都白紙黑字寫在這裡了，發生的所有事。」碧碰了一下她的額頭。「賈斯柏，我可以請你幫個大忙嗎？」

「我認為可以。因為我們又是朋友了。」

「你可以幫我拿一杯水嗎？我覺得有點噁心，頭也暈暈的。我整個早上都在吐，完全吃不下東西。不知道我今天是怎麼了。」

「噁心感可能由很多事情引起，例如腸胃炎或食物中毒。也許妳吃到沒煮熟的肉或是過期的魚肉了。」我看到碧・拉克罕的臉變得有點像墨西哥萊姆派的顏色。「有時候是其他東西導致，像是條蟲、潰瘍、飲食失調或懷孕都有可能。」

碧・拉克罕的臉變成結塊奶油的顏色。

「賈斯柏，」她虛弱地說。「我真的需要一杯水。」

我很高興自己又能派上用場，於是到廚房倒了杯水，是用冰箱裡我叫爸買的瓶裝水，因為之前碧警告過我關於自來水的事。

「謝謝你，」我回到房間時她說。她已經把她的筆記本收起來，蹲坐在床角。「冰的真好，我喜歡這樣。」她把杯子放下，走到窗邊，手拎著她的手提袋。她看起來又恢復正常了，雖然現在臉頰是樹莓霜淇淋的顏色。「原來從這裡看過去，我的樹長這樣。我常常在想這個問題。」

「沒錯。」

「你從這裡可以看那些鸚鵡寶寶看得滿清楚的，不過從我的房間窗戶視野更好。我很幸運，可以這麼近看到那些鳥寶寶，不需要用望遠鏡。」

「我很想念從那裡看那些鸚鵡的時候，我也很想念看到妳，碧・拉克罕。」我承認。

「我也是。這整件事讓我們兩個都很難過。我們要不要努力不要再不開心了？」

她轉過身，走到房間的另一頭。「賈斯柏，回來吧，回到那些鸚鵡身邊，牠們也很想你。」

她的手又伸進手提包裡，拿出一只藍紫色的信封。

我往後退，我們兩人都沒說話。

她沒再提到盧卡斯．德魯瑞。她不需要這麼做，因為他的名字就用黑字寫在信封上。

我沒告訴碧．拉克罕我已經發現那個閃亮的糖果包裝紙其實是保險套。我在爸的床邊桌裡找到一個，趁他在上班的時候用它做了一個水球。

我在猶豫接下來該怎麼做時看到了一陣色彩，是對街一隻鸚鵡發出的淺色叫聲。

只要往前踏一步，就只需要這樣而已。

我伸出顫抖的手接下信封，只是一個小動作，卻為我們帶來改變人生的後果。

我們假裝什麼事都沒發生，直接回到過去的日常生活。彷彿我掉進了愛麗絲夢遊仙境裡的兔子洞裡，最後回到家時完全沒告訴任何人我的所見所聞。

我們之間的小祕密。

我是真的很想畫出那群小鸚鵡聲音的繽紛顏色。

第四十一章

星期五（靛藍色）

傍晚

旋轉、旋轉、旋轉。

我很想做這件事，可是我現在人不在家裡的廚房。我在一間專門給緊急寄宿者的陌生房子裡。這間房間裡只有一張椅子，而且它無法轉動。它是停滯的。

定義：靜止不動、毫無改變。

窗簾是奶油白色的，上面有彩虹，這完全不對。真正的彩虹才沒有那些顏色。我應該告訴他們，可是我不想下樓。他們是瑪莉和史都華。我剛到的時候用雙手遮住耳朵，因為我不想看到他們的顏色。

爸對警方大吼大叫、推了其中一個警察，所以被逮捕了。人身侵犯。我沒有很多時間打包，只有十分鐘可以打包一些衣服，跟梳子、牙刷和內衣之類的個人物品，丟進女警在我的衣櫃裡找到的黑色舊背包。

我才不在乎那些東西。

我所有的顏料、圖畫和一箱箱的筆記本怎麼辦？

你不能所有東西都帶去，選對你而言最重要的就好。

我討厭做這件事。

可是我得保護那群鸚鵡寶寶，一隻都不能少。

我告訴那位女警，在小鳥羽翼豐滿之前就丟下牠們會是一樁可怕的罪行。

瑪莉的聲音是膚色，而史都華是石板灰色的。我最後還是得聽他們講話，看到他們的顏色。它們不是壞顏色。

他們說我可以自由來去，如果餓了可以拿冰箱或廚房櫥櫃裡的食物。我可以去廁所和在起居室看電視。他們會到別間房間去，如果這麼做會讓我比較自在的話。

我在這間屋子裡的任何一間房間都不會自在。

我有媽媽的針織外套，愈來愈大力地摩擦那些鈕釦。

我的新社工瑪姬的聲音是亮麗的淺杏黃色，她不讓我回家把祕密基地拆解開來。我之前沒時間這麼做。我想在這裡重新架起祕密基地，可是她說寄宿家庭可能只會待上一晚，最多兩晚，直到家裡的事情穩定下來，警察和爸釐清一些重要的東西為止。

這件房間不像我的房間那麼大，淺綠色、上面有汙點的地毯不夠空間，放不下我所有的鸚鵡寶寶圖畫。

床旁邊有個叫小賽的男孩把名字刻在油漆上。我不認識他，我也不想認識他。

我有帶少量的顏料，是在十分鐘時間到之前我一把抓的。我帶了所有鸚鵡寶寶的圖畫，可是被迫只能把剩下的圖留在家裡。我很擔心它們。它們孤獨地在我的房間裡。

它們會納悶我到哪裡去了，也可能感到害怕。

那幾箱筆記本也不會喜歡我擅離職守的。它們痛恨順序被搞亂。我知道它們已經被弄亂。現在我想起來了，一隻惹麻煩的白兔跳進了其中一個箱子裡。在我到警局裡做第一次說明時，鏽橘色發現了碧的那本鋼青色筆記本。我不知道它是怎麼跑到那裡去的，也不知道它來訪的用意。

我只知道我所有的畫作和筆記本都會像我思念媽媽一樣地想我。

鈷藍色。

就像我沒看見碧．拉克罕時會想她一樣，即使我並沒有想這麼做，也渾然不覺自己正在想她。

我希望她回來，不管她創造了什麼樣的圖畫。

因為我喜歡她的顏色，她讓我覺得離媽媽更近了。

我不想在這裡畫畫，因為我不認識在我之前睡在這張床上的男孩。

小賽。

也許他爸爸也想殺他。只不過爸告訴警察他不是要殺我。

這是誤會。是我誤會了。

爸想幫我，不是殺我。

我不斷撫摸著媽媽的針織外套。

用手指摩擦、摩擦、摩擦。

我好想爬進祕密基地裡，永遠不要出來。

膚色敲了門。「賈斯柏，請問我可以進去嗎？」

「不行！我辦不到！我年紀太小了！」

「拜託，賈斯柏。我們可以談談嗎？我想更了解你一點。」

我把書本快速搬離書架，把書架挪到門邊，擋住門把，架設屏障。

我不理會她懇求的膚色色調，把被子拉起來蓋住頭。那書架現在很惹人厭，讓我眼睛很痛。

我畫完最近的三幅畫後也有同樣糟糕的感受。完成最後幾筆時，那些顏色戳刺著我的雙眼，讓我眼中泛淚。我把它們留在我的衣櫥裡，可是仍試著回想接下來發生什麼事。

四月五日星期二的下午，發生了極度不對勁的事。

那天是深綠色的，行程因為盧卡斯·德魯瑞和碧·拉克罕不守規則而變得亂七八糟。為什麼他們不瞭解，行程表只有當每個人在分配到的時間做對的事才有意義？如果他們沒有按照規矩行事，必定會造成混亂。

鸚鵡們比我更早嗅到了這股改變。牠們的叫聲顏色變深了。

一切都開始崩塌。

崩塌：亮黃綠色、未成熟的香蕉顏色。

意思：突然且爆裂地向內坍塌。

我把媽媽的外套抱得更緊。

用手摩擦、摩擦、摩擦著。

第四十二章

四月五日，下午一點三十二分
青綠色薄霧覆蓋天藍色，畫紙

碧．拉克罕的信還原封不動地在科學教室的抽屜裡，我從星期一下午就放在那裡了。已經過了一天，盧卡斯．德魯瑞還沒來拿走，即使碧說那裡面有一張二十英鎊的紙鈔和三包菸。

昨晚放學後她問我。「你確定有送到嗎？」

「我確定。可能他生病了。」

「你給他信的時候，他看起來像生病的樣子嗎？」

陷阱：小黃瓜綠色的字詞。

「呃，不像。」這句話有百分之七十五是真的，因為我沒看到他，所以他看起來不像生病。我們兩人都沒告訴過她我們在學校是怎麼交換信件的，而現在不是坦承這個科學教室送信系統的好時機。

「你明天可以再拿一封信給他嗎？」她問。「這很緊急。」

「我們的行程表不是這樣的。我每個星期一送信，不是星期二。是緋紅色的日子，不是深綠色。」

「我知道，可是這件事情很重要。我很擔心盧卡斯。我怕他和爸爸之間發生了什麼事。還記得我說他有暴力傾向嗎？」

我沒回話。

我知道如果盧卡斯．德魯瑞不能來平常的地方拿信，那代表他家裡的狀況一定很糟。那就是為什麼她想跟他說話。這一切不是和另一件事有關，她房裡那些閃亮包裝紙的那件事，因為她對於那件事感到抱歉。那件事是很糟糕的錯誤，她很後悔。那就是為什麼我們從沒談過那件事。她想忘記那些顏色，和我一樣。

「我回家可以從妳的窗戶看那些小鸚鵡嗎？」我問。「我想知道牠們聲音的顏色有沒有改變。」

「幫我送最後這封信，你要看那些寶寶就不用每次都幫我做事了。你以後可以每週過來三次，每次看四十五分鐘，我保證，不會節外生枝。不然四次好了。」

我不理會她說的節外生枝，因為那聽起來好蠢。鸚鵡的事也是。技術上來說牠們已經不是寶寶了。不到短短兩星期，其中幾隻就會長出羽翼了。

總之，我因此而在深綠色的星期二午餐時間又來到人煙稀少的科學教室，把另一封信放在前一封盧卡斯沒能在緋紅色的星期一來拿的信上面，因為他家裡的狀況變得很糟。

「住手！」有個藍綠色的聲音喊道。

我嚇到快尿褲子。我沒聽見有人進來教室啊。我轉過身，有個穿學校制服的男孩走向我。

「我住手了。我要走了。」

「不是，我的意思是不要再送信了，賈斯柏。我知道她聽不懂我說的話，我知道是她又叫你再來一次。我不想讓你幫碧送信了。你們兩個都別再這麼做了。」青綠色。

「盧卡斯．德魯瑞。」

「什麼？」

「可是這是約定好的行程。我幫碧．拉克罕送信給你，然後每次都要確認有沒有東西要拿回來。她沒告訴我行程又改了。」

「那是因為她不接受這一切都結束了。」盧卡斯很快地把抽屜的信拿出來，扔進垃圾桶。「必須要逼她了解。」

「我不懂你在說什麼，」我說。「她不了解，我也不了解。」

「賈斯柏、賈斯柏、賈斯柏。」盧卡斯用拳頭捶打他的太陽穴。「你讓我很頭痛。」

我向他道歉。

「我不知道該怎麼做。碧．拉克罕沒告訴我要怎麼做。」

「難道你就不能自己思考一次嗎？」盧卡斯大喊。「你不需要碧．拉克罕！」

他用力掐著我的脖子，把我推到牆邊。我的頭撞到那張元素週期表海報，暗棕色。我努力想呼吸，櫻桃色的星星在我耳裡鳴響。盧卡斯錯了。我的確需要她，那些鸚鵡也是。她餵牠們食物，而且保護牠們不被大衛．吉爾伯特傷害。

「不……不能呼吸。」我的手胡亂抓住他的手。「對不起。」

他放開手。「對不起！賈斯柏，對不起！我不該這樣的。我只是……你必須過自己的生活，因為她只會把你拉下深淵。我現在看清楚了。我以為是我的關係，可是不是。這都是碧和她自己的問題。」

「我看不到任何東西，」我沙啞地說。「我不知道該拿那些信怎麼辦。她沒告訴我該怎麼辦。」

盧卡斯往後退，口中探出一縷青綠色的薄霧。「好吧。如果這能讓你別再來煩我，去告訴碧這是我最後要給她的訊息。告訴她我之前說的話是認真的。結束了。我做不來，我還太小了。」

「你要把這個訊息寫下來我才能拿給她。」我邊說邊咳嗽。「規則是這樣的。我給她信封，放學就可以看鸚鵡看四十五分鐘。比之前少了十五分鐘，可是還是很值得。」

「不要，賈斯柏。我受夠這些蠢字條了。我受夠這一切。我要退出。我承擔不了。給她這個。」

他把一個東西交到我手上。

「這是你弄丟的手機，」我說。「你找到了。」

「還給她。我不想拿她的禮物，也不想要她的錢。我不要她的任何東西。我只要恢復清淨。」

「你不想被拯救。」我釐清。

「對，沒錯。我有喜歡的女生了，我不想讓碧毀了我和她的關係。賈斯柏，她和我同年，這樣才對，這樣才正常。碧得去找個和她同樣年紀的人。」

「我該告訴她什麼年紀才是對的？」我蹙起眉頭。

盧卡斯一手撫過頭髮，確認它還在原位。

「賈斯柏，跟我說一遍這句話：我辦不到。我年紀太小了。」

我閉上眼睛，跟著照做。

「我辦不到。我年紀太小了。」

「沒錯。現在多念幾次直到你背起來為止，直到你滿腦子都是這句話，不會忘記。」

「我辦不到。我年紀太小了。我辦不到。我年紀太小了。我辦不到。我年紀太小了。我辦不到。我年紀太小了。」放學後我把這一字一句念給碧・拉克罕聽，眼淚從她的臉頰流淌而下。

「賈斯柏，為什麼我無法擁有其他人都有的事物？為什麼我總是得不到快樂，甚至根本不知道快樂在哪裡？為什麼？賈斯柏，告訴我。為什麼我那麼不惹人愛？」

我溜回家了。我無法看著她哭。

我無法承認自己並不知道她問題的答案，這讓我很羞愧。我沒能從她的房間窗戶看鸚鵡，那天不適合做出這個要求。

我很害怕，非常害怕她可能會說：「不行，賈斯柏。永遠都不行。」

第四十三章

四月六日，下午五點十三分

天藍色覆蓋天青藍，畫紙

你今天晚上一定要過來一趟。很抱歉我昨天沒讓你待久一點。

早上七點五十一分，碧．拉克罕敲我家的門，邀請我放學後再去她家。她說沒履行我們約定的計畫讓她有罪惡感，今晚她會讓我留久一點。

「碧！妳看那隻！」

現在我們站在她的房間窗前，看著那群小鸚鵡在樹枝間安然地拍翅和吱喳說話。矢車菊藍色帶有藍紫色和淺粉紅色圓點。

「又有一隻！」我大喊出聲，一隻小鸚鵡從屋簷上振翅，勉強地降落在橡樹上，發出一陣藍紫色。「他不想落單！」

「沒人想，賈斯柏。不過你可以幫忙阻止這種事發生。」細絲狀的天藍色。

碧．拉克罕走到床邊坐了下來，我盯著旁邊的五斗櫃，猜想她話中的含意。只剩下一個裝飾品了，最後一個跳舞的陶瓷娃娃。我為她感到難過，少了她那些脆弱易碎的同伴，她看起來很孤單。她們全都棄她而去了。她們一定不是真正的朋友。

忽然間我意識到那就是我，賈斯柏．維沙特，穿著牛仔褲和綠色運動衫，一個人類模樣的跳舞娃娃。

脆弱易碎。

等著被摔成碎片，永遠無法被拼湊接合。沒人會想試著修補我。

等到那群羽翼漸豐的鸚鵡離巢，我就會是隻身一人了。牠們的爸媽不久就會離開牠們，這樣牠們就得加入鳥類群聚棲息地。

碧也預見這樣的事了嗎？她是不是想警告我？

「賈斯柏，我是你的朋友吧？」在我向碧確認這件事之前她先開口問。「拜託再幫我做最後一件事情就好。把這最後的一封信交給盧卡斯。告訴他這件事很緊急，我必須見他。我必須和他談談。」

碧又搞錯了，她應該是要專心想我們該如何確保鳥兒一旦離巢，還會持續回來這棵樹的方法才對。

我昨天已經幫她送最後一封信到科學教室了，所以不該還有信才對，這是我們的約定。這個固定行程已經被打破，宣告無效了。

「我不想再做一次，」我回道。「盧卡斯也不想。他說一切都結束了。他不想被妳拯救。他不想再聽到妳的消息或收到任何禮物。他喜歡同年級的一個女生。他不想讓妳毀了和她的事情。那樣才對。那才是正常的。」

「對，你已經詳細告訴過我了，這真的、真的很有幫助，不過我知道如果我可以聯繫上他，我就可以讓他回心轉意。他會懂我經歷了什麼。拜託，賈斯柏。我今晚一定得見他。或是明天晚上也行。要不是事情很緊急，我也不會請你幫忙。」

「不了，謝謝。我昨天已經遵照我們的約定幫妳送最後一封信了，盧卡斯把它和另一封一起丟進垃圾桶了。我們還是朋友，謝謝妳。」

碧站了起來。「我想你該回家了，賈斯柏。立刻。」天藍色的聲音變成冷酷的深灰色。我看了一下手錶。「我才在這裡待二十三分鐘。我們約好是四十五分鐘。」

「一切都改變了，」碧說。「在你今天的表現過後，我不認為我們的約定還算數。」

「什麼意思？妳說我們還是朋友的。我們是朋友對吧？我照妳說的做了，送了最後一封信。妳說如果我這麼做，就可以一星期來三次，每次待四十五分鐘。事實上，可以來四次。」

「我討厭變成這樣的人。」她用雙手摀住臉。「他把我變成這樣。」

「我不懂。」

她抬起頭。「很簡單，賈斯柏。今晚幫我做這件事，否則我永遠不讓你從我家窗戶看鸚鵡了。除非你完全照做，否則我不會再餵牠們了。」

四月六日，晚上六點零二分

紅橘色三角形，畫紙

比起大衛．吉爾伯特那隻狗的薯條黃色，我更憎恨這些顏色和形狀。

我還看到了其他的顏色和形狀：電吉他的紫色和翡翠綠的尖銳聲音。熟悉的金色閃電。它們從碧．拉克罕給我的地址傳出來。

格林柏恩街十七號。

盧卡斯．德魯瑞的家。

我走向他家前面的小徑，站在他家門前，然後舉起手敲門。這封信不能等到去學校再給他，我必須那天晚上就去送信，否則鸚鵡今晚、明天早餐或中餐都沒種子吃了。

我們一起研究谷歌地圖，然後我在腦海裡練習要怎麼走才不會走錯路。他家用走路去不會太遠，爸下班回家之前我老早就能回到家了。

最多二十分鐘。

因為碧．拉克罕是我的朋友，我們一起預演了所有可能發生的狀況，這會讓我自己去陌生人的家不那麼緊張。

如果是他爸爸來應門：

假裝你是他朋友，要問盧卡斯要不要一起出去。

如果盧卡斯不在：

不要留下那封信。問他幾點回來，說你會晚點再來，因為朋友就是這樣。

我按了門鈴。彎曲的銀藍色線條變成了紅橘色三角形。有隻狗在吠。

在我的圖畫裡，這顏色徹底覆蓋了電吉他的鮮豔紫色和綠色。那些美麗的音符被猛烈地攻擊至死了。

「兒子，不會去應門嗎？」有個汙濁的深棕色聲音吼道。「我在講電話。」

我們談了很多關於盧卡斯爸爸的事。

不要惹他生氣。他脾氣非常差。

碧沒幫我預演到這個情況。

我沒料到還有牠：一隻狗。

紅色三角形延展成尖銳的深橘色飛鏢形狀。

「行行好，杜克閉嘴！去開門！我還在講電話。」汙濁的棕色尖刺帶有灰邊。

我本來要離開，可是猶豫得太久，門打開了。一隻狗跳出來的時候我驚聲大叫，往後跌坐在地上。我用手肘撐著身體，看著牠彷彿慢動作躍起的弧線，我知道牠就要撲在我身上了。突然間牠被往後拉，哀號出深紅色、帶點威脅的形狀。

「你好？」有個男孩穿著和我相同的制服站在那隻狗旁邊，我想牠是德國牧羊犬。男孩的手又扯了一下狗繩。「杜克，安靜。」他看著我。「賈斯柏？住文森花園的那個？你會從房間窗戶拿望遠鏡觀察別人。」

「對，謝謝你。」盧卡斯．德魯瑞已經表明他認識我，那對我來說就夠了。

我沒太仔細聽他的聲音。討厭的紅色和深橘色三角形蓋過了大部分相同音量的聲音。我趕緊站起來，把那只信封塞給他。上面寫了三個字：盧卡斯。

我把碧叫我說的話背出來。「緊急事件，她今晚就要見你。最晚明天。這件事很重要。用後門的備用鑰匙。不要告訴別人。尤其是你爸。」

「呃，什麼？」男孩問。

有個戴著褪色深藍色棒球帽的男人也來到門口。牛仔褲。可能還穿白色運動鞋。我一直看著那隻狗尖銳的紅色三角形，無法把視線移開。

「是誰？」

「不是什麼重要的人。學校的某個怪胎。」

我轉身就跑，以免他把狗繩放掉，那樣一來那隻狗會來追我。

「對了，望遠鏡男孩，」他大喊，深綠色帶有一點點青苔藍。「這紙條是要給盧卡斯還是給我的？」

嗅不，糟了，糟了，糟糕了。

我沒回答。

我繼續跑，一直到公園才停下腳步。我在鞦韆上坐了四十三分鐘，腦海中不斷播送那句話。

這紙條是要給盧卡斯還是給我的？

我在腦海中回想顏色，盧卡斯．德魯瑞是青綠色，而李．德魯瑞是樅樹綠色。

和我說話的男孩聲音的顏色被那隻狗的色彩蓋過去了，可是我記得他的音調是比較偏綠而非藍色。

和我說話的不是盧卡斯。

我把碧．拉克罕的紙條給了另一個看起來像盧卡斯的人，他們穿著一樣的制服，住在同一間屋子裡而且聲音的顏色還很像。

李．德魯瑞。他旁邊站了一個聲音是汙濁深棕色的男人。他爸爸。

又過了二十一分鐘我才能走回家。一走到我家的那條街上，我就用盡全力快跑。

如果我在家，在房間裡把這個場景重新畫出來，我會在圖畫裡加上淺灰紫色的圓點。那是有人在敲玻璃的聲音。

我在人行道上用力踏出黑色圓盤形狀時，碧．拉克罕就站在一樓門前的窗戶旁。我假裝沒聽見她在敲的聲音。我無法和她說話。我說不出口自己把紙條給了他弟弟。

她永遠都不會讓我從房間窗戶看鸚鵡了。

隔天在學校，盧卡斯．德魯瑞在走廊上對我小聲說些中空白色的長管形狀。他指責我把貓放到鴿子群裡[15]。他爸爸看到碧．拉克罕的紙條，氣炸了。

盧卡斯說我們暫時都是安全的，因為他爸並不知道這封信是碧寫的。她一如往常沒署名，只用了首字母縮寫。我一定不能說是她把紙條給了我。我今晚必須把他的口訊傳達給碧知道。

不要再和我連絡了，否則我們都會惹上大麻煩。

我點點頭，因為這樣盧卡斯．德魯瑞才會放開我的制服外套，再度消失在走廊上一張張不知名的面孔中。

我並未道出真相，完全無法告訴碧．拉克罕究竟發生了什麼事。

我必須保護那些鸚鵡，那才是最重要的。我原本的計畫就是如此。那就是我唯一想做的事。

這件事我記得最清楚，比接下來發生的一連串可怕事件還清晰。

15 put/set the cat among the pigeons 指「（言行）造成軒然大波、招惹是非」。

第四十四章

星期六（藍綠色）

早晨

新社工瑪姬要帶我去警局時，我已經把書架做成的屏障搬下來了，也換好了衣服。我沒睡覺也沒畫畫，沒和膚色或石板灰說話，也沒為那些被破壞的書道歉。我沒吃早餐，因為我不喜歡麥片包裝盒的顏色，不過瑪姬說我們在路上可以停下來買些點心。

她又把我帶到那間房間了，有書頁邊角被摺起來的哈利波特、《極速誌》年鑑和只剩一隻手的邪惡小丑。我走進房間時，它們像看見許久未見的老友一樣歡迎我回來，可是我告訴它們我不喜歡待在這裡，我想回家看看我的筆記本是否平安，因為它們的順序被弄亂了。

今天是第四十九天。

有些小鸚鵡今天就會離巢了。我必須在牠們離開之前去道別。

這間房間看起來還是沒變，包括沙發上的嘔吐痕跡，我的嘔吐痕跡。瑪姬跟警員們警告過，那面鏡子會令我困惑，上次它就和我玩心理戰。他們不想冒險，把鏡子撤掉了。攝影機還在和上次相同的位置。

看著我，想揭穿我的伎倆。

很不幸，鏽橘色今天回來了。瑪姬說鏽橘色的上司負責偵辦謀殺案件。那位上司認為應該找個已經和我有過連結的人來談話，某個受過特別訓練、知道怎麼和兒童說話的人。那位上司錯了。

我和鏞橘色完全沒有連結。他雖然會說話，但我猜他應該沒有上過學習如何聆聽的課。在場還有一位律師和適任陪同者[16]，因為我不想見爸，現在還不想。反正他也不被允許來這裡。另一位警員在問他我們爭執的事。

他也會被問到碧．拉克罕發生了什麼事，瑪姬說。在犯罪影集裡，嫌犯不能一起接受偵訊，因為他們可能會竄改說詞，試圖讓說法一致。我已經決定要照我自己的版本實話實說。我不知道爸會怎麼說。

鏞橘色說適任陪同者會替我發言，她在這裡代表我的權益，因為爸無法到場。在今天之前我從沒見過這個女人，也不知道她要怎麼照看我的興趣[17]。她根本不知道我有哪些興趣。她可能對鸚鵡、繪畫或顏色根本一無所知。我想讓瑪姬幫忙是因為我喜歡她的顏色，可是她還約了別人見面。

「賈斯柏，我希望你知道發生了什麼事情，」鏞橘色說。「我想確認你了解為什麼你今天會在這裡。」

「好。」我在口袋裡用手搓著媽媽的鈕釦。

終於可以招供讓我鬆了一口氣。沒有爸在這裡阻止我，我可以把全部的事都告訴這位和演員同名的李察．張伯倫。其實是再說一遍。我必須慢慢說，因為他只有說話的鏞橘色是明亮色系，他的頭腦可是一點都不靈光。

「很好，賈斯柏，」鏞橘色說。

我用更快的速度搓著鈕釦，搓得更用力。他的聲音正摩擦著、往下抓搔著我的脊椎，激起我腦中憤怒的星火。

「也許你可以解釋給我聽，你今天會在這裡的原因？」

我們來警局之前，社工瑪姬讓我坐下來，向我解釋一些重要事實。她以為我會哭，拿了一盒面紙放在膚色的咖啡桌上。可是我不需要面紙，因為她告訴我的，我有百分之九十九都已經知道了。

我知道碧．拉克罕被謀殺了。

我也猜到森林裡的屍體是她的。

我不知道她的屍體被塞在放了要參加單身派對衣物的行李箱裡。那是剩下百分之一我所不知道的事。

我深吸了一口氣。

「因為你們已經找到我的鄰居碧．拉克罕的屍體。昨天早上大概八點四十五分，有個遛狗的人在林地裡發現那個行李箱，就在距離文森花園不遠處。你們想問我有關碧．拉克罕的謀殺案的問題。」

「非常好。」鏞橘色點點頭。那讓我想到以前有個點頭狗的電視廣告。我很愛那隻狗，但我不喜歡鏞橘色。碧．拉克罕被謀殺又不是「非常好」的事。難道他說這種蠢話不該被譴責嗎？她被謀

---

16 英國於一九八四年通過PEACE法案，要求警察訊問成年心智障礙者或是未成年人時，須有適任陪同者（Appropriate Adult）在場，以保障其福祉與權利。

17 原文interest可表示「興趣；利益」，在此賈斯柏誤解了詞意。

殺可能和「非常好」這種字眼根本沾不上邊。

「賈斯柏，現在我希望你在回答下一個問題之前，先仔細想一想，」我數了五秒後，他繼續說：「你可以告訴我，你上一次看到碧．拉克罕是什麼時候嗎？」

又是一個簡單的問題。「我在她死掉的那天看到她。上星期五。」

「這就耐人尋味了，賈斯柏。而且很有幫助。」

我原本想忍住不發出圓水滴狀的嘆息，但它還是從我的嘴裡冒出來了。這件事既不耐人尋味也沒有幫助，這是事實。如果他有聽進去的話，我早在第一次偵訊就告訴他了。

淡藍色的結晶體，有著閃閃發亮的邊角和鋸齒狀的銀色冰柱。

「你可以向我們所有人解釋一下，你說那是碧．拉克罕死掉的那天，是什麼意思嗎？」鏽橘色繼續說。

不會吧？我說得還不夠清楚嗎？

「四月八日星期五，」我強調，「碧．拉克罕就是在那天被謀殺的。」

我的律師在便條簿上快速書寫。為什麼他明明可以按錄影帶回放，卻仍要寫下我說的話？是怕錄影機故障嗎？

鏽橘色身體往前傾。「那就是我想請你解釋的，賈斯柏。你怎麼能夠確定那天就是碧．拉克罕被謀殺的日子？」

我深吸一口氣，比那次我和爸去坎布里亞露營、我穿著衣服跳進湖裡之前還吸得更大口。那時我知道會很冷，可是沒料到湖水竟如此冰寒刺骨，讓我的雙腿完全動不了，把我拖到湖底。

當時爸跳進湖裡救我。他今天不在這裡，無法再救我一次，因為他正試著拯救他自己。其他警員正在把他的供詞和我的作對照，想找出我們雙方說法的瑕疵。

「因為我殺了碧．拉克罕。」

九個字。我本來預期這幾個字會讓鏽橘色開始一連串地發問，可是房間裡鴉雀無聲。也許他還是聽不懂。他無法把前因後果串聯在一起。

「我在四月八日星期五謀殺了碧．拉克罕。」

我換句話說來幫助鏽橘色理解。我正在一筆一劃地架構故事。

「對不起，」我補充道。「當時我去她家吃晚餐，我不知道我會把碧．拉克罕刺死，也不知道我爸會把血跡擦得一乾二淨，然後把她的屍體藏在走廊上裝單身派對衣物的行李箱裡，再帶去我們家附近的林地。」

「我想我的客戶需要休息一下了，」我的律師說。他的聲音是加了很多牛奶的咖啡，讓人聽了很溫暖。

現在？我才剛開始自白，照這樣的速度我要很久才講得完。

「我很好，」我說。「呃，不是那個『好』的意思。」

顯然我殺了碧．拉克罕，不可能還是個好人。我永遠都無法當好人了。我只能當壞胚子，這是我應得的。如果我相信有地獄，那我一定不用通行證就能直接下去了。

「賈斯柏，我們需要休息一下，」律師說。「在你告訴這位警員其他事情之前，我們得談一談。」

我原本要說我想繼續下去，可是鏽橘色的顏色堵住了我的聲音。

「當然。賈斯柏．維沙特要求問話暫停。偵訊在早上十點十五分暫時停止。」

我用雙手摀著臉，喃喃自語說：「不是我要求問話暫停，是律師。」

「我知道了，謝謝你，賈斯柏。」鏞橘色說。「這不是問題，等你準備好我們就可以繼續開始。你想吃點或喝點東西嗎？如果你想吃點心，販賣機有賣可樂和巧克力棒。」

「謝謝，可是爸說咖啡因和巧克力都會讓我過度興奮。」

「嗯，如果你改變主意再跟我們說。」

我已經改變主意了。

現在既然我都承認殺人了，被爸發現我喝可樂和吃巧克力棒又算什麼。這也許是我可以吃那種東西的最後機會了，因為我懷疑少年監獄或他們要送我去關的地方會不會有販賣機。

不過反正都太遲了。鏞橘色已經走了出去。門關起時發出木頭紋理的圓圈咖答聲。房間裡只剩下我、律師和適任陪同者。她半句話都還沒說，一定是因為不知道我的興趣是什麼。

我覺得很孤單，無法停止顫抖。我又跳回那座冰凍刺骨的湖泊裡。這次沒人想把我拉出來。我沉到了湖底。

沒人找得到我。也沒人想找我。

第四十五章

偵訊：四月十六日星期六，早上十點三十分

律師說得對，我的確需要短暫休息一下，暫時離鏽橘色遠一點。他的顏色塞滿了我的頭腦，而且有奇怪又不受歡迎的形狀。我的律師名叫里歐（Leo），這名字讓我聯想到獅子，一個西瓜粉色的字詞。

里歐的聲音是牛奶咖啡的顏色，看起來不像獅子，這令人失望。不過加分的是他蓄了黑色的山羊鬍、戴了副紅色眼鏡，這些特徵很好記。里歐買了一罐可樂和一條奇巧巧克力棒給我，因為販賣機的火星巧克力棒賣完了。我警告過他我可能會像鸚鵡一樣拍動手臂，可是他說我可以隨心所欲盡情拍動，這點他讓人感覺很和善。不過他畢竟沒看過我做那動作時的樣子。

相比起來，他更感興趣的是談論我的權益和討論我該告訴警察些什麼。我告訴他我做的事，我說我想一吐為快。這個成語是我到學校和助教會面時，那位助教用的成語。

你還有什麼想一吐為快的嗎？

她第一次說的時候，我覺得這個用語很奇怪，可是後來我們笑得很開心。自從我告訴她這個成語讓我想到電影《異形》裡從男子胸口蹦出來的生物之後，這就變成「我們的默契」了。

鏽橘色解釋我已經因謀殺碧．拉克罕而被正式逮捕和警告。我現在有特定的權利，例如保持緘

默的權利。我可以完全沉默。

「你了解我剛跟你解釋的嗎？」鏽橘色問。

我點點頭。我什麼也不必說，這是他剛剛說明的。

他告訴我如果可以的話，他會比較希望我說出「是」，可是攝影機明明就可以錄下我點頭。

我不必說話。於是我又點點頭。

「我們可以繼續了嗎？」他問。

里歐說可以，他的聲音又更濃稠，像加了奶油色全脂牛奶的咖啡。

「我們早上十點半繼續開始偵訊，」鏽橘色說。「請每個人報上名字作為紀錄。」

我們依序報上名字。里歐幫我說，因為我不想講話。這次多了一個人，莎拉・哈波。她和鏽橘色一樣是警員，不過她的聲音顏色讓人比較能忍受。

黯淡的淺綠色。

我不會想畫出這個顏色，不過暫時還能忍受。

鏽橘色向我確認，在我們稍作休息、攝影機關掉的期間沒有其他警察針對這次的偵訊問我問題。里歐回答說沒錯之後，鏽橘色這次從對的地方開始，也就是我們剛才談到的地方。

「我要把你在我們剛才偵訊時說的話唸出來。你說：『我在四月八日星期五謀殺了碧・拉克罕。』你記得自己這麼說嗎？」

我記得。我忍住不竊笑，因為這事很嚴肅。我在想像有個外星人從鏽橘色的胸口蹦出來。

「賈斯柏，可以請你回答是或不是嗎？」

「是。」

我開始搖晃身體，我就是忍不住。沒人叫我不要這麼做或叫我停止。也許他們還沒注意到。

「我會直接被帶去坐牢嗎？我走之前想先見我爸爸。我現在可以見他嗎？」

「我們現在只是問些問題，」他回答。「就只是這樣而已，你不會被帶去坐牢，不必擔心。」

「我是擔心如果我去坐牢，我爸怎麼辦。我不認為他會沒事。」

「你爸爸沒事，」黯淡的淺綠色說。「我們再問你幾個問題，你就又可以休息一下了。」

她沒回答我可不可以和爸見面的問題，我猜那意思是「不行」。也許一旦我據實以告，他們就會讓我和爸見面。

「也許我們可以回到那一天，」她建議。「回到你聲稱你殺了碧．拉克罕的那天。」

我常常不能理解人們講話的方式，應該說大部分時候都是如此。人們時常言不由衷，或者意有所指。他們以暗號交談，我無法破解。可是我並不笨。她說話的方式讓我認為也許她不相信我的陳述。

現在我也得把她的顏色和鏽橘色的一起隔絕在外了。

我想像這場偵訊再繼續進行下去時，她會說什麼其他的話。

你聲稱你謀殺了碧．拉克罕。

賈斯柏，你聲稱很多事情吧？

你今天還會聲稱什麼其他的事？

我們為什麼要相信你這種人聲稱的事？

她報上名字以供記錄的時候，我接受了她的顏色，可是現在我卻不喜歡了。我不信任它，就像我不能信任鏽橘色一樣。關於聲音，我不能仰賴我的第一直覺了。我現在是不可信任的罪犯。

我用雙手撐著頭。黯淡的淺綠色、咖啡牛奶色和鏽橘色融合成凝結的混亂物質，就像一艘致命的火箭快要在我的腦中爆炸，穿過我大腦的灰質，沿途破壞我體內所有細胞。

「我的當事人表示他願意充分配合，」牛奶咖啡說。「可是對他來說，要承受的太多了，我想這點你們都可以理解。我認為這個階段由我來代替他發言會是最好的狀況。」

兩位警員都沒說話。不知道他們有沒有左右搖頭或上下點頭。不管怎樣，我都必須稱讚里歐的技巧，單刀直入地中斷他們刺耳的聲音顏色。只靠我自己無法辦到。

我已經失去了專注力，完全不知道該怎麼把整個事件兜在一起。

「賈斯柏事先準備好一份完整的書面陳述，說明他四月八日晚間是在廚房的一場打鬥中，以一把刀誤殺碧．拉克罕的過程。他帶著那把刀和他的鸚鵡畫作逃出她的家，之後便一直待在他的祕密基地裡，直到他爸爸下班回到家。」

「一把刀？」鏽橘色像回聲一樣說。

「是的，一把刀，」咖啡牛奶色確認。「就我所理解的，碧．拉克罕在廚房抽屜裡放了一把長刃刀。她那天用那把刀來切派。」

我坐直身體看著里歐。他面對鏽橘色的表現很好，雖然他得一直重複字詞和句子，彷彿他在面對一位失聰人士。他還錯過了一些片段，而且把事情發生的順序前後顛倒了，不過那是我的錯。

我不確定自己把所有事情都告訴他了。

「賈斯柏說碧．拉克罕那晚特別為他烤了一個派，」里歐繼續說。

鏽橘色和黯淡的淺綠色兩人看著我，嘴角揚起。

「拉克罕小姐這麼做人真好，」鏽橘色說。「烤派給你吃。」

我對鏽橘色尖叫，發出刺耳又稜角分明的海藍色，還帶有冰凍刺骨的尖銳突起，因為鏽橘色是我見過最笨的人。

那個派並不好。一點也不好。

那是個武器，比我用來殺死碧・拉克罕的刀子更惡毒、充滿算計。

第四十六章

偵訊：四月十六日星期六，早上十點四十三分

我不需要畫筆。當里歐在和警員們說話時，我在腦海中畫出他們的色彩。

碧．拉克罕被殺死的那天原本應是美得令人讚嘆的靛藍色，因為那天是星期五，但我眼裡唯一見到的只有天藍色。那是碧．拉克罕聲音的顏色。

我從星期三晚上就在閃避她。我衝出門，放學後先把鑰匙準備好，這麼一來才能打開大門躲進去。我把窗簾緊閉，透過布料中間的縫隙查看餵鳥器是否有裝滿。我的計畫奏效了。碧．拉克罕繼續餵那些鸚鵡，因為她還沒發現我災難性的錯誤。

盧卡斯還沒告訴她。他一點也不想和她再有瓜葛。我在筆記本裡寫下他的話，警告碧不要和他聯繫的話，可是還沒把這個訊息告訴她。我無法這麼做。我睡也睡不好，從交出那張紙條之後就一直是如此。

從我四月八日星期五醒來的那一刻起，我就無法掌握好做任何事的時機。我的鬧鐘沒響。爸的也是。

我們都像瘋了一樣忙得團團轉。

「今晚見，」爸喊道。

「好，」我回答完用力甩上門。鏽棕色不斷延展的大長方形。接著我跑到小徑上。

「等等，賈斯柏。是我。你的朋友，碧．拉克罕。」她的天藍色聲音周圍結霜了。

她一直在等著我關上柵門。她的銀色燕子以反方向飛，她的眼睛看起來又紅又癢。我不想停下腳步和她說話，因為她可能會逼我告訴她我犯了什麼錯。

「我得走了，碧．拉克罕。我遲到了。就像妳最喜歡的故事裡面的那隻白兔一樣。」

「我討厭那個故事，我之前告訴過你了。那不是我的結局。」

我眨眨眼。我沒看到她動嘴唇，因為我眼睛一直盯著人行道看。這必定是我自己想像出來的，因為我以為我記得她說這是她小時候最喜歡的故事，之後她長大了，就不再喜歡了。

這次她說話時我看著她了，確保自己沒再犯另一個愚蠢的錯誤。

「你有幫我送星期三晚上拿給你的紙條嗎？」她問。

「有，我送到格林柏恩街十七號了。妳必須繼續餵那些鸚鵡。之前我們講好的。」

「你真的把它交給盧卡斯了嗎？」

「我現在得走了。我遵守了新的約定。再見。」

「等一下，賈斯柏。我們得談談這件事。這很重要。」

「我把信交到他家了，好嗎？他拿了。」

這不完全是謊話，因為「他」的確拿了紙條。只不過不是對的「他」。

「他星期三晚上或昨晚都沒來找我。你有看著他打開信封嗎？他讀信了嗎？」

「我不知道。我沒在那裡等著。我沒進屋子裡去。」我想繞過她往前走，可是她移動腳步。

「我應該叫你等到答案再走的，」碧說。「是我的錯。」

「不是，」我說。「那隻橘紅色三角形的大狗跳起來，從門口朝我撲過來。那才是錯誤。」

碧無視於我突如其來的激動回應。「他爸一定發生了什麼事，應該是這樣，因為他不會這樣對我充耳不聞，我都已經告訴他這個消息了。」

「盧卡斯不想讓妳救他。他說妳把其他人拖下水。」

碧直盯著我看。我看不出來她是生氣還是難過。

「放學後來找我，拜託？」

「不要。我討厭狗。我不能再去盧卡斯家。妳不能逼我再回去。我們講好的不是這樣，我有遵守我們的協議。」

她從耳後拉出一束頭髮，用手指捲呀捲。她的手腕上出現了一些奇怪的痕跡，像長形的石頭上綁了紅色帶子。

「賈斯柏，我覺得自己這樣對你真的很差勁。我想補償你。你願意讓我補償你嗎？我在想，我要給你很大的補償，下週你可以看鸚鵡看很久。這樣你應該可以在家裡畫出很多幅畫。」

為什麼我不趁自己再度淪陷之前趕快跑走？

「我很想念你的畫，」她繼續說。「我猜你應該很努力在畫畫，因為你的房間窗簾一直關著。你是在畫鸚鵡吧？你下課後可以帶那些畫來嗎？我們從我房間窗戶看完鸚鵡之後，可以一起欣賞那些畫。」

有個男人走向我們，喃喃地說哈囉，碧翠絲。她沒說什麼，可能也不認識他吧。他說話很小聲，是灰白色的模糊線條。他經過之後我數了十步，在第十一步時他回頭看，也許他希望碧終究會認出他，可是碧一直看著我。這次她的手抓的不是頭髮，而是她的黑曜石項鍊。

「我想看你那些鸚鵡的畫。那些畫令人心情很好，可以幫助我忘掉不好的事情。」碧之前就在她的房間裡說過這些話。我還是沒搞懂她話中的含意。她轉過身，看著眼前的街道，可是沒看到任何不好的事物。街道上除了一個男人以外空無一人，可能是剛剛經過跟她打招呼的那個男人。他在街道的盡頭右轉。

「妳只有想要做這件事？」我問。「妳想談談我的鸚鵡圖畫？不是盧卡斯．德魯瑞？」

「呃，不只是那件事，賈斯柏。」

我站到一旁。「我不會再去那間屋子，不會再去那隻大狗那裡，狗吠聲的顏色好可怕。」

碧舉起一手撥頭髮。我看著她的手腕，因為我不想看到她糊成一團的睫毛膏和充滿淚痕的臉頰。

「紅色的交叉線條。」

「別擔心你看到的那些顏色，」她說。「我在擔心那些鸚鵡。」

「妳要餵牠們，因為我有照之前說的去做，」我點出。「我把紙條送去盧卡斯．德魯瑞的家。我們都有各自遵守協議。」

「我知道，可是大衛又在威脅我了。他已經在用噪音防制法對付我。除非我不再餵牠們，否則他會再去委員會抱怨那些鸚鵡的事。我可能必須停止餵鳥了，賈斯柏。」

「妳不能停止餵鳥，」我抗議道。

「我也是這麼告訴大衛的，」她說。「他讓我很害怕，賈斯柏。真的很怕。他不像一般人。他樂於殺生。如果他沒自己拿槍射那些鳥，那他也會找別人來做這件事。他說如果鸚鵡打擾民眾，委員會的有害生物防治委員們可以取得私人土地的權限來摧毀那些鸚鵡。他們有權力。」

我從風衣口袋裡拿出手機。

「不行，不行，我不認為我們現在可以打電話報警。我想，我們可以一起想出一個計話來對付他。我知道你已經寫了很多筆記。如果我們把證據集合起來，警察就得聽我們兩個的說法。我們可以看看究竟抓到他什麼把柄，有罪的行為。」

「對，碧．拉克罕，」我二話不說就回應。「我們必須這麼做。我今天放學後會帶著我的筆記過去。」

「還有你那些鸚鵡的圖畫。別忘了那些。我很想看。我需要讓心情好一點，那些畫總是能讓我開心。」

「別擔心，碧．拉克罕。我不會忘記的。」

「很好。」她雙手合掌。「晚上六點如何？你何不留下來吃晚餐？那樣我們就不用趕時間。你喜歡披薩嗎？」

「今晚我吃雞肉派，不是披薩。我星期五晚上總會吃這個。爸今天工作到很晚，他把那盒雞肉派放在冰箱了。我得用烤箱設定攝氏一百八十度烤三十分鐘。」

「那樣的話，我來烤個你絕對沒吃過的美味手作雞肉派吧，」碧說。「我已經從我媽的舊書裡找到食譜了。你一定會很愛。」

第四十七章

偵訊：

四月十六日星期六，早上十一點零一分

「我希望你慢慢來，」鏽橘色說。「從四月八日星期五晚上，你進到碧．拉克罕家裡那一刻開始。不需要心急，照著你自己的節奏說就可以。」

里歐解釋我在說話的時候不希望別人看著我。大家同意了。可是即使他們移動座位，我還是找不到適當的字句。鏽橘色建議我試試另一個方法。

他要我在腦海中畫出一張圖，這是個好主意，不過有點困難，因為我很害怕那些顏色。我知道它們想傷害我。

記得，一次畫一筆。我只需要這麼做：一次用一筆、一個顏色畫出這個階段發生的事。

「賈斯柏，你來了！」一位金髮女子站在文森花園二十號門口。她的頭髮落在肩上，髮尾濕漉漉又捲曲。我聞到椰子的味道，這味道很陌生，不過她耳朵上戴著銀色燕子耳環，脖子上掛著黑色長鍊。

黑曜石：世界上威力最強大的守護石。

「我不確定你會不會來。」

天藍色。絕對是碧．拉克罕。她的聲音顏色是如此獨特，我不會把她和任何人搞混。

「你一向說到做到，」她繼續說。「我就是喜歡你這一點，賈斯柏。你從不會讓我失望。你總是想做對的事。」

我把放在肚子前面的作品集抱得更緊，肩上背著一袋筆記本，裡面有大衛．吉爾伯特的威脅紀錄。我低頭看看地墊，短毛上黏著些許泥塊。

有個黑色大行李箱放在地墊旁邊，準備啟程。

「請進，請進。」

門關上時，椰子味又飄進我的鼻孔。她幫我拿了風衣，掛在外套架上。

「你覺得如何？」她轉了一圈，旋轉時藍色的長洋裝隨風飄揚。

「我一直在想妳今天早上說的話。妳得在家門外架設錄影機，因為我不能無時無刻在我房間的窗戶守著，我得上學和睡覺。那樣的話，我們就可以逮到大衛．吉爾伯特侵入妳家前院的證據了。」

「不是啦，我是說我的洋裝。我特別為你穿的，因為我知道你有多喜歡這個顏色。這是鈷藍色。你的最愛。」

「這不是鈷藍色。」

「這是啊，賈斯柏。店裡的小姐告訴我的。」

「她錯了。這太深了，不可能是鈷藍色。」

碧笑出天藍色帶點深灰色的尖銳聲音，比之前還高音、刺耳。如果我在畫圖，我會在筆觸上反應出來。

「賈斯柏，隨你怎麼說吧。我是說，你才是顏色和畫畫的專家，我不是！總之，我想讓你知道我昨天買它的時候心裡想著你。店裡的小姐聲稱這是鈷藍色，我就當真了。我真蠢。那是你媽媽的顏色，不是嗎？鈷藍色？」

「我媽一直都是鈷藍色。」

「那我是什麼顏色？」

「妳是天藍色。碧．拉克罕，我之前告訴過妳了。妳應該在橡樹周圍搭起籬笆來保護那些鸚鵡。除了警察之外，我們也可以打給英國皇家鳥類學會。我在網路上找到他們的電話號碼。」

碧拍一下手，說：「當然！天藍色。我真笨。那意思就是說，你媽媽和我可以算是同樣的色系。就像姊妹。至少像家人啦。家人很重要，賈斯柏。你不覺得嗎？那是我從來沒有過、又一直渴望的東西。」

媽媽沒有姊妹，她是獨生女。而且鈷藍以前是用來指氧化物和氧化鋁。這個字詞第一次用來當顏色的名稱是在一七七七年。

「一八一八年，水彩畫家約翰．瓦里建議在畫天空的時候用鈷藍色代替群青色。」我說。

「嗯……」她的天藍色幾乎被一層薄霧遮蓋。

碧把頭髮撥到一邊。更多椰子味。

「我準備的時候，你何不來廚房裡坐著？我之前一直在忙著打包漂亮的衣服去參加我朋友的單身派對。我無法決定要帶哪些衣服去。最後我把李箱塞得太滿，還得坐在上面壓著才能把拉鍊拉上。總之時間就這樣溜走了。」

「現在是晚上六點，」我說。「是我們說好要來這裡討論對付大衛．吉爾伯特的計畫，還有看我的鸚鵡畫的時間。」

「對，可是你是我認識唯一會準時到的男生。大多數我認識的男生都會遲到。盧卡斯總是遲到。你不記得他每次都遲到了嗎？」

我不記得這件事。我和他沒有熟到足以判斷這件事情的真假。「他今天有來學校，」我主動提到。「我不知道他是不是遲到了或沒去上課。他比我大，我們沒上同一門課。」

我跟著她走進廚房。廚房裡的樣子和味道都和平常不一樣。盤子、碗還有其他用具都堆在水槽裡，全都還沒洗。髒兮兮的鍋碗瓢盆堆放在各處，包括我之前打算用來擺圖畫的那張桌子。上面有三個棕色的蘋果核，和從一大包白色包裝灑出來的糖粉。碧還忘了把一個空的牛奶盒扔掉。

「你看到他了嗎？」

「誰？」我希望碧可以在廚房裡輕盈地來去穿梭，把環境打掃乾淨，就像白雪公主和那些森林裡的松鼠、兔子和老鼠等動物一樣。

「盧卡斯。」

我們又回到碧・拉克罕除了鸚鵡之外最愛的話題，原本我們應該要看那些鸚鵡的，如果她有把桌子擦乾淨的話。這是我的錯。她邀請我來這裡討論對付大衛・吉爾伯特的策略，而我又不小心提到盧卡斯・德魯瑞的名字。是我，不是她。為什麼我會這麼做？

「副校長鮑爾森先生在集會時念到盧卡斯・德魯瑞的名字，他上去領獎，」我說明。「這週的資源回收獎得主。對了，盧卡斯沒遲到。他只花二十九秒就走上台，很快。有些人花一分鐘又十七秒才去領獎。」

碧用手指撥弄她的洋裝。我不認為這件洋裝適合她，何況它也和她的項鍊不搭。

「也許盧卡斯喜歡讓我等。像星期三晚上他沒來，我幫他做了消夜，等他等了兩個小時，賈斯柏，你可以想像嗎？誰會讓女生等那麼久，而且還做了這麼棒的菜？」

「沒戴手錶的人？」我猜想。

「不是像你這樣的人，賈斯柏。」碧蹲下來往烤爐裡窺探。「我沒有計時器。我們只能一起注意我的派烤好了沒。」她戴上藍白條紋的大隔熱手套，打開烤箱用力吸氣。

「嗯，」她閉上眼睛。

我也聞到美食的味道了。雞肉派。

「你就不會讓我等那麼久，對吧，賈斯柏？你是個紳士，真正的紳士。」

「我有手錶，意思是我一向都會準時。」

「這也是我喜歡你的地方，賈斯柏。」她關上烤箱。黃色火花。「現在很少有守時又禮貌的男生了。這兩種特質現在都不受重視，但女生喜歡紳士。」

她對於廚房的一團亂視而不見，打開冰箱。我看了手都癢了。為什麼她不整理乾淨？她拿出一瓶酒，兩手握著酒瓶。「我需要喝一杯。賈斯柏，你不知道我有多需要喝一杯。可是我不能喝。」

「我不介意，」我說。「如果妳覺得口渴就應該喝。」

碧把酒瓶放回冰箱裡。「謝謝，可是我現在很乖。我必須乖一點。這對我來說很難。因為當壞小孩好玩多了，你不覺得嗎？」她發出藍色條紋的陣陣笑聲。

我打開作品集，不確定該說什麼或做什麼。

我想把八張圖全都擺出來，讓我們可以一起研究。原本在我們討論完大衛．吉爾伯特之後應該是這樣計劃的，可是桌子很黏膩而且堆滿東西。除了有灑出來的糖粉之外，還有她吃完早餐忘了清理的痕跡。有兩片玉米片卡在木頭裡，我坐進一張椅子，用指甲去摳卡在縫隙的穀片。它已經變得乾硬又尖銳。

「噢！」穀片插進我的指甲底下，刺傷了皮膚。

我在吸手指頭時，碧．拉克罕沒對此說什麼。她朝我的方向哼著粉紅色芭蕾舞曲的旋律，那是我沒聽過的。

「很高興你提到盧卡斯今天在學校的事，」終於她又開口。「我很擔心他。也很擔心你。從我請你幫我送信之後就沒再看過你們了。這讓我納悶是哪裡出了差錯。」

我在椅子上變換姿勢。我不想再談論橘紅色的狗吠和盧卡斯的爸爸吼叫時汙濁帶有灰邊的咖啡色。

「我得走了。」我起身弄倒了椅子，發出一陣暗棕色圓圈。

「很抱歉，賈斯柏，坐好。」

「我想把圖畫和筆記本帶回家了。妳說妳想看，可是妳根本連提都還沒提起這件事。妳一直在問盧卡斯，妳只關心他，雖然妳應該關心的是保護我們的鸚鵡才對。」

「不是這樣的，」碧說。「我不是故意要讓你生氣，賈斯柏。我很難過。像你一樣。」

我盯著血從我的指甲底下汩汩流出。那顆穀片很鋒利，像把迷你的刀。那麼小的東西怎麼能帶來那麼多痛楚？

「我不能讓你把那些美好的畫鋪在我的髒亂桌子上。坐下吧，我幫你挪出空間。」

我猶豫了。就像她在街上逮到我的時候一樣。

離開或留下。

留下或離開。

我想離開，可是碧像白雪公主一樣小碎步地跑來跑去清理桌子，只差沒有動物幫手來幫忙。她猛地把空牛奶盒丟進垃圾桶裡，鏟起那些蘋果核和灑出來的糖，並把一堆報紙丟進資源回收籃裡。

「等等，等等，我還沒做完。我實在太懶散、太邋遢了。這週對我來說很難熬，我把事情放著不管，甚至對所有需要清洗的東西視而不見。洗碗機故障了，我就拖著沒做了。」

她在水龍頭下把一塊藍色海綿浸溼。淺藍灰色線條。

水濺到白色磁磚上。

滴答，滴答，滴答。

深色項針形狀。

碧可能會踩到水滑倒受傷。意外大部分都在家裡發生，每年造成約六千起死亡事件。

我還來不及提醒她，她就把水潑到桌上，潑溼了我大腿上的其中一張畫。我把椅子往後推，站起來時握住椅子，以免它又翻倒一次，製造更多形狀。

「對不起，對不起。我希望你的畫可以很完美。這張桌子必須一塵不染，才能展示你的作品。我不知道我在想什麼，沒在你到之前清理乾淨。」

我望著我的畫。有一小塊濕掉的地方慢慢擴大，這讓大鸚鵡的深藍色聲音變成鸚鵡寶寶的淺藍色色調了。它改變了牠們聲音的節奏，讓它們都變了調。

「我的畫毀了。」

「它沒有毀了，賈斯柏。」碧說。

她錯了，就像她之前錯估很多事情一樣。我不喜歡她的聲音，聽起來有稜有角，而且形狀很尖銳。

「『毀了』不是畫上的一攤水，那根本看不出來。『毀了』是你的人生被沖進馬桶，而你卻無法阻止。『毀了』是失去你摯愛的人，而你不知該怎麼挽回他。」

我閉上眼睛，感覺到自己身體在搖晃。我不想讓鸚鵡的歌聲被毀壞，尤其牠們唱得如此優美。不公平。如果那張畫沒有完美捕捉牠們的顏色，我就是在讓牠們失望。

「鸚鵡就是我的摯愛，」我點出。「至少現在是如此。之前是媽媽。她也會喜歡那些鸚鵡的。她不會希望失去牠們。我不希望牠們被大衛・吉爾伯特奪走。我想在他傷害牠們之前阻止大衛・吉爾伯特。」

「我們的話題又兜回鸚鵡身上了，」碧說。「這還真是令人高興啊。」她嘆了一口氣，吐出藍白色的煙霧。

她的話聽起來不像是期待的嘆息，期待看到牠們的聲音和歌聲，如同我看見和聽見牠們時的渴望。這是我第一次感覺到她不一樣了。即使她說的話和我相同，但卻有種奇怪的、不友善的色調。

「老實說，我很高興又可以談論鸚鵡了。呀呼！如果你想，我們現在也可以討論你說的大衛・吉爾伯特的那些陰謀了。」

「對，那就是我想做的。」

她用一條毛巾擦拭桌子，那條毛巾上黏著先前吃的、乾掉的食物。

「你看！亮晶晶跟新的一樣！現在讓我來看看你的那些畫吧。」

我指向一處水灘。「那裡濕濕的。」

「抱歉。」她又擦得更用力。「原諒我，我的生活真是一團亂，沒有為你把一切安排得盡善盡美，照你想要的樣子做。」

這句話的字裡行間努力要表達友善，聽起來好像碧在努力嘗試，真正的努力，可是她的嘴角沒有動，而且說話的顏色逐漸變得銳利。我只有在剛到這裡的時候看到唯一真正的笑容，露齒而笑的笑容。

「妳還想看我的畫嗎？」我得確認，因為我不知道她想要什麼，也不知道她在想什麼。我們失去了連結。不知為何我在走進她的髒亂廚房之後把那份連結給毀了，她的笑容消失了。

「請吧。」她牽起洋裝的裙襬，行了個屈膝禮。「如果你為我這麼做，我會很高興的。這讓我無法去想其他事。我真的想看得要命。」

我真的不希望這會要了碧．拉克罕的命。我慢條斯理地把那些畫放到她桌上。它們必須按照正確的順序排列，按照筆記本裡的順序擺放，可是碧．拉克罕一直用腳輕輕點地，發出泰迪熊顏色的圓圈，這令人分神。

「你想看它們依照時間、日期的順序排，還是依照主題？例如唱歌、餵食、修剪樹枝、爭吵、從樹洞裡探頭或站在樹枝上。還是也許……」

「老實說，」她打斷我。「我一直很想知道，為什麼盧卡斯讀了我的字條之後沒來見我。我在想，要是那不是盧卡斯的錯呢？要是那是你的錯呢？」

嚴厲的話語令我的肚子緊縮了一下。

「這是日落特輯，」我繼續說。「還有這些是牠們在日出時唱歌的畫。」

「很好看，賈斯柏，你的畫都很好看，就和往常一樣。可是我知道你聽見我說話了。」她說得很小聲，彷彿怕被人偷聽見一樣。「這條街上有些人，例如大衛．吉爾伯特，他們以為你很笨。他們告訴我你很笨，因為你和一般小孩不同。可是我知道你不笨。我知道你聽見我說話了，賈斯柏。」

我繼續排列我的作品，擺出鸚鵡在進食、爭吵、唱歌和聊天的圖畫。

「你幫我送字條時出了錯嗎，賈斯柏？你星期三把字條送錯家了嗎？還是交給了盧卡斯以外的人？告訴我發生什麼事。」

「橘紅色三角形和汙濁灰色邊邊的咖啡色！」

「賈斯柏，好好回答我，我聽不懂你說的那些顏色。你犯錯了嗎？如果你承認你犯錯，我會原諒你。大家都會犯錯。我總是在犯錯。」

我滿臉是淚，不敢看她，繼續盯著我的圖畫看。

日落、日出、進食。

「賈斯柏？」

「我以為他就是盧卡斯，」我說。「我把字條給了來開門、穿制服的男生。」

「總算說到重點了。」她說話的速度很慢，就像每次爸生氣時或要我冷靜下來時會做的那樣。「賈斯柏，你可以慢慢回答我。是不是有任何可能，一丁點可能，是你把字條給了他弟弟李？」

我不需要慢慢回答。

「有可能。我不知道。我沒問他的名字。對不起。那隻吠叫出橘紅色三角形的狗讓我搞錯了。我必須逃跑。快點逃跑。」

碧搖搖頭。「那情況還不是那麼糟。不如我害怕的那麼糟。至少你送對地址了。那封信正在他家裡的某處。」

「燒起來了。」

「盧卡斯的家裡有東西燒起來了嗎？就是這樣你才慌了嗎？」

「不是。妳的烤箱裡。」

「該死。我的派！」她飛奔過去打開烤箱。「呼！我還以為我毀了它呢。」她拾起那條髒抹布，把雞肉派拿出來，扔在工作檯上。

碰。紅色火花。

「好燙！好燙！」她吹了吹手指，把手指伸在水龍頭底下。模糊的灰色線條。

「我該回家了。爸會擔心我去哪裡了。」

「不會吧？」她說話時並沒有轉頭。這句話聽起來像問句，但她並沒有等我回答。「我想他應該不會想你，因為他根本還沒下班回到家，不是嗎？」

我在桌子底下確認手錶時間。她說的沒錯。

「你有告訴他今晚會來找我嗎？」她問。「他知道你在哪裡嗎？」

我繼續看手錶。

「賈斯柏，別擔心。我相信你爸不會介意的。他喜歡我。從那場派對之後他一直都喜歡我。也許根本是對我一見鍾情。我搬回這條無聊的街上那晚，就看到你們兩個都在從你的房間窗戶看我。」

我不確定爸是否喜歡碧，因為他之前罵她是愚蠢的水果餡餅，可是我不想再惹她不開心。她認為一個並不存在的神遺棄了她，而我不這麼認為。

「很遺憾妳燙傷手指。還有盧卡斯沒來見妳。還有我把妳的重要字條給他弟弟了。對不起，對不起，對不起。」

我大聲地重複這些有稜有角的藍綠色字詞。

「不用道歉，賈斯柏。我現在知道發生什麼事之後開心多了。盧卡斯根本沒收到我的字條。他弟弟一定忘記交給他了。你也知道年輕人就是這樣嘛，對吧？他們不可信賴，總會把事情搞砸，重要的事情。」

我用舌頭數著牙齒，因為我忘了把媽媽外套的鈕釦帶來了。

「我的禮貌到哪去了？你一定餓了。我們來吃派吧。」

「我不那麼……」

「拜託別說你沒那麼餓，賈斯柏，因為在我千辛萬苦做了一個特別的派給你吃之後，你這麼說會很無禮。我不是用買的，而是自己親手做了這個派呢。」

我不想顯得無禮，可是是她先沒禮貌的。她還沒看我的畫，還沒正式開始看。她也沒問關於我筆記本的問題，或是和我一起想出更多對付大衛．吉爾伯特的策略。她就只想談盧卡斯．德魯瑞，還有他為什麼沒來見她的事。她從抽屜拿出一把刀子時，我又猶豫了。

「要不要吃一大塊啊？」她沒等我回答就拿手中的金屬劃過深棕色的派，劃了很長的一道。

我無法把視線從刀子上移開。在她項鍊垂飾的微光底下，那把刀閃著亮眼的鋼灰色。在那一瞬間，我可以看見自己在金屬上的歪曲倒影。

接著我就離開了，彷彿我從沒進過碧．拉克罕的廚房一樣。甚至根本不曾存在。

第四十八章

偵訊：

四月十六日星期六，早上十一點二十三分

「賈斯柏，你做得很好。我們可不可以回來談那把刀的事？」鏽橘色問。「碧．拉克罕用來切派的那把刀？」

我再次閉上眼睛，感覺手中握著畫筆。它想保護我。

可是沒有用。

大家都知道畫筆不可能贏得過一把刀。

「賈斯柏，你覺得我的雞肉派怎麼樣？」

派皮很鬆脆，是我喜歡的樣子，不過最上面烤過頭了。我趁碧．拉克罕不注意的時候把上面燒焦的地方刮掉，但還是嘗得到焦銅味。這和我平常星期五晚上吃的那些裝在紙盒裡的雞肉派不一樣。

「我想它的味道還可以。」有一塊不明黑色肉塊從醬汁裡冒出來。我用叉子把它挑出來。

「還可以？賈斯柏，你真的很難取悅耶。」

「醬汁是塊狀的，吃起來有錢幣的味道，酥皮烤太久了，有點苦，」我喃喃地說。「除此之外，都還好。」

「哇，謝謝你的稱讚，我太受寵若驚了。」她咬了一口，閉上眼睛。「嗯，好吃。很奇妙一頓美味的家常菜會讓你覺得心情好多了，從無到有做出來的東西，而且你知道所有的成分來源。」

這件事我不太確定。我和爸從來沒有從無到有做出一道菜，通常是從冷凍庫或冷藏庫拿出來的包裝盒，而且得在微波爐或烤箱裡加熱。爸特別會準備千層麵速食餐。

「現在我的頭沒那麼暈了，可以好好欣賞你的鸚鵡畫作了。把它們拿過來吧，賈斯柏。很抱歉，我之前不是很專心。」

我不斷強調我有多擔心她把油膩膩的派渣掉在我的畫上，可是她堅持她會小心。她看著每一張圖，在每張圖上花了十到十五秒，然後把它們整齊地疊在她旁邊的椅子上。

最後一張畫的角落有水漬。碧沒提起這件事。不知為何她最愛這張，她無法像我一樣看出這張圖已經毀了。

「我想收藏這張，你可以給我這張美麗的畫嗎？我想把它放在這裡。」她指向我身後的白牆，那面牆上除了一枚生鏽的釘子之外空無一物。「我媽以前在那裡掛了一張可怕的海景圖，我一向都很討厭它。」

「妳確定嗎？我有比這張好更多的畫，例如那疊畫裡的第一張。這張已經被破壞了。」我問。

「不會啊，我看這張的時候有些感覺，比我看其他張還更有感觸。」她回道。「不要誤會，它們全都很棒，只是這張畫就像我，不完美可是依舊美麗。是這樣沒錯吧，賈斯柏？你看到我的所有缺點，可是你還是很喜歡我。你很喜歡我。」

「我很喜歡妳說話的顏色和妳的音樂，」我承認。「妳很漂亮，而且喜歡鸚鵡。妳想保護牠們不受大衛・吉爾伯特欺負。妳是我的朋友。」

「謝謝你。你是個貼心的男孩。很抱歉我之前對你很兇。我擔心到快瘋了。我認為你也很完美。你是個出色的畫家，賈斯柏，而且在各方面都是很棒的人。」她說完笑了出來。「聽聽我們在說什麼呢，好像矯情的演員喔！」

她伸出手等著，我把盤子遞給她，努力不看她手腕上的紅線。我已經吃完派了，所以她可能是想把盤子洗一洗。

「不是啦，賈斯柏，我想牽你的手，可以嗎？我知道很多自閉症小孩討厭身體接觸和吵雜的音樂，可是你爸說你不一樣。你不像其他的自閉症小孩。雖然你有其他問題，很多問題，讓生活不太容易，他是這麼說的。」

爸什麼時候談論過我的？他還說了什麼關於我的事？

她一直等著，直到我伸出左手，不過就在我們的手指快要碰到時，我的手遲疑了，我想把手藏到桌子底下。我不確定她想拿我的手怎麼樣。

「近一點，我知道你辦得到的。」她說。

我挪動身體，指尖擦到她的手。這時她忽然緊緊抓住我的手。「我們要怎麼解決你製造的問題啊，賈斯柏？」

我想收手，可是她繼續緊抓著。「要不是我走投無路，否則我不會再請你幫忙，可是我確實是走投無路。你不知道過去幾天我是怎麼過的。我擔心得快發瘋了。」

「對不起，」我小聲說。「我已經向妳道過歉了。我認不出別人的臉。記得我說那隻會發出橘紅色三角形叫聲的大狗嗎？我不能再去那裡。」

我用力想把手收回來，可是她抓得好緊。

「放開我！」

「賈斯柏，冷靜，還有不要大叫。」她放手。「這樣不乖，不是好男孩會做的事。」

我揉了揉手腕。我想站起來，可是頭太暈了。她的話把我困在椅子上動彈不得，彷彿她在我的椅子上塗了膠水一樣。她不會放過我的。我困住了，就像夢遊仙境的愛麗絲，無法回到兔子洞上方安全的地方。

「我年紀太小了。我不想幫妳傳字條。我不想和盧卡斯說話。我討厭他。」

「賈斯柏，才不是這樣，你不討厭他。討厭這個字眼對你這個小男孩來說太強烈了。」

「討厭是灰綠色的字，」我指正她。「而且我不是小男孩了，我一百五十二公分，以我的年紀來說只比平均身高矮一點而已。」

她的視線鑽進我的額頭。我想扔個什麼叫她不要再看了。現在我眼前唯一就只能看見那盤雞肉派。濃郁的醬汁流了出來，讓我的肚子翻攪。我轉移視線，讓自己盯著那把刀看。

「看我的畫，不要看我。我不喜歡這樣。」

「抱歉，賈斯柏。我不是在看你。我保證。我需要你再幫我做這最後一件事。我需要你明天早上趁他爸爸起床之前再拿一張字條給他。我現在就寫給你。」

「不要，我不要！我不要玩這個遊戲了。我要回家了。」我起身，但差一點跌倒。屋子在我的周圍晃動，讓我失去平衡。如果我跌倒，不知道碧·拉克罕會不會扶住我。

「沒有，賈斯柏，你沒有要回家，你現在哪裡都還不能去。我很努力要表現得友善，我也已經看了你的畫。我甚至還掛了一張在牆上。我還讓你對大衛·吉爾伯特的無聊小事一直滔滔不絕。如果你不肯幫我這個忙，我就……」她的聲音愈來愈小聲。

我可以感覺得到她看著我，雖然她保證自己不會這麼做。

我盯著那把刀，它在燈光下耀眼地閃爍。

一閃，一閃，一閃。

我無法把視線從這把刀移開，就算它的顏色毫不協調。這把刀是閃耀的銀色，但「刀」這個字卻是深紫色、有著不斷變幻的紅色核心。

碧的身子往前傾。我可以看見她的五官在刀上呈現的怪異扭曲模樣。即使我在椅子上換個姿勢，她仍舊在那裡，從尖銳的刀刃反射出影像。

「你知道我和你爸的事了吧？」

「爸說妳是愚蠢的水果餡餅。」他錯了，錯得離譜。水果餡餅應該讓人腦中浮現多汁的草莓或甜甜的肉桂蘋果，上面撒著糖粉，可是我現在嘴裡滿是噁心的臭酸味。

「是嗎？他在那晚的派對上就喜歡我這樣。那晚我們做愛了，就在樓上我媽以前的房間，你那時候在對面睡得可熟。」

做愛：泡泡糖粉紅色的字，挾帶不規矩的淡紫色。

我用雙手摀住耳朵，閉上眼睛。

「如果真要老實說的話，那次經驗不能說是完美。我以為這能幫我忘掉盧卡斯，可是我錯了。我整個過程都在想著盧卡斯。你爸當時喝醉了，他在自憐自艾，怨嘆你是他兒子。他說有像你這樣的兒子對他來說很難熬。他巴不得自己可以變回單身。」

這些話語從指尖流進我的耳裡。我努力想把它們阻擋在外，可是它們就像空氣中微小的柴油粒子，滲入人們的氣管，殘留在肺部裡致癌。

「這對我來說不算什麼，可是那晚可能會永遠改變你的人生，賈斯柏。差別在於，你會繼續和你爸一起住在對面，或是會和某些不了解你特殊需求的人住在別的地方。他們不會了解事情必須照特定的規則走，還有你無法辨認別人的臉孔。因為那是你自己的特殊問題，不是嗎？賈斯柏？我現在知道了。」

我感覺到有人在把我的手扯離耳朵。

「我可以說你爸強暴我，賈斯柏。說他喝醉了，那晚對我霸王硬上弓。社工人員會把你們分開，他們會把你帶走，讓你無法接近你最珍愛的鸚鵡，然後把你安置在新家，離那些鳥十萬八千里遠的地方。」

我尖叫出鋸齒狀的白色煙霧，頂端是海藍色的。

「到時候只有我對他的指控才算數，」她繼續對我說。「就算你複述我剛說的，也沒人會相信你，你說的話，警察一句也不會相信。你是他們所謂的不可靠證人。」

我的雙手努力想掙脫，與天藍色拉扯，與某個堅硬的東西博鬥。

是什麼在和我搏鬥？

我跌到地上，手裡握著某個東西。

「該死。你把我的項鍊弄壞了。」

我緊握的拳頭裡是那顆石頭。

「賈斯柏，你必須為我做這件事。這是你欠我的。」

「不要！不要，不要，不要！」

我必須去拿我的畫。我必須拯救我的鸚鵡，然後逃跑。我不能把他們獨自留在這間屋子裡。我張開眼睛，抓住椅腳拉自己起身，但是碧・拉克罕擋住了我的去路。我過不去。於是我改變方向，俯身撲向桌子另一端的雞肉派。

第四十九章

偵訊：

四月十六日星期六，早上十一點三十九分

「你就是在那時候拿刀子的嗎？」鏽橘色問。「用來刺碧・拉克罕的那把刀？」

「還沒發展到那裡。」

一如往常，他的時機抓得爛透了。我不想討論這件事。我的頭好痛，而且我需要找另一張椅子。一張可以讓我不停轉動的椅子。

旋轉，旋轉，旋轉。

「賈斯柏，你做得非常好，」鏽橘色說。「我們就快講到重點了。現在請你放鬆，閉上眼睛。我想把你再帶回那個場景。」

我照著他的指示做，回到了碧・拉克罕的廚房。我的身體伸向桌子的另一頭，不過定格在那裡，在鏽橘色下指示之前無法往前也無法退後。

「慢慢來，」他說。「我們可以照著你自己的步調進行，在這中間你可以儘管休息或停下來。不用急。」他又和往常一樣錯了。這件事根本非常急迫。

我必須拯救我的畫和筆記本。現在這全都是我的責任。爸無法救我們。他還沒下班。他不知道我在這裡。

有像你這樣的兒子對他來說很難熬。

他巴不得自己可以變回單身。

做愛：泡泡糖粉紅色的字，挾帶不規矩的淡紫色。

碧．拉克罕的聲音滲進了我的頭腦，不管我怎麼努力也無法將它抹去。天藍色讓我麻痺，滲進了我的血液，再過不久它就會攻占我的身體。我必須停止這一切。

桌子太寬了，我無法搆到另一端拿我的畫。我伸長身體時，腋下碰到了雞肉派，刀子從盤子上滑下來，在桌上旋轉。

它不停地轉呀轉，自顧自地玩起了俄羅斯輪盤的死亡遊戲。

存活，死亡，存活，死亡，存活，死亡。

相對的字眼與顏色：

玉綠色，豔紅色，綠玉色，豔紅色。

碧抓住那把刀，用力把刀按在桌上。木紋色的飛鏢形狀。

「小心點，賈斯柏，你可能會弄傷自己。」她繞過桌子走來。「你比較想要這個嗎？你珍貴的鸚鵡圖畫？哪，拿去。」

她把圖畫扔向我。它們落在地上，散落在各處，桌上、椅子上都有。有些還掉在她骯髒、汙跡斑斑的地板上。

「不過我還是要留著這張，賈斯柏。」她舉起那張被毀損的畫。「我會把它掛在牆上，提醒我你是多麼可惡又自私。」她把那張畫重重地壓在她身後的櫥櫃上，就在她斷掉的項鍊旁。盤子憤怒地震動著。

我的耳膜裡充滿了對碧的怨恨與她對我的仇視，而她對我的敵意遠勝於我對她的怨恨。這份敵意灌進了我的耳裡，正毒害著我。我感覺到它一層層鑽進我的身體，愈鑽愈深。

天藍色。

不是鈷藍色。

從來都不是鈷藍色。

我已經救了三張畫，但這還不夠，遠遠不夠。我必須把它們全部拿回來。四、五。我又摸到另一張。六。我也得讓我的筆記本自由。

絕不拋下同袍。

這不是英國特種空勤團的口號嗎？這是爸最愛的話題。

碧還沒放過我。還有我的鸚鵡。

「我的禮貌到哪兒去了？你送我禮物，賈斯柏，我也該回送你作為回禮才對。」

我彎下腰拯救掉在桌子底下的那幅畫。我不能讓她再拿到別張畫。

「不想要禮物。」我不確定自己起身時有沒有說出這些話，可是確實感覺到它們的顏色在我的腦中爭相浮現，令人不舒服。它們在竭盡所能地爭取注意。

碧轉過身去看她放在櫥櫃旁的書架。「在哪裡呢？」她低聲哼著歌。我聽出那是《動物狂歡節》裡〈鳥籠〉一曲的燒焦粉紅棉花糖音符。

「啊哈！在這裡。」她抽出一本滿是灰塵的酒紅色食譜，它和「最後」這個詞的顏色一模一樣。

「《畢頓太太的管家手冊》，賈斯柏，你不會相信這裡面的食譜有多不尋常，尤其是澳洲菜餚那部分。我根本捨不得把它丟掉。它與眾不同。就像你。」

我再次數著我的畫。

七。我全部拿到了，除了那張被破壞的畫之外，碧把它放在櫥櫃上不肯還我。我救不了它。

趁她繼續翻那本書的時候（而且每翻一頁就舔一下手指），我趕緊把畫塞進畫冊夾裡。我的畫放的順序不對，可是沒時間整理了。我把筆記本塞進背包後面，拿起作品集緊抱在胸前。沒時間綁好它了。

「給你看這本食譜，」她繼續說。「這是我今天做的派。做這塊派我得用四塊培根肉片、幾片牛肉和三顆全熟蛋，賈斯柏，就是你今天吃了而且覺得味道還可以的派。」

不在乎。

我以為我說得很小聲，可是我沒有。這些字從我的嘴裡冒出帶點銀色的淡藍色泡泡，惹惱了碧・拉克罕。

「我認為你應該要在乎，賈斯柏。」她說。

我握住椅子站穩腳步，必須要慢慢沿著桌子移動，離開廚房到走廊去，然後開門狂奔。

距離不遠，不過我辦得到嗎？

「如果我告訴你今晚吃的派裡面包了什麼，你就會很在乎了。我騙了你，賈斯柏。這不是雞肉派。」

她把那本書丟在我面前。「你覺得是什麼，賈斯柏？是你最喜歡的喔。」

我沒感覺到作品集從我的手中掉落，也感覺不到那些筆記本從我的肩膀滑落。

沙沙作響的薄荷綠。

我的所有畫散落各處，落在盤子周圍，還有桌上的派上和刀子上。

我聽見作品集和包包掉到地上發出的鏽紅色聲響。我無法把它們撿起來。

我的視線又被帶回了打開的食譜頁面。

鷓鴣派

成分——十二份鷓鴣肉、幾片牛肉（還沒熟的冷牛肉最適合）、四片培根、三顆熟蛋、巴西里末與檸檬皮、胡椒鹽、高湯、酥皮。

做法——擺出製派盤，放上切片牛肉和其中的六份鷓鴣肉，撒上麵粉後將切片的熟蛋鋪在上方填補空間，再撒上調味料。接著放上切成小條的培根、六份鷓鴣肉，最後用牛肉填滿空間，撒上調味料。倒進高湯或水到幾乎填滿製派盤，蓋上酥皮烤一小時。

時間——一小時。

份量為五或六人份。

不分季節。

我叫不出來，因為我在嘔吐。

淺紅色、固狀的嘔吐物。

接著又吐了更多。

「賈斯柏！」

我一次又一次把手伸進喉嚨。我必須把派弄出來，但我無法。死掉的鷓鴣困在我的身體裡。我必須切開來放牠們自由。我的畫吶喊著冰冷的黃綠色和冰凍的天藍色。我衝向桌子對面一把捉起刀子，往自己的肚子切。

「住手，賈斯柏！不要！」

我的聲音變了。我不認得這個顏色。

「我恨妳，」我吼道。「妳在殺我！」

我閉上眼睛，感覺到刀尖劃過肉身，切破我的肚皮。

柔軟的、油滑的皮膚。

切、切、切。

碧放聲尖叫，聲音是淡藍色的結晶體。

有隻手抓住我的手，我用力拍掉它。銀藍色的冰柱又持續不斷地攻擊。

「對不起！」天藍色的聲音大叫。「停下來，賈斯柏。我太過分了，我是在開玩笑而已。我說了一個不好笑的笑話想懲罰你。對不起。這不是真的。那是雞肉。只有雞肉而已。我發誓。原諒我。」

我不原諒妳！

我對她喊出色彩強烈的藍綠色和白色鋸齒狀短箭。

我的頭像是多汁的西瓜一樣就快爆裂成兩半。我聽不見她的藍色結晶體或冰柱，因為我已經發動了反擊，鮮豔又令人驚駭的海藍色雷雨。

灼熱的鉗子劃破我的肚皮，但我卻只看見自己吶喊的顏色，和鸚鵡的尖銳叫聲合而為一。

黃綠色和冰凍的天藍色。

牠們的痛苦叫喊從我的畫裡升起，指控我、憎恨我。我沒能保護牠們。我吃了牠們。

把刀子給我。

不行。我必須把牠們放出來。

碧的手又試圖抓住那把刀。

我不會也不能放手。鸚鵡還在我的體內，我必須這麼做。我不能停下來。我得阻止她。

「把刀子給我！」

「不行！」

我用力一揮，這次刀子劃到了她的皮膚。

淺藍色鋸齒狀冰柱。

碧抱著右臂，血從她的指縫中滲了出來。

「賈斯柏，拜託。對不起，我不是故意要傷害你。我希望我能收回這個玩笑。原諒我！」

我用刀劃破運動衫，刀尖再次指向肉身。

「不！妳不是鈷藍色。從來都不是。妳騙了我！」

「賈斯柏！住手，我求你！」

她的手伸過來。

「你必須把刀子放下，否則我們兩人都會受重傷。你會讓我們都惹上大麻煩。」

她想從我手中抽走刀子。我們其中一人跌倒了。我不知道是誰的錯。我們兩人都往前倒，廚房像一艘不堪航海的船一樣傾斜。碧．拉克罕往後倒，手抓著我的手腕。她的眼睛直盯著那把刀。

我們都倒下了。

鸚鵡吱喳叫我們要小心。

碧・拉克罕尖叫著。

淡藍色的結晶體，有著閃閃發亮的邊角和鋸齒狀的銀色冰柱。

她先倒在地上，接著我才倒下，她的頭撞到地板，發出黯淡的深灰色敲擊聲。

事發的順序就是這樣，我很確定。因為那是我最後會倒在碧・拉克罕身上的唯一解釋。

過了四秒，我側身滾到一旁，看見磁磚上有更多血跡。

一滴、兩滴、三滴。

血從我的肚子流到牛仔褲，滴濺在碧那件以為是鈷藍色但其實不是鈷藍色的洋裝上，從她的右手臂和左手掌心滴下來，

那些鸚鵡在我腦中的叫喊聲變成了耀眼的白色。全力搶救。我再度拿起刀子想救出牠們。

碧・拉克罕這次阻止不了我。她沒有張嘴也沒把眼睛打開。她一動也不動。

淡藍色的結晶體和銀色冰柱消失了，連同也帶走了閃閃發亮、鋸齒狀的邊緣。

現在只剩我和這把刀，還有不停嚎叫、嚇壞了的鸚鵡獨處。

第五十章

偵訊：四月十六日星期六，下午十二點十五分

我的律師里歐一直提到「意外」和「過失殺人」這些字眼。自從我被告知、建議不要再說話開始，我就數到這些字被提及八次。

強烈建議。

鏽橘色和暗淺綠色都認為這關鍵的一幕——我的手握著刀壓在碧．拉克罕完全不動的身體上方——恰好是我們該休息的時刻。

我們必須釐清這和他爸爸聲稱所發生的事有何關聯，他是在何時介入的。我們很好奇那晚艾德．維沙特採取了什麼行動，以及他叫賈斯柏下一步該怎麼做。

我的適任陪同者想再次休息。她一定是累了，也許她覺得要保持專注很困難，和我一樣。有太多事情要一次想起來，而又有太多事仍固執地不肯浮現。至少我還記得那一小部分。

但接著卻有一大部分的記憶遺失了。

那就是他們該問爸的：他是如何把碧．拉克罕的屍體塞進走廊上的那只行李箱，再帶到樹林裡的。這部分的故事我無法幫他們。我也不知道他是怎麼處置原本放在行李箱裡的那些衣服。

「現在你們已經找到碧．拉克罕的屍體了，你們會怎麼做？」我問。「因為從一開始就沒人告

訴我。」

灰白色的呢喃聲褪去了。鏽橘色的聲音流連不去，像一種不受歡迎的氣味，例如燒焦糕點的氣味。

烤焦的鸚鵡派。

「這你不用擔心，賈斯柏，」我的律師說。「這和你無關。」

「有關係，這和我有關。每個人都需要好好被安葬：媽媽、外婆、拉克罕太太、鸚鵡寶寶和華金斯太太。不過那十二隻鸚鵡沒有，牠們沒有葬禮。」

我閉上眼睛，一一在腦中為那些人與物打勾。我想我說對了他們的死亡順序，因為這很重要。

「老實說我們還不知道，」暗淺綠色說。「我們試圖查出她還有沒有別的親戚。拉克罕小姐的屍體現在在驗屍官那裡，等待驗屍結果出爐。他們得確認死因。因為是星期六的關係，那些檢驗會花更多時間。」

這件事已經花了我們幾乎一整天的時間，可是我想我們終於有所共識，那就是我用碧・拉克罕的刀子殺了她，和她用來切畢頓女士食譜的派是同一把刀。

我不想再因為他們誤解或聽錯而得從頭把這件事解釋一遍。

「我可以見我爸了嗎？」我問。

暗淺綠色說她很抱歉，這段時間我們得分開，這是警方的程序。

「你現在還怕你爸爸嗎，賈斯柏？」鏽橘色問。「昨天你告訴警察他以前殺過人，而且你認為他想殺你。」

我告訴他我犯了一個可怕的錯誤。爸不是想殺我。我弄錯了。我當時對碧・拉克罕的事很生氣。我不該捏造對他的不實指控，我很抱歉。我猜他一定也對於推了那位警官感到抱歉。他不是故意的。

一如以往，是我把他逼到崩潰的臨界點。

其餘的話我沒告訴他。因為這位和演員同名的李察．張伯倫什麼也不懂。

我為爸感到害怕，現在尤其如此。

第五十一章

偵訊：
四月十六日星期六，下午兩點

「賈斯柏，我知道這對你來說很困難，可是在我們和你爸爸談後續發生的事情之前，我們想和你討論一下碧・拉克罕的雞肉派。」

鏽橘色沒在聽嗎？

「是鷓鴣派，」我鄭重澄清。

我剛才休息了一下吃午餐，不過我沒吃三明治，因為蝦子會讓我吐出來。我努力要表現得很配合，這很費力氣。我想見爸。我想向他道歉，我打電話報警，害他被牽扯進來。

「菜單上說要用十二份鷓鴣肉，」我繼續說。「畢頓太太的烹飪書上說那是鷓鴣肉。」

「碧・拉克罕這麼做真的很殘忍，」鏽橘色說。「讓你以為你吃的是鷓鴣，那是你最喜歡的鳥。這一定讓你非常生氣又難過。」

我肚子上的傷口張開又閉合，像張嘴表示贊同。

「賈斯柏？」

他沒接受到我襯衫裡的神祕訊息，也許是因為衣服的布料太厚了，又或者是他的心思擺在別的地方。

「吃鸚鵡讓我生氣。」

我不能說太複雜的話。要讓句子保持簡單，這樣他比較容易理解。

「你其實不是真的吃了鸚鵡，賈斯柏，」鏽橘色說。「我希望你知道這點，我很確定。碧．拉克罕讓你以為你吃了鸚鵡，是為了要表現得殘忍。她發現自己再也無法支配你幫她拿字條給盧卡斯，而且發現自己懷孕之後情緒有點憂鬱。她想傷害你，重重地傷害你，就像她被傷害一樣。」

很遺憾，我完全不相信他的話。

「我也傷害她了，用那把刀子。流了很多血。我很抱歉。」

我想告訴他我們在英文課上讀到喬治．歐威爾的《動物農莊》裡面的內容。

所有動物都是平等的，可是有些動物就是比其他動物更加平等。

這在碧和我身上也是如此。鏽橘色可能從來沒聽過《動物農莊》或《一九八四》。他不會懂我想表達什麼：

碧．拉克罕和我同樣有罪，可是我的罪可能比她還更深。

「我們先放下派的話題，討論可能會讓你比較自在的事吧。」鏽橘色說。「如果可以的話，我想討論你的畫作。賈斯柏，你是個很棒的畫家。但願我的兒子們分到你的一丁點天分。他們的時間都拿去玩《當個創世神》遊戲，而你長大後可能會成名呢。」

「《當個創世神》，」我複述一遍。我不知道哪一件事比較令人驚訝，是他有兒子、還是他們喜歡玩史上最棒的電腦遊戲之一。

「他們是什麼顏色的？」我問。

「他們的顏色？」

「你兒子說話聲音的顏色。和你一樣嗎？」拜託告訴我不一樣。

「我不知道，抱歉。」

「好吧。」

「在你所有的畫當中，你畫鸚鵡的那幾張是我最喜歡的。我覺得它們感情豐沛，確實是很出色的抽象畫。」

鏽橘色拿起桌旁的大塑膠袋，把它擺在我們面前。我看見一陣模糊的色彩。這些不是我的畫。我的畫現在安全地待在家裡。

「賈斯柏，我想讓你知道我經過你爸爸的允許才看了你的鸚鵡畫作，」他說。

我看得更仔細，這才看見模糊的鸚鵡，牠們在塑膠袋底下掙扎著要呼吸。牠們快窒息了。

「他允許我進入你的房間拿它們過來。我們可以一起看嗎？」

「不行！」尖銳的海藍色與白邊。

「我們只是要看一下這些畫，」鏽橘色說。「我們知道它們是你的寶貝。我們會盡快歸還的。」

我拒絕看他。我討厭他。

爸不該讓警察進我房間的。我的畫都混在一起了，裝筆記本的箱子順序也亂了。

鏽橘色的問題也毫無章法可言。

「你找到那隻白兔了沒？」我問，因為那個小生物也覺得渾身不自在。

「我們目前只對那些鸚鵡的畫有興趣，」他回道。「你爸爸有解釋過你只畫顏色，不畫具體的物件。這樣真的很特別，非常獨特，賈斯柏。你什麼時候開始這樣作畫的？」

五，四，三，二，一。三，五，四，一，二。

他不回答我的問題，我也不回應他的。

我倒著數數字，然後跳著數，在腦中把數字的顏色在一大張白紙上融合在一起，現在我正用鈷藍色覆蓋鏽橘色。

「你想試試看談別的話題嗎？」我的律師問。

「好，賈斯柏，那我們先談談這個。這些是你在四月八日晚上帶去碧．拉克罕家裡的畫嗎？」

他把那些被困在塑膠袋裡的畫推向我。「有些是畫紙，有些是油畫布。你把它們和你其他的鸚鵡畫作分開來放。你把它們藏在一個黑色收納盒裡，一份作品集，就放在你祕密基地的毯子底下。」

他進去過我的祕密基地？

從那晚起我就不敢看這些畫的細節，只有一次快速往作品集裡瞥一眼，確認七張畫都還在那裡。不過我記得每張畫的筆觸。

「我可以看到畫後面都有日期，」鏽橘色說。「你是在碧．拉克罕死的那週作畫的。也許你可以再看一下它們，看看這些是不是就是那天晚上的畫？」

我不想。我知道沒有好好檢查，它們會是一團混亂，就像今天其他所有事物一樣雜亂無章。日出會和日落混淆，像嬉鬧的追逐遊戲。我不會被他惹毛。我不想讓他贏。

「賈斯柏，我發現這些畫很令人驚訝，不只是因為你畫出鸚鵡的聲音。你想知道為什麼我很驚訝嗎？」

不想。我又開始在腦中作畫，把高雅的霧藍色覆蓋在他說的話上。對他想說的任何話我一概沒興趣，可是鏽橘色還是繼續說個不停。

他一直重複「令人驚訝」這個字詞，現在我眼前充斥這個詞的銀黃色。我的顏色不夠強烈，無法覆蓋過它的色調。

「我發現這點很令人驚訝，那就是你不小心刺死拉克罕小姐之後，竟然還能理智地收拾所有的圖畫、作品集和那袋筆記本，把它們帶回家。」

鏽橘色再次把銀黃色潑灑在我的腦海。他把話題跳到我離開犯罪場景的時刻。

「你的律師聲稱你在刺殺拉克罕小姐之後帶著那把刀和那些畫回家，」他說。「這是正確的嗎？或是有別人幫你？」

我再試一次，讓鈷藍色掠過腦海。那真美。也撫慰人心。

「賈斯柏，先前我們問你時，你告訴我們你爸爸把所有血跡清乾淨、運走屍體，」黯淡的淺綠色說。「這時他跟你一起嗎？是他把畫拿回家的嗎？」

我遮住眼睛，在腦中畫了一張新的圖畫：一隻鸚鵡尖叫著，要求補滿碧．拉克罕的餵鳥器。芥末黃會聽到嗎？他有記得餵牠們飼料嗎？他說他絕對不會食言。

「賈斯柏在我們早先的對話中清楚表明，是他自己獨自拿著刀和畫作回家的，」里歐說。「他把這些東西放在祕密基地裡保管著，等待他爸爸下班回家。」

「那正是我們需要討論的事，里歐，」鏽橘色說。「這些事發生的時候，他爸爸究竟在哪裡？他是什麼時候下班回到家的？他什麼時候試圖幫他兒子？我們得把時間點詳細記錄下來，誰什麼時候在哪裡，又做了什麼。」

灰白色的模糊線條。

「賈斯柏？」咖啡牛奶色。

我把手拿下來，不再蓋著臉。

「張伯倫警員想和你談一談，在你和拉克罕小姐發生肢體衝突之後發生了什麼事，」他說。

「好。」

我盯著桌子看，因為我不想看著鏽橘色的臉。

「賈斯柏，你知道，問題就在這裡，」鏽橘色繼續說，「我們想不通你是怎麼自己拿了所有東西，而那些畫、作品集或那袋筆記本卻完全沒沾上血跡指印。你當時肚子在流血，而且還拿著那把刀。鑑識小組告訴我們，那些畫和包包上完全沒找到你的血跡。如果如你所說，你是自己離開那間房子的，這怎麼可能？」

我無言以對。我沒有顏色，就算假裝有也沒意義。我記得地上的斑斑血跡濺在我和碧・拉克罕身上。我不知道那些血最後去哪裡了。

「也許我們可以繼續，」里歐說。

「當然，」鏽橘色說。「你那晚拿著這幅畫到拉克罕小姐的家嗎？還有其他七幅畫？」

他把一張照片推給我看，那不是畫，不過我認得顏料的獨特漩渦。

我吸了一口氣，藍白色的義大利麵漩渦。「對，濺到水的。」

「謝謝你回應，賈斯柏，」他說。「你看，這張畫和其他不同。它最能引起我們注意。」

我不懂，為什麼每個人都喜歡這張畫？儘管碧・拉克罕用一攤水毀了這幅畫，但它還是她的最愛。這就是奇怪的部分，她喜歡它是因為它有缺陷。

像她一樣。

我嘆了口氣。帶點藍色的透明移動線條。

「你知道我們在哪裡找到這幅畫嗎？」

我不知道。

「它就掛在碧・拉克罕廚房的牆上，」他說。「你有看到她把畫放在那裡嗎？」

我猶豫了一陣，然後搖搖頭。沒有，我絕對沒看見她把這張畫掛在牆上。

這一定是謊言。他想設局騙我。

「我們發現這幅油畫的背面有一大片拉克罕小姐的血跡，還有她沾了血的手印。可是這張畫上還是沒有你的血跡。」

「你知道張伯倫警員在跟你說什麼嗎？」我的律師問。

不知道。我搖搖頭。

他轉而對著鏽橘色說：「你讓他很困惑。你得有話直說，不要用引導的。請問他直截了當的問題。」

「如果你在誤殺她之前，沒有看見她把畫掛在牆上，那麼你可以解釋這幅畫是怎麼變到那上面的嗎？」

不可能！

我當然無法解釋！

我怎麼可能做出那種事？

「如果我們把你搞糊塗了，我很抱歉，」鏽橘色說。「我們是想釐清這張畫是怎麼變到廚房牆面上的。」

我不知道。我不知道。

「是你在刺殺拉克罕小姐之後把畫掛上去的嗎？在你逃離她家之前？」

不是，不是我，我沒有。

「那晚你有看見別人把這張畫掛在廚房裡嗎？」他繼續問。「會不會有可能是你爸爸？你殺碧．拉克罕的時候他和你一起在廚房嗎？」

我遮住眼睛，開始搖擺身體。

我辦不到。我年紀太小。我辦不到。我年紀太小。

「賈斯柏，你想回答些什麼嗎？」里歐問。

「告訴他們我要拿回我的畫，」我大喊，雙手依然遮著眼睛。「那不屬於碧．拉克罕，現在不是，永遠都不是。我沒看見爸碰這張畫，而且也不可能是碧．拉克罕。死掉的人不可能把畫掛起來。不可能。大家都知道的啊！」

第五十二章

偵訊：
四月十六日星期六，下午三點十分

接著又是休息時間，我的適任陪同者也和我一起。爸對警察說了什麼？他們還是不讓我見他，因為他也因為涉及碧·拉克罕的謀殺案而被逮捕。我想對他說抱歉。對於這一切我很抱歉。

里歐說警員們還是很困惑，主要是那些鸚鵡畫作是怎麼拿回家裡、誰幫忙我，和是誰把那張畫掛在牆上的。我得盡可能更詳盡地把來龍去脈再解釋一遍。

這次我得努力把所有事情的順序說對。

偵訊再次開始時，我直接就開始說話，因為我不想要有人又叫我慢慢來。我想把這件事作個了結，因為這正是牽連到爸的部分。

我閉上眼睛。

開始說。

一滴、兩滴、三滴。

我站起身，手裡握著刀。碧·拉克罕躺在廚房地板上，一動也不動。

我不記得有看見我的鸚鵡畫作掛在牆上。不過我看到地上有斑斑血跡。這裡一點，那裡一點。

我看著刀子。一閃、一閃、一閃。那些鸚鵡不想再被切更多刀。牠們朝我尖叫著要逃跑。

我從死去的碧．拉克罕家逃跑。

過了馬路，進到我的家。

我忘了拿所有的畫和筆記本了。我在樓梯底部遲疑著。

現在回去太遲了。

停！倒轉！

我是世界上最糟糕的士兵。我把我的鸚鵡留在敵人的陣線了。我吃掉了幾隻，也遺棄了幾隻。

我不能回去。我不能回去。我不能回去。

我不能看到用死鸚鵡做的派。

我不能看到死掉的碧．拉克罕。

現在我在祕密基地裡，把毯子拉下來。入口關閉了。我不停揉著媽媽外套上的鈕釦。肚子上的傷口對我大叫：你殺了碧．拉克罕！

我想大聲叫爸爸，可是實際上卻發不出聲音來。這間屋子裡沒有顏色。一片寂靜。他還沒下班。刀子和我一起待在祕密基地裡，照看著我。我的衣服上沾了血跡，我無法把衣服脫掉，因為手臂動不了。嘴巴動不了。雙腿也動不了。

我肚子的傷口在痛。

碧是怎麼殺掉十二隻鸚鵡的？她向大衛．吉爾伯特借獵槍，射死牠們嗎？她設了陷阱嗎？牠們有受苦嗎？

她是什麼時候殺牠們的？趁我在學校的時候？我送字條給盧卡斯、她哭了的那晚？還是星期四晚上，因為她猜到我辜負了她的期望？或者是今天早上，因為她發現我一直以來都在說謊？

門大聲關上：深棕色、零散的長方形。

「是我！我到家了！」土黃色。

我不知道獨自在家裡待了多久。我看不見祕密基地外面的時鐘。我動不了。我也無法低頭看手腕上的手錶。

爸蹦跳著上樓，發出過熟香蕉的黃色，走進我房間。「一切都還好嗎，賈斯柏？你吃過晚餐了嗎？」

搓揉鈕釦、搓揉、搓揉。

我肚子的切口喊著救命。他沒聽到。他要走了。

回來！

「如果需要什麼就叫我。我要去樓下找點東西吃了。」

搓揉、搓揉、搓揉。

爸走了。

不對，我錯了。

門又咖搭一聲打開。花生殼棕色。他踏著灰粉色的嘎吱聲回到我的祕密基地外面。

「賈斯柏，樓梯上有血。這裡的毯子上也有血。發生什麼事？你受傷了嗎？」

毯子被猛地扯了下來。有隻手伸進來。我對他尖叫出淡藍色鋸齒狀。

「我的老天啊，發生什麼事？天啊。這些血從哪來的？」

那隻手把我拉出祕密基地。我又踢又叫，發出更多粗糙的海藍色結晶體。刀子從我的手中掉落。

「天啊，賈斯柏，你對自己做了什麼？」

我張開眼睛。現在我坐在地上，他手裡握著那把刀站在我旁邊。我拉起我的運動衫時，刀子從他的手中落下。

「噢天啊。」他脫掉自己的襯衫，用它按著我的肚子。「我必須先止血。」他又按得更用力。「為什麼，賈斯柏？為什麼你要對自己做這種事？是因為我太晚下班了嗎？你在懲罰我嗎？對不起，賈斯柏。我也沒辦法，會議超時了。」

他又按得更用力。尖銳的銀色星星刺著我全身。

「你弄痛我了！」

「對不起。」他拿著襯衫的手放鬆了些。「讓我看看，這次我不會碰它。我保證，只有看就好。」

他盯著我的肚子看。「謝謝你，賈斯柏，你做得很好。你會沒事的。這看起來只傷到表面，不過我們還是得去看醫生。」

「碧說……」

「碧說什麼？」

我低頭看著雙手上的血和運動衫。血也染到我的牛仔褲和風衣外套上了。血跡洗得掉嗎？

「賈斯柏？她知道這件事嗎？她怎麼會知道？」

「我不能去看醫生，」我吼道。「碧說我會讓我們兩個都惹上麻煩。」

「她看到你做這件事卻沒打給我？她沒送你去急診？」

我在發抖，哭了出來。鼻涕流下來。

一片沉默。

「等等，是她做的嗎？」

「不是！」我喊道。「我拿刀刺她，因為她罪有應得！」

「賈斯柏！」他又把刀拿起來。「你用這個傷了碧？」

「我還太小，我辦不到。我還太小，我辦不到，我還太小。」

「噢，天啊。」他衝到窗邊。「她房間的燈是開的。我沒看到外面有停救護車。也許你沒把她傷得很重？你們為什麼吵架？」

我前後搖晃身體，不停搖擺。

「鸚鵡。」

「老天。賈斯柏，你把她傷得多重？你記得嗎？她也需要去醫院嗎？」

我閉上眼睛把顏色隔絕在外，可是紅色仍滲進我的眼裡。

「住手，你快把我弄死了！」

爸把刀擱下，坐到我旁邊的地毯上。「可能是搞錯了。會不會是你可能搞錯了？」

我感到噁心，不停乾嘔，但卻什麼也吐不出來。

「我來幫你清洗乾淨，然後我會到對面去，」他說。「我會處理，我保證。我會處理碧的事，等我知道情況有多糟之後，我會打給警察，還有叫救護車。」

「對不起。對不起。對不起。」

他幫我站起來，陪我走到浴室。

「那個怎麼辦？」我轉身指著地毯上的武器。

「別擔心，我會把你的刀子和衣服都處理掉。你不會再看到它們了。」

他沒等我回答就把蓮蓬頭打開。

「賈斯柏，情況有變。我要先去看看碧的狀況，才能帶你去看醫生。我可以用膠帶和貼布幫你把肚子的傷口貼起來，而且我們得防止細菌感染。我們有抗生素，所以這點沒問題。我在皇家海軍陸戰隊看過更糟的情況，不是嗎？我們會沒事的。」他讓我坐在浴缸的一側，幫我脫衣服，慢慢地把我的衣服一層層剝掉。「等我幫你洗好，我會給你一些止痛藥和半顆安眠藥。你明天早上醒來，這場惡夢就結束了，我就已經把碧．拉克罕的事處理好了。有聽懂嗎？」

有。

我告訴他要在哪裡拿碧．拉克罕後門的鑰匙。

然後我就不再說話了。

我睡著了。

第五十三章

偵訊：

四月十六日星期六，下午三點四十三分

我的律師和鏽橘色都對爸給我的「綜合藥物」感到非常好奇：抗生素、止痛藥和安眠藥，這就能解釋為什麼我的記憶會有這麼多空白了。

我無法回答他們的問題。我不是醫生。

為什麼你們不去問我爸？你們說他被逮捕了。他正在被其他警員偵訊。難道你們不會像電影裡那樣交換紙條嗎？你們都不和彼此溝通嗎？

我不記得自己吃了多少藥丸，也不記得把它們吞進肚裡。不記得爸幫我沖澡、穿睡衣、從祕密基地裡拿出沾了血的毯子，或是把我放回祕密基地和媽媽的針織外套在一起。

他一定做了這些事，可是有一層灰色旋轉的迷霧籠罩住浴室的那一幕。我只隱隱約約記得這件事，從記憶最深處挖掘這段記憶。我努力讓自己想起來，某件我特別需要告訴爸的事。某件和鸚鵡有關的事。某件他必須在碧．拉克罕家裡做的事。

他必須拯救那些鸚鵡。

從誰手中拯救？他必須做什麼？

迷霧拉扯著把我的念頭帶走了。

那些鸚鵡消失了。爸也是。

我隻身一人。

賈斯柏，接下來你記得什麼事？閉上眼睛。你現在不在這間偵訊室裡。想像你又回到房間的祕密基地了。

我照著鏽橘色的話做。

我又回來了。

我挺直身子坐著，祕密基地在我的四周旋轉。

我忘了鸚鵡的畫。我忘了我的筆記本。我把它們留在碧・拉克罕家裡了。

那就是我必須告訴爸的。他在這裡。不一會兒前還在，或許更久以前，我不確定。我不知道現在幾點。

我的畫孤孤單單地在廚房裡，和碧・拉克罕一起。爸在處理她，因為我做了不好的事。我傷害了她。用一把刀子，也是她用來切鸚鵡派的刀。

「爸？」我的聲音是沙啞的灰藍色。我爬出祕密基地，房間裡很暗。我的視線模糊，看不清楚時鐘。手錶不在我的手腕上，我不知道它在哪裡。

我站在樓梯平台。爸的房門是開著的，但他的床是空的。他沒有睡過頭，因為他根本沒有入睡，他人在對街。那是我記得他說的最後一件事。

我會到對面去，我會處理碧的事。

我應該幫他的。我必須把畫拿回來。他不會記得的。還有我的筆記本。他不會知道它們很重要。他可能會因為血跡分神，根本沒注意到它們。

我來到樓梯底部，門還上著鎖鏈。起居室的門關著。廚房的門開著。那就是我要去的地方。我聽見起居室傳來深棕色、帶有節奏的聲音。

我扶著家具走到後門，途中沒撞到任何東西。我轉動把手，門沒鎖。我走出家門，雨用力拍打著我的臉，隔著睡衣刺著我的皮膚。

我穿過後門的柵欄，沿著戰線過馬路。這讓我冷靜而專注，引導我走向後巷，穿過棄置的垃圾和後門柵欄。我來到碧．拉克罕的花園了。

我在後門。

有事情不對勁。

現在我在碧．拉克罕的廚房了。但這裡的物品有被動過的痕跡——我的繪畫作品集和裝了筆記本的袋子。

還有其他東西也是，可是迷霧再次籠罩，這次變成更灰暗的濃霧。光線不夠。這裡還有個奇怪的味道，讓我的肚子開始翻攪。

碧．拉克罕還躺在地上。

她一動也不動。我不想看她。

爸已經在這裡了。

他在處置碧．拉克罕。就像他說的那樣。

他跪在碧的身邊。藍色牛仔褲、深藍色棒球帽和藍色襯衫。他的一貫裝扮。

「碧．拉克罕死了嗎？」我問。

他嚇了一跳，用手撐住地板穩住身子，然後環顧四周。他深吸了一口氣，白色義大利麵漩渦。

「爸，我殺了她嗎？」我再問一次。

他沒有看我。他無法看著我。迷霧正把我拖走。我必須努力保持專注。

「爸，告訴我。是嗎？」

他點頭。

「我殺了她嗎？」

「對，兒子。」灰白色的呢喃刺穿了迷霧。

「對不起，對不起，對不起。爸，幫我！」

他舉起手，指向桌子。桌上放著的是我那袋筆記本和裝好的作品集。

爸把一切都處理好了。他已經幫我把畫放進收納盒。

他又舉起手，這次指向門口。他不需要告訴我該怎麼做。我知道我得逃跑。我知道我們再也不能談起這件事。

爸還得繼續處理碧．拉克罕。

他說他會這麼做。

他在幫我。

我抓起我的作品集和裝了筆記本的袋子，轉身就跑。

第五十四章

偵訊：
四月十六日星期六，下午四點十分

等一下！倒轉！

我們是怎麼到這個奇怪陌生的地方？鏽橘色讓我們的偵訊三段式轉彎。我們搭著逃跑的車子揚長而去——遠離那把刀、我的鸚鵡畫作和爸處理碧．拉克罕的事，來到了一個全新的地點。

這就發生在他被叫出偵訊室，過了七分四十一秒後回來的時候。現在就算我又休息了一次也無法趕上他。我甚至連試都不想試。

我回來時，腦海還停留在碧．拉克罕廚房的那個場景。

我的作品集和裝了筆記本的袋子絕對還在桌上。那塊鸚鵡派消失了，由另一樣東西取代它原本的位置，原本不應該在那裡的東西。很難回想起來那是什麼。我的腦細胞群魔亂舞，把顏料混在一起了。

要是我當時有往右看，可能就會看到我掛在牆上的那張鸚鵡圖畫，爸一定是在他處置了碧．拉克罕之後掛上去的。

碧．拉克罕不可能自己掛那幅畫，因為她早已經死了。那幅畫一定還在那裡，就在她的牆上高喊著救命，央求著被拯救。

鏽橘色說我還不能拿回我其它的畫，因為它們是警方證物。他已經對我的作品失去興趣了，現在他只想討論碧・拉克罕的脖子。

「我不確定我幫不幫得了你，」我說。「我不是耳鼻喉科醫師。」

「什麼？」鏽橘色問。

「頭頸部的外科醫師。」

蠢蛋。

「我們知道談論你爸爸會讓你不開心，」暗淺綠色說。「不過賈斯柏，我們需要你專注。我們想繼續討論下去，然後再短暫休息一下。」

「我可以見我爸嗎？」

「我們可否先釐清這件事，」她說。「張伯倫警員問你，是否有碰觸拉克罕小姐的頭或脖子？」

我花了整整十三秒鐘思考這個令人困惑的問題，還是敵不過好奇心。「為什麼這樣問？」

「賈斯柏，可以請你回答這個問題嗎？」鏽橘色插嘴道。「你之前告訴我們你弄壞了拉可罕小姐的項鍊。在那當下你有不小心抓住她的脖子嗎？」

「為什麼你不能回答我的問題？」我反擊。「是我先問的。你的顏色沒禮貌又咄咄逼人。它們應該排隊等啊。為什麼我會去碰碧・拉克罕的脖子？」

里歐把一杯水推向我，我用力推回去，水濺到桌上。這是個錯誤。這讓我想起碧・拉克罕用海綿把水潑到她廚房的餐桌上。

「她很邋遢，」我說。「她不喜歡清理。她不洗碗盤，因為洗碗機壞了。」

「看到廚房很髒亂會讓你生氣嗎？因為你喜歡井井有條和整潔？」鏽橘色問。「這讓你想碰她的脖子嗎？」

「我不喜歡她的脖子！」

「你描述到在你們兩人爭搶刀子的時候，拉克罕小姐是如何倒下來的。」他說。「我們在想，她躺在廚房地上的時候，你是否有把刀子放下，掐她的脖子。就在你回家告訴你爸爸發生什麼事之前？」

在我腦中一長串的事件資訊已經糾結成一團。我想我大概永遠也無法釐清頭緒了。我們跳躍式地往前又往後好多次，這樣根本不可能解決問題、填補遺失的空白。我怎麼敢碰碧．拉克罕？

鏽橘色又說話了。「你跑回家前有沒有把手放在拉克罕小姐的脖子上，測量她有沒有脈搏？」

「她死了。我殺了她。」

「你沒有抓住拉克罕小姐的脖子，用力掐她？也許是不小心的？」

「沒有！」

「你有在任何時候看到你爸爸的手放在她的脖子上嗎？」

「我不知道你在說什麼！」我站起來拿起那杯水。「我恨你！」

我把那杯水扔向桌子對面。鏽橘色及時閃過。

第五十五章

偵訊：四月十六日，星期六，下午四點二十四分

想當然爾，我道了歉。我必須道歉。我是說朝鏽橘色扔杯子這件事，而不是因為我太不會瞄準而沒打到他的頭。我在學校的所有球類運動也都是這麼遜。

襲擊警員是很嚴重的罪行，以我現在的情況，不需要再增加一條罪名了。

對不起。我的頭腦快要爆炸了。有時候我會突然情緒失控。

「我接受你的道歉，」鏽橘色說。「我知道這對你來說壓力很大。你好好睡一下、重新充電之後就會覺得好一點。」

我又不是車子，蠢蛋。

「我已經告訴你我做了什麼。你現在可以帶我去監獄了。我不想再回答問題。我想走了。」

「你不會去監獄。」

他還沒原諒我。他不想輕易放過我，因為我剛差點用一杯水襲擊他。

「你說得對——少年輔育院或少年犯管教所。」我澄清。「不管你們想怎麼稱呼那個地方。」

「我們暫時問完話了，」他說。「我們會安排社工人員帶你回寄宿家庭。如果我們明天還需要和你會談，我們會告訴社工人員，請她帶你回來這裡。」

我動不了。一定是我聽錯了。不可能啊。我殺了碧．拉克罕，而且還差點襲擊一位警員。我有罪。

「賈斯柏，你現在可以和律師一起離開了。」鏽橘色說。「你的社工人員瑪姬會照顧你。」

「那我爸呢？」

「你爸還在接受偵訊。我們等待法醫鑑定結果的同時，他會留在這裡久一些。」

我被困在椅子裡起不來，雙手抱住身體。

警察和我的律師又搞錯了。鏽橘色可能趁他離開偵訊室的時候試圖向他的上級解釋這件事，不過他全都搞錯了。

像往常一樣。

我等著他們發現錯誤。沒必要站起來之後又被馬上要求坐下來。

「我不懂，」我說。「淡藍色的結晶體，有著閃閃發亮的邊角和鋸齒狀的銀色冰柱。」

「賈斯柏，聽我說。」李察．張伯倫的鏽橘色現在看起來比先前柔和些。「我們讓你走，是因為你並不是碧．拉克罕謀殺案的凶手。我們不認為你殺了她。」

他的話毫無道理啊。

爸說在我刺殺她之後，隔天起來這場夢魘就會結束了，可是事實上並沒有。這場夢魘一直不斷上演。

「是我做的！」我大喊。「我告訴你了是我做的。我殺了碧．拉克罕。不要怪我爸。他只是想保護我。」

我深吸一口氣。

「我已經招認用刀殺了碧・拉克罕，現在我一定要被懲罰。」我堅決地說。「那就是應該發生的事，就是事情正確的發展。為什麼你還看不出來？」

鏽橘色和暗淺綠色互看了一眼。

「他必須知道所有事，」我的律師說。「如果你向他解釋所有事情，他可能比較容易理解。」

鏽橘色點點頭。

「賈斯柏，我們放你走，是因為我們已經收到驗屍的初步報告。我們已經知道她是怎麼死的了。」

我看著他，手不自覺地彎起、握著一把想像的利刃，那把碧・拉克罕用來切鸚鵡派的刀。也是我當時握著、用來殺死她的刀。

鏽橘色坐在椅子上傾身向前。「賈斯柏，關於你說拉克罕小姐懷孕這件事，你是對的。她生前是在初步妊娠的階段。我們會做檢驗，看胎兒的父親是盧卡斯・德魯瑞或你爸爸。」

我的手還握著那把隱形的刀。

「驗屍報告顯示她在手腕和大腿處都有反覆用刀劃過的痕跡，我們推測這是她自己做的。她的右手臂和左手有人為的切傷，我們認為那是你那晚所為，但傷勢並不會威脅生命。那不是她的死因。」

「我殺了她啊，」我再次重申。「她在流血，她死在廚房的地上。爸告訴我是我做的。」

「不對，賈斯柏，」鏽橘色說。「她是被勒死的，不是刺死的。賈斯柏，你並沒有殺死她。我們認為是別人謀殺了碧・拉克罕。」

第五十六章
爸爸的說法

同樣的一件事，兩個人記得的內容可以如此南轅北轍，這真的很奇妙，就像兩個人被邀請參加了兩場不同的派對一樣。他們設法在抽獎時作弊，只拿取記憶中最好的部分，而對於掠過指尖那些令人不快的真相視而不見。

選我、幫我拍照、告訴別人我的事情。

也許是我錯了。也許我們其實並未看見事情的全貌，或者我們遺忘了重要的事物。沒有人是完美的，至少爸和我不是。他說兩年前我們父子的坎布里亞露營之旅很美好。

要不是我不想看到那顏色，我會用那個粗魯的字眼。

「一定會令我們非常難忘，」我們在他的床上捲衣服的時候爸這麼說。「對我們兩個來說都會是一趟非常棒的冒險。」

捲衣服很重要，因為軍人就是這樣把衣服塞進背包，然後啟程到阿富汗和世界上其他戰地執行特殊勤務的。

捲、捲、捲。

感覺像在做蘋果派的餅皮，而不是在為戰爭做準備。我用手捲起T恤和運動衫，可是它們不喜歡這些形狀，扭動著要掙脫。它們想在我的星際大戰背包裡創造自己的形狀。

「你這樣做不對，」爸說。「我來幫你吧。這樣比較快。」他把我的衣服硬是捲成了長香腸的形狀。

「它們可以放這裡。」他拿起他在軍用品店買的大背包。他已經給我看過這個背包八次了，不斷確認內層的分隔和撥弄那些背帶。他一定很擔心東西會從裡面掉出來。這樣讓我也神經緊繃了起來。

「你不必帶你的星際大戰背包了，它不適合，這才是貨真價實的背包。」

我繼續把香腸捲衣服裝進我的背包裡。背包上方有一條大拉鍊，像嘴巴，什麼也掉不出來，什麼都無法逃脫。

「賈斯柏，我知道你喜歡你的背包，可是我已經買了這個大背包了，所以沒必要帶著它。」

我又放了一件T恤進去。

「聽著，你的是玩具背包。它不夠堅固，可能會壞掉或弄髒。你不希望這樣對吧？這樣你會心情不好的。這週末我不希望你心情不好。」

玩具背包？

我替黑暗尊主感到憤慨，達斯．西帝才不是什麼像玩具的東西。

「我必須帶它。我到哪裡都帶著它。」

「我知道，可是我覺得如果你可以習慣不要到哪裡都帶著它，對你會很好。」

爸有時的想法奇怪至極。「為—什—麼—我—會—想—這—麼—做？」

他在床上坐下來。「因為事情不會一直都保持原樣，賈斯柏，不論你有多希望它不會變動。我們可以做點改變，就像這週末。我們可以隨機應變，遇到什麼就隨波逐流。我們可以在最後一刻才決定去露營。我們可以只帶一個大背包就好，而不是帶兩個。不是每件事情都一定要一成不變。」

爸的邏輯很古怪。他買了一個以前軍隊用的背包，因為他懷念那段生活。我們還像軍人一樣打包衣服。我的胸口一緊。我拿出那張他事先為了讓我適應這個主意而給我的營地照片。爸說我們得花時間相處，在媽媽過世後培養感情。

我不懂為什麼我們必須在一個潮濕的空地上安靜地坐著，我們連在家裡都無法和彼此交談了。

「我的背包也有很多隔層，」我說。「我可以把石頭放進裡面。」

「什麼石頭你都可以放在這裡面。你看這個背包有這麼多口袋。」爸又打開他的背包。「這就和我以前在海軍陸戰隊用的一樣。」

「嗯。」我搓揉雙手，在床邊坐下。

「賈斯柏，你覺得怎麼樣？」

我努力想了三十七秒。「達斯．西帝在恩多戰役死了。」

「隨便你！要帶你那該死的背包你就帶吧。不要再搖了！」

我用手遮住耳朵，阻隔髒話的顏色：黏稠的耳屎橘色。

「我們一起努力讓這週末成行吧，」他說。「拜託，我需要這次好好休息。賈斯柏，就當作是為了我吧。你可以為了我做這件事嗎？」

爸不記得他當時希望我不要帶達斯．西帝的背包。他總是談著我們第一晚是如何在傾盆大雨之下同心協力搭起帳棚，然後後來借另一個家庭的營火來烤棉花糖，因為我們完全沒有乾木頭。他把照片放上臉書。

「我們的首次冒險之旅就在這裡！！！」他寫著，後面還加了三個驚嘆號。一個驚嘆號還不夠。

我所記得的露營之旅不是這樣。

我記得我們在雨中的步道迷路。

我記得帳篷漏水，我們醒來後發現我的背包泡在一攤泥濘的水窪裡，濕透了，毀了。

我記得爸在另一個家庭邀請我們加入他們的營火共進晚餐後，說我們省了多少食物的錢。

「我可以體會你的感受，」第一晚有個女人這麼說。「當單親爸爸一定不容易。」

他點點頭。

我烙印在腦中的還有這些事：

一、第一晚我整晚沒睡，因為雨在我們的帳篷上敲打出如雷的紫色墨漬形狀。

二、隔天早上為我那濕透又沾滿泥巴的背包啜泣。

三、把我的破背包丟入湖中。

四、深吸一口氣，跳進水裡救它。

五、爸跳進水裡救我，可是沒救我的背包。

不過現在我又想起另一件事。

用想起這個詞不太對，因為我原本就沒忘記過。只不過我之前不可能會知道這項重要事實。我現在才意會到爸當時的語氣聽起來和碧．拉克罕有多像，就在那時我們在他房間裡為我的達斯．西帝背包起爭執的時候。

賈斯柏，就當作是為了我吧。你可以為了我做這件事嗎？

第五十七章

星期天（杏黃色）

早晨

我又回到我的暫時寄宿家庭了。我的肚子很痛，不想和膚色和石板灰說話。我不認識他們。我只能在這裡等爸來接我，因為他不會留我獨自在一間陌生的房子裡再待一晚，尤其我必須回家整理我的筆記本和圖畫，還有向那些鸚鵡道別。

我還是不懂鏽橘色昨天在警局告訴我的，也不懂里歐後來跟我解釋的話。

我沒有殺碧．拉克罕。是別人做的。

我不停複述這些話，一邊搓揉著媽媽外套的鈕釦。這沒道理啊。爸當時她的廚房裡收拾殘局：她的屍體和血跡。還有其他事情。

我問他是不是我殺了碧．拉克罕。

是的，兒子。

他忘了他當時在那裡嗎？他為了保護我而說謊嗎？

會不會是他忘了當時做的事，就像我無法想起所有事情一樣？

我不知道爸對於那晚碧．拉克罕被謀殺的事情記得些什麼。他沒告訴過我，因為他不喜歡談論她的事。

在爸來之前，我想畫畫。我列了一張清單給瑪姬，她從我的房間裡幫我拿來了。我真正的房間。我今晚就會回去了。瑪姬在碧．拉克罕前院的橡樹上看見鸚鵡了。她不記得有多少隻。她向我道歉沒細數牠們的數量。

她說這是暫時的安置，兒童社福團體會需要法院指令才能繼續讓我待著。爸完全配合警方的偵訊，也已經提供DNA採樣，所以除非他被起訴，否則他們不需要讓我再待更久。

她希望他今天晚一點就能獲得保釋。如果可以，他就能在嚴格限制下回家，例如定期回報警方狀況，並交出護照。

我很高興。我不想出庭應訊。爸也不該這麼做。他除了想幫我之外，什麼也沒做錯。

今天我要為了我們兩人格外勇敢。我們只剩下彼此了。我們的家庭只有兩個成員，因為媽媽和外婆過世了，離我們而去，不是去天堂，而是去別的地方，一個我不知道的地方。

爸和我。

我和爸。

這是第一次，我會試著畫出淡藍色的結晶體，有著閃閃發亮的邊角和鋸齒狀的銀色冰柱，來幫助自己正確記起那晚的每個細節。我沒有適當的工具可以好好描繪，忘記帶我的媒介劑了，我需要它來堆砌碧．拉克罕尖叫聲的質地，而且我只有一張大油畫布，瑪姬只能幫我帶這麼多。

我應該要有兩張油畫布才對：一張畫出我用刀傷了碧．拉克罕時她的顏色，另一張畫出我回到她家廚房拿筆記本和畫時的顏色。

兩個不同的場景。

兩張畫。

可是我只有一張畫布，只有一個機會可以把這幅畫畫對。

我把顏料擺成一排，群青色、蔚藍色、鈷藍色和黑色。我忘了帶鈦白色，那顏色很明亮，必須加入比較黯淡的鋅白色。我把我最喜歡的洗筆器裝滿水，那是瑪姬在我家浴室找到的。

我不能再等了，必須嘗試把碧．拉克罕被謀殺的顏色和形狀畫出來。

淡藍色的結晶體，有著閃閃發亮的邊角和鋸齒狀的銀色冰柱。

我認為原本的顏色和形狀是正確的，不過鏽橘色堅持它們不對。

我沒有殺了碧．拉克罕。

我對這張必須創造的新圖畫感到陌生。以前我從沒試過把它畫出來。

我一定是畫了我自己版本的真相，而非其他人的。

我把畫筆浸入水裡再沾白色顏料，刷在油畫布上。在最上方輕輕灑上蔚藍色，接著把黑與白混和，製造銀色的鋸齒狀尖刺。我用畫筆輕輕地點，因為沒有媒介劑，我無法用硬紙板的碎紙片將邊角和冰柱塑形成尖銳的形狀。

我最多只能做到這樣了。

這是碧．拉克罕跌倒時的尖叫聲。

她的身體躺在廚房地板上，靠近走廊門邊。

她的眼睛緊閉。

血濺在磁磚上，也從碧身上那件其實不是鈷藍色的洋裝流下來。有一灘淺紅色、凝固的嘔吐物。

鸚鵡的畫散落在桌上。

鸚鵡派還在桌上。

廚房一團亂，杯碗瓢盆都堆在水槽裡。

那把刀在我手上。

我以為我已經把畫完成了，可是又有更多顏色和形狀飄進我腦海中。

淺黃色圓點。廚房的時鐘在滴答作響。我在右上角又加了幾個圓點。

有個奇怪的形狀從碧的嘴裡冒出來，那是她大口喘氣冒出的不規則捲曲白色。我試著重製它，可是沒有媒介劑一樣難以辦到。

我繼續往下畫，我的畫筆不想在死人身上停留太久。

它沿著我的橘色腳步進入走廊。我看見那只為了參加單身派對而準備的行李箱，關好而且直挺挺地站在衣帽架旁。我從掛衣勾取下風衣外套，迅速穿上後把刀藏在外套底下，跑了出去。

大門用力關上，我加入一個深棕色的形狀，幾乎像是拉長的掃帚。

這張畫完成了，正確地描述在碧．拉克罕的廚房裡發生的事。為什麼它會讓人誤解？

我想要爸解釋我在哪個環節犯了關鍵的錯誤，可是他無法這麼做。他還在向警方說明案情。

我想像他正在告訴警員他也認同我原本那張畫的顏色。他認為是我殺了碧．拉克罕，而想幫我掩飾罪行，免於牢獄之災。他把她的屍體放進走廊的行李箱裡，開車載到樹林裡。

那些顏色把我們兩人都騙得團團轉。

我必須再試一次。

這次我會用新顏色加在已完成的油畫上，畫出那晚後來的場景。

我搓揉著鈕釦，直到準備好再開始作畫。

我又回到碧．拉克罕的廚房拯救我的鸚鵡畫作和筆記本。這次我必須從不同的門進入。

後門。

我不假思索地在左下角點上灰棕色的圓點，那是我搬動紅鸛雕像，露出碧．拉克罕的備用鑰匙的景象。這顏色滲入底下的白色顏料，看起來就是不對勁。

它不屬於那裡。

我用白色顏料將它隱藏起來，因為它確實是錯的。

當我再次去到那裡，後門已經開了，鑰匙插在門上。爸一定是把它留在那裡了。

現在我回到廚房裡。

我不必再加些時鐘滴答聲的淺黃色圓點，因為它們已經在畫布上了。

我的畫筆遲疑了。

我有百分之七十五到八十可以確定，回去時我沒看到捲曲的白色形狀，那些從碧．拉克罕嘴裡發出的聲音。

廚房看起來不太一樣，也比較暗，可是我無法畫出湧入我腦中的新細節，因為我只會畫聲音，從來都無法畫出物件。

那只跳舞娃娃出現了，而它之前絕對不在那裡。我的畫已經收回作品袋裡，就放在桌上筆記本袋子的旁邊。

那晚有兩個人在場：爸和我。

爸戴著一頂深藍色棒球帽，跪在碧．拉克罕的屍體旁邊。也許他在確認她的脖子，看看有沒有生命跡象，就像鏽橘色以為我可能做的。

我無法看他。

他深吸一口氣，白色義大利麵螺旋狀，說話聲是灰白色的窸窣細語，我很快地把它們加在畫紙上。

這回我沒看到那只行李箱，因為我一把抓了桌上的作品集和那袋筆記本之後就奔出後門。門是開的。我沒把門關上，也沒把鑰匙放回紅鸛雕像底下。我跑出花園到小徑上，這一路我都沒有回頭看，雨打在我的臉上。

我跑得離碧．拉克罕的家愈遠，這些顏色就愈快浮現。

一輛車在遠方按喇叭，麝香味的紅色鈍刺形狀。一隻狐狸跑過對街，我跟在後面，我們在嘎吱作響的深綠色柵欄分道揚鑣。

我又回到自家花園，接著進入屋裡、到廚房裡，流理臺上還放著我之前喝到一半的柳橙汁。

我在調色盤上調出天鵝絨般光滑的深巧克力色，在畫布上勾勒出線條。一種帶有節奏的圖案。是和我離開那間屋子時聽到的棕色聲音一樣的色彩。

我跑向祕密基地，奔上樓，模糊的淺粉黃色。

還有四個明顯的顏色是我到現在才想起的。

當我把作品集埋在祕密基地的毯子下，有像過熟香蕉的深黃色腳步聲傳上樓。

一片寂靜。四周只有我的時鐘發出的蛋黃色圓圈。

過了幾秒，又有另一種顏色和形狀：模糊的深灰色和閃亮清楚的線條，很像電視的靜電干擾，但又不太像。

爸在沖澡。

我抱著媽媽的針織外套，無法離開祕密基地。

鈷藍色。

我用媽媽聲音的顏色刷滿整張畫，讓自己好過一點。今天在沒有適當的工具下還想創造這幅畫是個錯誤。它的一切都讓人覺得不對勁。

我不相信這些顏色，不管是冰晶白色、螺旋形狀、窸窣細語聲或爸電視的靜電干擾線條我都不信。

我只信任媽媽。

從頭到尾我只能信任鈷藍色。

媽媽和我對於一星期裡的每一天、數字和音樂解讀的顏色不同，可是那不要緊。

我們有共通的語言。一個我們兩人都能理解、永遠無法讓爸參與的語言。

我很想念媽媽。我希望她回來。

她以前很喜歡玩拼圖、填字遊戲和解決問題。

我需要她來幫我揭開難題。我不認為自己辦得到。我不夠聰明。我的拼圖不完整，而我手邊有的又不合理。它們全都混在一起，我無法回家好好整理。

缺失的一塊在碧·拉克罕那裡。

或是在爸身上。

我的律師里歐說，警察一開始以為我是最後一個見到碧·拉克罕還活著的人。

現在他們認為那另有其人。

我想那人一定是爸。

絕對是爸沒錯。

第五十八章

星期天（杏黃色）

下午

我不喜歡小賽的房間，可是現在我太害怕了，無法踏出這裡。我害怕回家面對的是空蕩蕩的橡樹和屋簷。被棄置的鳥巢。那群小鸚鵡可能已經飛離巢穴，加入群聚棲息地了，沒等著向我道別。

我躺在這個陌生男孩的床上，用手劃過他名字裡的捲曲S。我們的名字裡都有這個字母。

SEB　小賽

JASPER　賈斯柏

除了S之外還有E。除此之外沒別的了。我不知道小賽的嗜好或興趣是什麼，也不知道他現在人在哪裡。

我用指甲挖著字母E。

我無法放手。

我已經把畫和其他東西都打包好了。我的背包就在床邊靜靜等著。它在幫我看門。

我也是。

我很害怕要和爸一起離開這間屋子。

膚色、石板灰和社工人員瑪姬正在樓下跟爸說話，因為警方暫時容許他離開警局。他沒被指控襲擊或謀殺碧．拉克罕。

正如瑪姬所預期，他獲得保釋。他可能會被召回警局再做進一步的偵訊，屆時警方會告知他的律師。不是里歐，而是一個名叫琳達的女生。

瑪姬說社福團體已經審慎而且詳細地討論過我的案子。他們考量到我沒有其他親戚可以投靠，而且和陌生人相處對於像我這樣的人來說又特別容易造成精神創傷。

於是他們讓我返回文森花園，只不過要在她的部門一天二十四小時的嚴厲監控之下才行。

爸說他是無辜的，該是我們兩人一起回家的時候了。

在車裡，爸解釋警察必須釋放他，因為沒有足夠證據可以證明他在犯罪現場。

法醫在碧．拉克罕家裡發現好幾個指印。有些和他的吻合，那是因為他有參加她的派對，現場還有很多其他人的指印。

那無法證明什麼。

警方正在追查每個曾造訪過她家的人，包括音樂課的所有學生。他們正沿著這條街挨家挨戶詢問，並重新審視證人的說詞，同時繼續調查在碧身上和行李箱上找到的DNA。

最初的結果把爸犯案的可能性排除在外，這對我們兩人都是好消息。

你必須相信我。我和這件事一點關係也沒有。

我不知道該相信什麼，或該相信誰。

我知道這條街的每件事都不對勁，因為：

一、餵鳥器是空的。我在橡樹或屋簷上一隻鸚鵡也沒看到。
二、那只跳舞娃娃還沒設法爬上階梯，回到她先前在窗邊的位置。她一定是還留在廚房裡。
三、警察的封鎖線在碧．拉克罕的前門飄動著。
四、我們下車時，有個戴黑色帽子的男人不和爸打招呼。他拒絕透露自己聲音的顏色。爸說那人是大衛．吉爾伯特。他故意不理爸，因為爸被逮捕。大衛．吉爾伯特可能以為他有罪。

我的房間也完全不對勁，因為：
一、我的祕密基地被破壞了，有人試著想用毯子重搭，可是完全弄錯了。
二、媽媽的針織外套味道不一樣了，即使我把它帶去膚色和石板灰色的家也是如此。它並未被孤孤單單地留在這裡。
三、我的畫看起來很沮喪，彷彿它們不想再看到我了。這我不怪它們。

每件事物都不對勁（深棕黑色的字眼）。淺灰色灰塵倔強地抹遍我的衣櫥，絲毫不理會上面的紋路。我靠近一點看，看見指印的痕跡。打開衣櫥門，我猜想的壞事真的發生了。我的紙箱沒有按照正確的順序擺好。

「我不在的時候有人進過我的衣櫥，」我大喊。「他們把我的箱子打開，還弄亂我的筆記本。他們這樣很不對。」

我衝進廚房時，爸正坐在桌前，手捧著一杯熱飲。

「賈斯柏，我很抱歉。我在車上應該先解釋的。警察在我們離開的時候搜查過房子。他們拿走了一些東西，不過全都列在清單上。如果你想，我可以給你看那張清單。」

「他們把我的鸚鵡圖畫拿走了，我想拿回來，」我堅持。「每一張都要。連那張沾上水漬的也要。」

「他們暫時要收著那些畫，還有幾本你的筆記本。其他的都在樓上了，就放在箱子裡。」

「不對，」我說。「它們的順序不對。全都錯了。」

我看向廚房，餐具櫃上也有灰色汙跡，還有更多指紋。

「別擔心那些，」爸放下杯子。「警察只是在確認指紋。我告訴他們我把刀放在那裡，碧的刀子，就在那件事之後，你知道的……」

這是真的嗎？我一直以為他把刀子藏在這間房子或花園後面的隱密地方，某個他知道我絕對無法找到的地方。

「我會處理這把刀和你的衣服，你之前是這麼說的，」我指出。

「對，你說的沒錯，我處理掉了。我把你沾到血的衣服全都丟了，包括那件風衣外套。我知道你絕對不會再穿那些衣服了。我把刀收進餐具櫃，因為我不確定要怎麼處置它。我想乾脆把它忘了。」

「你那時候說謊，」我說。「你現在也在說謊。」

「沒有，賈斯柏，你誤會我了。你從一開始就完全誤會我和碧之間的事了。」

「你和碧．拉克罕發生關係！我知道這件事！我知道她不是媽。她不是鈷藍色！她永遠都不會是鈷藍色！她連邊都沾不上！」

我跑上樓。爸沒有打算阻止我，就連我去他的房間也是。

我找到他藏在李・查德小說書封下的那本書。

《了解自閉症和其他兒童學習障礙》

我把書頁一頁頁撕掉。「我不是使用手冊！我不是使用手冊！」

他站在門口。他沒有試著拯救他的書，也沒有與我針鋒相對。

「我沒有殺碧・拉克罕！」我大吼。

「我知道，」他小聲地說。「我從來都不認為你殺了她，賈斯柏，而你也要相信我說的話，我沒有殺她。」

「我不相信！你說的話我一個字也不相信！」

第五十九章

星期一（鮮紅色）

早晨

要一次把衣櫥裡的箱子全都搬到地上清空，實在令人畏懼，我辦不到。我得一次找一個箱子，搜尋那本遺失的白兔筆記本。我可以把搜尋目標縮小。鏽橘色在四月十二日我們的第一次說明時把它從其中一個箱子裡拿出來。接著那生物又消失不見，因為牠不想被人發現侵入了別人的領地。

我在瑪姬來找我們談話之前就開始找，我向學校請假，她從現在開始會定期來訪，明天要再帶我回到警局，看看我對於四月八日晚上是否還記得些什麼。在她來之前我只剩五分鐘了，時間不夠。小白兔是生性膽怯的動物，如果牠們很害怕，就不會從躲藏處現身。

我應該告訴瑪姬這件事的。如果我忘記，隨時都可以打電話給她。她給了我一個特別的電話號碼。如果我害怕，在一天的任何時候都可以找她。

瑪姬在喝了一杯茶和吃兩片卡士達奶油餅乾之後離開了，現在我和爸要做這件事。

在接下來的十五分鐘，我們要把重要事實列出清單，然後兩者作比較。我們交換看時，如果遇到不懂的或是想解釋的都可以舉手發問。

爸的重要事實

一、我沒有殺碧・拉克罕。

二、我星期五晚上不在碧・拉克罕的廚房裡。

三、我沒有把她的行李箱清空，然後把她的屍體塞進去，載去樹林裡。

四、我星期五晚上大概九點半和碧說過話，就在她家前門。那晚我敲門敲了很多次，可是她把音樂開到最大聲，可能沒聽到。

五、我的靴子因為我走路去上班、在雨中抄捷徑而沾滿泥巴。我的棒球帽在走廊衣帽架的幾件外套底下。我跑步完就把它放在那裡了。你可以去確認。它是有點褪色的黑色。

我拿它和我的清單作比較：

賈斯柏的重要事實

一、我沒有殺碧・拉克罕。

二、爸星期五晚上在碧・拉克罕家的廚房裡戴著一頂深藍色棒球帽。

三、爸確實說我殺了碧・拉克罕。

四、爸對於他怎麼處置那把刀的事情說了謊。

我舉手發問。「關於第二點你說的是真話嗎？」

「是的，兒子。」

我不能呼吸。

我把那張清單一扔就跑上樓去，用一張椅子抵住門把。我不會打給瑪姬。她無法幫我。

我必須報警，因為這事很緊急。

我得告訴警察我真的認為是爸殺了碧．拉克罕。

一定是他。

他當時就在那裡，在碧．拉克罕的廚房裡。頭戴著深藍色的棒球帽，手在碰她的脖子。

「賈斯柏！我向你發誓我說的都是真的。我那晚不在那裡。」

我把手機留在樓下了。

我用力捶打窗戶，沒人聽見我發出的聲音，他們看不見我的顏色。

「我沒做錯任何事，」爸在門後重申。「賈斯柏，你得相信我。我不在那裡，我真的不在那裡。警察相信我說的話。如果他們認為我是危險人物，那他們不會讓我帶你回家。他們正在盤問盧卡斯．德魯瑞的爸爸。他現在是嫌疑犯了。他已經被指控襲擊、破門盜竊和威脅殺人。他對這些一概否認，可是張伯倫警員認為他們會讓他招供，因為那寶寶是盧卡斯的孩子，不是我的。警察已經從我們的DNA檢測確定這件事了。」

我不知道該相信誰的話。

爸。

盧卡斯的爸爸。

盧卡斯。

我不要出去。房門外的世界太危險了。

小鸚鵡都已經認清這件事。牠們有些已經羽翼豐滿，但牠們晚上還是留在靠近鳥巢的地方。我看見牠們在那棵橡樹的樹枝上築了棲息處，而牠們的爸媽就在附近。

牠們不想留我獨自一人。牠們知道住在這條街、這間房間裡的我處境不安全。

第六十章

星期一（鮮紅色）

下午

我已經重新搭好祕密基地，也把所有帶去寄宿家庭的畫都放回正確的位置。我覺得好多了。

這次我要用兩張畫布，好好地把碧．拉克罕被謀殺的那晚畫出來。這樣我才可以把兩張畫並排在一起，找出我搞錯的地方。

我這次要把每個步驟都做對，用我已經攤開來擺在桌上的適當顏料和工具：鑰匙、梳子、爸的舊信用卡、長條厚紙板還有畫筆和調色刀。

我先用一支柔軟的大筆刷很快地在畫布上刷了白色，接著在調色盤上把媒介劑分成三份。每一份都以白色顏料、明亮的天藍色和灰色混合。

我調的藍色正是我需要的色調，堅決又帶有金屬質感。無情。

我用調色刀在畫上鋪了那層藍色，再拿一條厚紙板片用手堆砌出大而尖銳的尖端。對著藍色的尖端輕彈上鈦白色顏料，接著又用手指和鑰匙在尖端戳進更多鈦白色顏料。

接下來塗上灰色，用那張舊信用卡和梳子塑造銳利的冰柱。我的美術老師建議我們在家用不常使用的工具做實驗，而這些就是創造出尖銳形狀最適合不過的東西。

我知道這些聲音是對的：碧．拉克罕往後倒下時的尖叫聲。

接著換我倒下。

碧躺在地上，眼睛緊閉。

我又用了更多白色顏料混和顏色，做出旋轉的形狀，那是從她口中發出的形狀，接著加上時鐘的顏色。

我在這張畫布的背面加上正確日期：

四月八日

淡藍色的結晶體，有著閃閃發亮的邊角和鋸齒狀的銀色冰柱，油畫布

我把這張畫放在窗邊，再繼續畫比較麻煩的第二張圖，顯示那晚後來我回到碧．拉克罕家的景象。

我重新畫出時鐘滴答作響的淺黃色。畫好之後，我像上次一樣遲疑了，可是這次不是因為我對工具有疑慮或想對我的油畫布致歉。

這張畫裡的時鐘顏色固然相同，也和放在窗台下的那張一樣，但我得專注在其中的差異上。從碧．拉克罕口中發出的捲曲白色聲響不見了。

現在我百分之百確定這件事。

還有其他事情也不一樣了。

我在膚色和石板灰家裡時，專注在讓自己回想起廚房裡聲音的顏色，可是那些絕對不是真正重

要的改變。

重要的是我所看見的，而不是我所聽見的聲音，因為聲音會改變。

我離開時，碧．拉克罕正躺在地上，雙眼緊閉。可是當我重回廚房拯救我的畫時，她的眼睛是睜著的。

她直勾勾地瞪著我，百分之百死了。

我的手在顫抖。那晚她的眼睛嚇到我了。現在也是。

這張畫的每方面都錯了。不只是眼睛：那時是閉著，現在是睜著。

碧穿著一件黑色上衣和青綠色裙子，裙子撩到膝上。像外星人的皮膚。她已經換過衣服也變換姿勢，而且躺在桌子另一側的地上，而非躺在走廊的門旁。

她的左手綁上了繃帶。

房間比之前更暗，吊燈沒打開，只有一盞比較小的桌燈是開著的。

回顧那晚，我想搜尋廚房地上的濺濺血跡，可是它們不見了，那灘嘔吐物也不見了。骯髒的杯碗瓢盆被拿走，所有該洗的東西也消失無蹤。廚房乾淨又整潔。鸚鵡派從桌上消失，而那只跳舞娃娃取代了它的位置。

跳舞娃娃正看著一個戴深藍色棒球帽的男人傾身靠在碧．拉克罕的身邊。

碧．拉克罕的雙眼看起來像兩顆不透明的石頭。

我再次打了寒顫。

我記得當時聞到某種辛辣的奇怪氣味：消毒劑的味道。還有另一種味道，讓我反胃。我以前聞過這種氣味。

我的作品集已經收好放在乾淨的桌上，裝了筆記本的包包就擺在它旁邊。

有人把髒亂全都收拾乾淨了，擦掉血跡和嘔吐物、洗了碗盤，還把我的畫收好了。

我認為那個戴深藍色棒球帽、幫助我逃走的人就是爸，可是這不能解釋為什麼碧看起來不一樣了，還有她為什麼躺在另一個地方。

我把這張畫和窗邊的油畫作比較時，兩者的差異令我驚嚇。

它們證明了我沒有殺死碧·拉克罕。她一定是在我離開後從地上爬起來，在手上綁了繃帶、換了衣服，也用消毒劑拖過地板。她把我的畫收好，把其中一張掛在牆上，再把其他張放進我的作品集裡。

我看到先前沒能看見的。

這張畫是正確的，是我一開始就應該相信的。它如實描述了當時發生的事。

我要稱它為：

四月八日：真相，油畫布

第一張畫「淡藍色的結晶體，有著閃閃發亮的邊角和鋸齒狀的銀色冰柱」嚴重誤導了我。

它是贗品。

我不知道碧·拉克罕被謀殺的顏色或形狀。

我從來沒知道過。因為她死的時候我並不在場。

第六十一章

星期一（鮮紅色）

那天下午稍晚

我同意和爸說話，可是我不要開門。我們坐在門的兩側。他從門縫遞給我他列的清單，因為我說我想討論第四點。

「我告訴你我會處理碧的事，我是真的有這麼做，」爸說。「我趁你睡著去找她，問她究竟發生了什麼事。她的手上有繃帶。她說，她拒絕為了大衛威脅鸚鵡這件事報警的時候，你情緒失控了。你用刀子攻擊她，而且也用刀割傷自己，讓情況看起來好像是她先攻擊你的。她說你情緒失控又暴力。她說你是危險人物。」

「全都不對，」我說，沾上顏料的雙手放在門上。「錯得離譜。」

「我知道，對不起。我處理每件事的方法都錯了。那晚我應該帶你去看醫生的。我不該相信碧的話。在那之後我應該先問你發生了什麼事才對，可是我想讓這件事快點過去。我不知道……」

他說到一半打住，然後又繼續說。

「碧當時說，就當幫我個忙，她不會提出人身攻擊的指控，」他繼續說。「她不想和警察談。她警告我，如果我帶你去看醫生，社福人員和警察就會介入。不管她配不配合，警察都會對你提出告訴。於是我們達成共識，為了你和讓這件事過去，我們不會告訴任何人發生了什麼事。我們也都不會再提起這件事。賈斯柏，那就是為什麼我要你保持沉默，這是唯一的理由，我可以發誓。」

碧畫的圖是錯的，就像我之前畫的那張圖一樣，錯誤百出。她把這張錯誤的畫呈現給爸，讓他掛在他房間的牆上，而他毫無疑問地接受了，絲毫不管我畫裡的顏色。

他站在碧．拉克罕那一邊，而不是我這邊。

「她幫你忙，因為你們在派對之後發生關係。」我說。

一片沉默。

「我不會否認這件事，可是我們都認為這只是一夜情。我後來很後悔。真的很對不起。」

「就像你後悔生下我。對你來說有像我這樣的兒子很難熬。碧都告訴我了。你希望你可以變回單身。」

「不是！這不是事實。聽我說，我早就不該讓你和碧來往。我不知道她是怎麼操控你、操控街上的每個人。賈斯柏，她鑽進你的腦子，你得把她趕出去。她滿口謊言。」

我辦不到。

「我不是想取代你媽，如果這是你在想的事情，」爸繼續說。「這件事和你媽媽沒關係。我只是寂寞。」

我也是。

「你現在可以出來了嗎？」

「我得畫畫。我必須趁我又忘記之前找到那隻小白兔。」我透過門聽見他嘆氣的顏色。

「那我們等你畫完之後再談。因為我還有別件事得讓你知道，賈斯柏。我星期五晚上九點半和

第六十二章

星期一（鮮紅色）

還是那天下午

我不必到樓下去，因為爸在我的房門外放了一盤起司三明治。我一直等到他的腳步聲顏色散去才開門拿。然後把桌子移回原位，在門把和最下層抽屜之間卡了一張椅子。

就算爸想用肩膀把門撞開，他也辦不到。

他說他不會這麼做，因為他不想殺我。

他沒有謀殺碧．拉克罕。

他星期五晚上不在碧．拉克罕的廚房裡。

可能是因為爸給我吃的藥，讓我想像自己看到某人了。他沒聽見我離開屋子。

也許我根本沒回去。

也許爸說的對。這確實是一場可怕的夢魘。全都是我在作夢，夢見一個毫無關聯又不合理的一幕。

我用瑪姬的特別電話號碼和她聊過了，她說我和爸談一談是好事。

我要暫時把這些畫擱著，因為它們太令人困惑了。我又開始找那本小白兔筆記本，牠並不屬於這間屋子。這隻動物應該住在對街，但那裡的門上圍著封鎖線，所以牠無法回家。也許那就是為什麼牠來找我。

我在衣櫥後面打開的第四個箱子裡找到牠，牠被夾在記錄我搬來這條街前幾個月細節的舊筆記本裡。

我沒把兔子放進這個箱子裡，也沒把牠放進任何箱子。牠唯一可能在這裡的原因，是碧．拉克罕到我房間的時候把牠留下來。可是她並不是將牠亂放，等著被不小心挖出來。她一定是故意把牠放進箱子裡的。

她不想要這筆記本了嗎？

她要留給我當驚喜禮物？

還是她忘了要我保證保護牠的安全？

我翻開第一頁。

這本日記是九歲又三個月的碧翠絲．拉克罕所有，如果你找到這本日記，請歸還到文森花園二十號。

抱歉，我現在辦不到。

碧（我無法像大衛．吉爾伯特那樣叫她碧翠絲）在日記的封裡頁畫了幾張兔子的圖畫。老實說，這些圖很醜。旁邊那頁是從《愛麗絲夢遊仙境》節錄的段落，就是她在鸚鵡寶寶的墓前朗誦的片段。這段話的字跡不太一樣，比較整齊。

我往前翻，都是些無聊的東西：她吃了什麼、和哪些女生在學校玩。那是她有去上學的時候。

她有好幾頁都生病在家讀聖經。我不知道她怎麼了。

我跳到摺起的頁面，用手把它攤平，因為如果不這麼做，那些紋路看起來就是不對勁，會煩我一整天。

星期四

媽咪說我是講不聽的壞女孩。亂亂的房間是罪過。我總共必須讀《聖經》整整兩小時！不能看電視。希望我可以記得怎麼當好女孩。當好女孩很難。

媽咪和華金斯太太明天晚上要去禱告會。我要留在家裡。但願保母不會要我讀聖經。那很無聊，可是我不能告訴媽咪。她又會生氣。

星期五

期待媽咪出門。放學回來的路上看到我的保母了，我問了聖經的事。他說我們可以開個瘋帽匠的午茶派對，就像在我最愛的書《愛麗絲夢遊仙境》裡的那樣。等不及了！！！！！

我爬進祕密基地裡，把日記放在一張毯子下。碧．拉克罕的童年很無聊。如果她沒被謀殺，我會告訴她這份禮物還真不怎麼樣。我還給她時連聲「謝謝」都不會說。我還比較喜歡從她房間的窗戶看鸚鵡。她一定也知道這個重要事實吧？

我不知道該拿她的日記怎麼辦。

碧．拉克罕想告訴我什麼？

第六十三章

星期二（深綠色）

早晨

瑪姬再十分鐘就會來接我去警局。為了安全起見，我要等她到之後再把桌子移開，或把卡在門把下面的椅子搬走。

我從上次看到的地方繼續讀碧．拉克罕的日記。這不太像日記，裡面並未精確地記錄她的日常生活。我前後翻一翻，發現有很多缺口：好幾頁被撕掉了，還有些內容用黑筆用力劃掉，把紙都劃破了。

有幾頁我但願自己沒讀過，但願她沒寫下來。那位瘋帽匠在那晚午茶派對時對她做了可怕的事，還有其他天的晚上，拉克罕太太去禱告會、瘋帽匠來當保母的時候也是。但願我不知道這件事，可是我無法把那些顏色擠出腦海。

但願我可以回到過去，叫拉克罕太太換個保母。

我又讀了一遍碧．拉克罕寫的其中一篇：

為什麼媽咪不相信我？為什麼我這麼壞？我恨瘋帽匠。我恨他。我不要他再來這裡。我要他別再讓我哭。我會再請神幫忙。他一定要幫我。

碧畫了三月兔、睡鼠和瘋帽匠的圖畫，但瘋帽匠看起來不太對。他沒戴帽子。他是個火柴人，手裡拿一個杯子。

那隻小白兔從這頁跳到那頁，在整本日記裡穿梭，然後在最後一頁停下腳步。牠了無生氣地躺在地上，四肢僵硬地直指天空。在這隻死掉的動物下面用寫了大大的八個字：

神不會幫我。我想死。

「碧・拉克罕想死，」我在偵訊室裡告訴鏽橘色。「這是真的。神什麼也沒做。祂從不曾幫助她，因為無論到哪裡都找不到祂。」

現場是瑪姬、里歐和我。我告訴鏽橘色我不需要那位適任陪同者，因為里歐和瑪姬就很適任了。他同意我的說法，說是好主意。

「那是她告訴你的嗎？」鏽橘色問。「她有沒有告訴過你為什麼她要傷害自己？」

我不確定這句話是什麼意思。

「她討厭那隻兔子。我知道是這樣。她最後把牠殺了。她也恨瘋帽匠。」

「妳知道她說的兔子是什麼嗎？」鏽橘色問瑪姬。

「這是他第一次提起，」她回答。「他通常只會談鸚鵡的事。」

「還是沒人餵牠們，」我指出。「那些餵食器今天早上又空了。我們家沒有種子也沒有蘋果。我們還沒去購物。警察可以餵牠們嗎？」

「賈斯柏，我會幫你去看看的，」鏽橘色說。

「奧利・華金斯的媽媽死於癌症。我猜他是不是因為這樣才忘記餵鸚鵡。」他和我一樣悲傷又孤單。

「別擔心，」瑪姬說。「我們可以在回家的路上買種子。」

在那之後，鏽橘色再次向我解釋爸的陳述，說明他對於事情的來龍去脈如何解讀。其中有些爸在家告訴過我了，其他部分他沒跟我說，像是他和一個朋友講完電話之後在他最愛的那張扶手椅上睡著了，還有他啤酒有點喝太多了。

他告訴警察那就是他星期五晚上睡著的地方，就在他去拜訪碧．拉克罕之後，不過他沒進到她家，只有在門口。這就是為什麼如果我那晚確實有醒來，我在他房間沒看見他。

後來他覺得聽到聲響，那聲音把他吵醒。於是他沖了澡，緩解落枕，然後上床睡覺。

他的說法被證實是真實無誤的。大衛．吉爾伯特聽見碧播放大聲的音樂直到凌晨一點。他敲她的門、向她抱怨。她對他罵髒話之後他離開了。警察也偵訊過他，說也不是他殺了碧．拉克罕。

一旦我們把這件事釐清，就繼續重複一樣的話題——碧．拉克罕在廚房的那一幕，還有那個戴深藍色棒球帽的男人。我把我的畫也一起帶來了，可是鏽橘色還沒看它們。他的問題愈來愈多了。

你可以再讓自己回到碧．拉克罕的家裡嗎？

也許可以。

你還記得其他可能有幫助的細節嗎？

那個跳舞娃娃不應該在廚房裡。

你確定看見那個裝飾品了嗎？我們在廚房發現碧那條壞掉的黑曜石項鍊，不過沒看到那只瓷器娃娃。

我很確定當時跳舞娃娃就在那裡。它目睹了一切。

你回去時有看到走廊上的行李箱嗎？它的位置有改變嗎？

我沒走到走廊上。

你有上樓去從窗邊看鸚鵡嗎？

沒有。

你確定你沒看到她房間床上那些衣服嗎？我們認為那些衣服是碧原本打包到她的行李箱裡，可是那晚有人又把它們清出來的。

我沒上樓，沒看到那些閃亮的單身派對衣服。我沒看見那些鸚鵡。

你記得廚房裡有任何聲音的顏色嗎？

時鐘。

那時幾點？

沒看。

你記得有任何氣味嗎？

消毒劑和其他味道。我不記得是什麼味道。我不喜歡。那味道讓我反胃。

你可以描述一下你看見在碧的屍體旁邊的那個人嗎？

深藍色棒球帽。藍色牛仔褲和藍色襯衫。

你有看到他的臉嗎？

有，我看到他的臉了。

如果再看到他，你會認得出來嗎？

不會。我無法描述他頭髮的顏色。棒球帽遮住了，可是我通常不會去記那樣的東西。我認不出他的頭型，或是他的襪子長什麼樣子。

「會不會有可能是除了你爸爸之外，某個你認識的人？」鏽橘色問。「某個你以前和他說過話的人？你有認出他聲音的顏色嗎？」

沒有。他說話很小聲，是白色線條。

「你認得那頂棒球帽嗎？」

不認得，深藍、暗藍和黑色是棒球帽的常見顏色。我無法用它們來當記住臉的記號。它們很容易被搞混，而且從一段距離之外看它們的顏色太像了。再加上當時廚房裡只有一盞燈是亮著的。

「你能估一下看到的那個人年紀多大嗎？」

不能。我很不擅長看年紀。他當時跪在碧旁邊。我也不知道他多高。

「他有可能是男孩，而不是男人嗎？」

我不知道。

「你覺得他認識你嗎？」

他看到我了，如果這是你的意思的話。他絕對有看到我。他沒說出我的名字，只在碧．拉克罕的屍體面前對我小聲說兩個字：「是的，兒子。」

他知道爸會這樣對我說話，或者只是碰巧矇對了。

「有沒有任何事物、隨便一件事物是你記得可能可以協助我們找出對碧．拉克罕做這件事的凶手？」

「碧之前很想死，」我回道。「然後我不小心把她的守護項鍊弄壞了，她沒有選擇。那是我的錯。對不起。我很抱歉發生了這一切。」

「賈斯柏，沒關係，」鏽橘色說。「別放在心上。這不是你的錯。」

我當然放在心上。

我曾見過殺人凶手，可是卻記不得他的臉。

他也看到我了。

他也許會記得我的臉。

第六十四章

星期二（深綠色）

下午

瑪姬同意在回家的路上順道去一趟寵物店。那個聲音顏色像發霉的西洋李的男人說他們的小鳥飼料沒了，而且下週也不會進貨。瑪姬用iPhone查出十哩內的其他寵物店，可是她沒時間帶我去別的地方了。她還得去探訪另一個男孩。

我們一停車爸就走出屋子。他一直在窗邊等我。他走到瑪姬的駕駛座旁小聲交談，而我在人行道上等著、盯著那棵橡樹看。

她開車離開之前一定跟他說過鳥飼料的事了。

「我們今天會去買飼料，我保證，」爸說。

「我們可以去問奧利・華金斯。他可能有飼料。不能再讓鸚鵡等了。」

「我懷疑奧利家裡不會有那種東西，」他說。「他不喜歡鳥。他和大衛一樣討厭鳥的噪音。」

他錯了，因為奧利・華金斯以前餵過鸚鵡。我不知道為什麼他沒再繼續。他和我一樣是鳥類愛好者。我過了馬路，先確認左右兩側有沒有來車。

「賈斯柏，等等。回來。」

我走向他家前面的小徑，文森花園十八號，敲了敲門，從黑暗中發散出較淺的棕色。

「我不認為這是好主意，」爸說。「我們回家吧。我保證我們會再出門買飼料。」門開了。

「你沒餵那些鸚鵡，」我告訴穿牛仔褲和灰色毛衣的男人。「你答應過我的。一言既出，駟馬難追。這是你說過的。你說你總是言而有信。」

「你說什麼？」沙啞的暗紅色。

「大衛。抱歉。」爸踏向前。「奧利在嗎？賈斯柏認為他可能有鳥飼料。」

我往後退。「大衛·吉爾伯特，你不屬於這裡。你不守規則，而且你穿的衣服也不對。」

藍色牛仔褲，而不是櫻桃紅色的燈芯絨褲。

「我也沒想到會看到你們，」男子說。「我以為你們都在警局。」

「大衛，我們都沒被指控任何罪名，」爸說，聲音裡透著粗糙的黑邊。「因為我們都沒有做錯任何事。」

「爸還在保釋期，」我澄清，這時另一個男人來到門前。他穿著紅色牛仔褲。「我們沒有殺碧·拉克罕，也沒把她的屍體藏起來。我沒把那個跳舞娃娃拿走，是別人。是戴著深藍色棒球帽的男人。」

屋裡的兩個男人並肩站著。他們的身高差不多，而且頭都是圓頂型的。我比較他們兩人的頭髮：都是深色，其中一人有些灰髮。

藍色牛仔褲／灰色套頭毛衣。

紅色牛仔褲／黑色長袖運動衫。

我無法判斷他們襪子的顏色。他們的衣服完全不對，應該調換過來。我把注意力放在他們的聲音上。

「這次他在講什麼啊？」沙啞的暗紅色問。「因為他通常都是在講鸚鵡。」他一定是大衛．吉爾伯特，這是他聲音的顏色。

於是我選擇和另一個穿紅色牛仔褲的人說話。

「牠們需要餵食，」我告訴他，因為他一定就是奧利．華金斯，除非他已經回到瑞士的未婚妻身邊，是別人搬到文森花園十八號。

「請進。」這男人咳著嗽，聲音是粗糙的奶黃色，帶有奇怪顏色的斑紋。「別那麼拘束。」

「呃，奧利，如果可以的話，」爸說。「我們不會待太久。我得幫賈斯柏準備午餐。」

門敞開，爸走了進去。「賈斯柏，你要來嗎？只要幾分鐘就好。午餐只要微波一下就會好。」

我踏了進去，門在我身後關上。我無法再往門廳裡面走。我記得碧的派對。我記得我的圖畫。我不想到那裡去。我想餵那些鸚鵡。

「賈斯柏，你還好嗎？」站在我旁邊的男人穿著他一貫的服裝：藍色襯衫和牛仔褲。爸。

「只待幾分鐘，」我複述爸的話。「不待更久。現在是午餐時間。起司通心麵。」

我們跟著那兩個男人走進廚房。感覺很不對勁，一切都亂了。

大衛．吉爾伯特在這裡，可是薯條黃不在。奧利．華金斯住在這裡，可是出來應門的不是他，而且他穿著紅色牛仔褲，發出同樣顏色的乾咳聲，而不是他先前的純奶黃色。

他們帶我們進入的空間也同樣令人困惑。這裡和碧．拉克罕家的廚房一樣格局，只不過家具的位置不同。有個櫥櫃上面擺了動物裝飾品和裝飾用的盤子，高高放在與碧家相連的那面牆上。

「不好意思，有點亂，」穿紅色牛仔褲的男子指向角落一堆箱子說。「我想我還要再多跑幾趟慈善商店，這間房子才能賣得出去了。我很快就會訂機票飛回瑞士。」

奧利・華金斯。

「這絕對是一個時代的結束，」沙啞的暗紅色說。「奧利，真不想看你走，這很令人難過，短短九個月內，你媽媽和寶琳就都過世了。我相信，當很親近的朋友離開，常常就會發生這種事。留下的那個人會受到負面影響。」

「還有碧，」我突然插口。「別忘了碧・拉克罕也死了。她是在廚房裡被謀殺的，就在這個櫥櫃後面，牆的另一端。她是被勒死、不是被刺死的，和我原本以為的不一樣。」

爸和那兩個男人都看著我。我走向櫥櫃，轉過身去。其中一個盤子有玉綠色的鑲邊，它和另一個比較大、外緣是青綠色的盤子在爭取注意。

「警察那邊有任何消息嗎？」沙啞的暗紅色問。「他們也問過我，不過他們沒有洩漏到底有什麼幕後祕辛。」

「那個男孩的爸爸還沒擺脫嫌疑，」爸的土黃色小聲地說。「他顯然有暴力紀錄。我認為他很可能就是凶手，如果你們明白我的意思，不過警察也沒對我透漏太多。」

「希望警察早點把他定罪。」十分粗糙的奶黃色說。

「真是可怕的一件事，」沙啞的暗紅色又開口。「想到在我們這條寧靜的街上發生這件事，我連在自己家裡都不覺得安全了。自從他在碧的花園裡對我和賈斯柏做那件事之後，我很沒安全感。」

「大衛，不用擔心他，」爸的土黃色。「他們至少已經因為他攻擊你和賈斯柏而逮捕他了。他會要為自己澄清罪行，所以短期內他不會再來的。」

「也許是別人做的。可能是陌生人隨機殺人。」奶黃色，直到他咳嗽發出暗紅色碎片。

「那更糟糕！想到隨便一個瘋子都可能闖進我家，那我要怎麼睡覺啊？」

「大衛，別杞人憂天了，警察認為可能是某個她認識的人，因為沒有強行闖入的跡象。她星期五讓那個人進屋子裡，深夜的訪客。」

「不對，」我回應土黃色，不過沒轉頭看他。「她沒讓那個男人進門。那個戴深藍色棒球帽的男子用的是備用鑰匙，從後花園的紅鸛雕像底下拿的。後門是開著的。拉克罕太太把那把鑰匙藏在雕像下面，律師在她過世時拿走了，不過碧又把它擺回去，因為屋子裡沒什麼好偷的。現在它不見了。」

「不對，賈斯柏，」土黃色說。「警察有鑰匙。就像你說的，它就在雕像底下。他們在搜索花園的時候找到的。星期六他們把放在蒐證袋裡的鑰匙拿給我看，問我以前有沒有看過它。」

「星期四下午鑰匙就不見了，在大衛．吉爾伯特出現、告訴盧卡斯．德魯瑞的爸爸我躲在回收桶裡面之前。」我仔細看一個盤子，上面有著墨藍色的圖案。

「不對，賈斯柏，鑰匙一直都在那裡。一定是你看的時候沒看到。是爸錯了，不是我。

「那就是為什麼你來後花園嗎，大衛．吉爾伯特？」我問。「你忘了自己拿走了鑰匙，知道自己犯了錯？你必須把它放回去，可是又被干擾了。」

「什麼？不是啊。我帶蒙蒂散步的時候聽見有人在大聲講話。我就是那時候發現你的。我阻止不讓那個人傷害你。你不記得了嗎？」

「有人知道鑰匙就在那裡，」我指出。「爸是這麼說的。那個人知道他不該拿走鑰匙，於是在碧被謀殺之後又把鑰匙放回去，因為他知道自己犯了大錯。」

「不可能，」爸說。「鑑識小組星期四傍晚到，就在盧卡斯．德魯瑞的爸爸闖進碧家裡之後。警察說後院的柵欄為了保留證據而封鎖了。沒人可以從那裡進入。如果有警察一定會發現。」

我想了一會兒。我看過警察的巡邏車停在屋子前面。後院的柵欄會是被忽略的一塊，這我很確定。

「總之，怎麼會有人知道要去哪裡找鑰匙？」爸問。「不會每個人都知道碧把鑰匙藏在雕像下面。」

「盧卡斯．德魯瑞知道鑰匙放在哪裡，而且喜歡驚喜造訪，」我喃喃地說。「他和他爸爸的脾氣很像，不希望碧破壞了他和他在學校的新對象。他向他爸爸借了棒球帽，但沒把物品放回原位。」

這些顏色像是在幫我說話，遮蔽了我原本的天青藍色。

「這樣一想，那的確是她媽媽以前放鑰匙的地方，」大衛．吉爾伯特說。「每次她去醫院，莉莉和我都會幫寶琳澆花，寶琳死後那個律師把門鎖起來了，是我告訴他鑰匙在哪裡的。不過這孩子說的沒錯，碧翠絲一定是把鑰匙放回去了。賈斯柏告訴過警察他發現鑰匙不見了嗎？這件事可能很關鍵。」

「我不太確定，」土黃色。「之前的正式偵訊，我都不在場。他們是慢慢才從賈斯柏口中、以他記得的片段一點一點問出訊息的。他們認為賈斯柏壓抑那晚的記憶，而且把一些資訊混淆了，因為他目睹的事情令他太過震驚。每天他都會想起新的細節，可是要把事情以正確的順序拼湊成完整的故事，還需要一點時間。」

我沿著樹櫃走，拿起一個穿粉紅色洋裝的棕色老鼠瓷偶，它和另一個穿藍色洋裝的朋友在屁股處相連。它的底部寫了個名字，這名字我以前看過。我又看了旁邊的棕色兔子和擺在隔壁的瓷器，所有十八隻兔子都穿著顏色的柔和衣服，它們全都有一模一樣的名字。有些在演奏樂器，有些在看書。

「皇家道爾頓，」我唸出來。「就和那些跳舞的陶瓷娃娃一樣。」

我轉過身，這時沙啞的暗紅色說：「我好愛皇家道爾頓，它是全世界最棒的瓷器。莉莉很有品味，她以前會蒐集這個品牌的瓷器。寶琳也是。」

「這些兔子全都是棕色的，」我回道。「碧很討厭白色兔子，她在故事的最後把牠殺了，因為牠逼她進到兔子洞裡做那些事。她很討厭牠。牠讓碧覺得自己很壞。」

我沿著架子走，從一個茶碟上拿起一只有花紋的白色杯子。一道裂痕劃過這個瓷器，把一隻動物切成兩半。

「這隻是野兔，不是白兔，」沙啞的暗紅色說。「你可以從耳朵的長度來分辨，野兔的耳朵長多了。我會知道是因為我曾經獵過幾隻野兔和白兔。這隻看起來像三月兔。」

我的手在顫抖。小鳥殺手兼兔子殺手大衛．吉爾伯特就站在我身後，看著我手中的精緻物品。他想屠殺這隻野兔，就像他想把所有生物都殺死那樣。只不過這隻野兔並不是活的，牠已經壞了。這只茶壺和三個碟子也是，只是都被重新黏合了。

「鼎鼎大名的瘋帽匠茶組，」大衛．吉爾伯特繼續說。「奧利，你記得嗎？碧翠絲有一次發脾氣把它摔碎。真是個壞小孩。你媽媽哭了好幾天。寶琳那時超尷尬的，我也很難過。每次我的小姪女克萊拉來，莉莉都會讓我借這一組。有時候寶琳得出門，克萊拉和碧翠絲會在我家廚房玩瘋帽匠午茶派對，可是碧把它毀了之後就再也沒有過了。」

「我只記得片段，」奶黃色線條。「那是很久以前的事了。碧是在我回劍橋的時候把這個茶具組弄壞的。」

「真的嗎？我以為我記得莉莉說，是你幫忙把它黏回去的。」

「是沒錯啊。我媽打到學校給我，告訴我碧做了什麼事。我那週末回家安慰她。」

「當然啦，你一向是莉莉的好兒子，和碧翠絲對寶琳來說根本天壤之別。她在這裡搞破壞不久後，又打破了一些她媽媽珍貴的瓷器收藏，那些天使小雕像。」

「我不記得了，可能那時候回劍橋了吧。」

「她的行為沒有隨年紀而收斂，你知道寶琳死後，她把她那些珍藏的淑女小雕像摔壞了嗎？我試過跟她講道理，可是她一如往常不聽勸。這單純是為了洩憤，尤其寶琳又答應要把它們送給你媽媽。如果能放幾個在我的櫥櫃上也很好。我跟她這麼講，可是一點用也沒有。」

「碧總是為所欲為，不管會不會傷到別人。」奧利．華金斯的奶油黃色咳得很厲害，咳出一團團的暗紫紅色。「抱歉。我以為我的肺炎已經好了。」

「經歷那麼多事對你來說實在太辛苦了。」沙啞的暗紅色說。「奧利，你要好好照顧自己。去看醫生，再多拿點抗生素吧，會有用的，還有當然也要戒菸。」

「碧翠絲．拉克罕九歲又三個月的時候就想死掉，」我大聲說。「她說她媽媽是老巫婆。她恨瘋帽匠，因為他傷害了她。他舉辦午茶派對，害她哭了。」

「我媽的收藏品是易碎物，請不要碰。」有雙手把那只杯子拿走。「這可能會再破一次，我們都不希望這件事發生吧，賈斯柏？」

我看向架子，再看看紅牛仔褲男和藍牛仔褲男。

他們並肩站在一起。

他們與我相對。

他們交換了衣服，聲音融為一體，說話的顏色改變，彷彿是同一人在講話。

這裡有一條新的戰線，不再是沿著街道而行，而是在廚房裡。我往爸站近一步，因為他沒意識到我們可能身陷危險：焦橘色帶點刺眼紅色的字眼。

「今天一切都變了，就像四月八日在碧的廚房裡一樣。那只跳舞的陶瓷娃娃原本不在那裡，接著她又出現了，讓一切都不同了。」

「抱歉，聽不懂，」沙啞的暗紅色說。「我完全不知道你在說什麼。」

「來吧，賈斯柏，我想我們該走了。」這是爸的顏色。

「那些鸚鵡還沒餵，」我提醒他。「所以我們才會來這裡。我們來拿鳥飼料，不是要和這些人開瘋帽匠派對的，這些人從來都不是碧．拉克罕的朋友。」

「恐怕我已經沒有飼料了。我一直在忙著趁飛回瑞士之前處理這間房子。抱歉，賈斯柏。」

「奧利，你一直在餵那些鸚鵡嗎？你和碧翠絲沒兩樣。你在想什麼啊？我可以把你的脖子扭斷。」

「你是凶手，大衛．吉爾伯特，」我小聲說。「那些兔子和鸚鵡也知道。你有罪。我一直都知道這件事，可是沒人聽我說。」

「那男孩在說什麼？」暗紅色。絕對是沙啞的暗紅色。

「賈斯柏，我們要走了。」爸說。「我們還可以去其他間寵物店問問看，午餐後就出發，我保證。一定還有其他地方有庫存鳥飼料，除非全西倫敦的人都決定要餵野生鸚鵡了。」

「但願不要，」其中一個男人咕噥著暗紅色碎片。

「我認為他就是害碧．拉克罕哭的瘋帽匠，」我們走出大門時我說。

「誰？」爸問。「大衛還是奧利？」

「我不是百分之百確定。」

我拿不定主意，因為他們在很多地方都讓我困惑。我需要再看一次小白兔，才能判定誰是真正的罪人。

第六十五章

星期二（深綠色）

當天下午稍晚

爸沒有遵守諾言。又來了。我們不能一起去買鳥飼料，因為他工作上有急事。好像是某個硬碟故障，必須修復備份的資料，從頭再測試一遍。

我不知道他在說什麼，不過他說這是噩夢一場。如果他不直接去辦公室把事情處理好，他的老闆會瘋掉，他可能就會丟掉這份工作。我問他的老闆比較喜歡腰果還是巴西堅果[18]時，爸笑了，所以他應該不是太擔心才對。

總之他又向我保證另一件事：他會在回家的路上買鳥飼料回來。

他出門時我不能開門讓任何人進來，就算我知道對方的名字也一樣。除非是警察，例如鏽橘色。爸有帶鑰匙，他會自己開門進來。

我也不能打電話報警，除非屋子快燒掉了，不過去年重新鋪過線路，而且沒有開著像是熨斗或油炸鍋這類的電器，這種情況不太會發生，

爸寫下一些重要事項幫助我記得：

18 go nuts是指「發瘋、大發雷霆」，但賈斯柏聽不懂這個片語的意涵，而是聽出單字「nuts」是堅果的意思。

一、別擔心房子燒掉的事，我不該說這句話的。房子一切都很好。
二、誰來按電鈴都不要應門，除非是警察或社工人員。
三、沒有什麼事是緊急的，你不會需要打電話報警。
四、不要報警又害我惹上麻煩！我是逼不得已才必須離開的。

我們用爸筆電上的路程規劃程式估算了一下，他可能會離開七十四分鐘。他可能也會早點回來，這要看有沒有同事來幫忙。

沒什麼好擔心的。完全沒有。

爸說他可以請鄰居過來陪我，不過我拒絕了。我不喜歡保母也不喜歡午茶派對。我自己一個人比較安全。

現在他出門了，我開始擔心。

我擔心那隻小白兔，還有九歲的碧．拉克罕打破的瘋帽匠茶壺組。

我擔心盧卡斯．德魯瑞，和我得幫忙保密的驚喜造訪。其中一次，盧卡斯向他爸爸借了棒球帽，而且忘了把碧的鑰匙放回紅鸛雕像底下。他在自然教室掐我的喉嚨，而且還用力捏緊，讓我難以呼吸。過不到一週，就在碧被謀殺之後，他看起來好像和龍捲風打過架，嘴唇有裂開而且手被劃傷。他說是他爸爸做的。

要是碧在被攻擊的時候反擊了呢？

我在房裡把畫和顏料重新排在桌上，從頭開始。在畫紙上塗一層白色，不過顏料很乾、像粉筆。我的筆觸很潦草，不精準。

我無法好好作畫，腦子裡想的都是那隻小白兔。我把碧的日記從祕密基地的毯子底下拿出來，往前翻，跳過她寫關於瘋帽匠午茶派對的那一段。

她在其中一頁畫了一張圖，那是愛麗絲和瘋帽匠、三月兔和睡鼠在一起。底下她加上一個大茶壺、茶杯和茶碟。她一定搞錯了什麼，就像我畫白色顏料畫錯一樣，因為這整頁都用黑筆一次又一次劃掉。

華金斯太太和媽咪都說我是惹人厭的女孩，說謊汙衊一個好人。她們都為我的靈魂祈禱。我沒有說謊。我恨瘋帽匠。他就是不罷手。我希望他離我遠一點。

我把日記闔上。我很怕文森花園二十二號的大衛・吉爾伯特。他會進到別人的屋子裡，例如華金斯太太的家，而且知道人們把鑰匙藏在哪裡。他戴帽子，黑色和棕色的低頂圓帽。他可能家裡就有一頂棒球帽。誰沒有呢？

他跟碧的媽媽寶琳・拉克罕和奧利的媽媽莉莉・華金斯都是朋友。他和每個人、每件事都有連結。

我以為他討厭碧・拉克罕是因為她很吵鬧而且喜歡鸚鵡，可是其實他老早以前就討厭她了。碧是壞小孩。她把華金斯太太的瘋帽匠茶壺組砸爛了，也一個個毀了拉克罕太太的皇家道爾頓淑女瓷偶。這兩個女人都是他的朋友。

大衛・吉爾伯特很愛皇家道爾頓，他承認曾經借過瘋帽匠茶壺組給他的姪女，而且可能就當過九歲的碧・拉克罕的保母。他也很喜歡淑女瓷偶。

在碧・拉克罕家門外的垃圾桶裡找那些裝飾品的人就是他嗎？我以為見到了惡魔的那晚？

也許他想趁碧把它摔爛之前把最後一個小雕像拿到手，那個跳舞的瓷器娃娃。他在她的派對上是否就嘗試要拿？我記得那個聲音是粗糙帶點紅色的男子，他聲稱當時在找洗手間。

那是謊話，他明明就直接走向那件擺飾。

那就是為什麼碧死的那晚，那只跳舞的陶瓷娃娃會在廚房裡。他從碧的房間偷走它，打算從後門逃走。

碧當時是在樓下，而不是床上嗎？也許她在起居室的沙發上睡著了。就在他偷走那個裝飾品，準備要離開的時候，睡在沙發上的碧嚇到他了。碧聽見聲音所以醒來。

我必須告訴警察我的新推論。

這是緊急事件嗎？我該報警嗎？我想了兩分鐘又三十秒，我不認為爸會把這件事稱作警急事件，因為我明天就又要跟鏽橘色見面了。我可以在警局告訴他這個頭號重要事實。如果我現在打電話，又會讓爸惹上麻煩。

我看了看手錶。爸已經出門十四分鐘了。他可能一小時內就會回來，或是更早。我可以等他回來時告訴他。我把畫筆帶下樓，倒一杯水喝，因為它可能不喜歡單獨被留在我的房間裡。這間房子會發出淺粉紅色的細碎聲響，像小老鼠在跑來跑去的聲音。

我也應該告訴鏽橘色在碧家的後門那把鑰匙的事。盧卡斯・德魯瑞知道那把鑰匙放在哪裡，大衛・吉爾伯特也是。也許那個危險的小鳥殺手原本想把鑰匙放回去，可是戴著盧卡斯借用的那頂棒球帽的德魯瑞先生毀了他的計畫。

警察離開之後，大衛・吉爾伯特一定還有折返回來。他會不會是從他家的後巷偷偷摸摸地過去？我不知道警察是怎麼封鎖碧的後門柵欄，不過很可能是用容易被撕掉的封鎖膠帶？

總之，那把鑰匙是第二項重要事實。

我應該還要告訴鏽橘色另一件事，那就是我很確定，我確實有二度離開那間房子，那不是我的想像。我看見了那個戴深藍色棒球帽的人。不是爸爸。大家都相信不是他，包括我也是。那可能是大衛・吉爾伯特的偽裝。

他知道我不認得他的臉。爸在碧的派對上告訴過他我有臉盲症。他聽過爸叫我「兒子」。他可能模仿爸平常的穿著，藍襯衫配藍牛仔褲。我在腦中記下第三點重要事實，準備要告訴鏽橘色。

我在水槽裡打開水龍頭二十秒，因為我喜歡它發出的灰藍色線條，和沖澡時的顏色不同。廚房的時鐘顯示現在是下午兩點零二分，爸可能再過五十七分鐘就回來了。我經過起居室的門，門敞開著。

那晚的門是關著的。我聽見黑巧克力絲絨般的線條。

爸在打呼。

接著就是沖澡的聲音。

那分別是第四和第五項重要事實。

我的顏色確認了爸的陳述。他說的是實話。他說在大概凌晨三點十五分聽到某個聲音，後來去沖澡，因為他在會發出褐紅色嘎吱聲的扶手椅上睡著了，醒來時脖子很痛。

但願他已經回來了，這樣我就能告訴他我相信他。我不認為他當時在碧・拉克罕的廚房裡了。我確實看見了某人，我當時真的在那裡。我記得消毒劑，還有另一種讓人不舒服的味道。那讓我想起碧・拉克罕的派對，當時我把大衛・吉爾伯特和奧利・華金斯給搞混了。

那是第六項重要事實。

我拿著杯子要回到樓上，階梯嘎吱聲是被碰傷的蘋果顏色。我的腳正要踏到下一級階梯時，聽見了鑰匙轉動大門的聲音。

深黑綠色挾帶清脆規律的轉動聲。

藍襯衫、藍牛仔褲走了進來。他手裡沒拿袋子。

「爸，你太早回來了。你沒買飼料，你得再去買。」

爸低頭看著地板。我的抱怨惹他不開心嗎？生氣？惱怒？我無法分辨。

「對不起，很謝謝你幫我找，不過我得請你再去找找看。等你回來我會告訴你我認為是誰殺了碧·拉克罕，還有殺她的原因。全都寫在她的日記裡了。」

他沒有看我，而是望著衣帽架，眼睛盯著我的學校圍巾，然後把圍巾的一端用一手纏繞著。

我的手機在口袋裡震動，發出紅色和黃色的泡泡，這很奇怪，因為唯一會打給我或傳訊息給我的人是爸。

我繼續走上樓到我的房間，一邊按出訊息。

任務完成！買到鳥飼料了。很快就回家。愛你的爸

我手中的水掉到地上。

救命。

我打好字，但還來不及按「送出」，手機就從我手中溜走。那個穿藍襯衫、藍牛仔褲的男人已經衝上樓抓住我的腳踝。我用力踢腳掙脫他，但他的手又抓住我的另一隻腳。

「放開我，大衛．吉爾伯特！」我大叫。

「碧的日記在哪裡？」他說話聲音很小聲，發出灰白色鋸齒狀線條。

我踢中他的臉，非常用力。他低聲罵了髒話，是白色的球狀體。我迅速地往後爬，可是他的動作更快。他壓在我身上，按住我的胸口。

「在哪裡？」顫抖、堅硬的白色線條。他又在低語了。

「聽—不—到。」

「天殺的，它在哪裡？」他劇烈地咳嗽，凝結成團的紅色和黃色。

「在我的祕密基地。在我房間裡。」

圍巾纏繞在我的脖子上，愈勒愈緊。

不能呼吸了。

他用圍巾拖著我到樓梯的欄杆旁。

他的氣息聞起來像碧．拉克罕的派對。她的廚房。華金斯太太家的廚房。菸味。

他的聲音聽起來比較偏奶黃色，而非紅色。

兩個男人不可能合而為一。

不是他。

他換了衣服好讓自己看起來像爸。

他聲音的顏色也改變了。

不能呼吸。

快窒息了。

爸。

想要土黄色。

媽。

更想要鈷藍色。

「是你，奧利．華金斯，」我喘不過氣地說。「我知道。」

他的手鬆開了。「你錯了。」

他的雙手從我的脖子上移開時，我大口喘氣。

「我沒有錯，」我說，咳著暗寶石藍色。「對於聲音的顏色，雖然它們有時會騙過我，但我最後都可以看穿。」

「賈斯柏，賈斯柏，」他搖搖頭。「你這次又在胡扯什麼呀？」

我吸進一大口氣。「你的肺炎和菸改變了聲音的顏色，從奶黃色變到沙啞的紅色，這之前讓我搞混，可是你就是那個瘋帽匠。你就在那場派對上。你會有紅色的聲音是因為你生病了。是你進到碧的房間裡，想拿那只跳舞的陶瓷娃娃，也是你在走廊上對我說再見。」我喘口氣，接著又開始說。「你在情人節前一天回來。是你在碧的門口跟她說「對不起」，而且還想送她花。一直以來都是你。是你在碧的廚房裡，在她的屍體旁邊小聲說灰白色的話。」

奧利．華金斯咳出接連不斷的黃紅色球狀物。

「小孩子自殺真是太悲劇了，你不覺得嗎？你受不了碧被謀殺的創傷，還有你爸爸被懷疑是嫌犯的事實。他還是可能被起訴吧？為什麼他會就這樣離開家，捨得開車離你而去？把像你這樣脆弱的人獨自留在家真是非常不負責任。你上吊而死，沒人會懷疑，因為你的問題很多。很悲傷，不過可以理解。」

他更大力地用圍巾勒我脖子，我的手不停揮動想把圍巾抓住。他試圖把圍巾繞在欄杆上，這時我的另一隻手抓到畫筆，揮過去刺到奧利．華金斯的眼睛。他大叫出刺眼的黃色和深紅色圓點，圍巾鬆脫了，他往後倒，跌下樓梯。

我拔腿就跑，上到樓梯平台、進到我的房間裡。他來了。深沉的黃色，幾乎是棕色的腳步聲大力踏在樓梯上。就在我身後。

我用力甩上門，想抓起椅子抵在門把下。但椅子卡在書桌下。

砰、砰、砰！

他就要到了，可是椅子還頑強地卡在原地不動。

終於架好路障。

它撐得住嗎？它會撐住嗎？

砰，砰！

椅子在抖動、桌子也在顫動。他一而再、再而三地用身體撞門。紅色星星從棕色的大長方形裡爆發。

我跑向窗邊，用力捶打玻璃，淡紫色薄碎片。

「救命。」我一次次無聲地吶喊著。我的喉嚨很痛，再也說不出話來了。「救命。」

我打開窗戶，這時鸚鵡們在碧・拉克罕的橡樹洞附近飛來飛去。

救命。

重擊聲停止了。

腳步聲跑下樓。模糊的黃色線條。

現在我看見銳利的白色尖端和明亮的冰藍綠色長管。

他在廚房裡砸東西。丟玻璃杯。

我朝著一台車揮動雙手，但它疾駛過去，深紫紅色的魚雷形狀挾帶深藍色煙霧。接著是一輛摩托車，黑灰色相間的移動線條。有個男人從文森花園二十二號走出來，他戴著棕色低頂圓帽、穿牛仔褲還牽著一隻狗。牠的吠叫是薯條黃色。我朝著那個必定是大衛・吉爾伯特的人揮手，可是他的鑰匙掉了，彎下腰去撿。

我的房門傳來砰、砰、砰。更猛烈的紅色鏢狀物。更大的棕色長方形。

「賈斯柏，對不起。我情緒失控了。我不該碰你的。給我碧的日記，我就會離開。我不會傷害你。我保證。」

奧利・華金斯回來了。他沒有遵守諾言。他沒餵鸚鵡，他和大衛・吉爾伯特一樣憎恨鸚鵡。他把碧・拉克罕勒死了。

他會把我殺了，然後讓爸以為是我自己想死。他會把碧・拉克罕的日記拿走。

那就是為什麼他在這裡。他想毀滅證據。

他知道我看過日記了。他就是那個傷害碧的瘋帽匠。他偷走那只跳舞的陶瓷娃娃，因為他想替他死去的媽媽拿回來。

我的身子更傾出窗外，街道上空無一人，除了大衛·吉爾伯特在輕拍薑條黃之外，絲毫沒有任何移動的車輛或行人。就連鸚鵡都停止了歌唱。

有個新的顏色：螺旋狀的深湖水綠。

我轉過身。門把轉動了。

奧利·華金斯在廚房的抽屜裡找到螺絲起子。他正在把門把拆下來。

男子和他的狗走在文森花園二十二號的小徑上。

救我，救我，救救我。我喊不出來，因為我的喉嚨實在太痛了。

門把傳來大聲的橘色噹啷聲。門把掉了下來，就落在椅子底下。門再度震動。

我把一本書丟出窗外，還有我最愛的筆洗，它掉在一樓的地上，摔碎了。綠色的冰塊形狀。戴著棕色低頂圓帽的男人停下腳步，往我的方向看。

我扔出我的望遠鏡、筆記本，任何我所能找到的東西，它們落到地上時，原本的顏色轉變成令人心神不寧的新色彩。

他又繼續走，朝我家走來。走向我嗎？房間的門發出巨大帶刺的銳利橘色，比先前更布滿荊棘、顏色更明亮。

門打開了，不停地敲打著我的書桌，把書桌往旁邊推。我看見一隻腳。

我爬到窗外，一半的身體在外，一半在房間裡。

「不要，賈斯柏！不要！」男子把狗鍊扔下，開始奔跑。我回頭看。

一條腿伸了進來，現在是半個身體。我的屏障已經崩解成帶刺、瘋狂的橘色碎片。奧利·華金斯已經擠身進來了，不用多久他就會逮到我。

我把另一條腿也伸出窗外，蹲踞在窗台上。

「停下來！停下來！」戴低頂圓帽的男子大叫出鮮紅色的話語。

他差點撞到一台車。

那車響起紅玫瑰星星的喇叭聲，驚動了碧．拉克罕橡樹上的那群小鸚鵡。

牠們從樹枝往上飛，一陣孔雀藍、綠和藍紫色的吱喳叫聲。

閃閃發亮的彩色玻璃窗。

牠們全都棄這條街而去了。

牠們無法再多留一秒，餵食器是空的。牠們在晚上不需要鳥巢，也不需要樹枝的枝葉，牠們已經鼓起足夠的勇氣加入群聚棲息地。

牠們要留我獨自面對殺害碧．拉克罕的凶手，文森花園十八號的奧利．華金斯。

牠們要把屬於牠們的美麗色彩一併帶走。

回來！

等等我！

我無法忍受房裡那醜陋、尖銳的橘色形狀。

我渴望天空中那滑順、閃爍的藍色和捲曲的金色小水滴。

我伸長手臂。

「等等！」天青藍帶著尖細的白色高峰。

我的顏色和那群鸚鵡們完美融合。

我閉上眼，雙腳一蹬。

我在飛翔。

後記

三個月後

「我一聽到收音機的新聞就來了。是真的嗎？都結束了嗎？」沙啞的暗紅色在門口問了爸一連串的問題。「還是我誤會記者的意思了？」

「沒有，你聽到的沒錯。這對我們來說很突然，對警察和他的律師來說也是。請進吧，我來泡杯茶。」

「艾德，你確定不會打擾你嗎？」他的聲音變成暗紫紅色的，不過還是相當沙啞。「我知道你很忙。」

爸走出起居室時什麼也沒拿。他把報紙放在我旁邊的沙發上，也是我擱腿的地方。那可能就是他堅持要泡杯熱飲的原因。

我不需要聽爸叫那個男人的名字，也不需要看到他的櫻桃紅燈芯絨褲，也知道這個人就是二十二號的大衛．吉爾伯特，也就是我原本以為會傷害鸚鵡、碧．拉克罕和我（以順序來說是這樣）的人。

我錯看他了，就像我錯看很多人一樣。

大衛．吉爾伯特為了救我不落入奧利．華金斯的魔掌而差點被車撞。在我從壁架跳下來之後，是他一直照顧我直到救護車來，因為我還是無法像鸚鵡那樣飛翔。

那位男性護理人員說我的運氣不好，因為我撞到窗戶下方的水泥柱，落地的姿勢異常，嚴重摔斷我的右腿和手腕。他不知道其實恰恰相反，我根本是極度幸運。因為我用來畫畫的左手並沒有受傷，甚至連擦傷都沒有。

那天，大衛・吉爾伯特不只是我們的鄰居和臨時急救員，他還是警察偵訊時的重要證人。奧利・華金斯無法從我們家逃走，因為大衛・吉爾伯特和我一起待在前院，擋住他的逃跑路線。後門鎖上了，他找不到鑰匙。警察破門而入時發現奧利・華金斯藏在我的祕密基地裡。他遭到逮捕，被控謀殺碧・拉克罕和試圖殺害我。

爸已經開始幫我為審判做準備，他說我們今年都必須把我們的故事告訴陪審團。大衛・吉爾伯特也必須做好準備在法庭上作證。

我看完醫生、我們回到家後，這些重要事實都因為鏽橘色稍早的一通電話而改變。他告訴爸，審判前有一場刑事庭的法官聽證會。

聽見自己被指控的罪名時，奧利・華金斯在被告席放聲大哭。令大家訝異的是，他對這兩項罪刑都俯首認罪，他的前未婚妻也哭了。感到驚訝的還包括他的出庭律師，當場跳出來要求和他的當事人獨處一段時間。

鏽橘色告訴我們這相當不尋常（一個色彩斑斕、珍珠母顏色的字）。法官也認為這出乎人意料，於是叫大家離庭。奧利・華金斯和他的辯護律師在法庭底下的監牢討論十五分鐘後回來。律師接著向法官說明那晚奧利・華金斯做的所有事，以及那天他攻擊我的情形。

他想把一切一吐為快。

法官直接宣判罪刑，因為他和我一樣，不喜歡拖延。他給了奧利・華金斯謀殺與意圖謀殺的唯一可能判刑：無期徒刑。鏽橘色說他被帶離被告席時在啜泣。

即使對他不利的證據指證歷歷，但我們猜想奧利還是想在陪審團身上碰碰運氣。爸也很訝異，不過同時鬆了一口氣，因為這樣一來我就不必在法庭上描述奧利．華金斯的駭人顏色、經歷這般令人受傷的事。

我們都可以繼續過生活了。努力把這件事忘記。

我對奧利．華金斯的決定並不訝異，因為過去六個月以來，我知道人們時常做了決定卻又出其不意地改變。有時他們對於毀了別人原本的計畫而有罪惡感，但很多情況下他們根本一點也不在意。

他們會改變主意，也改變聲音的顏色。

爸在廚房裡和大衛．吉爾伯特說話，說了些和絕對證據有關的事。門打開了六吋，不過我只能聽見一點聲音的顏色。我拿起拐杖，慢慢地從沙發上站起來。我的腿在抱怨，可是我要它安靜點，緩緩地朝那些窸窣細語前進。

雖然沒人喜歡間諜，但我還是站在門邊。

「張伯倫警員說鑑識官有足夠的證據證明他的犯行，」爸的土黃色說，背景還有水壺的水煮開的銀色與閃爍黃色泡泡。「有那樣的證據，他不可能脫罪。」

我不確定除了我的房門之外，奧利．華金斯還用力捶了什麼[19]或跟什麼東西纏鬥[20]，但我知道

19 have (got) someone bang to rights是口語用法，表示「有足夠的證據證明某人有罪」，在此賈斯柏無法聽懂弦外之音，只能聽懂bang「捶打、用力敲」的字面意思。

20 wriggle (one's) way out (of sth) 表示「（尤以狡猾、欺騙的方法）使某人逃脫、避開某種責任」，賈伯斯因無法聽懂此用語，只能理解wriggle的字面意思。

警察在他死去的媽媽家裡的一個箱子裡找到那只跳舞的陶瓷娃娃，還有那頂深藍色棒球帽。爸和鏽橘色談過話之後告訴我這件事。

「據說他的DNA和賈斯柏的衣服、碧的屍體以及行李箱上的吻合，」爸繼續說。「他們在他的後車廂裡發現一綹碧的頭髮。警察還發現泥巴的痕跡，一路從碧的後花園到十八號屋裡的地毯上都有。」

他告訴大衛．吉爾伯特，奧利．華金斯沒忘記把留在碧．拉克罕後門鑰匙上的指紋擦掉，可是警察在花園的柵欄上發現他的其中一件毛衣被勾到的毛線。他在警察封鎖柵欄到小巷子之後，從縫隙擠身進去歸還鑰匙。他發現自己犯下的錯誤，非把鑰匙歸還不可。

柵欄的洞是我錯過的關鍵線索，所以我才會想不透殺手是如何回到碧．拉克罕的後院的。

爸忘了提到另一項對奧利．華金斯不利的重要證據——我可以認出他襲擊時的聲音。就算有肺炎的紅色線條，我還是不會錯認他的奶黃色。他的指紋也在我們的備用鑰匙上，就是那天我從學校跑回來，他看見我從花盆底下拿的那一把。

「還好你兒子不用出庭。你也是。你們兩個都經歷夠多了。」

爸喃喃說著暗土黃色的話。

「要提供證據也讓我好幾晚都睡不著，不過我還是很想看著他的眼睛，瞪著他，」沙啞的暗紅色說。「我要知道為什麼他對可憐的碧翠絲做出這些可怕的事情。」

和演員同名同姓的李察．張伯倫說在奧利．華金斯認罪之前，謀殺調查小組就知道這件事了，他們從碧的日記、我的筆記本，還有對大衛．吉爾伯特和我的問話當中就把事情拼湊起來。

奧利．華金斯以前從學校回來時常會幫拉克罕太太照顧碧，和碧玩瘋帽匠派對然後對她施暴。

她說出這件事時，碧的媽媽和奧利的媽媽從不相信她。她們選擇相信奧利，因為他是聽話的好孩子，而碧則是頑皮、不受教的壞孩子。她藉由摔壞她們的瓷器來懲罰她們。

在拉克罕太太死了之後，碧想以吵雜的音樂和拒絕依母親的遺願交出瓷器娃娃來懲罰華金斯太太。她反而把那些瓷器放在窗邊，再一個個摔爛它們，藉此譏諷奧利．華金斯。

爸對大衛．吉爾伯特說這些重要事實。

「艾德，我覺得很糟，」沙啞的暗紅色飛鏢狀穿插了一些深紅色。「我從來不知道碧翠絲小時候經歷了什麼事。但願那時我可以幫助她，可是我從來沒懷疑過什麼。」爸的土黃色和他的話語顏色混和時，他稍作停頓。「不，艾德，這是真的。我應該對她好一點的。她回來時我讓她日子很不好過，抱怨音樂和鸚鵡的事。在她死的那晚，我對她說了一些很糟糕的話。但願我可以把那些話收回，可是我不能。」

「大衛，不要難過了，你不是罪魁禍首，不用這樣自責。」

爸是對的。大衛．吉爾伯特從沒揍過任何人[21]。

即使我打過很多次電話報警，叫警察要逮捕他，但他其實沒犯任何罪。

全都是奧利．華金斯的錯。

是他讓小時候的碧．拉克罕想死，而且殺了長大以後的她，因為她不斷威脅要向警察舉發他的行徑，交出她的日記。奧利．華金斯禁不起這樣的損失，鏽橘色這麼說，因為他有高薪的銀行工作，還有個在瑞士的未婚妻。

21 beat oneself up是片語「怪罪自己、過分自責」之意，但賈伯斯只能聽出beat up的字面意思「狠狠地揍、痛打」。

奧利・華金斯的媽媽曾跟他說碧把備用鑰匙放在哪裡。這是他的辯護律師對庭上的說法。在吵雜的音樂停止後幾小時，他以為碧睡著了，於是在約凌晨三點時自己拿鑰匙從後門進去，想找她的日記。日記裡記錄了那些壞事，還有她曾試圖向拉克罕太太和華金斯太太求助的事。奧利太擔心警察可能會用她兒時的紀錄作出對他不利的指控，他不知道日記裡很多頁都被撕掉和塗掉了。他遍尋不著那本日記，因為碧早已把它藏在我衣櫥的箱子裡。於是他拿走了那只跳舞的陶瓷娃娃，接著碧在廚房裡發現他，他們發生爭執。她威脅要告訴他的未婚妻和警方，告訴任何會聽她說話的人，然後他勒住她的脖子，殺了她之後把樓上的行李箱裡的東西清空，這樣他才能把她的屍體拖回自己家。

回到廚房時，他看見穿著睡衣的我，稱呼我是兒子來假裝成我爸。他以為自己逃過一劫了，不過還是在我從學校跑回家那天故意在街上叫住我。他想測試我再次看到他的臉會有什麼反應。

大衛・吉爾伯特無意間幫了他的忙，他在碧・拉克罕的派對上告訴奧利我有臉盲症的事。他告訴奧利，爸總是穿藍襯衫和藍色牛仔褲，這樣每次我們到公開場合時我才能辨認出爸。那就是為什麼當他決定襲擊我時換了衣服，不過那晚他殺死碧並不是出於預謀。

爸問了我們的鄰居是否要在茶裡加糖，然後繼續說這些重要事實。大衛・吉爾伯特說要加一匙，而且雖然他覺得這些事非常令人沮喪，他還是想知道所有細節。

我以前總以為我和這個小鳥殺手大衛・吉爾伯特絕對不會有共同點，但這並非完全正確。當我的腿痛到無法過馬路時，他每週都會買花生和鳥飼料餵鸚鵡，把碧的餵鳥器加滿飼料。

鏽橘色打電話來之後，我也跟爸說我想知道所有細節，就算那些有著醜陋色彩的片段令我害怕，讓我想在祕密基地裡搓揉媽媽外套上的鈕釦，但我還是想知道一切。

我得知道關於奧利・華金斯的真相，這個偽裝成愛鳥人士和我的朋友的人。這是我欠碧・拉克罕的，因為她無法自己說出這整段故事，必須有人代替她這麼做。

爸又在重複一樣的話，告訴大衛・吉爾伯特這不是他的錯。我不知道為什麼他不能理解奧利・華金斯認罪。沒人怪罪大衛・吉爾伯特，就連我也不怪他。

「艾德，你很和善，但我無法不想到我是怎麼讓碧難過的，尤其是關於鸚鵡的事。我無法向她道歉，一切都太遲了，我怎麼做都沒辦法補償了……」

我失去了重心，門嘎吱地打開。奶油雞湯色。

「賈斯柏！你爸爸和我正在討論碧・拉克罕。」

「大衛・吉爾伯特，我知道。我一直在偷聽，不小心把門推開了。」

他和爸都笑了。他們的聲音融合在一起，變成了一種好看的淺桃花心木色。我以前沒畫過這種聲音組合，現在很想在我的房間裡畫一幅新圖。

我不知道他們會什麼覺得我說的話好笑，因為我說的百分之百是真話。然後我想起那天我被送去醫院時爸說的話，他說從今以後我們都應該只對彼此說真話，不以任何方式修飾。

就算感覺到一股突如其來的銀色疼痛，我還是笑了出來，因為我馬上就想像「真話」這個詞穿著花朵圖案的洋裝、戴著一頂鬆軟的蠢帽子。

爸和大衛・吉爾伯特可能也在腦海中想像著用好笑的衣服裝扮字詞的樣子。

「我正要告訴你爸，我有多希望可以在這條街上有不同的作為，就從今天開始，」大衛・吉爾伯特說。「賈斯柏，意思是我有些事需要尋求你的建議。」

「你應該停止獵雉雞和鷓鴣，」我回道。「那就是我的建議。」

「賈斯柏，謝謝你，我會記住的。是關於這件事，我覺得這很讓人困惑。」

他遞給我一本小冊子。「之前我買鳥飼料的時候在寵物店拿的，也許你能幫忙？你可以告訴我哪一個鳥食臺最好嗎？我想在我家的前院擺一個，這樣一旦二十號賣出去，我還可以繼續餵那些鸚鵡。」

我仔細閱讀小冊子時，爸說：「那真是個很棒的主意，大衛，謝謝你。」

「我們不會知道最後會是什麼人搬進拉克罕太太的家裡，對吧？希望是好人，最好是有小孩的家庭，而且和賈斯柏一樣喜歡在地自然生態的人。」

「大衛．吉爾伯特，請買這一種。」我指著一個豪華鳥食臺，裡面有四個懸掛式的餵食器和兩個水浴臺。小冊子上說它的設計可以吸引許多不同種類的鳥。「碧．拉克罕會贊成你買這個。她總是想為我們的街上帶來愈多色彩愈好。」

午餐後，爸和我去墓地看看我們的老鄰居，因為我們有好多消息要告訴她。我一從醫院回來、又可以自己走路後，我們就來陪她了。之前我告訴碧．拉克罕，盧卡斯．德魯瑞的爸爸沒有因為毆打大衛．吉爾伯特和闖入她家而坐牢。另一位法官判他緩刑。

不過這個部分是今天新的消息，那就是鏽橘色說盧卡斯和李現在去跟他們的媽媽和她男友住。他們九月會轉去另一所學校，因為他們都需要嶄新的開始。

我還告訴碧關於大衛．吉爾伯特的鳥食臺和維沙特家明年夏天要展開的露營之旅。我們會花一整年準備這趟旅程，我可以在一間戶外活動專賣店自己選帳篷和新的背包。

我把最難說出口的消息留到最後。我說奧利．華金斯在法庭上留下的眼淚，也許是他對於對我們兩人所做的可怕事情感到抱歉，尤其是對她。

我在她的墓前留了一支鸚鵡的羽毛，因為我已經原諒她那塊派的事了，那是雞肉派，不是鸚鵡派。鏽橘色和爸一直反覆告訴我這件事，我最後終於相信他們。

碧．拉克罕有百分之九十五點七的時間都是我的朋友，她兼具好與壞，還有數千種不同的色彩。我比較想記住她的天藍色，讓記憶保持在這個色彩就好。它能幫助我擺脫其它讓人不舒服的顏色，尤其是今天的奶黃色。

爸和我每週都會去她的墓前，媽媽在里奇蒙公園的紀念長椅也是我們每週造訪的地方，因為總要有人照看她。她沒有別人了。附近有個小孩的墓。每次我看到它，都會想那可能是我，就埋葬在她附近，在這個奇怪又寧靜的地方一直陪伴她。

上次我和碧．拉克罕說話時，看到一個男人把花放在那個小孩的墓上。爸糾正我，他說不是一個男人，而是兩個不同的悼念者，只是他們都穿著相似的黑衣服罷了。鏽橘色說他會幫忙，讓爸和一個可以評估我認人問題的人聯繫。他告訴爸不要期望太高，臉盲症或我看世界的不同方式是沒辦法治癒的。

那也很好，因為我不想治癒聯覺。我沒有病，我不想失去我的顏色。我也可以接受另一件事，那就是我在學校有自己的一套方式，像是用頭部座標來辨識，這樣我就能記得同學的身分了。

爸和我回到家了，我們在刷油漆。這不是我平常的風格，因為我們在用油漆滾筒重新裝飾我的房間。我坐著混和我們一起精心挑選的油漆顏色，而爸站在梯子上把天花板的星星撬下來，它們從來就不想待在那裡。

這裡不是它們的家。它們屬於普利茅斯。

我在醫院治療的時候，爸問我想不想再搬一次家，那樣我出院後就不必每天看到奧利・華金斯和碧・拉克罕的家。我有很多時間思考他的問題，因為我唯一能做的就是躺在床上想著碧・拉克罕、奧利・華金斯、盧卡斯・德魯瑞、大衛・吉爾伯特、爸，和這條街發生過的事。

我知道我們不能搬走。我必須用花生和種子吸引鸚鵡回來。何況我必須留在文森花園十九號，這樣才能改變爸和我一起開始創造的顏色。

我們都知道那些顏色還不完美，它們還需要多下點功夫，不過沒關係。

這裡是我歸屬的地方，媽媽的聲音在這裡找到了我，儘管她從來不曾來看我；在這裡我曾經厭惡的鄰居大衛・吉爾伯特最後幫助了我，並且對於沒能幫助碧而悔不當初。

收音機規律地震動著青銅色的斑點和虎斑貓顏色的鈕釦形狀，可是窗外鸚鵡的顏色更強烈而鮮明。牠們想看看我，所以我拄著拐杖走到窗邊。我走不快，可是牠們很有耐心，因為牠們知道我不會永遠這樣。醫生說我下週就可以拆石膏，物理治療師會教我做些強化腿部肌肉的運動。

我想這次鸚鵡是想正式向我道別了。牠們已經找到附近的一處很大的鳥類群聚棲息地，那裡有數百隻鸚鵡。牠們每天都回來覓食，有了爸和大衛・吉爾伯特幫忙，我會把餵鳥器裝滿。

鸚鵡從碧・拉克罕的橡樹飛向天際，呈現一大片綠色羽毛鋪成的巨毯，如波浪般的火鶴紅、紫、藍和迸發的金色小雨點譜成悅耳的合唱。

「再見，」我小聲說。

它們是史上最美的顏色。

「賈斯柏，都還好嗎？」爸問。「你會太累嗎？可以暫停一下？」

我的答案連自己也驚訝。「不會。我想繼續。」

我以前總以為，當鸚鵡像媽媽和外婆那樣離我而去時，我會難過到無法繼續生活。

可是我現在知道鸚鵡會回來覓食。明年初牠們就又會在橡樹洞和屋簷上築巢了。

這是必然會發生的事，就像一號是灰白色的，而八號是深藍色的蕾絲。

我可以等鸚鵡回來，明天不再令我擔憂了。

我們正在把我的房間裝飾成應有的顏色，我們一起創造的這款精確的色彩。

只可能是這個顏色。

我用雙手按著窗邊的牆，感受指尖下濕潤的油漆。

今天是完美的顏色。

今天是鈷藍色。

謝辭

萬分感謝許多人協助我打造這本小說，首先由衷感謝Martha Ashby，從一開始就支持著我、天賦極佳的編輯，還有HarperCollins團隊的所有人，讓我的這趟出版之旅如此美好。我可愛的美國編輯Tara Parsons和她在Touchstone出版社的團隊同樣充滿熱忱，給予我滿滿的支持，謝謝你們。

我時常不敢相信自己能有Jemima Forrester這麼棒的經紀人。你從第一天起就信任我，為了我而不辭辛勞，幫助我達成成人小說作家的夢想。也謝謝國外版權團隊David Higham Associates將我的書銷售到世界各地，以及Avevitas Creative Management的Michelle Brower。

我特別要感謝英國、美國和德國的聯覺團體無私的付出，若是沒有從您們的經驗中學習，我絕不可能寫出這本書。尤其要向帶給我深深啟發的Amythest Schaber（幫助我了解臉盲症與自閉症）、Susanne Geisler、Alisha Brock、Victoria Schein以及Julia Nielson等接受訪談。我也受到了英國聯覺組織（UK Synaesthesia Association）James Wannerton的協助；薩塞克斯大學認知神經科學的教授Jamie Ward、東倫敦大學心理學系資深講師Mary Jane Spiller博士、南卡羅萊納州三叉戟技術學院的Sean Day教授，以及赫赫有名的Synesthesia List其中的成員們，尤其是Sigourney Harrington。

針對臉盲症，我獲得了Hazel Plastow of Face Blind UK寶貴的洞見以及全國自閉症協會的Robyn Steward幫助我許多。也感謝該協會活動企劃與公關事務的Tom Purser，以及媒體資源主管Piers Wright為我提供指導。

我從一位擁有無比耐心的愛鳥人習得關於鸚鵡的知識——你不希望被點名，不過我對你由衷感激——還有DICE（the University of Kent's Durrell Institute of Conversation and Ecology）的Hazel Jackson博士，以及RSPB的Kirsi Peck博士。

藝術家Reshma Govindejee好心地讓我與她一起調和壓克力顏料，在畫紙上創造出說話與大叫聲音的色彩。所有與警察有關的資訊，我很幸運能受到Police Federation of England and Wales的副總監Karen Stephens的協助，以及《每日郵報》首席犯罪新聞記者Chris Greenwood幫助我描寫法庭程序。也感謝Tracey Puri為我解答社工相關問題、律師Andrew Moxon回答許多法律疑問、英國皇家外科學院回覆我所有與人骨相關的問題，以及中央蘭開夏大學英國文學系資深講師Helen Day博士與我分享關於伊莎貝拉·比頓的淵博知識。

在書中許多地方，我利用了作者的特權自由發揮。除了感謝上述提及的人之外，我也要說明書裡若出現任何錯誤都是我自身的疏失。

Lindsay、Victoria、Richard、我的父母、與先生Darren都幫我讀過初稿並協助編輯。我還受到其他作者與朋友們的幫助，包括Beezy、Chris、Charlotta、Jo和姊妹Rachel。我的前任經理Ajda Vucicevic從未懷疑過我的能力，還有昔日布里斯托的寫作同伴John和Caroline亦然。

最後，謝謝我可愛的兩個兒子James和Luke，你們原諒我在寫作期間的「金魚腦」，還有讀了這本書無數次的Darren，是你讓我的人生完整。我何其幸運，能擁有家人的支持與愛。

臉譜小說選 FR6560

天藍色的謀殺案

The Colour of Bee Larkham's Murder

原著作者　莎拉・J・哈里斯 Sarah J. Harris
譯　　者　江莉芬
書封設計　蕭旭芳
責任編輯　廖培穎
行銷企畫　陳彩玉、薛　綸
業　　務　陳紫晴、林佩瑜、馮逸華

出　　版　臉譜出版
發 行 人　凃玉雲
總 經 理　陳逸瑛
編輯總監　劉麗真
城邦文化事業股份有限公司
台北市民生東路二段141號5樓
電話：886-2-25007696　傳真：886-2-25001952

城邦讀書花園
www.cite.com.tw

發　　行　英屬蓋曼群島商家庭傳媒股份有限公司城邦分公司
台北市中山區民生東路141號11樓
客服專線：02-25007718；25007719
24小時傳真專線：02-25001990；25001991
服務時間：週一至週五上午09:30-12:00；下午13:30-17:00
劃撥帳號：19863813　戶名：書虫股份有限公司
讀者服務信箱：service@readingclub.com.tw
城邦網址：http://www.cite.com.tw

香港發行所　城邦（香港）出版集團有限公司
香港灣仔駱克道193號東超商業中心1/F
電話：852-2508 6231　傳真：852-2578 9337

新馬發行所　城邦（馬新）出版集團 Cite (M) Sdn Bhd.
41-3, Jalan Radin Anum, Bandar Baru Sri Petaling,
57000 Kuala Lumpur, Malaysia.
電話：603-9056 3833　傳真：603-9057 6622
讀者服務信箱：services@cite.my

一版一刷　2019年12月

I S B N　978-986-235-794-1
售價420元
（本書如有缺頁、破損、倒裝，請寄回本社更換）

國家圖書館出版品預行編目資料

天藍色的謀殺案／莎拉・J・哈里斯（Sarah J. Harris）著；江莉芬譯. -- 一版. -- 臺北市：臉譜出版：家庭傳媒城邦分公司發行, 2019.12
面；　公分. --（臉譜小說選；FR6560）
譯自：The Colour of Bee Larkham's Murder
ISBN 978-986-235-794-1（平裝）
873.57　　108018810